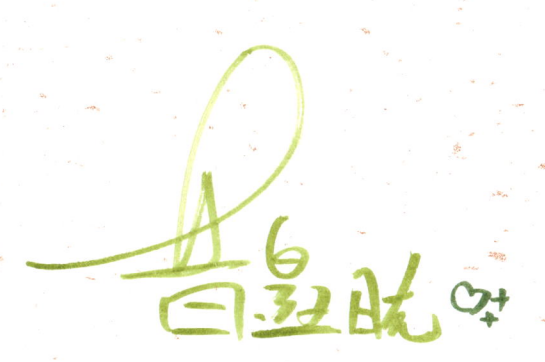

吞舟

(上)

昔邀晓 ◎ 著

中国致公出版社·北京　知音动漫

目 录
CONTENTS

第一章　明德书院　　　　　　　　　　001

第二章　识破　　　　　　　　　　　　031

第三章　琼花宴　　　　　　　　　　　069

第四章　郎艳独绝　　　　　　　　　　099

| 第五章 | 乔迁礼 | 131 |

| 第六章 | 陵阳县主 | 165 |

| 第七章 | 雍王旧案 | 199 |

| 第八章 | 月华寺惊变 | 235 |

知音动漫图书 · 漫客小说绘出品

第一章

明德书院

一

一大清早，城西的光辉门外就排起了长长的入城队伍。

其中一辆马车上，一个十二三岁的小姑娘时不时就要掀起车帷往外瞧一眼，等到马车进城后，小姑娘更是粘在窗边不动了。若非车窗太小，她都想跳下车去，好好逛一逛眼前这繁华热闹的街市。

那小姑娘自己看不够，还往身后招呼："阿鲸，你快来看啊！"

"阿鲸？"没得到回应的小姑娘回头，就见同车的岑鲸正靠在丫鬟的肩膀上睡觉。

小姑娘无奈极了："阿鲸！"

被岑鲸靠着的丫鬟嗔道："三姑娘快别叫了，当心让外头听见。"

不能大声呼喊，小姑娘只能放下车帷，亲自动手把熟睡中的岑鲸给弄醒。

被闹醒的岑鲸一脸"我是谁我在哪儿"的迷茫，还未彻底清醒就被小姑娘拉到了车窗边："别睡了，你快看！"

小姑娘掀起车帷，熟悉的街景就这么闯入岑鲸眼中，如同一颗石子，让那死水般的眼底泛起了些微波澜。

岑鲸原本是现代人，死于一场车祸，当时车上除了她，还有她的父母和姐姐。

她在那之后遇到系统，系统将她送到这个世界，并承诺只要她完成自己发布的任务，就让她的父母和姐姐尽快恢复健康，一生顺遂无忧。

当时的岑鲸性格比较活泼大胆，她问系统："那我还能回去吗？"

系统："不能，您已经死了。"

岑鲸："只有我死了？"

系统："您的母亲头部遭受重创，有成为植物人的可能。你的父亲和姐姐身上、脸上都有不同程度的烧伤。"

怕岑鲸不信，系统还把她家人目前的情况拍摄成录像发给她看。

岑鲸明白了，她跟系统确认："你说的'恢复健康'具体是恢复到什么程度？"

系统："系统可以以合理的方式，让他们的身体机能以及各方面的状态都恢复到车祸发生之前的水准。"

行！

"来吧。"她跃跃欲试，非但不为自己注定的命运而感到难过，相反，她感谢系统的出现，让她还能为爱她的家人拼搏回一份美好的未来。

岑鲸的任务是扮演一个大反派，扮演这个反派需要入朝为官，还得当上宰相，最后死在主角手中。其间她不仅要努力往上爬，还得努力干坏事，最重要的是，她不能让人知道她是个女子——反派的设定就是女扮男装，并把自己是女人这个秘密带进棺材。

任务非常艰巨，耗时还长，幸运的是岑鲸完成了任务。

被主角杀死后，岑鲸收到系统给她的录像，家人们果然都恢复了健康，父母的生意越来越好，经历过生死的他们不再逼着姐姐结婚，姐姐也在自己喜欢的领域有了属于自己的成就。唯独一点，那就是每当阖家团圆的日子，他们都会分外思念死于车祸的岑鲸，本该其乐融融的家宴也因此染上几分挥之不散的愁绪。

看完录像，岑鲸问系统："能看在我这么配合的分上，再帮我一个忙吗？"

系统："您说。"

岑鲸的声音平静而沉稳，再没有当初的活泼与冲劲："让他们忘了我。"

系统沉默许久，最后还是答应岑鲸，抹去了岑鲸家人对她的记忆。

岑鲸安心地闭上眼，再醒来，发现自己被系统塞进了一具刚病死的少女的身体里。已经离开的系统给她留下一句话——"这是礼物，希望您能拥有一段属于您自己的人生。"

岑鲸在现代活了二十多年，在古代又活了二十多年，所谓的年少气盛早已被岁月和任务磨得一点儿不剩，如今面对系统的馈赠，她感觉不到丝毫欣喜，只觉得疲惫又麻烦，想将这份礼物退回去。

可惜"礼物"退不掉，自杀又不可能，岑鲸只能勉强活着。

世界还是那个世界，岑鲸的新身份是青州通判的外甥女，从小就没了父母，住在舅舅家。舅舅舅母都是好人，岑鲸的日子也过得不错。她本打算就这么过下去，谁承想一纸调令，舅舅升迁做了京官，连着她也被带来了京城……

岑鲸脸上还留着方才枕丫鬟肩膀时枕出的印子，印子发痒，她用手挠了一下，给小姑娘捧场："嗯，真热闹。"

小姑娘是她舅舅的小女儿，名叫白秋姝，性格跳脱，做什么都喜欢拉上她。

"是吧！"白秋姝满脸兴奋，眼珠子粘在车窗外头，撕都撕不下来，"我娘说等家里安顿好，就让我们到明德书院读书。也不知道明德书院好不好玩。"

岑鲸回忆了一下那所由自己一手创办的女子书院，迟疑道："应该……好玩吧。"距离她被主角杀死已经过去五年，她也不确定明德书院如今是何模样，自己当初定下的书院规矩又被改了多少。

马车经过川流不息的人群，行了许久，才在一座宅邸前停下——年前收到调令后，岑鲸的舅舅就让大儿子带着家仆提前过来安排，租了眼前这座宅子当府邸。

舅舅为官清廉，没攒下多少积蓄，还得留着做人情往来和送家里小孩去京城最好的书院读书，因此哪怕是租来的宅子，面积也不算大。舅母精打细算，决定让岑鲸与白秋姝住一个院子。对此，岑鲸和白秋姝都没有意见。只是岑鲸更喜欢一个人睡，就主动让丫鬟把她的东西拿去侧屋，让白秋姝一个人睡主屋。

当天晚上，白秋姝跑来岑鲸这儿，说是地方陌生睡不着，想跟岑鲸睡一块。

散着头发的白秋姝抱着枕头，可怜巴巴地看着岑鲸。岑鲸一时心软，答应了她："就这一晚。"

白秋姝得到允许，撒着欢往床上爬。

小姑娘初到京城，兴奋劲消不下去，盖好被子后不肯睡觉，非要拉着岑鲸说话："大哥答应明天下午带我们俩到街上玩，你说我们明天穿什么衣服好？"

岑鲸无所谓："都行吧。"

白秋姝："不能都行，第一次出门，咱们得打扮得漂漂亮亮的！不如我们一起穿那件黄绿色的间色裙吧？"

舅母待岑鲸很好，无论是点心还是衣裙，只要是白秋姝有的，岑鲸都会有。

岑鲸知道间色裙在青州算时兴，但在京城早已是多年前的样式，穿出去倒没什么，就怕撞见狗眼看人低的掌柜，被人怠慢，惹得白秋姝不高兴。于是她说："穿蓝色那件吧。"

"蓝色？你是说没什么花纹的那件？"白秋姝皱起小脸，"会不会太素了？"

是太素了，但胜在料子好，是在青州价格平平，但在京城能炒出高价的衢州布。

岑鲸无法解释自己怎么会知道京城几年前的风尚，也不愿费工夫跟小姑娘扯谎，就说："我想穿那件。"

白秋姝的年纪比岑鲸还要小些，此刻却表现出一副宠表姐的模样："好！就穿那件蓝的，上边再搭一件月白色的袄子！"

敲定明天出门的衣服后，白秋姝又说了许多，有对日后去明德书院读书的期待，也有对新家花园够大的满足。她还掏出一块模样像荷花花苞的小石头，说是在花园的湖边捡的，已经洗过了，要送给岑鲸。

岑鲸收下石头，放到了床头柜子上，准备明天再找个盒子来装。

她们一直聊到深夜，白秋姝总算开始犯困，闭上眼睛沉沉睡去。

岑鲸也闭上眼睛。

睡了不知道多久，床头柜子上的小石头突然裂成两半，同时岑鲸的耳边响起了一个声音——

"扫描到外来精神体，现进行宿主绑定。"

岑鲸猛然惊醒，分不太清刚刚听到的声音是真实存在的，还是睡梦中的幻听。她眼睫轻颤，耐着性子等了一会儿，耳边再度响起那声音——

"宿主绑定完毕。你好，我是恋爱系统2700，你可以叫我小二。"

有那么一瞬，岑鲸差点儿以为自己回到了许多年前，与反派系统初遇的时候。

半晌，她将自己从望不到头的记忆中拉扯回来，往旁边看了眼，确定白秋姝睡得死沉，才开口道："你……"

2700像是知道岑鲸要问什么，抢先回答道："系统已完成绑定，无法解绑。"

岑鲸："可是……"

2700又一次打断岑鲸的话："系统检测到宿主曾经绑定过反派系统，宿主放心，本系统为恋爱系统，只会帮助宿主攻略任务目标，不会强迫宿主扮演反派炮灰。"

明明是声调毫无起伏的电子合成音，岑鲸却从中听出了恋爱系统对反派系统的鄙夷。

2700不给岑鲸说话的机会，自顾自道："系统将为宿主提供好感度面板，以及优质的攻略对象，比如当朝宰相燕兰庭、皇帝萧睿、将军岑奕，以及长公主萧卿颜。一旦宿主将他们的好感值刷满，就能成为他们心头的白月光、朱砂痣，享受被他们捧在手心宠爱的快感。"

系统张口就是位于权力中心的几位大佬，试图以此诱惑岑鲸接受任务。

岑鲸非但不心动，甚至还对2700产生了一丝丝的怜悯——它刚刚提到的那几个攻略对象都跟岑鲸有过仇，而且不巧的是，岑鲸现在的容貌和之前扮演过的奸相非常相似，只要顶着这张脸，什么都不用做，就能让攻略对象的好感值跌到负数。

岑鲸沉默许久，确定系统不会再打断她，终于开口说出一句完整的话："你能去找别人吗？"

系统："系统已经绑定宿主，如不完成任务，系统将和宿主一起自爆。"

清楚任务不可能完成的岑鲸感到越发倦怠，她闭上眼，长叹："累了，爆吧。"

系统：？

二

"石头怎么裂开了？"白秋姝赖床赖到日上三竿，起身后一眼就看到了床头柜子上那块裂成两半的小石头。

还躺在被子里的岑鲸眼皮一跳，就听系统说："遇到宿主之前，系统就藏在这块石头里面，昨晚绑定宿主时能量外溢，就把石头震裂了。系统每十天消耗一点好感值，宿主要是不去刷好感值，系统将会在好感值跌破零点时触发自爆程序，系统自爆产生的能量流会让宿主粉身碎骨、尸骨无存，比这块石头还惨。"

也就是说，从现在开始，她的寿命就剩下十天，若是运气不好在这十天里撞见攻略目标，那么她将在见到那些"老朋友"的瞬间，字面意义上的"原地爆炸"。

岑鲸平静地接受了这一事实，并把被子拉过头顶，继续睡觉。

系统一直在留意岑鲸的生理体征，发现她从头到尾都没有产生名为"恐惧"的情绪，陷入了巨大的不安。它问岑鲸："宿主为什么不怕？"如果宿主能告诉它原因，它就可以对症下药。

岑鲸睡着了，没听见，也没能给它回答。

白秋姝早已习惯岑鲸的嗜睡，反正他们家没有早晚去跟长辈请安的规矩，她就没把岑鲸叫醒，起床后跑回主屋去洗漱换衣，再去她娘那儿吃早饭，吃完又到花园里去找好看的石头，这样岑鲸睡醒发现石头裂了，她也能用新找的漂亮石头来替换。

无人打搅的岑鲸一觉睡到中午，白秋姝过来叫她起床，顺便在她这儿吃午饭。

饭后白秋姝也不小憩，直接就开始捣鼓自己和岑鲸的衣着打扮，好为下午出门做准备。她们俩的丫鬟也在一旁出谋划策，光是用金钗还是用缠花簪这一个分歧，就叫一众姑娘们来回争辩了近一盏茶的工夫。

岑鲸由着她们拿主意。

刚收拾齐整，便听见外头来了一婆子，说是大少爷已经遣人套好马车，让她们收拾好就到大门口去。

迫不及待的白秋姝立马就拉着岑鲸出了院门，去找自家大哥。

白秋姝的大哥叫白春毅，现年二十岁，是个举人。相比成日忙于公务的白家老爷，身为白家大少爷的白春毅更像是家里两个小姑娘的爹，他一看见白秋姝带着岑鲸朝他跑来，立马开口喝道："慢点儿走，别摔了！"

白秋姝知道大哥担心的不是在花园上蹿下跳一上午都不嫌累的自己，而是自从五年前生过一场大病后身子骨就变得非常弱的岑鲸，于是她听话地放慢了脚步，顺带抱怨："大哥你也太小心了，阿鲸又不是纸糊的。"

白春毅不做辩解，抬手就往白秋姝头上招呼。

白秋姝怕头发被弄乱，捂着脑袋躲到了岑鲸身后。

白春毅的目光顺势落到岑鲸身上，就见岑鲸穿着和白秋姝一模一样的衣裙，腰间坠着同款的玉环和月白色的香囊做配饰，头发也随了白秋姝，梳成双螺髻，只在发间簪几支简单的小金钗做点缀。

按说岑鲸年纪也不大，长得又漂亮，这番打扮怎么也该显出几分活泼灵动才对，偏她总耷拉着眼帘，一副没什么精气神的模样，因此好看归好看，却透出与她年龄不相符的沉静与颓冷。

白春毅不知道眼前这副少女身体里藏着一个前后加起来活了将近五十年的灵魂，还以为岑鲸是因为从小没了爹娘，又体弱多病，所以才会变成这样，不免心生怜惜，说话的语气都跟着轻柔起来："上车吧，路上要是觉得乏了，记得早些同我说，京城这么大，本就不是一两天能逛完的，不用怕会扰了秋姝的兴致。"

岑鲸点头："知道了，谢谢表哥关心。"

两个姑娘家坐马车，白春毅骑马，随行的除了车夫，还有两个丫鬟并两个随从。一行总共八人，听起来不少，但在权贵满地的京城，这排场并不算打眼。

白春毅怕东市西市人太多，会被冲散，就带着俩小姑娘去了秀逸坊和金蟾坊——这两个坊虽不及东、西二市，但也热闹，沿街有许多店铺，还有闻名京城的玉蝶楼。

白秋姝知道京城物价贵，一路都没敢开口跟她大哥要东西，就东看看西瞧瞧，权当出门长见识来了。还是白春毅细心，发现她在逛首饰铺的时候，目光多次停留在一支淡绿色茶花样式的绒花簪上，知道她喜欢，于是掏钱买下，送给了她。

买完簪子，白春毅问岑鲸有没有什么想要的。岑鲸摇了摇头，但见白春毅坚持，她便在逛到成衣铺的时候，买了一条妃色的披帛。

大半日逛下来，白春毅打算带她们去玉蝶楼坐坐，可到了才知一楼客满，二楼的雅座也都被订了出去，三楼倒是有空座，但那是留给贵客的，有钱也上不去，像他们这种来得晚又没门路上三楼的，只能点几份方便携带的点心回家吃。于是白春毅带着小厮在玉蝶楼里等点心打包，白秋姝和岑鲸则在马车上等他回来。

马车停在酒楼对面的街边，白秋姝等得无聊，就掀开车帷往外看。看着看着，她发现酒楼门边立了个木箱，箱子上头留着一条细长的口子，不由得奇怪道："那是什么？上面好像还写了字——意、见、箱。做什么用的？"

白春毅不在，岑鲸便随口答道："给顾客提意见用的。顾客若有不满意的地方，将不满写在纸上，投进箱子里，可督促店家整改。"说完，她将落在意见箱上的视线缓缓收回。

那玩意儿是岑鲸从现代抄来的，这家玉蝶楼也曾经是她的产业，挂在她的心腹云伯名下。她知道自己的结局，不愿死后牵连云伯，一直都是偷偷跟云伯联系，所以没人知道云伯和奸相的关系，更没人知道玉蝶楼中那些令人眼前一亮的菜品都出自相府。

此外她还弄了几间首饰铺和胭脂铺——毕竟是穿越者，难免有凭借现代优势挣钱当富婆的野心。

岑鲸漫不经心地回忆着过往，忽然听见一阵悦耳的铃声随着初春微凉的清风而来。

车窗边的白秋姝循着铃声，看见一辆挂了檐铃的马车在玉蝶楼门前停下，车夫手脚麻利地搬了马凳放在马车边，接着便有一双莹洁如玉的手从马车里头掀起了帘子。

那手属于一个脸上戴着面纱的姑娘。白秋姝正想赞叹不愧是京城的千金，举手投足看得人挪不开眼，就见那姑娘转身从车里请出一位身着蓝衣的俊美公子——原来那姑娘不是谁家的千金，只是个打帘的丫鬟。

白秋姝讪讪地改了口："不愧是天子脚下，连个丫鬟都这么贵气逼人。"

岑鲸也朝窗外看去，刚巧撞见那下了车的蓝衣公子回头，吓得白秋姝急忙将车帷放下。

匆匆一眼，不等岑鲸觉得那蓝衣公子漂亮的侧脸眼熟，耳边就响起了系统 2700 的声音："前方出现重要角色——玉蝶楼少东家，云息。接触云息，将增加遇见攻略目标'宰相燕兰庭'的概率，系统建议宿主以'找白春毅'为借口下车，进入玉蝶楼，引起云息的注意。"

岑鲸因系统的话感到意外，也感到困惑：意外那通身富贵的蓝衣公子竟然是她记忆中的叛逆少年云息，居然都长这么大了；困惑为何接触云息会增加遇见燕兰庭的可能，这两人……认识？岑鲸对此没什么印象，心想他们大概是在她死后认识的吧，毕竟都过去五年了，什么事情都有可能发生。

系统还在催促："系统建议宿主立刻下车，进入玉蝶楼，最好是闭上眼睛直接冲进去，大概率能撞到云息身上。"

岑鲸没理系统，而是握住了白秋姝的手。

察觉到京城与青州的差别后，满心期待的白秋姝终于开始感到忐忑不安，她甚至想到明德书院里头定然都是京城的世家千金，自己这般寻常的家世背景，怕是连她们府上的丫鬟都不如，进去读书，真的不会被人看不起吗？

白秋姝正低着头胡思乱想，突然被岑鲸握住了手。她抬头望向岑鲸，视线直直落进岑鲸如冷潭似的眼底，心突然就静了。瞧不起就瞧不起吧，反正她就是要去明德书院读书！她还要护着阿鲸，谁若是敢欺负她们，她就……她就抄家伙打回去！

岑鲸眼看着白秋姝脸上的表情从不安转变至坚定，放心地把头靠到她的肩上，说："我睡会儿，到家了叫我。"

系统："宿主！你只剩下不到十天的时间，你真的不怕死吗？！"

岑鲸充耳不闻。

没多久，白春毅提着食盒回来了。他将食盒交给马车里的丫鬟，掀起帘子时瞧见岑鲸靠在白秋姝身上睡着了，便低声让车夫回去的路上慢些，把车驾稳。

玉蝶楼三楼，那名唤云息的蓝衣公子倚靠在围栏边，比女子还要精致的眉眼低垂着，看着那辆马车缓缓驶离。

距离云息五步远的桌子旁，那个曾为云息打帘、面覆轻纱的丫鬟正噼里啪啦地打着算盘，她面前是玉蝶楼近几个月的账本。

"公子？"那丫鬟一顿操作猛如虎，飞快地对完了大半本账册，刚准备歇歇，结果扶着脖子一抬头，竟瞧见少东家跟尊望夫石似的坐在栏边发呆。

云息这才回过神来。他把视线收回，声音慵懒散漫，如一坛醉人的美酒："怎么，账目不对？"

屋里伺候茶水的掌柜吓得一脑门汗，刚要喊冤，就听见那丫鬟说："目前算来都对得上，就是奇怪你怎么了。"

云息抬起一只手,手肘关节搭在围栏上,手指屈起支着脑袋:"没什么,就是……"他的声音变得有些飘忽,如同呓语,"我好像看到了……"

岑叔。

话没说完,他便收了声。因为想也知道,那是不可能的事情。

回到家,白春毅把从玉蝶楼买来的点心分好,一部分留下给白秋姝和岑鲸,另一部分送去给自己的母亲。

晚上岑鲸的舅舅外出访友归来,一家人一块到正堂吃晚饭。

饭后闲聊时,舅舅提到了明德书院,说是过几日书院里会来人,给白春毅、白秋姝,以及岑鲸量身做几套院服,等院服做好,他们就能去书院读书。还说书院不让学生带仆从丫鬟,叫他们这几日在家先习惯习惯,有什么不懂的趁早学了,免得到书院里不适应。

白春毅和白秋姝都不怕没人伺候。他们家本来也不是什么大富大贵的人家,在青州也曾有过穷苦的时候,所以他们对此并无不满。

岑鲸就更不用说了,不让学生带下人伺候是她创建书院时定下的规矩,她当然不会打自己的脸。不过有一点让她感到很奇怪。

众人散去后,她拉着白秋姝去问白春毅:"表哥,明德不是女子书院吗?"怎么白春毅也能去明德书院读书?

白秋姝闻言,面露惊讶,不过她惊讶的点跟岑鲸是反着的:"什么?明德原是女子书院吗?"

夜间风大,白春毅借丫鬟手中灯笼的光,将两个妹妹带到背风的廊下,告诉她们:"说来话长,明德书院原来确实是女子书院,可不知道从哪一年起,便有明德书院的学生女扮男装去考科举,直到四年前,有一女子连中三元,因太过罕见受人瞩目,这才被识破其女子身份。"

白秋姝睁大了眼睛:"好厉害!"

"还有更厉害的。"白春毅笑着道,"朝廷下令彻查,又先后查出五人,皆是女扮男装在朝为官,另有若干女举子、女秀才,考上童生的女子更是多到令人难以置信。"

罪魁祸首岑鲸问："那她们后来怎样了？"

岑鲸这么一问，白秋姝才反应过来女扮男装混入朝堂是要砍头的欺君之罪，顿时悬起了一颗心。

白春毅："长公主出面保下了她们。"

长公主萧卿颜可不仅仅是皇帝的妹妹那么简单，她手握实权，地位和亲王差不了多少。

"那就好那就好。"白秋姝放下心。

白春毅接着道："这事闹得挺大，还有多年不得志的学子认为是这些女扮男装的姑娘抢占了自己的名额，更有大臣提议将能培养出状元之才的明德书院改成男子书院。"

白秋姝气得跳了起来："那怎么行？！"

"不慌，这不没成吗？"白春毅安抚地拍了拍妹妹的肩膀，说，"长公主是书院院长，她坚决不肯让出书院，和朝中大臣以及各地学子闹了大半年，最后才各退一步，将明德书院扩建，分为男东苑和女西苑，两苑共用原来的先生。"

"那就好，长公主殿下真厉害。"不过寥寥几句，白秋姝就对兄长口中的"长公主"起了崇拜之心，向兄长追问长公主的事迹。

岑鲸想走走不掉，被迫听了一耳朵故人的光辉事迹。

其间系统还出声试探她："宿主大人要是不喜欢攻略男人，可以试试长公主萧卿颜。"

岑鲸拿袖子掩着嘴，悄悄地打了个哈欠，没理它。

几天后，明德书院来人给他们量体裁衣，又过了几天，做好的院服跟书单一块送到了白府。

白春毅再一次带着白秋姝和岑鲸上街采购，除了买书单上的书籍，文房四宝等用具也一应备齐。

明德书院相当于现代的寄宿学校，白春毅带着两个妹妹去街上买上课要用的东西时，白春毅的母亲、岑鲸的舅母杨夫人，就在家给三个孩子收拾要带去书院的衣物和日常用品。

一通忙活，终于到了去书院的日子。

巧的是，系统的十天期限正好卡在他们去书院报到的那天。

不想自爆的系统彻底没了分寸，在岑鲸耳边哇哇乱叫，各种威逼利诱，只求岑鲸能按照它说的做一次，好赚取哪怕一两点好感值来续命。

岑鲸一如既往地无视它，跟白家兄妹以及舅舅舅母一块乘坐马车，抵达书院。

这天天气很好，明媚的阳光伴随着雨后微凉的清风，令人神清气爽。白秋姝一下马车就转身去扶后边的岑鲸，白色印银杏叶花纹的裙摆随着她的动作，在空中扬起漂亮飘逸的弧度。

他们提早到了，但下车没等多久就来了一位女监苑。那女监苑名叫安如素，是来接白秋姝跟岑鲸的。她见东苑那边没人来接白春毅，很是贴心地在书院门口跟白家夫妇聊了一会儿，和他们一块等人。

终于，东苑来接人了，可来的却不是东苑的监苑，而是东苑的学生。

安如素问："叶监苑呢？"

那学生一路跑来，脸都跑白了，好不容易才缓过气，答："叶监苑家中有事，不在书院，学生也是刚得到消息，替叶监苑来接人的。"

安如素有些意外，她转头对白家夫妇说："叶监苑向来看重书院事务，哪怕旬休也很少离开书院，此番怕是家里出了大事才无法前来，还望二位勿怪。"

白家夫妇忙道"不敢"，又跟安如素客套了几句。

书院规矩森严，不让学生家长入内，一行人便在书院门口作别。

岑鲸知道自己今晚必死无疑，虽不至于像白秋姝那样依依不舍，但也认认真真地向舅舅舅母道了别。

舅舅舅母一直觉得岑鲸性子冷，眼下见她这般郑重，不免愕然，接着又有些感动，回去路上还说："阿鲸那丫头果然就是面冷心热，平日里看似什么都不放心上，其实还是重情的。"

岑鲸不知道自己造成了怎样的误会，她跟着安如素走进书院大门，没走几步便是一片开阔的空地和两条长廊。两条长廊一左一右，分别通往东苑和西苑，空地往前则是书院最大的三层建筑——明德楼。那是男女学生共同上课的地方。

书院的杂役早就把他们的行李带去宿舍放置，白春毅跟着东苑的学生前往东苑，岑鲸和白秋姝则跟着安如素去西苑，一边熟悉环境，一边听安如素告诉她们

第一章 明德书院 MING DE SHU YUAN

书院的规矩——

"若是想家了,可以给家里写信,写完拿去门房那儿,留下住址,自有人替你们送出去。

"这里有浣衣房,换下的衣服放门口的篮子里,杂役每天早上会过来一次,替你们将脏衣服拿去浣洗。贴身衣物想要自己洗的,可以到水房打水。

"东苑和西苑中间那块地方叫中庭,校场和平时上大课的明德楼都在那儿。

"每日酉时,苑门落锁,没能在落锁前回西苑的,除非有书院先生给的手令,不然会被扣学分。'学分'是建立这所书院的人定下的规矩,每个学生都有十分,扣完就会被逐出书院。所有扣分的事件都将经由掌教和长公主殿下共同审批,若有谁以学分要挟学生,学生亦可举报。

"顺带一提,无论是东苑还是西苑,敢在书院内私相授受的,一经确认,扣十分,逐出书院。"

安如素长着一张温柔无害的脸,说起话来也是声音清浅,唯独提到书院规矩时,那令人如沐春风的话语染上丝丝缕缕的锐利,叫人不敢将她所言当成耳旁风。

说话间,安如素带着她们经过一座桥,来到了西苑。

西苑就是原本的明德书院主体,因此苑内布局完完全全就是岑鲸记忆中的模样,进去先是一大片铺了石板的广场,左侧一座水榭,曾是用来接待客人的地方,如今成了食堂,门口还有许多年前立下的公告栏;右侧种满花草树木,从小径进去就是上音律课的广亭,只有屋顶没有墙,放着矮桌和蒲团,可容纳十几人一起上课;广亭旁还有一排屋子,是存放各类乐器的地方,学生可就近拿取使用。

原本的旧食堂在新食堂旁边,被改成了店铺,售卖一应日常用品和学习用品,也接受院服定制。

食堂和店铺后面是练习骑射的草场,虽不及扩建后的中庭校场大,但听安如素言,西苑的姑娘们都更喜欢在自家西苑的草场上锻炼,原因是脸皮薄,总觉得汗津津的在外面有失体统。

广场直直往前是两层高的见微楼,曾经是学生们上课的地方,如今还是,不过上的课大多是西苑专门的课程,称之为"小课"。

此外还有学生宿舍、教师宿舍,以及书阁等建筑。

因为面积太大，安如素带着她们逛了整整一上午才把西苑大致走了一遍。中午她们去西苑食堂吃饭，已经跟安如素混熟的白秋姝特地挑了个临水的位置，借美景下饭，吃了两大碗。饭后安如素让她们回宿舍休息，说是下午会有先生过来带她们，给她们进出西苑的铭牌。

离开前，安如素突然问岑鲸："我是不是在哪儿见过你？"

岑鲸一脸迷茫，她不记得自己见过安如素。

安如素也不纠结："没事，大约是我记错了吧。"

挥别学生，安如素离开西苑，去了趟明德楼，打算找东苑的先生问问叶监苑的情况。此时的明德楼没多少人，通往楼梯的一楼走廊墙壁上挂着几幅画，画上都是些同书院有关的名士，她经过其中一幅，突然顿住脚，又折了回来。

正午的阳光热烈而温暖，驱散了初春的寒。安如素在那幅画像前伫立良久，脸上一直挂着的温和浅笑仿佛被落在她背上的阳光给晒化了，缓缓消散——她知道自己为什么会觉得岑鲸眼熟了，不是她曾见过岑鲸，而是岑鲸像极了眼前这幅画像上的人。

画像上的人身着朝服，虽为男子，却长得非常漂亮，但不会有人因此误会他的性别，因为画中的他坐姿很男性化，也因为画师技艺精湛，完美复刻出了他生前位极人臣不可一世的气焰。

画像落款处写了此人的名讳与身份：他是曾高居相位的书院创始人岑吞舟。

三

"我好像在哪儿见过你。"

岑鲸又一次听到有人这样对她说。

说这话的人姓乔，是岑鲸和白秋姝在回宿舍的路上遇见的。

跟白秋姝担心的不同，书院里的姑娘都很友善，有的还特别自来熟，乔姑娘就是其中之一。

乔姑娘身边跟着几个关系要好的同窗，闻言纷纷惊讶道——

"你也觉得她面善？"

"咦，原来不是我一个人这么想的吗？"

话音才落，又一个姑娘惊呼道："我知道是在哪儿见过她了！"

所有人的目光都看向那个姑娘，听她说："明德楼啊！一楼走廊上不是挂着许多画像吗，有一幅和她特别像！"

这么一说，众人纷纷回忆起那幅每日去上课都会路过的画像，恍然大悟——

"难怪。"

"就是特别好看的那幅？"

"我好像有印象，但我没仔细看过，那画的是谁来着？"

"创建我们书院的岑相啊。"

几个姑娘你一言我一语，徒留被乔姑娘拉着手的白秋姝一脸迷茫，不知道她们在说岑鲸像谁。

岑鲸倒是听明白了，并且非常淡定。来京城的路上，她就做好了被人指出样貌像那已死之人的准备，如今真遇见了也没什么感觉，就是有些困惑，因为长公主萧卿颜非常厌恶她，早在她还活着的时候就让人撤掉了她在书院的画像，怎么如今又挂上了？

一行人热热闹闹地回到宿舍楼，乔姑娘知道岑鲸和白秋姝今天刚来，行李肯定还没收拾好，就没有贸然跟去她们宿舍，只告诉她们自己住哪层哪间，让她们得空到她那儿去坐坐。

辞别乔姑娘等人，白秋姝转头跟岑鲸说："她们人真好！"

岑鲸看白秋姝高兴，也跟着笑了笑："是啊。"

宿舍两人一间，岑鲸和白秋姝理所当然地被分到了一块。行李原封不动地放在屋里，需要她们自己动手收拾。

两人花了一中午的时间把宿舍收拾好，还没来得及休息，便听见有人敲门。

白秋姝赶紧跑去开门，就见门外站着一位头发花白的老太太。那老太太个子不高，双手背在身后，模样长得挺刻薄，一双鹰隼似的眼睛先是落在白秋姝身上，稍一打量后又落在了岑鲸身上。

大约是因为岑鲸的样貌，老太太盯着她看了许久才把视线收回，自我介绍说："老身姓乌，你们叫我乌婆婆就好。"声音不怎么好听，就跟被人拿药毁过似的。

白秋姝最不擅长和这样的老人家打交道，因此非常拘谨，跟岑鲸一块对着老太太喊了声："乌婆婆。"

乌婆婆点点头，拿出两块白玉牌给她们。玉牌只有半个巴掌大小，上面分别刻着她们俩的名字，还坠着三条流苏。每条流苏上都串着三颗金丝玉珠，玉牌上方也有一颗，合起来总共十颗珠子。

她们接过玉牌后，听见乌婆婆说："凭此牌可进出西苑，牌上的十颗珠子就是十个学分，扣一分取一颗，仔细收好，别弄丢了。"

给完铭牌，乌婆婆又带她们去见微楼参加入学考试。

白秋姝不知道还有这一出，她小声问岑鲸："怎么办，我要是考不好，会不会被扔出书院去？"

岑鲸："不会的。"

白秋姝："真的吗？你怎么知道？"

岑鲸举了举铭牌："这么好的玉料，名字都刻上了，要因为你考不好就废用，岂不可惜？"

白秋姝呆住，感觉岑鲸说的有道理，又觉得哪里不太对。

乌婆婆走在她们前头，听见岑鲸的话，忍不住露出一抹笑，只是她脸上皱纹太多，笑起来非但不显得和蔼，反而非常瘆人。

专门腾出来的考场里头只有岑鲸和白秋姝两个学生，监考的先生早就到了，等她们坐下便把试题发给她们。

岑鲸翻开试题看了眼，都不难，至少对她来说是非常简单的题目，但她不打算认真写。哪怕今晚就要死了，她也不想让人发现她有什么异于常人的地方。

岑鲸倒水磨墨，比量着白秋姝的水平，左手提笔，开始答题。其间她的砚台干了，有人走到她桌旁，替她重新研墨。执起墨条的手皱皱巴巴，并不好看，但磨墨的姿势却格外优雅，就好像在过去，她曾无数次地为谁侍奉过笔墨。

岑鲸笔锋微顿，低声向乌婆婆道谢。

乌婆婆没有言语，磨好墨就出去了。

监考先生跟着出了考场，在走廊上跟乌婆婆打趣道："方才瞧见您替那学生研墨，这可不像您老人家的作风。"

第一章 明德书院 MING DE SHU YUAN

乌婆婆闻言，想到什么，刻薄的面容竟柔和了几分："那姑娘像我的一位故人……"

样貌像，哄人的法子也像，提笔写字的模样更像，像得她无法忍受那人写到一半无墨可用，就进去替她研了墨。

岑鲸落笔快，写得也快，因为不打算用心，她几乎没怎么斟酌。写完扭头，发现白秋姝还在写，甚至因为写不出来急得抓耳挠腮，她怕自己放下笔会让白秋姝更着急，于是又抽了张空白的纸，假装还在答题，实际胡写乱画，在纸上涂了个王八，又在王八的壳子上划拉出一个"井"字，自己跟自己玩三子棋。

好不容易等到白秋姝写完，岑鲸把那张画了王八的纸塞到了最下面，起身跟白秋姝一块出了考场。

直到这会儿乌婆婆才告诉她们，方才的考试将决定她们日后在哪个班上课。

白秋姝一听考差了也不会被扔出书院，总算把心放回肚子里，回去的路上连蹦带跳，非常开心。

晚饭后乌婆婆又来了一趟，告诉她们分班的结果。不出岑鲸所料，她跟小她两岁的白秋姝一块，被分到了名为"庚玄"的差生班。

"大哥知道了肯定会骂我的。"晚上睡觉时，白秋姝又拉着岑鲸夜聊。

岑鲸被系统吵得脑壳疼，好半天才回她："不会的。"

白秋姝察觉出不对，坐起身问："身体不舒服吗？"

岑鲸："大概是太累了吧。"

白秋姝心想也是，她们上午逛西苑，中午收拾屋子，下午考试，根本没时间休息，岑鲸的身体怎么撑得住。于是她赶紧躺下，说："那我不吵你了，早点儿睡吧。"

岑鲸："好。"

她在黑暗中睁着眼睛等，等到白秋姝呼吸平稳，才张口让系统闭嘴。

濒临崩溃的系统："闭嘴？你居然让我闭嘴？你知不知道，再过两个时辰你和我都要死了！"

岑鲸："现在知道了。"

系统号啕大哭。

岑鲸无奈，索性不再管它，起身下了床。

系统见她穿衣服出门，终于停止哭泣，问："宿主你要去哪儿？"

岑鲸："你猜？"

系统不想猜，它只想活。

这会儿差不多亥时三刻，也就是九点四十五分左右。宿舍楼里许多房间灯都熄了，岑鲸绕过乌婆婆的房间，悄无声息地离开了宿舍楼，前往书阁。

书阁建在西苑最边角，是一座三层的圆形建筑，这会儿大门紧闭，谁都进不去。可岑鲸能。因为书院的建筑图纸是她参与绘制的，她在书院许多地方都设置了密道暗门，作为她偷偷送给书院学生的礼物。现在回头看看，这真是一件非常不靠谱的礼物，比反派系统送她重生还不靠谱。

她一路畅通无阻地走到书阁顶层，推开窗户，被夜色笼罩的京城就这么展现在她眼前，如同一头沉睡中的巨龙，哪怕静谧无声，依旧能给人带来心灵上的震撼。

系统从岑鲸推开第一扇书阁暗门开始就安静了下来，它不曾了解过岑鲸的过去，也没想到岑鲸行走在西苑就跟逛自己家似的，来去自如。直到岑鲸站在窗户前，俯瞰这座恢宏寂静的国都，它才终于意识到岑鲸不是它完成任务的工具，而是一个人，一个有过往、有来历的人。

死到临头，疯过哭过的系统也认命了，它沉下心，询问岑鲸："宿主，能跟我说说你的过去吗？"

过去……岑鲸出了会儿神，摇头说："忘了。"

忘了你还能把西苑密道暗门记这么清楚？系统怀疑岑鲸在忽悠自己，于是换了个角度去问："那宿主来这儿，是想最后再看一眼京城的夜景吗？"

岑鲸反问它："你知道书阁下面有什么吗？"

系统进行扫描，发现书阁地底下有一条密道，很长，通往城郊。

它如实回答后，岑鲸又问："你说过，一旦你自爆，我就会粉身碎骨、死无全尸，是吗？"她在"粉身碎骨、死无全尸"八个字上加了重音。

系统还没猜到岑鲸的用意，懵里懵懂地应了声"是"。

岑鲸近乎冷漠地道："只要我在你自爆之前通过密道抵达城外，就不会有人找到我的尸体，更不会知道我死了，他们只会奇怪，一个今日刚入书院的学生竟然凭空消失了。"

与此同时，长公主府。

"叶监苑告假一月去了衢州？"萧卿颜白天忙于公务，晚上才有时间听人跟她汇报书院里发生的事情。

安如素："是，听说同他妹妹有关。"

萧卿颜头疼："那东苑便暂时交由你和卫先生来协理。"

女子插手东苑并不是一件容易的事情，可一向表现温婉的安如素却没有说一句推辞的话，直接就应下了。

随后安如素又拿出一卷卷轴，递给萧卿颜，说："今日书院新来了三名学生……"

她本想提一提岑鲸的样貌，不过心念一转，又将此事瞒下了。书院里头有不少岑府旧人，那些人若因岑鲸的样貌偏心岑鲸也就罢了，要是身为书院院长的长公主殿下也因为一副皮囊而格外偏心某个学生，还是个成绩不行没什么才华的学生，对书院来说恐怕不是什么好事。

萧卿颜不知道安如素在想什么，她接过卷轴，展开看了一眼，目光落在"岑鲸"两个字上，第一反应便是——这名字取得好。

鲸，海中大鱼也。其大横海吞舟……（出自《尔雅》）

四

岑鲸把系统吓到失语，趁着片刻的清静又好好欣赏了一番从高处眺望的风景。

等时间差不多了，她就下楼，去找书阁底下的密道。

但就在她拉起书阁地砖的时候，耳边突然响起了系统的声音，透着死里逃生的狂喜——

"叮！长公主萧卿颜好感值+3。"

夜风骤起，书阁外响起一阵枝叶碰撞的哗哗声响。

岑鲸蹲在密道口，问："你们系统难道能篡改攻略目标的好感值？"

系统暴怒："当然不能！请不要怀疑系统的专业性！"

岑鲸心想也是，要真能这么做，系统也不会在过去的几天里各种鬼哭狼嚎，求爷爷告奶奶地催她去做任务。

那为什么会凭空涨三点好感值？还是萧卿颜那儿涨的，太离奇了。

岑鲸想不通，询问系统，系统也不知道。但幸好她早已不是那个遇到疑问无论如何都要打破砂锅问到底、不撞南墙不回头的岑吞舟，想不通就不想，死不了那就姑且活着好了，只是白折腾一场有些累，问题不大。

岑鲸又将地砖盖了回去，原地休息片刻后，她慢吞吞站起身，顺着来时的路往回走。可惜回去的过程并没有出来时那么顺利，她在能绕开乌婆婆房间的那条路上，遇见了乌婆婆。

那个矮小的身影就这么静静地立在走廊中央，像是在等谁，却又没有东张西望，似乎笃定了自己不会等来任何人。她无声地伫立在那儿，直到看见岑鲸从走廊另一侧出现，她浑浊的眼睛因错愕而睁大，眼底顷刻间冒出了水汽。

大约是夜晚容易让人脆弱，又或者是岑鲸太像那个谁，出现的时间地点又太过巧合，她心底浮现了一抹过分不切实际的想法。她抵不住这抹想法的诱惑，颤抖着朝岑鲸迈了一步，想要张口呼唤一声"老爷"，却又怕对方不会应她。

岑鲸本还想搪塞过去，见她如此，又想到白天她给自己研的墨，心突然就软了。反正……反正只是个老人，还是这世上难得不嫌弃她坏并且记挂她的老人，给她一点儿安慰又不会怎么样。

岑鲸一步步走到乌婆婆身旁，动作熟练地挽着乌婆婆，慢慢往她房间走去。

乌婆婆任由岑鲸动作，干枯的手覆在岑鲸手背上，仰头看着岑鲸的眼底满是期盼。但那期盼实在太不现实，就像用澡豆搓出的泡沫，轻轻一戳就会破掉。

岑鲸没有将那泡沫戳破，开口问乌婆婆："大晚上不睡觉，杵在风口做什么？"

陌生的女子声音，用的却是她熟悉的语调，带着些微的无奈，叩响了记忆的大门。岁月留下的沟壑被泪水浸润，乌婆婆轻颤着吸了口气，缓缓吐出时带上了一声嘶哑的笑，却也让泪流得更多了："上了年纪，总是睡不踏实。"她动作迟缓地擦去眼泪，接着道，"想起你说，这里专门留了条路，可以给学生半夜偷跑出去玩，就过来看看。"

岑鲸："……"原来是我杀了我。

乌婆婆："这些年我也时常半夜过来看看，就没见过哪家姑娘会大半夜不睡

觉偷跑出去，头一次抓着人，结果却是抓到了你。"

岑鲸："……要扣分吗？"

乌婆婆"欸"了一声，说："我老太婆头昏眼花，就看到有人经过，没看清是谁。"

没有人会讨厌被偏爱的感觉，岑鲸也不例外，可她还是说："包庇不好。"

乌婆婆觑着她。

岑鲸终于忍不住笑道："包庇我可以。"

乌婆婆也跟着笑了，湿润的眼底映着廊下灯笼的光，比天上的星子还好看。

走到乌婆婆的房间，岑鲸替她推开门，说："时间不早，我就不进去坐了。"

乌婆婆闻言，没有强留她。就像方才一路走来，她没有各种询问确认坐实岑鲸的身份，也没有问岑鲸为何能死而复生，还一下就变成了个年仅十五岁的小姑娘，更没有问岑鲸大半夜跑出宿舍去做什么。就好像只要岑鲸还活着，其他什么都无所谓了一般。

岑鲸想了想，决定告诉她："或许哪天我会突然不见，到时候你可别因为这个难过。"

乌婆婆："好。"

岑鲸又笑了："这么想得开？"

乌婆婆轻叹："都这把年纪了，有什么好想不开的。你要去哪儿，什么时候去，都没关系，哪怕再也不见，只要知道你还好好的，老婆子我就心满意足了。"

回宿舍的路上，系统悄悄冒头，小心翼翼地问岑鲸："宿主会为了老婆婆，好好做任务活下去吗？"

岑鲸："不做任务，能活一天算一天。"

系统没什么是非观，但这并不妨碍它摆出一副义愤填膺的模样谴责岑鲸，好站在道德制高点逼迫岑鲸去做任务："你既然不肯好好活着，就不应该跟老婆婆相认，万一你又死一次，老婆婆又要难过一次，这样太不负责任了。"

岑鲸听它用了"相认"一词，问它："你知道我的过往了？"

系统："根据现有信息可推测，宿主曾使用另一个身份在京城生活过一段时间，那个身份有百分之九十的可能就是书院创始人岑吞舟。"

原来只是推测。

岑鲸："我还以为你从反派系统那儿共享了我的资料。"

2700依旧不屑跟反派系统为伍，还自以为掩饰得很好："恋爱系统和反派系统不属于一个部门，借调资料的流程太过烦琐，没必要。"

岑鲸没有拆穿它，只是告诉它："如果你知道曾经发生过什么，你就会明白——"她回到宿舍，转身关门，银色的月光落在她身上，随着她关门的动作被慢慢挤成一条线，最后彻底隔绝在门外，"我这个人，总是做不出什么太好的抉择。"

她能为了让父母、姐姐健康顺遂，去做一个伤天害理的反派，也会为了让半夜思念她的乌婆婆高兴与她相认，然后骗她说"我会突然不见"，而不是告诉她"我会突然死掉"。她所做出的选择，从来都没有彻彻底底地对过。

岑鲸在门前站了一会儿，熟悉的困倦感涌上心头，她闭了闭眼，不再多想，回床上去睡觉了。

第二天一大早，天刚蒙蒙亮，岑鲸就被外头走廊上的自鸣钟给吵醒了。她捧着因为睡不够而头痛欲裂的脑袋，开始了在明德书院的学习生涯。

乌婆婆昨天来说分班结果的时候给了她们庚玄班的课程表，早上基本都是大课，需要去明德楼，下午一般是骑射课或小课。

白秋姝上大课上得一个脑袋两个大，攥着笔杆子满脸生不如死，可一到下午她就活了。虽然她也不爱上小课，学什么调香、刺绣、品茶，但下午有骑射课。

给她上课的武师傅对她是又爱又恨：爱她天赋异禀，百步穿杨；恨她每次都跟脱缰的野马似的，不受驯。

还好武师傅有撒手锏，那就是岑鲸。

岑鲸身体不好，专门请书院大夫诊过脉，不能剧烈运动，自然也就无法跟其他学生一样骑马、射箭、打拳。但白秋姝这匹野马特别听她的话，武师傅曾有心在课后给白秋姝安排一些额外的训练内容，却遭到了白秋姝的拒绝，还是岑鲸开口，才让白秋姝捏着鼻子应下。

相比白秋姝，岑鲸的学院生活就要平静许多，无论学什么她都会一点儿，也无论学什么都不出彩。唯一会引人注目的，大概就是骑射课上人人都在挥汗如雨，就她在校场边缘太阳晒不到的地方慢悠悠地散步。

这天下午的骑射课，岑鲸照例在中庭校场闲逛，并不知道远处的明德楼二楼有人一眼就看到了格格不入的她。

"那是谁？为何不用上课？"萧卿颜问。

书院大夫卫先生往下瞧了眼，还没通过那个模糊的身影确认那是自己曾诊过脉的学生，就听见他后头的乌婆婆率先开了口："回殿下，那姑娘叫岑鲸，身体不好，上不了骑射课。"

她就是岑鲸？萧卿颜蹙眉，心里升起些许不满：岑吞舟文武双全，这姑娘取了个和他相似的名字，入学分班考没考好就算了，居然连骑射都学不了。

"叮！长公主萧卿颜好感值 -1。"

"宿主！这是怎么回事？！"

系统本来就只有三点来自萧卿颜的好感值，刚入学那天晚上扣了一点，之后过了十天，又扣掉一点，剩下最后一点，居然还被任务目标自己减掉了！

岑鲸也不知道是怎么回事，她担心好感值会继续减下去，在众目睽睽之下死掉，便加快脚步，往附近唯一能遮挡视野的建筑明德楼走去。

另一边，萧卿颜看向难得在她面前开口的乌婆婆，疑心对方和她一样注意到了岑鲸的名字，因此对岑鲸另眼相待，心里越发不满。她愿意留下岑吞舟塞进书院里的人，不代表她能容忍他们不按书院规矩办事。

向来铁血手腕的萧卿颜正琢磨该怎么杀鸡儆猴，突然发现乌婆婆侧头看向窗外，就跟着朝外望了眼。就这一眼，方才因为距离远看不清的容颜一下子撞进了她的视线。

"叮！长公主萧卿颜好感值 +50。"

系统声音颤抖："宿……宿主？你知道发生什么了吗？"

五

岑吞舟死后，是萧卿颜给他收的尸。

准确地说，是岑吞舟威胁萧卿颜，必须给他收尸。

当时的岑吞舟是许多人的眼中钉肉中刺，皇帝萧睿忌惮他的权势，长公主萧卿颜厌恶他的作为，就连他一手带大的义弟岑奕也在知道他是杀父仇人后恨不得他死。众叛亲离，不过如此。

所以那年上元节，萧卿颜做梦都想不到岑吞舟会在进宫赴宴之前专门来找她。

她一如既往地想都没想就让人把岑吞舟轰走，不愿在这大好的节日里见他，平添晦气。把人轰走后，她还跟自己的驸马抱怨，说那姓岑的真会挑日子，怕不是专门来硌硬她的。

驸马捧着她的脸给她画眉，正要接话，突然听到什么，手中价值十金的螺子黛直接被当成暗器扔了出去。可那来人也是个练家子，一歪头就躲开了。

驸马趁这会儿拔出墙上悬挂的一柄长剑，直直朝不速之客刺去，逼得那人一退再退。眼看着就要跌到屋外庭院里，那人终于还是抬手，弹指震断了要他性命的长剑，顺手把弹飞出去的断刃捞回来，往驸马颈边袭去。

偏生驸马也不是个好相与的，武功路子比来人还要邪门，眼看着就要两败俱伤，一条长鞭破空而至，"啪"的一声将两人分开，还抽到了来人身上。

"嘶——"翻墙进来的岑吞舟被长鞭在手背上抽出了一道血痕，抱怨，"以二对一，未免太不磊落。"

拿着鞭子的萧卿颜非常想撬开岑吞舟的脑子看看里面都装了些什么，是他擅闯别人的府邸，怎么还有脸让府邸主人和他一对一单挑？可那些讽刺的话语在萧卿颜喉间轻轻一滚，又被咽了下去，再开口，只剩一句："滚。"

岑吞舟垂眸捂着受伤的手背，说："我有事情想跟你商量。"

萧卿颜冷着脸："你我不是一路人，没什么好商量的。"

双方僵持不下，岑吞舟却笑了："那就不商量了。"他抬眸，眼睛还是那么的好看，却隐约透着一抹浅浅的倦意。

不等萧卿颜细思那抹倦意为何，她就被岑吞舟接下来的话勾起了怒火。

岑吞舟说："替我办件事儿。"

可以，他可以的，"商量"不成，直接就改成"吩咐"了是吗？！萧卿颜差点儿没给气笑："我不是你相府的丫鬟！"

岑吞舟："我家丫鬟要能办到，我定不来你这儿找骂。"

萧卿颜："岑！吞！舟！！"

岑吞舟非常无奈："这也不行那也不行，再不答应，我就只好把你这位驸马

爷的来历送到陛下那儿了。"

从商量到吩咐，再从吩咐到威胁，很好，这很岑相。

萧卿颜也确实是被岑吞舟拿捏住了。她的驸马表面上是她从街上强抢来的民男，实际上却是别国刺客，如今虽一心向她，可这把柄要落到皇帝手上，她怕是要付出不小的代价才能带着她的驸马全身而退。

一旁的驸马再一次提起了手中的断剑。这一次，岑吞舟切切实实地感受到了令人毛骨悚然的杀意。

萧卿颜按下驸马的手，朝着岑吞舟咬牙道："你说。"

"早这样不就好了吗，非得逼我当坏人。"岑吞舟得了便宜还卖乖，丝毫不怕萧卿颜翻脸。因为他太清楚这对小夫妻是怎么一路走到今日的，他甚至还给萧卿颜当过狗头军师，让她直接把人绑回来关小黑屋。

连这种馊主意都能出，足见他们曾经的关系有多好，甚至许多人都以为岑吞舟会娶公主。可惜世事难料，他们当初有多好，后来决裂得就有多彻底。而他们决裂的源头，就是明德书院。

岑吞舟创建明德书院时，先帝还在。先帝问他，女子又不用考科举，为何要建立给女子读书的书院，他说："女子不用考科举，可女子要嫁人啊，不多学些道理，开阔开阔眼界，如何替她们的丈夫持家？"

这一番话直接就把女人标榜成了男人的物件，仿佛女人一生的价值都在男人身上。待传到萧卿颜耳朵里，可把她给恶心坏了，她想找岑吞舟对质，岑吞舟却因公务繁忙不见她，气得她一不做二不休，直接把明德书院抢到了自己手里。

再后来，岑吞舟的所言所行越来越让萧卿颜无法理解，政见上也时常有不同的倾向，两人就此渐行渐远，最后甚至发展到了针锋相对。

为庆祝上元节而挂上的花灯在廊檐下随风轻晃，岑吞舟站没站相地倚在窗户边，对萧卿颜说："若哪天陛下要我死，劳烦你给我收个尸。"

萧卿颜眯起眼，说："好。"

岑吞舟无声叹息。他太了解她，就她那性子，越是答应得干脆，越是有诈，眼下多半是表面答应，反正到时候他也死了，总不能诈尸来找活人算账。

岑吞舟不希望这件事出岔子，无奈之下，还是把自己这么做的理由告诉了萧卿颜："我是女子。"

等着看岑吞舟草席裹尸的萧卿颜猛然愣住，好半天才反应过来对方说了什么："你别以为你这样说，我就会……"

岑吞舟："不信我可以把衣服脱了给你看。"

萧卿颜："谁要看你脱衣服！"

岑吞舟还是那副欠揍的模样，叹息道："反正你替我收尸就对了。"

萧卿颜没再说话，她眉头紧蹙，像是被"岑吞舟是女子"给震撼得回不了神，又像是在思考什么。

岑吞舟还得入宫赴上元宴，没时间和她耗，只能继续威胁她："要不想后悔，就把我的尸体藏好，别让人发现我是女子。"

岑吞舟的语气太强硬，导致萧卿颜忘了追问她为何如此笃定自己会死在皇帝手中，还回呛了一句："你是女子与我何干？我为何要后悔？"呛完她就后悔了。

果然，岑吞舟深深地看了她一眼。好一会儿，她的声音才在寒凉的空气中响起，带着不知从何而起的疲倦："历朝历代总有那么几个遗臭万年的奸臣，可不会有人因此就说男子不适合做官，但要出个女奸相，他们便会说这就是让女人当官掌权的下场。这个道理，你应该比我更明白。"

萧卿颜握着鞭子的手慢慢攥紧："你既然知道，就该清楚什么能做什么不能做，但凡收敛一二，你也不会落到如此境地。"

岑吞舟没有顺着她的话说，只问她："你会帮我的，对吗？"

萧卿颜能怎么办，她总不能因为一个岑吞舟，毁了其他女子的仕途路。但在岑吞舟离开前，她还是忍不住问："为什么？为什么你会变成现在这副模样？"

岑吞舟沉默许久才给出一个答案："因为我想。"

当晚宫宴，岑吞舟在出宫路上遭遇禁军伏击，重伤之际，皇帝亲手把剑刺进了她的胸口。

萧卿颜没想到岑吞舟傍晚来跟她商量收尸的事情，晚上就死了，赶去皇宫的路上整个人都是蒙的。好不容易想办法将岑吞舟的尸体调包，她亲手解开了对方身上染血的官服，终于确认岑吞舟是"她"，而不是"他"。

那之后，萧卿颜又花了很长时间才渐渐明白，先帝之所以最讨厌她这个女儿，

就是因为先帝不喜欢女子上蹿下跳牝鸡司晨，若非岑吞舟那番说法，明德书院根本不可能建成。后来也不是她从岑吞舟手里抢来了书院，而是从一开始，岑吞舟就把她当成最适合接手书院的人，还在户部安排了即便她死也会继续维持下去的暗线，让那些女学生能用以假乱真的男子身份参加科举。

萧卿颜无数次回想自己最后问岑吞舟的话，都觉得自己非常可笑。

——"为什么你会变成现在这副模样？"

因为她把太多太多的事情都放到了自己肩上，因为有些事情想要达成目的就必须那么做。

岑吞舟或许亏欠过别人，但唯独不曾欠她，甚至可以说是她欠了岑吞舟太多。在她宁折不弯的时候，是岑吞舟折断了骨头替她前行。

可惜等她发现这点想要还的时候，那个人已经不在了。

三月中旬，宫中照例举办一年一度的春日宴，宴请群臣。虽然皇帝因为种种原因没能亲自到场，但会有分量足够的官员负责主持宴会。

今年负责主持春日宴的不是别人，正是数月前因公务离京、前几日才回京的当朝宰相燕兰庭。此人为官十五年，却比在场许多人都要年轻，盖因他是个十二岁中举、十五岁高中状元、当了半年多的秘书省校书郎、外放五年回京也不过二十岁的奇才。这么一比较，他入仕九载便得相位，似乎也不是什么稀奇的事情。

因为皇帝不在，官员们几杯酒下肚，气氛就热闹了起来，一个个作诗的作诗、说笑的说笑，推杯换盏，好不热闹。待宴席散后，燕兰庭正准备离开，却在穿过春熙苑的杏花林时遇见了长公主萧卿颜。

燕兰庭："见过殿下。"

萧卿颜心不在焉地"唔"了一声，随手挥退给燕兰庭带路的小太监，迈步靠近，低声道："问你一件事。"

燕兰庭看了眼萧卿颜身后兼任禁军统领但却毫无存在感的驸马，淡淡道："殿下但说无妨。"

萧卿颜酝酿了一小下，问他："十五年前你去洪州任职，吞舟也在那儿待过一阵，我问你，她那会儿……可曾有过孩子？"

燕兰庭那满身的冰寒像是被人给凿裂了一般，露出罕见的迷茫："啊？"

岑鲸当初做任务的时候，出了个岔子。

她本该在冬狩时被皇帝萧睿一箭射落悬崖，尸骨无存，这样就不必担心留下尸体，被人发现她是女子。偏偏当时想要杀她的人太多，皇帝暗中射来的那一箭正好跟她弟弟岑奕明目张胆射来的那一箭撞上，反倒叫她逃过一劫。

宿主没能在规定时间内死亡，之后多出来的每一天都将折损任务的完成度。因此反派系统为了能让岑鲸尽快死去，不得不做出牺牲，允许岑鲸把自己的女子身份告诉萧卿颜，好停止任务完成度的下降。

可无论是岑鲸还是系统都不会想到在萧卿颜之后，还有一个人发现了岑吞舟的女子身份，那个人就是燕兰庭。

就在萧卿颜调包岑吞舟尸体的当天晚上，燕兰庭找上萧卿颜，他以为岑吞舟没死，还拜托萧卿颜助自己诈死逃离京城。可惜他想得太过美好，岑吞舟就是死了，萧卿颜之所以调包尸体，只是为了隐瞒岑吞舟的女儿身。

后来萧卿颜问过燕兰庭："你怎么知道我调包了尸体？"

驸马原为刺客，精通易容之术，他用牢内死刑犯伪造出岑吞舟的尸体骗过了所有人，怎么唯独燕兰庭发现了那具尸体是假的？

燕兰庭："她手背上有伤。那具假尸体上没有。"

萧卿颜这才想起，自己在岑吞舟赴宴前一鞭子抽伤了她的手背。于是萧卿颜留下一句"你还挺仔细"，就跑去给假尸体伪造伤口去了。

她并不知道，不是燕兰庭仔细，而是燕兰庭早在岑吞舟入宫赴宴时就发现了她手背上的伤，还专门同宫人要了伤药和纱布，挑岑吞舟离席醒酒的时候把她拉到没人的湖边，替她包扎伤口。

燕兰庭不是第一次干这种事。许多年前他在外地任职，恰逢岑吞舟来他辖地办差，那段时间他曾多次把应酬喝醉的岑吞舟背回屋，还给她煮过醒酒汤。第二天岑吞舟宿醉头疼闹着要吃什么，也是他黑着脸去买的。

每次他照顾岑吞舟，都会收获对方的调笑，说他看起来冷冰冰的，谁能想到居然是个男妈妈。燕兰庭不知道"男妈妈"是什么意思，也疑心过岑吞舟是不是在骂他，可谁让对方是他那一届会试的主考官，论辈分他还是她的门生，除了供着孝敬，他也没别的办法。

但上元节那晚，岑吞舟看着蹲在自己面前包扎伤口的燕兰庭，什么话都没说。

不一会儿，燕兰庭的下属派人来请他，于是他匆匆离开，其间回过一次头，就看见岑吞舟还坐在湖边的大石头上，背后是挂满了花灯的扶摇楼，绚丽夺目，刺得人眼睛疼。

岑吞舟发现他回头，抬起手朝他挥了两下，因为背着光，他甚至看不清她当时的模样。

那便是他与岑吞舟的诀别，此后再见，已是阴阳两隔。

此刻，春风拂过，春熙苑盛开的杏花随着树枝轻轻晃悠，偶尔飘落几片，被风带着落到了燕兰庭脚边。他原地呆立了不知道多久，才迈步往春熙苑出口走去。

女子不比男子，怀胎十月不是说遮掩就能遮掩过去的，所以他非常确定岑吞舟不曾在十五年前有过孩子，至少没在洪州生过。可萧卿颜的话又让他非常在意——

"你没看见不知道，那姑娘跟吞舟长得简直就是一个模子里刻出来的，名字也像，叫岑鲸。

"若非那姑娘年纪小，我都差点儿以为她又活了。

"我找人问了那姑娘的舅舅，得知她在洪州出生，生母因她难产而死，后来她父亲也没了，这才被接去她舅舅家。

"吞舟十五年前也去过洪州，她们又长得这么像，你不觉得太巧了吗？"

是啊，太巧了。

燕兰庭回到府中，换掉官服后写了封信，派一心腹快马送去洪州。

巧合也就罢了，若真是岑吞舟的女儿，他会给那姑娘最好的生活。但要不是巧合，也不是岑吞舟的女儿，而是谁在利用早已故去的岑吞舟刻意谋划什么，那他便不能留那姑娘活口。

第二章

识 破

一

"叮！长公主萧卿颜好感值+1。"

"叮！长公主萧卿颜好感值+1。"

"叮！长公主萧卿颜好感值+2。"

"叮！长公主萧卿颜好感值+1。"

……

不过一个多月，萧卿颜的好感度就跟不要钱似的一点点往上涨，导致系统从开始的一惊一乍慢慢变得麻木，如今就是一个没得感情的好感度播报机，哪儿还有当初涨三点好感值就喜极而泣的样子。

岑鲸被时不时来一下的提示音吵得脑壳疼，难得主动开口询问系统："能把提示音关了吗？"

系统："只有触发三个及以上的攻略目标好感度，才能开启提示音关闭功能。"

岑鲸只好作罢。

眼看小日子越发滋润，系统又开始不安，生怕哪天这好感度会像它莫名其妙涨起来一样又莫名其妙往下跌。为了避免这样的情况，它开始跟岑鲸探讨涨好感度的原因。

"你坏了。"岑鲸真心这么觉得，不然实在解释不了萧卿颜的好感度为什么会涨成这样。

系统也怕是自己的问题，可进行一番自检后，它确定程序运行正常。于是它有了一个大胆的想法："宿主，你原来的身份认识长公主，你现在又和你原来的身份长得非常像，所以有没有可能是长公主认出了你，所以好感度才会一直涨？"

岑鲸："如果她认出了我，你已经死了。"

系统悚然一惊："你和她有仇？"

岑鲸："她讨厌我。"

系统没想到会是这样，蒙了。

岑鲸想着说都说了，干脆让系统知道得更彻底一些，就告诉它："不只是她，其他攻略目标也都挺恨……讨厌我的。"

系统的声音再次带上颤抖："你刚刚是不是说了'恨'？他们恨你，恨你曾经的身份？"

岑鲸："嗯。"

系统原地崩溃。等好不容易恢复运行，它在岑鲸耳边千叮咛万嘱咐，让岑鲸千万不要在攻略目标面前暴露身份。

岑鲸垂着眼："这你倒是可以放心。"

哪怕萧卿颜知道了她的存在，看到了她的样貌，发现她的样貌和那个名叫"岑吞舟"的人非常像，也绝对不会发现她就是岑吞舟。就算有古代人的迷信加持也不行，因为她现在的状态跟过去差别太大，没以前那么有活力，也没以前那么欠。就是她亲手拉扯大的弟弟岑奕来了，也不一定能认出她。

除非……除非岑奕或燕兰庭看到她的字。

一个人的写字习惯是很难改变的，所以进入书院后，她一直用左手写字。岑相的墨宝随便一家高档点儿的字画店都有，但知道她左手写字是什么样的人就两个，一个是岑奕，一个是燕兰庭。他们俩如今一个在边境打仗，一个是一人之下万人之上的宰相，怎么可能闲着没事去搜罗她的笔墨？燕兰庭知不知道京城有她这么一个人都不一定。

第二章

识破

SHI PO

系统叮嘱完岑鲸，反应过来："不对，长公主讨厌你，为什么还会对你有好感？"问题又回到了原点。

岑鲸没有回答系统，一是她不知道答案，二是有人来了。

这会儿是未时末刻，下午两点左右。白秋姝和庚玄班其他同学都在外边上骑射课，她原本也该到外头校场散步才对，奈何她上午上史学课的时候打瞌睡被抓，史学先生知道她不用上骑射课，就罚她用下午骑射课的时间把明德楼三个楼层的楼梯都打扫干净。

现在是上课时间，也不知道是谁经过，反正岑鲸听到了脚步声，就没有再跟系统对话，自顾自拿着扫帚扫一楼通往二楼的楼梯。

脚步声越来越近，还挺密集，应该不止一个人。

岑鲸抬起头，猝不及防看到一张熟悉的脸。那张熟悉的脸上画着繁复艳丽的花钿和鱼鳞纹的斜红，本该华贵浓艳，却因为又画了一双眉头收尖、眉尾上扬的涵烟眉，透出几分凌厉。

"愣着做什么，还不赶紧向殿下行礼？"有人提醒岑鲸，是书院的掌教。

岑鲸回过神来，正要向萧卿颜行礼，就听见萧卿颜说："不必了。"

说完，萧卿颜看都没再多看她一眼，带着人走出明德楼。

"叮！长公主萧卿颜好感值+5。"

岑鲸："……"

安如素一直跟在萧卿颜身后，撞见岑鲸扫楼梯时，她还担心萧卿颜会不满岑鲸受罚，并在众目睽睽之下免了岑鲸的罚。直到萧卿颜头也不回地离开，她才知道自己想多了。也是，这位可是长公主殿下，怎么会因为一个普普通通的学生长得像故人，就坏了书院的规矩。

就在这时，萧卿颜突然问："方才那学生为什么在扫楼梯？"

安如素眼皮跳了一下："应当是被先生罚了。"

先生罚学生，再正常不过的事情。萧卿颜不置可否，走出一段路后，她又问掌教："过了季春，校场又该长虫了，除虫的药剂可曾备下？"

掌教："回殿下，已经备好了，后日便是旬休，等学生明天都归家去，便可施药除虫。"

萧卿颜："今天就施药。"

于是岑鲸一截楼梯还没扫完，就见白秋姝满头大汗地跑来找她，让她不用扫了，还拉着她回西苑去收拾东西回家。

岑鲸一头雾水："明天才是回家的日子。"

"哎呀，你不知道，天气不是越来越热了嘛，书院怕学生被校场的虫子咬伤，准备待会儿施药除虫。施药后学生不可踏足校场，索性明天后天放两天的假，所以我们今天就能回去，你也不用扫楼梯啦。"白秋姝还说，"等大后天回来再上史学课，你可一定要记得往后面坐，别让那老先生想起你没扫完楼梯就走的事。"

明德书院一个月放三次假，每一旬放一次，一次放一天，称为旬休。这次因为校场施药除虫，平白多得了一天的假期，便有西苑学生提议趁机组织一次聚会，热闹热闹。最初赞同并表示要参加聚会的不过七人，后来那七个姑娘又找了各自在书院里结交的好友，导致最后参与聚会的西苑学生有足足三十来人。

岑鲸和白秋姝也在其中，把她们叫去的正是在入学当天认识的乔姑娘。这位乔姑娘出身长乐侯府，是这次聚会的发起人之一，聚会的地点也定在了她家。

头一次接触这么煊赫的人家，岑鲸的舅母比两个当事人还紧张。白秋姝和岑鲸刚从书院回来还没坐稳，就被她拉去街上买东西，现做新衣裳是肯定来不及了，只能买成衣回来，有不合适的再改。

可京城物价贵，要想买能去侯府也不丢面子的衣服实在要花不少钱，白秋姝觉得没必要，甚至想穿院服去侯府，被杨夫人狠狠地点了一下额头："想什么呢。"

白秋姝捂着被点出红印子的额头，幽怨地看了一眼杨夫人给她挑的衣服，说："可我就是不喜欢这衣服嘛。"

其实也不是完全不喜欢，要再便宜一点儿，她肯定就收了，奈何实在太贵，有这钱还不如攒着，等她生辰那日给她买一张结实的弓。

杨夫人："不穿这个穿什么？"

白秋姝嘟囔："家里又不是没给我做新衣服，院服不行的话，可以从那几件新衣服里挑啊。"

现在的白秋姝已经不是刚入京那会儿吵着要穿漂亮衣服出门，瞧见别人家丫鬟比自己还得体就会自卑的小姑娘了。先生教过她什么叫"腹有诗书气自华"，

第二章

识破

SHI PO

虽然她读书还是不太行，但她的骑射课成绩可是整个西苑都没人能比得上的，武师傅都说她根骨绝佳，天生就是习武的料。她这么厉害，穿什么不都行吗？！

杨夫人被白秋姝挺着小胸脯一脸自信的模样气得脑壳痛。

岑鲸坐在一旁，手里捧着店家奉上的茶水，目光在店内逡巡，最后停留在一件青色的翻领胡服上，开口道："要不……"

她刚说了两个字，还在争论的白家母女俩就不约而同地看向了她。

店家在一旁看得稀奇：怎么这小姑娘才像是能拍板的人？

岑鲸抬手指向胡服："要不试试那件吧。"

胡服和裙装不同，没太多工艺佩饰堆砌，置备一身做工不错的胡服，价格可比那裙腰上坠了玉珠玛瑙、裙摆上绣了金银丝线的石榴裙便宜。本朝民风开放，加上有岑吞舟为相时的一系列操作，女子穿男装或胡服早已不是什么稀罕事，明德书院的女子院服里也有一身窄袖长靴的胡服，方便西苑学生上骑射课时穿。

杨夫人犹豫："这……"

白秋姝却是眼前一亮："好好好，这件好！我喜欢！"

岑鲸知道怎么劝服杨夫人，只要她说"我知道舅母你不是喜好攀比的人，只是怕秋姝穿得差了被人瞧不起，可这京城的千金若要争奇斗艳，咱们就是倾家荡产也未必能顶人一个零头，与其掺和进去，不如直接跳出来，穿身与众不同的"就行。然而还未开口她就已经懒得说了，索性将那些话语都丢弃，只剩一句："我也喜欢。"

幸好杨夫人是个清醒的，她斟酌再三，终于还是决定买两身做工精细的胡服，让白秋姝和岑鲸穿去长乐侯府。

第二天抵达侯府，乔姑娘等人看见她们的打扮，眼睛比昨日白秋姝见着胡服时还亮。

白秋姝心底升起不祥的预感，还没来得及往岑鲸身后躲，就被乔姑娘一把挽住了手臂，调笑道："这是哪儿来的小郎君，叫什么名字，今年多大了？"

白秋姝："啊？"

其他几个姑娘也都围了上来，每一个都彩衣飘飘、妆容精致，把身着胡服的白秋姝当成自家小兄弟来欺负，还有俩竟直接上手掐了她的脸。

说来也奇怪，明明在座的姑娘平日里上骑射课也都穿过胡服，也不见她们有多在意，偏偏眼下众人都穿漂亮裙衫的时候冒出来两个穿着胡服的，反而格外招她们稀罕。

白秋姝被逗得团团转，想向岑鲸求助，扭头发现岑鲸身旁也围了几个姑娘，但却没她这边的姐姐们吓人，一个个都温婉娴静，轻声细语地跟岑鲸说着话。

怎么差这么多？！白秋姝都蒙了。

好半天众人才玩笑够，却说什么都不肯散去，非要和白秋姝坐一块。最后还是东道主乔姑娘抢到了人。

刚一坐下，乔姑娘便问她："你是怎么想到穿这身来的？"

白秋姝还没回答，乔姑娘又接上一句："你穿这身还挺好看。"

白秋姝被夸得红了脸。

乔姑娘笑着戳了戳白秋姝白嫩的脸颊，又转头去看岑鲸，说："你姐姐穿男装也好看，比你像样多了。"

白秋姝顺着乔姑娘的视线看去，就见岑鲸正从容地喝着茶，一举一动确实比她更像样。

等等！白秋姝视线一凝，坐在阿鲸身边的是……

她压低声音问乔姑娘："安监苑怎么也在这儿？"

乔姑娘："安监苑和学生关系一向不错，在馨月的诗社和我的琴社里都挂了名的，当然得请她来。"

乔姑娘口中的"馨月"全名安馨月，是安如素的侄女，也是西苑出了名的才女。这次聚会的主要发起人就是乔姑娘和安馨月，请安如素来确实在情理之中。最重要的是，安如素虽然年长，还是书院的监苑，可她没有架子，混在学生堆里作诗、写字、玩游戏当真是没有一点儿违和感。

不过安如素运气不好，除了作诗、猜谜，玩什么其他的都输，被罚喝了一杯又一杯的酒，很快便醉了。姑娘们都有分寸，见状便让她坐回去歇歇，乔姑娘还吩咐厨房端了碗醒酒汤来。

安如素平日温和得体，对学生也是体贴耐心，像个知心大姐姐一样，直到喝了酒才显出几分少有的任性来，一碗醒酒汤在她面前放着，都快凉了也不见她喝。

岑鲸伸手贴了一下碗壁，确定碗中的醒酒汤还带着些微温度，就提醒她："安监苑，把醒酒汤喝了吧，不然一会儿头疼。"

安如素拧了拧眉，说："不想喝，味道肯定不好。"

说完，她将盯着醒酒汤的视线转到了岑鲸身上。岑鲸因为不用上骑射课，下午也不会专门换上更方便骑马的胡服，所以这是她第一次看岑鲸做男子打扮，当真是越看越像画像上的那个人。

安如素压在心底的不满在醉意的驱使下一点点突破桎梏，最后她"啧"了一声，语速缓慢地说道："我真的、非常讨厌你。"

岑鲸意外，不是因为她有多自信，认为人人都该喜欢她，而是在此之前，她从未看出安如素是讨厌她的。

安如素见岑鲸愕然，便呢喃着告诉她自己讨厌她的原因："你身体不好，才能也一般，这都没什么，书院里比你差的多了去了。可偏偏你长了这样一张脸，因此哪怕你一无所长，也总有人前赴后继地对你好。浣衣房只管洗衣服，乌婆婆便每日都替你把衣服从浣衣房拿回来，熨烫熏香后再给你送去。西苑洒扫的曲大娘总会在打扫完你和你表妹的屋子后，摘一束书院里的花摆到你们屋里。还有总管西苑食堂的马大婶，你来之前，那儿的饭菜不能说难吃，只能说令人大开眼界，也就你那表妹不挑嘴，能吃下两大碗饭。可自从你来之后，那饭菜都快追上玉蝶楼了，生怕你吃不好……"

安如素说着说着笑了起来，可见她对以上这些虽然看在眼里，但也不是真的特别在意，直到她收起了笑容，语气染上淡淡的凉。岑鲸知道，真正让安如素介意的事情来了。

"还有瑞晋长公主殿下……她甚至看不得你被先生罚扫楼梯，宁可让全书院的学生都耽搁一日学习，也要免了你的罚，还没让人瞧出她对你的好，免得给你惹麻烦。"

岑鲸："……"

要是放在今天之前，有人跟她说萧卿颜会为了替她免去先生责罚而费尽心机，她肯定不会信。可昨日见到萧卿颜时，其好感值一下子涨了五点。这还是在好感值已经很高的基础上。系统和她说了，好感值越高越难涨，足见萧卿颜对她的态度。

可她想不通:"就因为我长得像岑吞舟?"

安如素端起那碗醒酒汤,告诉岑鲸:"乌婆婆他们是岑府旧人,至于长公主殿下……她也跟岑相有旧。岑相死后,她不仅一手包办了丧葬事宜,后来几年陆续有人上折子参岑相,想让当今追责,也是她一力弹压,守住了岑相死后的荣哀。"说完"荣哀"二字,她一口将那散发着奇怪味道的醒酒汤给喝完了。

放下汤碗,她赶紧端起桌上的茶水漱口,漱完口才接着对岑鲸说:"这还只是在书院,一旦你像岑相的事情在京城传开,还会有更多人因此偏袒你、爱护你。"

岑鲸这回是真的震惊了:"更多的人?"

安如素数给她听:"皇后的娘家,季阳沈家你该知道吧?沈家如今的家主姓岑,叫岑奕,皇帝亲封的安武将军,他是被岑相一手带大的,岑相遇刺后,他为了捉拿刺客,几乎把整个京城都给翻过来了。当今幼弟安王殿下生平最大的乐趣,就是收集有关岑相的旧物,去年还曾因在宫外听见太傅说岑相的字不好而动手打人,闹到了当今圣上面前,整个京城传得沸沸扬扬。还有如今的燕相燕兰庭,我总觉得他不仅是岑相的门生那么简单……瞧着都快把岑相当他爹了。"

岑鲸见她因醉酒犯困而语焉不详,好奇地追问:"怎么说?"

安如素抬了抬沉重的眼皮,含混道:"岑相早年被宗族除名,入不了岑家祖坟,长公主便额外给他选了一处风水宝地。后来岑家想把岑相的坟迁回去,燕兰庭记恨他们当初的绝情,直接把岑相的坟迁到了燕家祖坟里头。岑家为这事还告了御状……"

那些岑鲸不知道的事情就这么通过安如素,一句一句入了她的耳中。

安如素说着说着就睡着了,一直睡到聚会结束,醒来时还有些没反应过来自己在哪儿。她动了动僵硬的身子,披在她肩头的一件披袄眼看着就要滑落,被突然伸出的一只手给提了回去。

"怕你着凉,就叫乔姑娘拿了件披袄来给你盖着。"

随着岑鲸的声音响起,安如素的心神逐渐回笼,想起自己喝醉后都叨叨了什么,她的脸色一下子变得铁青。她抬起一只手扶住额头,面目几近狰狞。

这会儿人散得差不多了,乔姑娘拉着白秋姝和安馨月一块替她送客,整个花园散落着投壶用的箭和其他乱七八糟的东西,桌上也只剩残羹冷炙,酒杯和酒壶

第二章

识破

倒了好几个。

安如素花了好长时间才冷静下来，对身旁的岑鲸说："对不住。"

岑鲸不明白："为什么道歉？"

安如素的头一抽一抽地疼，她忍着疼说："我身为监苑，实在不该对一个没犯过错的学生抱有如此大的偏见。"

安如素非常清楚，岑鲸那脸又不是她自己想长成这样的。可从感性上，她总是会忍不住厌恶靠脸就能轻松获得各种好处的岑鲸。

岑鲸这些年越发觉得说话是件累人的事情，很多时候就算有话想说，也会因为嫌累而闭嘴。可方才安如素对她说了许多，她琢磨着，怎么也该礼尚往来一下。

之前安如素睡着后，岑鲸跟乔姑娘要了个煮酒的小火炉，就放在一旁，火炉上还煮着一壶热茶。这会儿，岑鲸将茶壶提起，又顺手把安如素的茶杯拿了过来："人有七情六欲，我因外貌占尽便宜本就不对，你因此觉得不公平是人之常情。"

低着头缓神的安如素愣住。

"再说了，"岑鲸将茶水沏入杯中，杯口冒出温热的水汽，"哪怕知道殿下因我这张脸而对我另眼相看，你也从未刻意与我亲近，也没有刻意刁难过我。你讨厌不公平，却也始终记得公平，把我当成一个普通的学生来看待，就算讨厌我也只是在心里讨厌，若非今日喝醉，我怕是这辈子都不会察觉你的厌恶。为人为师你都没错，所以你不必同我道歉。"

岑鲸把倒好的热茶递给安如素。安如素愣愣地接过茶杯，呆了许久才低头喝了一口茶。茶水入口温热，从咽喉一路暖到了胸口，她的身体开始放松，头也不那么疼了。

喝完一杯，岑鲸又给她倒了一杯。就这么连续喝了三杯，第四杯沏满后她没有再喝，而是把茶杯捧在掌心暖手。

两人谁都没说话，就这么感受着宴席散后的寂冷，却无人觉得尴尬。

半晌，安如素开口，声音轻柔微哑："我从未见识过那旁人口中的岑吞舟，若他也是如你这般的性情，我便大概明白为何人人都记挂着他了。"

乔姑娘和安馨月带着白秋妹送完客，一回来就见岑鲸跟安如素两个人还坐在原地。她们一个身上披着披袄，双手捧着茶杯，仰头望向前方不远处枝繁叶茂的大树，呆呆地出着神；一个一手支着脑袋，一手把玩着空酒杯，仿佛那一个小小的杯子就足以寄托她这大半日的消遣。

桌边的小火炉还在烧，壶里剩下半壶茶水，沸腾翻涌发出咕噜咕噜的声响，呈现出一片岁月静好，与满座无人杯盘狼藉的聚会现场形成强烈反差。

素有才女之名的安馨月以诗画著称，见此情景忽然有了灵感，顾不上打招呼就快步奔向她们先前写诗作画用的桌子。

中途安馨月踢倒了投壶用的壶，发出的动静惊醒了发呆走神的安如素与岑鲸，两人同时朝她望去，却惨遭无视。

安如素深知侄女的性子，对岑鲸说："别管她，她就那样，一旦有了画画作诗的念头就什么都不管了，去吵她还会冲你发脾气。"她的语气不似平常那般温和客气，多了些随性，显出几分微妙的亲近。

安馨月要画画，安如素也不能丢下侄女在别人府里不管，总是要留下等等她的，于是乔姑娘就先送白秋姝和岑鲸离开了侯府。

回到家已经是下午，杨夫人见白秋姝是高高兴兴回来的，那颗悬了大半日的心总算是放下了。

关注白秋姝的同时，杨夫人也没忘了注意岑鲸，见岑鲸满身赴宴归来的倦怠，就让下人去给她烧了热水，催她快些回屋去休息。

岑鲸听话地回了屋，等热水烧好洗完澡，她正准备睡觉，憋了大半天的系统迫不及待地冒了出来。昨天听说攻略目标都跟宿主曾经的身份有仇，它还以为自己前途黯淡，结果今天发现一切并不像宿主所说的那样糟糕。根据安如素提供的信息，攻略目标里头至少有三人对宿主曾经的身份有着非同一般的好感，也就是说，只要宿主恢复她原来的身份，好感值就会源源不断地涨起来。

系统看到了好感值全刷满的曙光，于是它吵着跟岑鲸商量："宿主，你以前有什么习惯？你跟我说说，我替你整理方案，保证能让攻略目标一个接一个地识破你的身份！"

岑鲸没理它，慢吞吞擦干头发，让丫鬟把她换下的衣服收拾好就出去，等吃晚饭了再来叫她。

系统又问:"还是你更喜欢打直球,想要主动告诉他们你的身份?"它自顾自地开始为难,"但根据数据显示,逐步抛出线索让攻略目标自己想办法证实你的身份所获得的好感值,会比你主动坦白身份获得的好感值要高,所以系统这边还是建议宿主先隐瞒自己的身份。"

岑鲸躺进被窝,同时伺候岑鲸的丫鬟也出了屋,轻手轻脚将门关上。

"宿主你说呢?"系统催促岑鲸表态。

岑鲸如它所愿,发表了一下自己的想法:"我不打算让他们知道我是谁。"

系统不解:"为什么?你就不想和他们相认吗?"

岑鲸:"不想。"

系统急了:"那任务呢?"

岑鲸:"你看我是想要做任务的样子吗?"

系统陷入沉默,直到这会儿它才想起,那些让它苟存到现在的好感值都是自己凭空冒出来的,和宿主本身的行为没有半分钱关系,宿主也从来没有主动去找过攻略目标,更别说讨好他们了。可系统还是不甘心:"有这么多人喜欢你,要对你好,就这么舍弃你不觉得可惜吗?!"

岑鲸嫌累,不想再和系统争辩下去,奈何系统喋喋不休地劝她,仿佛只要让别人知道她是岑吞舟,就能大把大把地搜刮好感值,她只好再次开口:"我死前……岑吞舟死前一个月,曾随御驾至易安山,参加冬狩。岑奕也在,还对我射了一箭。"

系统:"欸?"

岑鲸:"一个疾恶如仇的少年,你相信他会在射杀仇敌失败的一个月后翻遍全京城,替自己的杀父仇人报仇吗?"

系统被岑鲸和岑奕之间的血海深仇给震了一下,它小心翼翼地道:"安如素在说谎?"

岑鲸:"随便打听一下就能知道的事情,没必要说谎。"

系统突然有个非常狗血的想法:"宿主是不是根本没杀他父亲,一切都是误会,他在那一个月里发现了真相,所以改变了对宿主你的态度?"

岑鲸闭了闭眼,说:"没有误会,他爹就是我杀的,亲手杀的。"

系统:"那到底为什么……"

"不知道。"岑鲸随口猜，"或许是恨有人抢了他报仇的机会，又或者因为别的什么，你要拿好感值去赌吗？"

系统："长公主呢？她可是涨了好感值的！"

"嗯，她应该是真的改变了对我的看法，不像以前那么讨厌我了。"

系统："还有燕兰庭！"

"他……"岑鲸意味不明地笑了笑，因为实在太困，她这一笑居然笑出了虚弱的味道，于是她跟系统商量，"先放我睡一觉吧。"

系统也知道岑鲸身体不好，身体就是做任务的本钱，所以它只能委屈自己闭嘴，让岑鲸先休息。

岑鲸一觉睡到晚饭时间，起来吃了小半碗米粥，就又躺回去睡了。

第二天，睡饱觉的岑鲸早早便起了身，刚洗完脸，还不等系统找她继续昨日的话题，就听见一句系统提示音——

"叮！长公主萧卿颜好感值-40。"

系统疯了："宿主，这是怎么回事？！"

岑鲸平静依旧，看系统开启自检，疯狂检查是不是程序出了问题，便趁着眼下难得的清静，转身去做先生给她留的作业。

因为不用写得太好，岑鲸一边写，一边分神想些有的没的，其间她也思考过究竟是什么原因让萧卿颜的好感出现这么剧烈的变化。如果不是系统自己出了问题，那么她猜——只是猜测——萧卿颜或许是看她长得太像岑吞舟，曾怀疑过她是岑吞舟的女儿也不一定。这样也就能解释为什么萧卿颜对她的好感时不时就要涨一下，但萧卿颜本人却从来没有主动接近过她。因为谨慎的萧卿颜在等一个答案，她需要用这个答案来确定自己该以怎样的态度对待岑鲸。如今好感值骤降四十，应该是萧卿颜得到了答案，知道岑鲸和岑吞舟只是长得像，并无其他瓜葛。

岑鲸的猜测基本没错，不仅燕兰庭派了人去洪州调查岑鲸的身世，萧卿颜也没闲着，甚至她派人去洪州的时间比燕兰庭还要早，所以今早那些人便回了京城，向萧卿颜汇报调查结果：他们从洪州查到青州，无论是曾经接生岑鲸的丫鬟婆子还是白家在青州遣散的一部分旧仆，都一一接触询问过，能肯定岑鲸的生母就是白家老爷的妹妹白玉妍。

第二章

识破

SHI PO

得知这一消息，萧卿颜非常失望。原本她还想，如果岑鲸是岑吞舟的女儿，她一定会把岑鲸当成自己的孩子，悉心教导。甚至萧卿颜的书房桌上还摆着她偷偷从书院弄回来的岑鲸的功课，想着等确定岑鲸的身世与岑吞舟有关，就将岑鲸接入长公主府，亲自给她辅导功课，不能让她丢了她娘亲的脸。如今期待落空，这些日子的幻想有多美好，她的心理落差就有多大。因此不仅是她对岑鲸的好感出现下降，她自己的情绪也受到了很大的影响，上午好几个官员来找她议事，都被她冷脸的模样吓得噤若寒蝉，任凭驸马想尽办法也没能叫她开心起来。

下午燕兰庭过来找她谈事，一张冷脸对上另一张冷脸，交流时没有一句废话，不过半个时辰就把正事给谈妥了。

完事后燕兰庭准备像平时一样走人，突然想起进来前驸马曾拜托他帮忙说几句话，安慰安慰心情不佳的萧卿颜。奈何燕兰庭并不擅长安慰人，起身后沉默半晌，到底没能说出什么安慰话来。

萧卿颜一看就知道是什么情况，她不了解燕兰庭，还能不了解她家驸马吗？她随手把一道刚看过的折子扔到桌上，开口赶人："行了，我自己会想通的，用不着你来对我说教。"

萧卿颜动作粗暴，折子砸在桌上后又往前滑出一小段距离，导致桌子边缘堆放的一沓纸都被推落到地上。其中几张纸落地后由于惯性滑到了燕兰庭脚边，他弯腰去捡，非常顺手地把纸张都正面朝上叠好。动作做到一半，他不知为何突然顿住。

萧卿颜过了一小会儿才发现异样，蹙眉问道："怎么了？"

燕兰庭盯着手里的几张纸，没头没脑地问了萧卿颜一句："这是什么？"

萧卿颜看到那几张纸，想起自己这些日子做的白日梦，脸色又难看了几分："岑鲸的功课。"

燕兰庭眼睫轻颤，终年不化的满身冰寒跟着凝滞，甚至还有碎裂的迹象。

"她是……"燕兰庭迟疑着问，"左撇子？"

"她应该是两只手都能用，我看她吃东西喝水用的都是右手，唯独写字用的是左手。"萧卿颜不止一次暗中观察过岑鲸，因此很确定。

燕兰庭再度顿住，不知道在想什么。

萧卿颜耐心耗尽："到底怎么了？是她写的这些内容有什么问题吗？"

燕兰庭回过神来，缓了几息后，将失态尽数收起："没怎么，就想问问——"他垂着眼，叫人看不清他眼底的情绪，"明德书院……还缺先生吗？"

萧卿颜不明白话题怎么变成了"书院缺不缺先生"，但说实话，书院确实缺先生。

为了保证书院的风气，她所挑选的书院先生不仅得有真才实学，还得尽可能公平，不能面对男学生就各种用心，面对女学生就极尽敷衍。几年前书院扩建时她就想到了这点，于是在中庭设立明德楼，让男女学生都在同一间课室上大课，有效避免先生阳奉阴违，教授的内容因学生性别不同而出现差异。

至于先生会不会只管男学生，无视同一课室里的女学生……据她所知还真有那么几个，但她没有将人替换掉。一来那几位先生确实有本事，二来适当的刺激能让女学生们明白，这世道对她们并不公平，好叫她们学会对这世道不屈不服。

但这一手的效果非常不稳定，有女学生越发勤勉，铆足了劲想要把东苑比下去，也有女学生逆来顺受，觉得这世道向来如此，她们又何必为了去争那没用的一口气而费尽心力，还让同一课堂上的男学生觉得她们太过厉害霸道。

她们各自的选择也影响了那几位先生的态度。遇上逆来顺受的，那几个先生便觉得女子果然不如男；遇上叛逆不屈、比男子还优秀的，他们或可惜她们为女子，课上多几分关注，或生气同课堂男子无用，课上管教越发严厉。

其中也有人慢慢改变了迂腐的想法，学会一视同仁，就是少。

这还只是上大课的先生，给西苑上小课的先生就更难找了。不仅得有本事，不偏心，还得守规矩，因为教小课得进出西苑，女先生也就罢了，若是来个不规矩的男先生，出哪怕一次意外，都不会再有人家敢把女孩儿送到书院里来。所以每次给西苑找先生，对萧卿颜来说都是一场挑战。

萧卿颜摸不准燕兰庭是什么意思，问："你……要给我推荐书院先生？"这倒确实能叫她得到些许安慰。

燕兰庭"嗯"了一声。

萧卿颜："是谁？人可在京城？擅长教什么？我认识吗？"

燕兰庭抬眼，毫不避讳地直视萧卿颜："我。"

萧卿颜一时没反应过来燕兰庭是认真的还是在说笑。

两人就这么沉默地对视了片刻，萧卿颜意识到这不是玩笑，发出一声相当谨慎的询问："你疯了？"当朝宰相跑去书院当教书先生？燕兰庭要是没疯，那就是她疯了，不然怎么会听见这么不可思议的要求。

"没疯。"燕兰庭颇为认真地回答了她，还拿着那几张纸走到桌边，蹲下身去捡散了一地的纸张。

萧卿颜下意识道："我待会儿让人来捡，你先把话说清楚，好好的跑书院当先生做什么？"

燕兰庭并未起身让萧卿颜叫下人进来收拾，而是将写了字的纸一张张捡到手中："我想进书院确认一件事。"

确认一件事？什么事？萧卿颜正要追问，忽然又顿住。她意识到燕兰庭提出要去书院当先生是在看到岑鲸的功课之后，此刻纡尊降贵蹲下捡的也是岑鲸的功课，于是追问的话语变了模样："与岑鲸有关？"

燕兰庭："是，所以劳烦殿下安排我去当她的先生。"

燕兰庭的话让萧卿颜那灰暗了一天的心情有了复苏的迹象：燕兰庭此人，无情起来比旁人都要过分一些，因此哪怕岑鲸和岑吞舟长得一模一样，只要没有血缘关系，就无法叫他耗费上哪怕一分感情。可如今他要为了岑鲸入书院，这说明什么？说明岑鲸绝对和岑吞舟有关！

萧卿颜等着燕兰庭告诉她岑鲸和岑吞舟有什么关系，可直到燕兰庭将岑鲸的功课都从地上捡起整理好，她也没等到答案。萧卿颜屈指叩了叩桌面，提醒他："你总得告诉我，你到底要确认什么吧。"

燕兰庭的视线从那沓纸张挪到萧卿颜脸上，四目相对之际，淡淡的声音自他口中而出："尚未确定之事，就不说出来让殿下操心了。"

萧卿颜也不跟他客气："你不说，书院就不缺先生。"

燕兰庭理了理刚才蹲下弄皱的衣袍，不动声色道："会缺的。"

燕兰庭的态度让萧卿颜仿佛又回到了岑吞舟还在那会儿，她微微一愣，随即嗤笑出声："旁的不见你跟她像，商量不成就改威胁的手段倒是学了个十足十。可你别忘了，你不是她，别以为能像她一样拿捏我。"

燕兰庭见萧卿颜不肯让步，也知道自己如今的心绪不适合再谈下去，便朝萧卿颜拱了拱手："殿下要是没其他事情，下官就先告退了。"

萧卿颜冷着脸："不送。"

她看着燕兰庭转身离开书房，直到他的身影消失在门口才低头看向桌面，找那份让他突然变得奇怪的功课。也是这会儿她才发现，燕兰庭那厮竟拿走了岑鲸的功课，忙朝外面喊道："把他手里的东西给我拿回来！"

守在屋外的驸马闻令而动，追上还没出长公主府的燕兰庭。

燕兰庭虽会些武功，但那是学来防身的，如何能跟驸马学来杀人的武艺相比，因此不过一个回合，驸马就把岑鲸的功课抢了回去。

驸马抢完东西就跑，徒留长公主府的管事对燕兰庭客气道："燕大人，这边请。"

燕兰庭知道东西是抢不回来了，只能就此离开长公主府。

回去的路上，燕兰庭有些后悔，这次是他太过冲动。萧卿颜这人吃软不吃硬，他若是放低姿态，萧卿颜未必不会答应他。偏他当时并不如表现出来的那般平静，他被岑鲸的字扰了心神，也被岑吞舟可能还活着的荒谬猜想乱了阵脚，能稳住不让萧卿颜看出更多端倪，已经是他克制的结果。

若岑鲸是别的什么像岑吞舟，例如样貌、性格，他都能说服自己是巧合，甚至有可能是谁故意安排，刻意伪装。唯独这字迹是不同的。岑吞舟答应过岑奕，绝不让旁人知晓她会用左手写字，所以岑吞舟左手写字是什么模样，只有他和岑奕知道。那是只属于他们三个人的，旁人绝不可能探知的过往。

二

"叮！宰相燕兰庭好感值……"

系统提示音响起的同时，屋外传来白秋姝兴奋的声音："阿鲸，二姐来信啦！！！"

岑鲸因此没听清提示音后半段说了什么，也不好当着白秋姝的面跟系统说话，索性先将困惑放下，和她一块看"二姐"的信。

岑鲸的舅舅有三个孩子，一男两女，春夏秋。二女儿白夏姝三年前嫁到了衢州，

岑鲸和白秋姝那两条用衢州布做的蓝裙子就是她送的。

白夏嫣比白秋姝沉稳周到，给家里寄信也是每人都有份。她给岑鲸的信上除了问候语，还提及自己在衢州认识了一个小姑娘，对方日后也要到京城明德书院读书，若是遇见了，她们可以试着做做朋友。

"衢州来的朋友，也不知会是什么样的性子。"白秋姝说。白夏嫣给她的信里也提到了那位衢州来的小姑娘。

岑鲸："二姐喜欢的，性格应该很活泼吧。"

"那我的马球队又能多一个人啦！"白秋姝高兴地说。

之后白秋姝在岑鲸这儿待了一个下午，直到晚饭后才回主屋去赶作业。

白秋姝一走，系统立马把燕兰庭的好感情况又播报了一遍："宰相燕兰庭好感检测失败，无法呈现该攻略目标的好感值。"

岑鲸难得地好奇一回，她将屋里伺候的丫鬟都遣走，问系统："检测失败是什么意思？"

系统解释："系统无法判定他的好感目标是否是宿主。会出现这种情况，大概率是他猜到了你的身份，但又无法肯定，所以没有彻底将你们当成同一个人，导致好感值出现波动，却又检测失败。"

岑鲸哑然。他发现了？连面都没见上，怎么发现的？

想了想，她猜测对方大概是看到了她如今的字，至于她的字为何会落到燕兰庭手上，应该跟萧卿颜有关。

不过岑鲸没纠结太久，倒是系统还记着岑鲸昨天没说完的话，非常担心："宿主，你和燕兰庭的关系到底是好还是不好啊？他都把你的尸骨迁进他家祖坟了，总不会是想背着人鞭你的尸吧？他要是知道了你的身份，会不会直接把好感值扣到负数？"系统越说越怕。

岑鲸："如果萧卿颜的好感是正数，他的好感是负数，你会自爆吗？"

系统："那要看所有攻略目标的好感值总和。现在触发好感的只有长公主和燕兰庭，他们两个人的好感值相加总和为正，我就没事，总和为负，自爆程序就会被启动。"

岑鲸："那你可以放心了，他为人最是克制，无论好感值是正还是负，数值应该都不会太大，萧卿颜的好感还有剩余，够他抵的。"要是不够也无妨，反正到那时候她也已经跟系统一块死了，只要在这之前，系统不要因为恐惧不安总来吵她就行。

岑鲸随口忽悠住系统，放下茶杯起身去收拾桌上已经写好的功课。白秋姝突然从门口冒出来，眼泪汪汪地说功课太难了，求岑鲸借自己的给她抄。

岑鲸叹息。她活了三辈子，小孩带了不少，就没哪个像白秋姝偏科这么严重的。天知道她有多想把功课借出去，让白秋姝直接照抄，可她又怕好好一孩子毁她手里，只能打起精神去白秋姝那儿，花时间教她怎么写。

白秋姝也单纯，从来没想过为什么自己的学习水平在岑鲸的帮助下一点点提高，但岑鲸本人却始终都在班级中游固定不动。

第二天一大早，她们回书院上学，一切看似和平时没什么两样。直到返校的第三天下午，她们和同班的同学一块到广亭上音律课，琴都从广亭旁边的小屋子里抱出来了，却发现教琴的先生迟迟不来。

一般这个时候，都会有班长跑去找老师。她们庚玄班的班长是个姓李的小姑娘，她尽职尽责跑去找音律先生，却在最后带回来一个消息：教音律的刘先生收到江州一位琴艺大家的请帖，说是欣赏他作的几支曲子，邀请他去江州做客，刘先生仰慕那位琴艺大家十多年，一收到请帖，来不及等书院批准就启程前往江州，所以今天的音律课铁定是上不成了。安监苑还让李班长带话，叫学生们都换了衣服到中庭校场去，让教骑射的武师傅给刘先生代课。

庚玄班教音律课的先生走后没几天，另一位教策论的先生突然接到圣旨，被钦点去某个衙门任职。书院一下没了两个先生。

与此同时，朝堂之上亦是暗流涌动。

关系向来不错的长公主与燕相不知为何突然翻脸，二者手下的派系也跟着闹起了矛盾，今日我找你麻烦，明日你给我使绊子，眼看着就要闹到明面上来。外戚沈家被两位神仙打架掉下的碎渣诱得露了痕迹，原本不合的二人立时又联起手，将蠢蠢欲动的沈家摁住。

长公主府内，萧卿颜同燕兰庭又一次面对面，将朝堂之事好好商议了一番，充分诠释了什么叫"没有永远的敌人，只有永远的利益"。

第二章

识破

SHI PO

说起来，长公主当年也是个眼里容不下沙子的人物，是岑吞舟身体力行，教会她什么叫"小不忍则乱大谋"。

二人避开私怨商量正事，一切都还算顺利，偏燕兰庭在敲定各项事宜后哪壶不开提哪壶，问萧卿颜："殿下当真不打算让我去书院帮忙？"

萧卿颜那火气一下子就上来了，她觑着燕兰庭，一字一顿："你想都别想。"

燕兰庭垂眸："殿下应该清楚，我能弄走两个先生，就能弄走第三个、第四个。"很多时候，毁掉总比建立要容易。

萧卿颜猛地一拍桌子，震翻了桌上的茶杯："你敢！"

这两人身处官场多年，又凌然众人之上，早已浸染出上位者才有的威严，一旦露出一点点不合的迹象，气氛就容易变得剑拔弩张。

僵持不下之际，依旧是燕兰庭率先开口，说："我确实不敢。"

燕兰庭的突然退让在萧卿颜的意料之外，直到他又添上一句"书院是她的心血"，萧卿颜才明白了什么，一身的煞气也跟着消减不少。

对，书院是岑吞舟的心血，燕兰庭不可能毁掉书院，她也不能意气用事。

冷静下来再回头看，那两位先生一个只是暂时去了江州，又不是不回来了，另一个莫名得了官职，虽然肯定不会再回书院当个小小的教书先生，但也让不少人惊觉，在明德书院教书是有可能被朝廷看见并且重用的。

明德书院找先生难也不仅是因为萧卿颜挑剔，还有另一方面的原因是部分文人名士看不惯书院里有女子，觉得不成体统，所以不愿意来。如今这先例一开，萧卿颜日后再请先生到明德书院教书，应当会比之前更加容易。至于朝堂上那点儿小摩擦，能以此引沈家露出马脚，倒也是值得的。萧卿颜想通这一切，心头怒火消去七八分，又多了许多忌惮与感慨：能将一切谋划得如此周全，甚至把她的情绪也玩弄于股掌之间，该说真不愧是岑吞舟的学生吗？

她定定地看着燕兰庭，过了片刻才道："明日来书院。你一个状元出身的人，应该不用别人告诉你怎么教学生写策论吧？"

燕兰庭却道："殿下，我想教学生弹琴。"

萧卿颜愣住了，此刻她看燕兰庭的眼里已然没了这些日子积聚的怒火，只剩见了鬼似的诧异。

男先生进入西苑，除了需要在课前领取腰牌，还需要让一名婆子跟着，直至授课结束离开西苑。

燕兰庭身为当朝宰相，跑来书院当先生确实有些奇怪，所以目前只有书院的诸位先生知道他是谁，并未对学生公开他的身份。

同书院先生们打过招呼后，掌教亲自带着燕兰庭熟悉书院。因掌教此人最擅曲意逢迎，燕兰庭很快就从他那儿拿到了岑鲸所在的庚玄班的课程表。

中午掌教请燕兰庭到外头吃午饭，燕兰庭以事务繁忙为由拒了，掌教也不敢说什么。

下午燕兰庭再度回到书院，书院还没上课，他走到明德楼，根据课程表找到了庚玄班上午上课的课室。

书院人多，课室不够用，所以明德楼这边的课室不是固定给哪个班用的，经常上午是这个班在用，下午就会让别的班用，因此课室桌面非常干净，不会留有学生的个人物品。

当然也有例外。燕兰庭发现课室内一张靠后排的桌子上遗留了一支紫竹笔，便走到那张桌子前坐下。

这间课室位于明德楼二楼，对外的一侧窗户全开着通风，能看见蓝天白云，还能看见雀鸟飞过停在窗沿，蹦跶几下挑个合适的位置，低头用喙整理羽毛。

燕兰庭以前读书的地方只有一层楼，看不见高处的风景，但一层楼也有一层楼的好处：房屋承重没那么大，课室一侧的墙壁是推拉门，能全部打开，切切实实地感受到屋外触手可及的景色。

但那时的他一心读书，对课室外的景色并无兴趣，甚至没注意到课室旁有一棵非常漂亮的银杏树。后来之所以会发现，是因为在某天上完课后，他把一本书落在了课室里。他回课室拿书，推开课室门，发现一个不知从哪儿来的红衣青年坐在他的位子上，手里还拿着他的书。

当时已是傍晚，课室里不该有人，推拉门也应该都关上了才对，可那红衣青年就这么理直气壮地坐在他的位子上，身侧的推拉门尽数敞着。夕阳余晖洒下，将那人身上的红衣照得分外鲜艳。

察觉到他的到来，红衣青年举了举手里的书，问："这是你落下的？"

他的目光在红衣青年那张漂亮的脸上停留了一下，点头说"是"。

红衣青年招手把他叫过去，又问书上的批注是不是他自己写的。

他再次点头说"是"。

红衣青年乐了，含笑的眼中有浮光轻荡："你是机器人吗，给个指令才肯动一下？就不能多说几句？"

他蹙起眉头，反问："何谓机器人？"

红衣青年说这不是重点，然后拉着他，把书上的批注都问了一遍，当真是一点儿都不知道见外。

两人就这么聊了起来。不能否认，跟红衣青年的交谈让他感觉非常舒服，对方不会仗着年纪比他大就强硬给他灌输自己的观点，也不会一味听他的话，毫无主见。聊完书本，红衣青年又兴致勃勃地问起他书院的事情，他都一一答了。

红衣青年离开前，他终于主动问了对方一个问题："你是书院新来的先生吗？"若是，倒也不赖。

可惜红衣青年说"不是"，还说："我来看看书院是怎样的，改天自己也建一个。"异想天开，把建书院说得跟闹着玩似的。

红衣青年走后，他翻开书，发现里面多了一片银杏叶，也不知道是红衣青年从哪儿捡了放进去的。

直到第二天上课，他坐在自己的位子上，阳光透过枝叶缝隙落在他的桌面，往日绝不会因此而分心的他侧头往外一看，才发现课室外原来有棵又大又漂亮的银杏树，枝叶茂密，叶片金灿灿的，衬着书院屋顶古朴的滴水檐，美得叫他失了神。

之后因缘际会，他又遇到了红衣青年，对方时常能让他发现许多明明就在他身边却又被他忽视的美景，直到……直到五年前，青年眼底没了光。

一阵脚步声传来，将燕兰庭从回忆中惊醒，他转头看向门口，就见一个身着院服的姑娘出现在那儿。

明德书院的院服款式非常多，唯独颜色和花纹固定不变：东苑院服为白底竹叶纹，是书院扩建后由萧卿颜定下的；西苑院服则还是如书院创始人岑吞舟定下的那样，为白底银杏叶纹。

金灿灿的银杏叶落在那姑娘的白色裙摆上，随着门口吹过的风微微晃动。

052

燕兰庭的视线在那姑娘波澜不惊的脸上停留了许久,那姑娘也大大方方随便他看,最后是他自己回过神来,拿起桌上被遗留下的紫竹笔,如曾经红衣青年问他一般问那姑娘:"这是你落下的?"

那姑娘,也就是岑鲸,也因眼前似曾相识的一幕,想起了两人初遇时的场景。只是没想到这么多年过去,那个坐在课室里的人换成了燕兰庭,遗落东西回课室来拿的人变成了她。

岑鲸一边在心里感慨世事无常,一边一脸平静地走进课室,说:"是我落下的。"她走到燕兰庭面前,去拿他手中的笔。

然而当岑鲸握住笔时,燕兰庭并未松手,而是就着两人一坐一站、各拿紫竹笔一端的姿势,说:"你同我认识的一个人很像,样貌像……"他看着她那双没有光的眼睛,补充,"神态也像。"

岑鲸:"……"

神态像?五年不见,燕兰庭终于瞎了吗?岑吞舟鲜活张扬,岑鲸颓如死水,怎么像得起来?

燕兰庭仿佛看懂了岑鲸的不解,告诉她:"我最后几次见那人时,她也是如你这般,满身藏不住的疲惫困倦,一副很累的模样。"

岑鲸听他这一说才想起来,五年前冬狩之后的一个月里,她确实表现得跟现在很像,不过那会儿她身边已经没人了,所以察觉出她异样的人并不多。

岑鲸想了想,说:"天下之大,有那么一两个长相相似、脾气相近的人,不奇怪。"

燕兰庭静默几息,终于还是松开了手:"你说得对。"

岑鲸拿回自己的笔,规规矩矩地跟燕兰庭道了谢,随即转身离去。

燕兰庭看着她走远,拿过笔的手五指收拢,又松开。他不能着急,也不用着急,下午就是庚玄班的音律课,他马上就可以知道答案了。

回到西苑,白秋姝站在通往广亭的小树林入口等她,见她来了,拉着她的手往林子里跑:"快些快些,听说是个新来的先生,可别头一回上他的课就迟到了。"

不怪白秋姝紧张,她第一次上调香课的时候就迟到了,打那以后,调香先生便记住了她,每次上课提问不知道叫谁回答,嘴里就会冒出白秋姝的名字。

岑鲸跟着白秋姝往广亭跑,丝毫没有把新来的音律先生跟燕兰庭联系到一起。

因为在她看来，哪怕天塌了，燕兰庭也不会来书院教琴。

结果她们没迟到，反而是新来的先生迟到了将近半节课。一众学生摆好琴在广亭等了许久，岑鲸甚至趴桌上睡了一觉，那位先生才姗姗来迟。

白秋姝把岑鲸推醒。岑鲸慢吞吞抬起头，看清新先生是谁的瞬间，重生后一直稳如泰山的心态悄无声息地崩了个彻底——燕兰庭来书院做任何事她都能像方才在明德楼课室里表现的那样无波无澜，唯独教琴，岑鲸无法掩饰住自己面上的惊愕，甚至有些……想逃。

刚睡醒还有些蒙的岑鲸望向广亭外的小树林，眼底满满都是对逃离此处的渴望。无意识间，她抬起一只手，摸了摸自己的耳朵。

也就是在这个动作之后，岑鲸想到什么，猛然僵住。

像是为了验证她的猜想，岑鲸耳边响起系统的提示音——

"叮！宰相燕兰庭好感值+100。"

那天燕兰庭离开长公主府后，驸马一进书房，就听见萧卿颜跟他说："燕兰庭到底是怎么想的？居然要去教琴，简直比他去书院授课还要离谱。"

驸马走到她身边，为她拢了拢鬓边的碎发："可你答应了。"

萧卿颜握住他的手："他弄走我两个先生，还主动提出要去出丑，我干吗不答应？"

驸马最爱她挑着眼满脸锐气的模样，当即像只大狗似的，靠上去与她耳鬓厮磨："有道理。"

萧卿颜任由他与自己亲近，涂着蔻丹的五指抚着他的后颈，回忆道："吞舟当年是怎么评价他的琴技来着？"

驸马帮忙回忆了一下，可惜实在太过久远，又有软香在旁诱他沉迷，硬是花了好半天才想起来："燕兰庭弹琴，狗都不听。"

三

"宿主，你不是说燕兰庭这个人最克制的吗？"系统晕晕乎乎地问。上来就是一百点好感值，到底哪里克制了？！

岑鲸也被燕兰庭那高达一百的好感值惊得不轻。她转过头，越过一众学生的后脑勺看向燕兰庭，正对上他的双眼。岑鲸看这双眼睛看了许多年，见过这双眼流露出迷茫或无奈的神情，也见过这双眼充满愤怒或喜悦的模样，却唯独没见过这双眼如现在这般沉静、压抑。

此刻他看她，是在看岑鲸，也是在看岑吞舟。

要不是系统说他的好感值有一百，岑鲸还以为他有多恨自己。

两人对视不过片刻，燕兰庭很快就移开了视线，没人知道刚刚发生了什么，也没有人发现他们俩之间的异样。

燕兰庭强迫自己把情绪拉回到当下。他知道自己弹琴不好听，甚至每一个教过他琴的书院先生都委婉地表示过他最好这辈子都别再碰琴。那其中不包括岑吞舟，因为岑吞舟不是书院先生，她也没有委婉，而是非常直白地跟他说："再碰琴我就剁了你的手。"言语之霸道凶残，没有半分初见时的和蔼可亲。

但既然说了要来教琴，他就没想过撂挑子。于是他在简单地自我介绍说自己姓燕后，挑了个学生询问上一位先生的教学进度。得知上一位先生刚教了她们一首新曲子，那首曲子他又正好学过，燕兰庭便回忆了一下曲谱，把手放到了琴弦上。

庚玄班的同学们并不知道自己将面临什么，还在好奇新来的先生弹琴是个什么水平，会不会比突然跑去江州的刘先生琴技还好，心中满是期待——

"咳咳咳……"

一阵轻轻的咳嗽声从后排传来，打断了燕兰庭的动作。

燕兰庭稍一停顿，在学生们充满困惑的注视下默默将手从琴上移开。随后他以了解每个学生的水平为由，让学生们轮流弹奏那首刘先生新教的曲子给他听。

燕兰庭不会弹琴，听音却非常准，每听完一曲，总能准确无误地将错处点出，顺带凭借自己幼时不停换音律先生、数次从头学打下的坚实基础，纠正学生弹琴时犯的各种错误。好几个精通音律的学生受了他的指点，都以为他是个有真材实料的先生，本事不比原来的刘先生差。

前排同学抚琴的时候，白秋姝借着琴声遮掩，小声问岑鲸："刚刚怎么咳嗽了，是不是哪儿不舒服？"

第二章 识破 SHIPO

岑鲸摇头，同样小声地回答她："没事，被风呛了一下。"

白秋姝放下心，开始为待会儿的单独演奏而焦虑：她弹琴总是磕磕绊绊，让她独奏就等于让她丢脸，希望前面的同学能慢慢来，最好在轮到她之前就下课。

另一边，系统也被岑鲸方才的咳嗽吓了一跳，它还以为岑鲸要做什么让燕兰庭以为自己认错了人，把高达一百的好感值给还回去。

岑鲸要是知道系统的想法，一定会告诉系统，相比听燕兰庭弹琴，掉马根本就不算什么。况且马甲都已经掉了，要想穿回去，得费不少工夫，她嫌累。

燕兰庭按照从前往后的顺序，依次听学生单独演奏，就这么一步一步走到了岑鲸桌边。

岑鲸不慌不忙抚上琴，随手弹错几个音，弹完听燕兰庭指出错处，再和其他同学一样礼貌道谢。

从头到尾，两人都表现得像普通师生一般，看不出任何不同寻常的地方。

直到燕兰庭转身，准备让白秋姝弹奏时，岑鲸忽然低低地唤了一声："燕先生。"

燕兰庭回身，就见岑鲸低着头，说："你说的那个人……她既然累了，就让她好好休息吧。"

燕兰庭沉默了许久，久到一旁的白秋姝都感到奇怪，才回她一声淡淡的"好"。

话音落下，亭外跟着燕兰庭来上课的婆子走进亭内，提醒燕兰庭："燕先生，到下课时间了。"

白秋姝心中大喜，把燕先生和阿鲸之间的奇怪对话抛到了脑后。

系统也没听明白宿主和燕兰庭的对话是什么意思，它看燕兰庭随着那婆子离开西苑，还疑惑："他的反应好平淡，好感检测设备是不是出问题了？"好感值满一百的对象死而复生，居然不抱着痛哭流涕一场，这合理吗？

岑鲸趁周围人都在收拾东西，自言自语似的回了系统一句："自检一下？"

系统拒绝自检，就冲这一百点好感值，它愿意让好感检测设备继续坏下去！

岑鲸的马甲掉了，但又好像没掉，继续着自己朴实无华的学生生活。

没过几天，广亭突然开始施工，说是要把西苑门口那条河引进来，以水车为动力，将广亭做成自雨亭，这样入了夏，学生们上课也能好受些。

因为广亭施工，西苑音律课彻底停课。岑鲸以为燕兰庭会就此离开书院，不承想他转身又教起了策论。

之后没多久，书院又来了位齐大夫，听说曾是宫里的御医，因犯错被打入死牢，后又获得赦免，被指派来书院。

齐大夫刚来，岑鲸就被乌婆婆拉去找齐大夫把了脉。一番望闻问切后，齐大夫也没给岑鲸开什么补药，而是教了岑鲸一套动作慢吞吞的拳法，让她每天早上坚持锻炼。可每天天刚亮就得上课，一直上到中午，要想练那套拳，岑鲸得天不亮就起床。岑鲸做不到。哪怕乌婆婆亲自来叫她也没用，她就是起不来。

有次乌婆婆心急，让同屋的白秋姝帮着把岑鲸叫醒，岑鲸被迫从床上坐起身，几乎将她淹没的困意伴随着头疼与反胃，让她眼眶一红，居然难受哭了。岑鲸一把年纪了，就算哭也没脸弄出太大动静，就是止不住地掉眼泪。她一边把眼泪擦掉，一边还算平静地说自己困，想睡觉，惹得乌婆婆再不敢逼她。

岑鲸哭的那天，食堂的饭菜变得比平时还要丰盛，摆屋里的花也多了两束。

第二天上策论课，燕兰庭突然说要给这次写得好的学生奖励，让三十位学生把各自想要的东西写在纸上交上来——两苑的庚玄班学生加起来一共三十八人，他硬是把前三十名学生都纳入奖励范围，才让岑鲸那篇狗屁不通的策论荣获奖励资格。

岑鲸没什么想要的，她就好奇乌婆婆和燕兰庭到底还记不记得，她以岑吞舟的身份死时已年近不惑，不是真正的十五岁小姑娘，不用因为她哭就这么哄着她。

"阿鲸你写了什么？"白秋姝也在三十名以内，她一直想要一张属于自己的弓，又怕太贵让燕先生破费，最后只写要一条马鞭。

岑鲸见状，干脆趁白秋姝不注意，在自己的纸上写下一个"弓"字。

当天下午东西就送进了书院，白秋姝看着眼前的新马鞭与红漆描金弓，尖叫着抱起岑鲸转了好几个圈。

岑鲸被转得头晕，赶紧拍了拍白秋姝的肩膀，让她放下自己："行了行了，快去试试趁不趁手。"

"好！你看我用新弓给你露一手！"白秋姝拿着鞭子抱着弓，连蹦带跳地跑去马厩找马。

岑鲸以为早起练拳的事情到这儿就算圆满落幕，不承想几天后，书院竟把第二堂课的时间分了一半出来，要求全书院的学生在那段时间到中庭校场列队，跟齐大夫学那套慢吞吞的拳法，学会后每天这个时间都得练一遍。

是……巧合？岑鲸不确定，想问燕兰庭，又怕自己自作多情，徒增尴尬，只能作罢。

过了季春，天气越来越热，岑鲸体质不好用不了冰，可怜同屋的白秋姝，每天晚上都被热得睡不着。

岑鲸看这样不行，就让白秋姝把冰盆摆上，大不了自己多盖一层被子。白秋姝实在是热，就答应了。结果摆完冰盆的第二天，岑鲸开始咳嗽流鼻涕，吃了两天药才好。

就在岑鲸想着要不要去乌婆婆那儿睡，让白秋姝能一个人在宿舍用冰的时候，她们宿舍换了两套新枕席——

锦绣阁的冰丝玉席和冰丝玉枕，以及摸着就凉飕飕的冰丝薄被，白秋姝往上一躺，哪怕不摆冰盆，也不用担心晚上会被热醒。

岑鲸的床上则是藤席，不会太凉，也不会太闷热。被子和枕头看起来和藤席一样平平无奇，但她坐上一摸就知道，席子是锦绣阁独售的青安藤藤席，枕头、被子也都是蚕丝用料，浸过安神香，触感细腻绵软、透气轻盈，盖着温而不燥。这是她在相府放纵奢侈时搭配的寝具，乌婆婆怕不是劫了谁家银楼才给她弄来这么一套。

岑鲸是咸鱼怕麻烦，但不是缺心眼，她趁白秋姝睡着后起身去找乌婆婆，问她房间里的枕席是怎么一回事。

乌婆婆像是知道岑鲸会来，也没瞒她："这是燕大人偷偷弄进来的。你放心，就我们几个知道，不会传出去。"

岑鲸得到答案，惊讶地发现自己对此居然并不感到意外。

"他……"岑鲸顿了顿，"他有让你给我带什么话吗？"

还真有。

乌婆婆："燕大人说，让你好好休息。"

入了四月，天气越来越热，学生们陆续换上更为轻薄的院服，也就岑鲸畏寒怕冷，还得在单薄的窄袖上衫外头再加一件半臂保暖。

这天策论课,燕兰庭下发了庚玄班之前交上去的功课。岑鲸拿到自己那篇,发现燕兰庭在批语中加了一行不起眼的小字,写着:叶临岸,归。

岑鲸记得叶临岸。当年她跑去燕兰庭的书院研究书院的构成和运行机制,除了认识燕兰庭,还认识了叶临岸。那也是个聪明的孩子,学习刻苦,虽不及燕兰庭那般妖孽,还落过两次榜,但终究是在十年前金榜题名,踏上了仕途。可大约是因为出身不好、在书院常被人孤立欺负,叶临岸脾气古怪,说话也极为刻薄。这导致他人缘不好,也不受器重,直到岑吞舟死前,叶临岸还在一个不起眼的小职位上蹉跎,跟燕兰庭可谓天差地别。

那么问题来了,燕兰庭为什么要提醒她叶临岸回来的事情?叶临岸之前又去哪儿了?

离京五年的岑鲸打算吃了午饭去问乌婆婆,结果在食堂就得到了答案——

西苑食堂的饭菜越做越好,东苑的学生眼馋,就会拜托在西苑读书的姐姐妹妹或其他亲戚,帮忙打一份西苑的饭菜来解馋。白春毅和白秋姝一样好养活,不介意吃什么,关键在于白春毅人缘好,不少东苑同学知道他有妹妹在西苑,就求他帮忙带饭。

白秋姝把打好的饭菜送出西苑给哥哥的朋友,回来问岑鲸:"阿鲸阿鲸,你还记得叶监苑吗?"

岑鲸眼皮一跳:"叶监苑?"

白秋姝:"就是我们刚入书院那会儿,没来接大哥的那个叶监苑。"

岑鲸想起来了。他们来报到的时候,西苑是安如素来接她跟白秋姝,东苑本该是一位姓叶的监苑来接白春毅,但不知为何那叶监苑没来,最后来的是一位东苑的学生。

白秋姝:"我听朱大哥和周大哥说,那叶监苑脾气不好,前阵子请了好长一段时间的假,他们东苑上下不知多高兴,可今天那叶监苑就要回来了,弄得他们东苑啊,人心惶惶的。"

岑鲸:"叶监苑叫什么名字?"

白秋姝哪里知道,碰巧乔姑娘路过,问她们在聊什么,她便顺口问:"你知道叶监苑叫什么名字吗?"

乔姑娘听到白秋姝说起叶监苑，脸上的笑容僵了一下，缓缓坐下，说："你们问他干吗？"

待白秋姝把叶监苑回来的事情告诉乔姑娘，乔姑娘满脸惊恐地抱住白秋姝："救命，他怎么就回来了？！"

白秋姝没想到乔姑娘反应这么大，奇怪道："他真这么吓人啊？不对，他再怎么也是东苑的监苑，管不到我们西苑吧？"

乔姑娘："没人告诉你，他也兼任书院的算术先生吗？"

算术和策论一样，是大课，无论男生女生都得上。

白秋姝："那也未必……未必就让我们给撞上了吧？书院这么多个班呢。"

乔姑娘充满怜爱地看着她："我那班是他教，你们庚玄班也是。"

白秋姝如遭雷击。

岑鲸问乔姑娘："叶监苑全名叫什么？"

乔姑娘这才想起白秋姝最开头的那个问题，回说："叶临岸。"

四

"你再晚些回来，我都要把掌教弄走，自己上位了。"

书院门口，安如素见到明明说好只请一个月的假，结果足足拖了两个月才回来的叶临岸，说不清是感慨多些还是遗憾多些。

叶临岸请假后，萧卿颜把东苑交给了安如素和卫大夫。卫大夫性格怯懦，根本不敢与她意见相左，东西二苑说是都在她手上也不为过，再给她一点儿时间，不是不能架空掌教。

叶临岸毫不客气地赏了她四个字："痴人说梦。"

书院如今的这位掌教再无能，代表的也是当初想要把明德书院彻底改变成男子书院的那方势力，岂是安如素说推就能推倒的。

安如素："有梦想谁都了不起，这不是你说的吗？"

叶临岸沉默，因为这句话不是他说的，是某个已经不在的人对他说的，他只是记下，又说给了安如素听，鹦鹉学舌罢了。

"安监苑好。"

说话间，一个小姑娘从叶临岸身后的马车上下来，那小姑娘长得与叶临岸有两三分相似，却不如叶临岸那般阴沉着脸，笑眼明媚的模样叫安如素很是惊奇。

"她就是你在信上说的那个'妹妹'？"安如素问。

小姑娘转头看向叶临岸，叶临岸僵硬地点了点头："她叫叶锦黛。"

安如素看出叶临岸还不大适应眼前这位自小失散、前阵子才从衢州找回的妹妹，就帮着缓和了一下气氛："长得还真有几分像你。"

叶临岸："她是我妹妹，当然像我。"

三人一边说话一边进入书院，没走几步就撞见了正要离开书院的燕兰庭。

旁人或许还需要介绍才认得这位当朝宰相，叶临岸跟燕兰庭是同窗，自然一眼就认出了他，并被他身上穿的书院先生的衣服给惊着了。

燕兰庭跟安如素见礼后，又转向叶临岸，说："许久不见。"

叶临岸半点儿没有一介布衣见到朝廷命官该有的诚惶诚恐，甚至在惊讶的情绪消退后，脸上升起显见的厌恶，说出口的话语亦是非常刺耳："燕相终于在官场待不下去，辞官来书院教书了？"

燕兰庭依旧是那副淡淡的模样，只是说出来的话半点儿不比叶临岸客气："我又不是你。"

安如素不知道这俩人之间还有恩怨，吓得赶紧出来打圆场。

就连叶锦黛也扯了扯叶临岸的衣袖，不安地轻唤："哥哥。"

叶临岸这才敛了脾气。燕兰庭也退一步，没再说什么，离开了书院。

燕兰庭走后，叶临岸问安如素："他怎么会在这儿？"

安如素带着叶家兄妹继续往西苑去："不清楚，有人说是他同长公主殿下有了矛盾，殿下刻意为难他，让他来书院授课，也有人说他是来书院寻觅可用之才，没个准。"说完，她又问叶临岸，"你同他又是怎么一回事？"

叶临岸沉默着没说话。

安如素笑笑，没再追问下去。

三人来到西苑门口的拱桥前，叶临岸停下脚步，看着安如素带他妹妹过了桥，准备等她们进了西苑再走。谁知安如素在过桥后想到什么，让叶锦黛在原地等她，

自己又折了回来。

"有件事儿忘了同你说。"安如素走到叶临岸面前，低声道，"你走后，西苑来了个女学生，别怪我没提醒你，那女学生长得跟岑相几乎一模一样，就连乌婆婆都爱屋及乌，拿她当亲孙女对待。你见了她……可别一时忍不住，对着人小姑娘痛哭流涕。"

安如素同叶临岸认识多年，私下里关系不错，知道他不少秘密，所以才好心在他明天去上课之前给他一点儿提醒，免得他在学生面前失态。

叶临岸听了安如素的话，先是愣住，随后露出嫌恶的表情："安如素，你不该留在书院，应该去写话本。"还痛哭流涕，他堂堂七尺男儿，不至于连这点儿辨识能力都没有。长得再像又如何，皮囊而已，还能叫人迷了心智不成？

安如素丝毫不在意叶临岸的态度，只希望叶临岸明日真能像他此刻表现的那样坚定。

辞别叶临岸，安如素领着叶锦黛往西苑里去。她准备先带叶锦黛去吃午饭，饭后逛一逛书院，下午再去参加入学分班考试。然而变化总比计划快，她和叶锦黛刚踏进西苑，就听见西苑的食堂里传来吵闹声。

陆续有学生从食堂里跑出来，像是在躲什么，可跑出来后又不肯走远，就这么围在食堂外面看热闹。

安如素朝食堂快步走去，叶锦黛在她后面跟着。

走到食堂门口，安如素正要抓个学生来问问情况，结果差点儿被从里面出来的白秋姝和岑鲸撞到。

"安监苑！"白秋姝喊了一声，声音被食堂里头传来的喧闹声所掩盖。

安如素问她："里面发生什么事了？"

白秋姝："里面打起来了！"

安如素差点儿以为自己走错路去了东苑。打起来了？哪儿？西苑？都是女孩子的西苑？！

她顾不上问原因，当即拨开人群进食堂拉架。

白秋姝觉得自己能进去帮忙，刚才之所以出来，主要是为了护着岑鲸，免得她被谁碰伤。眼下岑鲸已经到食堂外面，安全了，她就又往食堂里跑，还给岑鲸丢下一句:"我去给安监苑帮忙!"

岑鲸还没说话,白秋姝就跑得没影了。

从白秋姝出现开始就一直盯着她看的叶锦黛想要伸手拉也没拉住,抬起的手就这么悬在半空,直到岑鲸转身望向她,她才一脸讪讪地把手放下。

"我……"叶锦黛想了想,说,"我们要不要进去看看?"

岑鲸摇头:"不用。"

里头之所以会打起来,是因为替东苑带饭的人太多,导致一些来晚了的西苑学生发现好吃的饭菜都被打完了,气急之下就朝那些替东苑打饭的同窗发出质问。能来明德书院的姑娘出身都不算差,多少有些脾气在身上,两拨人一来二去,就从动口演变成了动手。如今安监苑来了,又有身手日渐不凡的白秋姝帮忙拉架,问题应该不大。

但是叶锦黛想进去。她知道白秋姝是未来统领三军的西北大元帅、大胤赫赫有名的女武神,但那是"未来",如今的白秋姝才十三岁,说不定会遇到什么意外,自己要是能跟进去,在她遇到意外的时候替她挡一下……

叶锦黛思忖时,陆续有人从食堂里出来,一旁的岑鲸顺手将她拉到身边,免得她被人群冲撞。

可就在岑鲸触碰到叶锦黛的一瞬间,岑鲸听见——

"叮!检测到携带系统的外来精神体。"

岑鲸:"……"

她看着叶锦黛,发现叶锦黛脸上也出现了诧异的表情,大概是和她一样,听到了自己身上的系统发出的提示音。

烈日之下,两人四目相对,气氛突然变得有些尴尬。

叶锦黛其实知道自己是有同行的。早在一开始来到这个世界,她的系统 S975 就跟她说了,这个世界共被三个系统锁定,其中一个已经完成任务离开,不用再提,另一个系统叫 2700,和 S975 一样是恋爱系统。但两者差别极大,S975 是 2700 的升级版,不仅各项功能都在 2700 之上,攻略目标也比 2700 多,还不会自爆。所以 S975 非常看不起老版的 2700,也认为自家的宿主根本不用把 2700 的宿主放在眼里。

可叶锦黛怎么也想不到，自己竟然刚入京城就遇到了 2700 的宿主。事发突然，她甚至没想好该用怎样的态度去面对眼前这个可能是她竞争对手的人。

她愣在原地，是对方把她拉去边上没什么人的阴凉处，还对她说："我叫岑鲸。"

叶锦黛的视线落在岑鲸漂亮的脸上。不是她自恋，她能确定自己也很漂亮，但和岑鲸比起来，她的美好像仅仅只是一张皮，里面随便套了一个灵魂，不是她也会是别人。岑鲸的美则不然，比起样貌，更让人在意的是她的气质，又颓又冷，满是岁月积淀下的充盈，莫名的有压迫感。若换作别人拥有她这副样貌，给人感觉一定截然不同。

"我……我叫叶锦黛。"她咬了咬嘴唇，懊恼自己为什么会突然结巴，听起来也太没气势了。

为了不显得被动，她主动说道："我只要拿到一个攻略目标的满额好感就能脱离系统掌控，你呢？"

岑鲸："……我没问过。"

叶锦黛诧异："什么？"

岑鲸问系统："2700，出来解释一下？"

检测到同行之后就陷入沉默的 2700 终于冒头，声音听起来非常心虚："需要三个攻略目标的好感达到满额一百，系统才能脱离宿主。因为宿主之前对任务不怎么积极，所以系统一直没机会把这件事说出来……"

系统的声音只有自家宿主能听到，岑鲸听完，告诉叶锦黛："需要三个。"

叶锦黛哽住，精准吐槽："你的不是恋爱系统，是海王系统吧？"

2700："才不是海王系统！我只是版本太老了而已……嘤！"提起反派系统时的高傲在升级版的恋爱系统面前荡然无存。

岑鲸告诉叶锦黛："版本太老，是这样的。"

叶锦黛突然对岑鲸生出同情，她语气生硬地向岑鲸示好："我听我的系统说，你好感不够会因为系统自爆而死。我这边的系统功能挺多的，如果有需要，你可以找我帮忙。"

"好。"岑鲸顿了顿，说，"你有需要，也可以找我帮忙。"

得到友好的回应，叶锦黛松了一口气，点头应下。

她脑子里的系统却仗着岑鲸听不见，嘲了一句："出身平常，携带的又是老版系统，能不能活下来都是问题，她到底哪儿来的自信能给我们提供帮助？"

"求求你闭嘴吧，知不知道你现在念的都是炮灰台词，很不吉利啊。再说大家和和气气一起做任务不好吗，干吗非要撕来撕去？"叶锦黛在心里回它。新版系统甚至能让宿主不开口就可以和系统交流，这是老版系统没有的功能。

没过多久，食堂内恢复平静，安如素带着白秋姝跟参与打架闹事的学生从食堂里出来了。

白秋姝一出来就在找岑鲸，发现岑鲸的身影后，她脚步轻盈地跑到岑鲸面前，脸上满是兴奋："阿鲸！"

岑鲸见她这副模样，脸上不由得露出一抹笑来："这么高兴？"

白秋姝昂着小脑袋，得意道："你是没看见，我刚才在里头可威风了，安监苑拉不住的人，我一手就能按住一个。"

岑鲸跟个捧哏似的，"嚯"了一声，表示惊叹。

白秋姝注意到一旁的叶锦黛，问岑鲸："她是……"

叶锦黛连忙道："我叫叶锦黛，是今天新来的学生，你好！"

白秋姝眼睛一亮："新来的呀，你好，我叫白秋姝！她是我表姐，她叫岑鲸！"

刚说完，安如素也走了过来。因为事发突然，她得把打架的学生都带去见微楼，没时间顾上叶锦黛，就想叫岑鲸跟白秋姝帮忙把叶锦黛带去宿舍休息，等事情处理好了，她再到宿舍接叶锦黛去吃饭和考试。

白秋姝当然不会拒绝，直接拉着岑鲸把叶锦黛领回了宿舍。巧的是，叶锦黛的宿舍就在她们隔壁，因为凑不到舍友，她只能一个人住。

白秋姝看她一个人挺孤独的，又听说她还没吃午饭，就把宿舍楼都走了一圈，从认识的姑娘那儿淘来不少点心，让叶锦黛先拿去吃了，垫垫肚子。

"谢谢。"叶锦黛一边吃点心，一边听系统播报白秋姝好感值上涨，突然觉得任务好像也没有她想象的那么难。

其间白秋姝发现叶锦黛居然就是她二姐信中提到的来自衢州的姑娘，好感值又往上涨了许多。

直到——

第二章

识破

SHI PO

"水凉了，我去重新烧一壶。"白秋姝提着水壶出门烧水。

叶锦黛不想麻烦她，就说："天气热，凉的也能喝。"

白秋姝："阿鲸体弱，还是喝热的好。"

叶锦黛下意识道："这么麻烦啊。"

白秋姝的好感值立马就掉了一点。

"倒也没什么麻烦的。"她不乐意听人嫌弃岑鲸，但也不会因此出现过激的反应，就是小声嘀咕，提着水壶出了房间。

叶锦黛僵在原地，过了一会儿才问岑鲸："白秋姝对你的好感值是不是已经满了？"

岑鲸意外："秋姝是攻略目标？"

叶锦黛比她更意外："难道不是？"

两人对了一下，才发现系统给她们提供的攻略名单并不相同：岑鲸的攻略目标只有燕兰庭、萧卿颜、皇帝萧睿，以及岑奕；叶锦黛的可攻略目标比她多很多，岑鲸甚至在她提供的名单里听到了云息和皇帝的弟弟安王的名字。

对完名单，叶锦黛的系统照例发出嘲笑："老版就是垃圾！听说老版的好感判定程序三百年没更新了，判定界限模糊得不行，只要感情达到峰值，无论是亲情、友情还是别的什么感情都能达到一百，根本就不能帮助宿主获得完美的爱情，简直就是恋爱系统界的耻辱。"

叶锦黛想让自家系统低调点儿，别这么张扬，小心被打脸。还没来得及劝，她就听见岑鲸问："秋姝这么小的年纪，为什么会被你的系统列为攻略目标？"

叶锦黛突然又觉得新版系统确实比较友好，因为能知道攻略目标的未来，不至于跟岑鲸似的两眼一抹黑。

"你别看她才十三岁，以后可是西北大元帅，战功赫赫，名震四方，是帅到让人腿软的疯狂御姐。不过……"她话锋一转，"不过我应该不会再去刷她的好感值了，比起女孩子，我果然还是比较想去攻略男性角色。"

对百合不感兴趣只是原因之一，另一个原因是她想要避开岑鲸。她对自己可太有数了，穿越前就是个普普通通的上班族，穿越后仅有的优势就是穿越者的身份，以及有系统在身。如今出现一个同样有系统并且也是穿越者的岑鲸，看起来还那么的不普通，她自卑的老毛病顿时又犯了，连岑鲸的那四个攻略目标也决定远离，尽量减少跟岑鲸站在对立面的可能。

白秋姝提着热水回来后不久，叶锦黛就回了自己的房间休息。白秋姝收拾收拾，也躺床上睡午觉了，免得下午没精神。

白秋姝睡着后，系统又一次冒头，小心翼翼地问岑鲸："宿主，你在食堂外面答应叶锦黛，说有需要会找她帮忙，这是不是说明你改变主意，想要完成任务了？"

被吵醒的岑鲸："并没有。"

系统："那为什么……"

岑鲸犯困懒得解释，沉默了许久。

系统知道岑鲸总嫌说话累，平时没什么，可刚刚遇见了升级版的S975，它一下子就变得敏感起来，难过地说："是我太没用，如果我也是升级版，就不用麻烦宿主开口解释了。"

"不。你这点比它好。"岑鲸发自内心这么觉得，不需要宿主开口就能知道宿主在想什么相当于读取思维，细想起来还是挺恐怖的。

系统："真的吗？宿主真的觉得我比隔壁的S975好？"

岑鲸："嗯。"

系统高兴得忘了形："那任务……"

岑鲸："不做。"

系统："那你答应叶锦黛干吗？"

兜兜转转，又回到了这个问题。

岑鲸只能把答案总结成一声轻叹："以防万一。"

她毕竟混过官场，跟叶锦黛又是初次见面，难免会做最坏的打算。当时的情况下，岑鲸要是告诉对方自己不想做任务，就相当于拒绝了对方的示好，后面要是因为自己这张脸吸引了任务目标，她怕叶锦黛会觉得她表里不一，把她当成有心机的竞争对手。但如果她说自己想做任务，结果每天都在磨洋工，叶锦黛要是个好的，会替她着急，叶锦黛要是个不好的，就会庆幸她是个扶不起的阿斗。无论叶锦黛心性如何，她撒个谎应声好就能世界和平，为什么不呢？

应付完系统，岑鲸继续午睡，到点起床出门上课时，隔壁的叶锦黛早就被安如素带走了。

下午她们上完课吃了饭回来，撞见正在收拾宿舍的叶锦黛。白秋姝和岑鲸过去帮忙，叶锦黛如她所说的那样，对待白秋姝不再刻意讨好，相处起来多了几分自然。

第二天早上，在宿舍翻找课本的白秋姝问岑鲸："待会儿什么课？"

岑鲸还在因早起而头疼，缓了片刻才回答她："第一堂是算术。"

白秋姝"哦"了一声，显得有几分心不在焉。

岑鲸若有所感："你算术功课做了吗？"

白秋姝心虚道："不是说要换叶监苑来上算术课吗？那之前的功课……叶监苑应该不会看吧？"

岑鲸根据自己对叶临岸的了解，表示："他一定会看。"

白秋姝这下是真的慌了："那怎么办？我可一个字都没写！"

岑鲸有意吓她让她长长记性，不要再有这样的侥幸心理，就说："左右不会把你赶出书院，最多就是当着全班的面骂你几句，再打两下手板……"

"我不！阿鲸救我！"白秋姝悔不当初，抱着岑鲸一通哀号。

隔壁的叶锦黛听见这边的动静，内心感慨万千——

未来的大元帅，如今也还是个会因为交不出功课而抱着姐姐鬼哭狼嚎的小姑娘啊！

第三章

琼花宴

一

昨天发生在食堂里的事情闹得太大，参与打架斗殴的两拨人都被罚了一学分，带头的几个还被叫了家长。同时书院也规定，再不许西苑学生将食堂饭菜带去给东苑的学生。

事情表面上看尘埃落定，实际带来的影响却还在继续。

参与斗殴的两拨人算是彻底结下了梁子。因为她们，一大清早食堂的气氛就非常不好，压抑得让人没有食欲。

这样的氛围之下，岑鲸捧着一碗温热的鱼片粥小口小口地吃着，在她身旁是一手拿饼一手拿笔，疯狂抄岑鲸算术功课的白秋姝。

过了一会儿，乔姑娘和安馨月端着早饭坐到了她们对面。

乔姑娘小声道："也就你们这儿感觉好些了，坐别处真是吃都吃不下。"

安馨月深以为然。搞艺术的她比乔姑娘更加细腻敏感，总觉得这地方能比别处放松，不仅是因为白秋姝武力值够高，可以给人安全感，也因为岑鲸够淡定，在她身边待着，心里会不由自主地升起一股爱哪哪爱谁谁的无所谓。

在饭桌上写东西可以说是非常不讲究的行为，但得知白秋姝赶的是算术功课，乔姑娘不仅没介意，还对白秋姝充满了敬意："你怎么敢在叶监苑回来后不做功课？"太有勇气了。

白秋姝头也不抬奋笔疾书，心里满是后悔："我以为他不会看其他先生布置的功课。"

"那你就错了。"安馨月抛开成见，说了句公道话，"叶监苑虽然……令人惧怕，但也是这所书院里最认真负责的人，要不然书院也不会由着他请假两个月之久。"

乔姑娘："这倒是真的。我听人说，他连旬休都住在书院呢。"

白秋姝有些惊讶："旬休都住书院？他不回家吗？"

安馨月和乔姑娘都没往这方面想过，但要说"家"，或许是真的没有。

"叶监苑出身寒门，父母早亡，亲戚也都不在京城。"

闻言，岑鲸和乔姑娘一起看向安馨月。

安馨月也明白自己知道太多有些奇怪，便解释说："我姑姑，也就是安监苑，她一直不成婚，我祖母着急，就想撮合她与叶监苑，让我父亲打听了不少叶监苑的事情。"

乔姑娘好奇："成了吗？"

安馨月："当然没成，我姑姑压根儿就不想嫁人，同叶监苑也只是同僚的情谊。"

乔姑娘松了口气："还好没成，安监苑那么好，怎么能嫁给叶监苑？！"

安馨月通过自己的父亲知道了不少有关叶临岸的事情，忍不住反驳："叶监苑其实也没那么差。"

乔姑娘："怎么不差？我兄长曾与他同在户部任职，他说叶监苑空有才华却不懂变通，得罪了不少人呢。安监苑若是嫁给他，该多委屈啊。"

白秋姝听八卦听得入迷，手上写字的动作都跟着停了，还是岑鲸抬手弹了弹她的耳垂，才叫她回过神来，赶紧低头继续抄作业。

但白秋姝的耳朵还是竖着的，就听见安馨月说："那是以前，现在……现在虽然还是不给人留情面，但他不是辞官了吗，书院不比官场，他在这里不懂变通，反而是件好事。"

岑鲸认为安馨月说得对。她之前根据白春毅的叙述了解过，东苑和西苑不同，西苑的姑娘基本都是官家女，东苑则是世家、寒门各占一半，这种情况下，叶临

岸越不懂变通越公平，就越能在读书人中获得声望。

安馨月也说："叶监苑来书院不过五年，多次为寒门学子出头，也曾舍弃寒门拥护替世家子弟说过公道话，两边都没少得罪，却也让人瞧见了他的风骨。如今他已是名声在外，听说连元家的老爷子也专门见过他，只是我等听得少罢了。"

岑鲸捕捉到某个关键词，不小心咬到舌头，满口的血腥味。

元家老爷子，太后的父亲，同时也是……岑吞舟的老师。

岑鲸愣了片刻才放下粥碗，掩不住慌乱地喝了几口茶，冲散口中的味道。

大约是意识到自己为叶临岸说了太多好话，有些可疑，安馨月很快就转移了话题，问岑鲸："秋姝可曾收到琼花宴的请帖？"

白秋姝好奇地问："什么琼花宴？"

安馨月看白秋姝能一心二用，同她说话也不会打扰她抄功课，便不通过岑鲸，直接告诉她："长公主殿下每隔四个月就会办一次宴席，四月的琼花宴、八月的灵枝宴、十二月的瑞香宴，每次都只会叫上书院里的一部分学生前去赴宴。"

乔姑娘知道安馨月谦虚，在一旁补充道："是只有先生看重，又有才能的学生才会被邀去赴宴。"

白秋姝没明白："那应该和我没关系吧？"那种才子才女云集的宴席，怎么可能邀请一大早就在食堂里抄功课的她？

安馨月提醒："才能不拘文武，你骑射厉害，身手又好，昨日还平息了这么大一场纷争，今年琼花宴，殿下定会让人往你这儿送帖子的。"

白秋姝有些犯怵："若真的要去，我能带上阿鲸吗？"

乔姑娘："当然可以，我每次都让馨月带我去。"

白秋姝安心了："那就好。"

白秋姝一边同人闲聊，一边快速把功课抄好，还抽空啃了两个饼，总算在早饭结束前搞定了功课。一行四人收拾收拾，一块离开西苑食堂，往明德楼去。

几人并不知道方才被她们议论的叶临岸与安如素就站在明德楼二楼，往下看她们。准确地说，是安如素在找岑鲸，找到了便示意叶临岸往下看："喏，那就是。"她是真心觉得叶临岸会在课堂上失态，所以提前把他叫来看看岑鲸，免得之后上课被打个措手不及。

叶临岸不以为然，但来都来了，索性顺着安如素指的方向看去。因为离得远，他本以为自己要花上点儿时间才能找到那个据说跟岑吞舟很像的姑娘，万万没想到，一眼望过去，直接就在人群中捕捉到了那张熟悉的脸。

"是不是很像？"安如素一指明方向就往后退了两步，免得被楼下学生看见她跟叶临岸凑那么近，被误会。因此她只能看见叶临岸的背影，也就不知道他找没找到岑鲸，更不知道他在看到岑鲸的样貌后，脸上露出了怎样的表情。

"叶监苑？"安如素唤了一声，没能得到回应，她往前一步，"叶临岸？"

叶临岸这才如梦初醒，下意识往后退了一步，险些踩到安如素的脚。

安如素险险躲开，再抬头，就看见叶临岸明明面对着她，视线却没有落点，脸上的表情也有些恍惚："你还好吗？"

叶临岸缓缓把视线落在安如素脸上："我……"

安如素拿手在他面前挥了挥，叶临岸终于彻底回过神来，用力闭上眼，皱起的眉头几乎能夹死一只苍蝇。他转过头"啧"了一声，再睁开眼，表情恢复成原来那看谁都不爽的模样，不悦道："我能有什么事？"

安如素挑了挑眉："当真没事？"

"不然呢？"叶临岸的语气越发犀利，"一张脸而已，再像又如何？她在我眼里就是个普普通通的学生，现在是，以后也是。"撂下这句话，他转身就走。

安如素看着他的背影，说："最好是这样。"

抵达课室，岑鲸按照习惯，跟白秋姝一块找了靠后排的位子来坐。

刚坐下没多久，叶临岸就进来了。他很瘦，也很高，黑着一张脸迈着大步走进课室，气势非常骇人。熟悉他的学生立马打起精神。

"把你们的功课都交上来。"

全班齐刷刷开始从后往前传功课。白秋姝后背一紧，连忙接过身后同学递来的功课，和自己的一块往上交。

等功课全部交齐，叶临岸竟当着全班的面，一个接一个地开始点评。

若只是普通的点评也就罢了，偏偏叶临岸说话刻薄，无论是东苑还是西苑，他皆一视同仁，但凡有做错题的，都会被他语气嘲讽不带重样地骂出花来——

"你做功课的时候是嫌脖子累,把脑袋给放下了吗?

"不怪你,是算术不配让你睁开眼睛好好看题,不然你也不会把七当成九。

"鸡兔同笼都能算错,上有三十五首,下有九十四足,答曰:兔十一只,鸡二十四只。你这笼鸡里头是混了两只三足金乌吗?

"有意思,我头一次知道这世上有两个人能如此心有灵犀,错题都能错得一模一样。先放着,让我看看庚玄班还有多少像你们俩这么有默契的人,最后一块叫起来,大家相互认识认识。"

白秋姝头皮都要炸了。为什么他这么能骂?为什么他看过的题都能记得,并且在下一次看到相同的错处时立马想起上一次看到这个错处是在哪儿?!

白秋姝算是结结实实地尝到了心怀侥幸的恶果。这下悔得肠子都青了,她被骂就被骂吧,可阿鲸是无辜的啊。

最后,除了白秋姝和岑鲸,还有另外五人被叫了起来。

白秋姝做好了替岑鲸扛骂的准备,她低着头,紧张得手都在抖,结果叶临岸反而安静了下来。

白秋姝心里疑惑,抬头就见叶临岸把他们的功课摔在桌上,说:"喜欢抄就让你们抄个够。这份功课,每人抄三十遍,明天之前交给我。"

课室陷入安静,所有人都在等叶临岸继续说些什么,结果他没说,除了惩罚,他居然一句嘲讽的话都没说!

站着的几人面面相觑:就……就这样?

叶临岸问他们:"还站着干吗?要我请你们坐下?"

七人齐刷刷坐下,生怕慢一点儿就要遭叶临岸的毒舌攻击。

至于最后为什么雷声大雨点小,兴许是……骂累了吧?

因为气氛太紧张,谁都没发现课室外站了个人。那人面容冷峻,正是下朝后换了衣服直奔书院的燕兰庭。本该公务繁忙的他在课室外听叶临岸骂了半节课,直到确定叶临岸对着岑鲸那模样骂不出口,才悄无声息地转身离去。

白秋姝用早饭时间就能抄完的功课,抄三十遍也用不了多久。而岑鲸打算中午好好睡觉,下午骑射课去明德楼找间空教室,把三十遍抄完。结果中午刚睡醒,乌婆婆就来了,手里还拿着一沓带有她字迹的纸。

岑鲸定睛一看，发现竟是三十份一模一样的算术功课："这是？"

乌婆婆话语中带着笑："燕大人方才托人送来的。"

岑鲸："……"

好家伙，燕兰庭那一手模仿人笔迹的本事不拿去造伪构陷党同伐异，用来替曾经的师长罚抄功课算怎么回事？

乌婆婆还劝："也是燕大人的一点儿心意，你收下就是了。"

岑鲸总觉得哪里不对劲。谁家门生给师长表心意是帮着抄功课的？可一想到燕兰庭身为宰相，时不时就要来书院上课，还得抽空替她抄功课，怪辛苦的，就收下了燕兰庭的"心意"，顺带感慨："我要真是个心性未定的十五岁小姑娘，迟早被你们给养坏了。"

乌婆婆不爱听这话："不过就是帮忙抄点儿东西，哪有那么严重！"

"阿鲸！"趁午休把三十遍功课都抄完的白秋姝从屋里出来，问她，"你待会儿是直接去明德楼，还是先同我去校场，跟武师傅说一声再……乌婆婆？"

白秋姝见着乌婆婆，跟人问了声好。

乌婆婆微一颔首，又拿出一封帖子，递给白秋姝："这个给你。"

白秋姝接过请帖，发现正是早上安馨月提到过的"琼花宴"的请帖。

"还真有我的份啊？"她急忙问岑鲸，"阿鲸，到时候你能陪我一块去吗？"

岑鲸不大想去，问："我若不去，你会怕吗？"

白秋姝毫不迟疑："会！"

岑鲸："那我陪你。"

白秋姝便欢欢喜喜地把请帖收了起来。

琼花宴在四月中旬，还有十几日的时间。旬休日回家，白秋姝把这事告诉给了杨夫人。杨夫人高兴极了，又想着给白秋姝和岑鲸置备一身漂亮衣服，还告诉白秋姝："你父亲前些日子得了嘉奖升了官，你和你大哥又这么出息，为娘就是要花银子给你们庆祝庆祝，可不许再说不了！"

白秋姝这才知道，她大哥居然也收到了琼花宴的请帖。

当晚白家还在正堂摆了一桌，虽然只有自家人，可饭菜非常丰盛，可见杨夫人是真的开心。

但在饭桌上，岑鲸意外发现跟杨夫人相比，舅舅白志远兴致并不高，偶尔眼里还会流露出一丝丝忧虑，像是有什么心事。

饭后众人喝茶闲聊，白春毅小声跟父亲提及："书院前阵子有位新来教策论的先生，姓燕。"

白志远想到什么，不小心把手边的茶盏碰掉在了地上。

白秋姝正跟杨夫人夸耀自己骑射课上的英姿，听见茶盏碎裂的声音，母女俩一同朝白志远望去。

"怎么这么不小心？"杨夫人看他们父子俩也不像有争吵的样子，就以为是意外，让下人进来把地上的碎片收拾了。

白志远顺着杨夫人的话说，等过了一会儿才借口考校功课，将白春毅单独叫去书房。许是怕被下人听见传出去，他一进书房就将门窗都给关上了，随后想说什么，却又不知道从哪儿说起，叹着气在白春毅面前来回踱步。

白春毅见父亲这般忧心忡忡，自以为知道父亲在担忧什么，说道："父亲可是怕我在燕相面前出什么差错？"

白志远猛地顿住脚，回头看了眼门口，压低声音道："你怎知那燕先生就是燕相？"

白春毅无奈道："儿子虽没见识，但至少朋友够多，赵国公府的小公子与儿子关系不错，他曾在老国公的寿宴上见过燕先生，燕先生头一天来上课就把他吓得够呛。不只是他，书院里头但凡有些背景的世家子弟，都知道燕先生的身份，只是不敢到处乱说罢了。父亲放心，燕先生只是看着不近人情，儿子斗胆，与他在课上谈论过许多，便是说错话了也不见他生气，可见他……"

"胡闹！"白志远一声呵斥，打断了白春毅的话，"你以为他是谁？他是燕兰庭！他的手段可不比他那血洗雍王府的老师温和。就一个月前，他才从江州回来，你知道他去这一趟砍了多少颗脑袋吗？你怎么敢在他面前乱说话？！"

白春毅还真知道："江州这些年官商勾结，早就烂到根里了，朝廷派去多少人都没用，与其……"见父亲脸色难看，他连忙改了口，"父亲若是担心，我日后在他面前安静些就是。"说完还给白志远倒了杯茶，让他缓缓，免得气出好歹来。

白志远喝了茶，果然平静不少。

白春毅趁机问道："父亲为何如此不喜欢燕先生？"

白志远一脸讳莫如深："他权势太大，哪有半分为人臣子的模样。"他读圣贤书长大，接受不了皇权式微，自然也看不惯权倾朝野、独揽朝纲的燕兰庭。

白春毅："那……父亲会与他为敌吗？"

白志远沉默片刻，叹息道："晚了。你可知，你爹我前些日子的嘉奖与迁升是从何而来？"

白春毅："不是父亲破了金水台管事受贿一案，这才……"

白志远又一次打断白春毅的话，告诉他："此案我不过是协理，又有上峰施压，我便是费尽心力也难澄清玉宇。是燕相越过主理此案的刑部直接找到我，又将我手上所有的供词证据直接上呈，才叫此案得以真相大白。"

白春毅头一次听说这事的细节，整个人都听傻了："那……那父亲你……"

"如今在旁人眼中，我恐怕已是燕相的党羽。"白志远满心不情愿，可金水台因管事受贿偷工减料导致暴雨坍塌，那些死在废墟下的冤魂，他无法视而不见，"如今只能走一步看一步了。"

见白志远万分惆怅，白春毅乖顺附和，心里的想法却与父亲截然不同，甚至还为父亲能入燕相一党而感到欢欣。

二

旬休日后没多久便是琼花宴。赴宴学生可以直接请假，从书院出发前往长公主的别苑。

杨夫人虽然给白秋姝和岑鲸都置办了新衣服，但她们俩还是选择穿院服过去：白秋姝穿的是男装翻领胡服样式的院服，岑鲸则选了最常见最不起眼的衫裙。

两人跟乔姑娘还有安馨月共乘一辆马车。相比起她们，乔姑娘和安馨月的打扮就要精致很多，导致这一路上乔姑娘都在捣鼓岑鲸的头发，安馨月也挑了两块佩饰让岑鲸戴上，想把她打扮出挑些——白秋姝是没法弄了，男装细致不起来。

马车抵达别苑，一行人下车后拿出请帖，交给门口候着的下人。然后奇怪的事情发生了：乔姑娘和安馨月被下人带去举办宴席的庭院，白秋姝和岑鲸则被带

去离庭院不远的一座小楼里头。那楼是一座半悬在湖面的水榭，湖的另一边就是热闹的庭院。领路的嬷嬷说要带她们去见长公主殿下，路上还稍微叮嘱了几句，以免她们不懂事，惹殿下不快。

穿过回廊来到一扇门前，门口站立的侍女回身将门打开，入目是一面屏风。绕过屏风，里头是一间宽敞的屋子，屋子一侧的推拉门全部敞开，正对着湖对面的庭院。一身黛蓝色华服的女子斜倚在上首，容貌艳丽，妆容繁复，一派雍容华贵，比岑鲸早前在书院见到她时还要不加收敛。

岑鲸与白秋姝一起向长公主殿下行礼，被叫起后，又被叫到一旁的座位上坐下。白秋姝有些不太适应，要命的是萧卿颜没理会岑鲸，反而问了她不少问题，叫她越发紧张。

萧卿颜平静地看着白秋姝，心想：胆子还得练。

下完结论，萧卿颜才终于把视线落到了岑鲸身上，但她朱唇微启，说出的话语依旧是对白秋姝说的："去玩儿吧。"

白秋姝如获大赦，岑鲸也跟着白秋姝一块站起了身。

谁知下一刻，又听见萧卿颜说："岑鲸留下。"

白秋姝愣住，不安地望向岑鲸。岑鲸抬了抬眼，无声地对她说了句"去吧"。白秋姝这才脚步缓慢地离开了小屋。

萧卿颜将这一幕收入眼中，竟无端端想起许多年前，岑吞舟管教岑奕时的场景。那会儿的岑奕可真是太招人嫌了，但岑吞舟就是管得住他，让他往东他不会往西，哪怕再不情愿也会听话，最多就是嘴上埋怨几句，是个只会对外龇牙挥爪、回了窝要多乖有多乖的小狼崽。

萧卿颜奇怪自己怎么会冒出这样奇怪的联想。岑鲸也就罢了，毕竟样貌长得像岑吞舟，白秋姝那么乖巧胆小，哪有半分像岑奕？

之后萧卿颜又陆续见了几个学生，有男有女，有一个人来的，也有两个或三个一块来的。其间岑鲸就坐在一旁，安安静静地待着，什么也不问，什么也不说，活像个摆件。

送走最后一个学生，萧卿颜闭目养了养神，才终于开口对她说："过来这边坐。"

岑鲸起身走到萧卿颜桌边，刚坐下，就被萧卿颜拉着手腕一把扯了过去。她上身前倾，一下子就缩短了跟萧卿颜的距离。

锐利的眼神仔仔细细地逡巡过她脸上的每一寸皮肤，片刻后，萧卿颜从袖中抽出一柄小刀，刀刃摩擦过刀鞘内部，发出一声轻轻的嗡鸣。

岑鲸眼前掠过一道光，接着脸颊一凉——萧卿颜将刀刃贴在了她脸上。

岑鲸垂眸看了眼萧卿颜手中的刀柄，觉得很眼熟，眼熟到她将它作为生辰礼物送给萧卿颜时，绝对没想过会有今天。

没有人生来便懂如何运筹帷幄，哪怕是如今位比亲王的萧卿颜，也曾有过年少轻狂天真烂漫的时候。那时的萧卿颜还不知道天地有多广阔，岑吞舟也不过是一个小小的编修。两人能遇上，纯粹是一场意外——

萧卿颜被太子欺负，去跟皇后告状却反而被骂，气得想要离家出走，偷跑去外祖家。可惜她跑得出宫城却跑不出皇城，又怕被人撞见带回去挨母后的骂，索性找了棵树爬上去躲着。

皇城在宫城外头设有宗庙官衙，是百官平时工作的地方。然而来往路过的官员愣是没发现树上多了位金尊玉贵的小公主，还是岑吞舟无意间从此处走过，凭借习武之人的耳力听见树上的动静，抬头一望，才发现树上居然藏了个姑娘。

"看什么看？滚！"那姑娘还挺凶。

岑吞舟看她衣着华丽、满头珠翠，猜出她是从宫里偷跑出来的，看年纪和胆量必然是位受宠的公主，于是……真的滚了。那会儿的岑吞舟招惹不起一位公主。

谁知他这一走，反而让萧卿颜记住了他。

到了下午，萧卿颜看实在没人找到自己，自己亦是又累又饿又渴，只能灰溜溜地顺着来时路回了后宫。那之后每当有什么不高兴，萧卿颜都会跑这棵树上躲着，一个人悄悄生闷气，直到气消了或者饿了渴了再回去。

其间她不止一次看到岑吞舟，虽然对方每次都是目不斜视地从树前走过，但萧卿颜猜他一定知道自己就在树上。

数不清是哪一次，萧卿颜用树上结的酸涩果子砸了独自路过的岑吞舟，只因他手上拎着一袋用纸包着的点心。

岑吞舟被果子砸到，看了看左右，确定无人才走到树下，仰头望向树上的萧卿颜，问："不知是哪位殿下？"

第三章 琼花宴 QIONG HUA YAN

萧卿颜理直气壮地扔出了自己的封号："瑞晋。"

继后之女，瑞晋公主。

"下官见过公主殿下。"岑吞舟向她行礼，远远看着像是在对一棵树行礼，怪好笑的。

萧卿颜因此感到愉悦，问出口的话语也跟着客气了不少："你手里拿着什么？"

岑吞舟如实回答："是下官从家里带的糕点。"

说完与萧卿颜大眼瞪小眼对视了一会儿，他才反应过来，眼前这位殿下不是真的好奇，而是在树上待太久饿了，暗示他把吃的拱手奉上。

问题在于这袋糕点是岑吞舟今天的午饭，他不太想让出去。因此他故意装作不理解的样子，厚着脸皮笑道："不是什么好东西，让殿下见笑了。"

萧卿颜在宫里长大，就没见过这么没眼力见的人，偏肚子又饿得厉害，犹豫片刻后还是拉下脸面，直接开口跟岑吞舟讨吃的："我要吃，给我！"

哪怕说到这个地步，岑吞舟还是想再挣扎一下："殿下，这个真不好吃。"

"不好吃你带来干吗？快点儿给我！"

岑吞舟只好把糕点递给了树上的萧卿颜。

许是饿了太久，萧卿颜觉得这糕点味道相当不错，就让岑吞舟下回再给自己带一份。

岑吞舟："下回是什么时候？"

萧卿颜愣住。对啊，她来这儿全看心情，谁知道她下回什么时候心情不好。但萧卿颜也没跟岑吞舟讲道理，反正她下回来了，岑吞舟必须给她带糕点。

岑吞舟没办法，只能每天都带，若是遇不上萧卿颜，就把糕点拿去给同僚分，意外攒下好人缘。

大约是因为岑吞舟的态度与众不同，也可能是因为萧卿颜每次来都心情不好，久而久之，萧卿颜除了吃糕点，也会跟岑吞舟提几句自己不高兴的原因：有时候是被母后骂了，有时候是被太子欺负了，还有一次是身边的嬷嬷太烦，连她喝水太快都要说她仪态不好……

萧卿颜越说越详细，岑吞舟被迫听了许多皇室秘密，同时发现萧卿颜其实并不像传闻中那么刁蛮，她就是胆子大，有点儿社交牛杂症，外加找不准自己的定位。

萧卿颜的生母是继后，也是先皇后的亲妹妹。先皇后留下一子，也就是如今的太子。因为整个皇宫上下只有她跟太子是嫡出，所以她不屑跟别的公主皇子比，只跟太子比，心里能平衡就怪了。

岑吞舟知道，随着萧卿颜的年龄越来越大，终有一天她会明白她跟太子根本没有可比性。周围的每一个人也都会不断地告诉她提醒她，让她从不服到麻木，再到认清现实，向现实屈服，甚至她可能都意识不到这个过程，就已经变成和现在截然不同的另外一个人。

环境的力量，能轻易将个人的意志碾碎。岑吞舟只能看着她被慢慢改变，最后变得和宫里其他公主没什么两样。

直到有一阵子，萧卿颜很长时间都没来找岑吞舟，再次出现时，她没跟岑吞舟抱怨什么，甚至没低头看岑吞舟："我以后不会再来了，总往这儿跑不合规矩。"短短两句话扯痛了萧卿颜的嘴角，之后她尽量不牵动嘴角，低声呢喃道，"可惜日后吃不到你从家里带的糕点了。"

岑吞舟站在树下安静许久，突然开口说："殿下能在这儿等我一会儿吗？"

萧卿颜："做什么？"

岑吞舟："回家给你拿糕点。"

萧卿颜心想也行，就在树上等着岑吞舟拿糕点回来。可她没想到，岑吞舟不仅拿回来一包糕点，还避开皇城守卫悄悄带进来一柄非常漂亮的小刀："再有两日就是殿下生辰，这柄小刀送给殿下，作为殿下的生辰贺礼。"

萧卿颜忍着嘴角和脸颊的痛，说："你这人真奇怪，哪有给女子送刀的？"

岑吞舟仰着头，问："为什么不能？又没有哪条律法规定女子不能持刀。"

萧卿颜想到什么，低声道："女子拿刀，又能做什么呢？"

岑吞舟："什么不能做？"

树上的萧卿颜沉默了好一会儿，终于俯身去拿岑吞舟手中的糕点和小刀。

也是这一俯身，岑吞舟才发现萧卿颜一侧脸颊红肿，嘴角都破了。

萧卿颜拿走糕点和小刀，像平时一样跟岑吞舟抱怨："太子昨日出阁，自此便可在朝中领职。我跟母后说我也要出阁，我也要站在朝堂之上，母后打了我一巴掌，好疼。"说着，眼泪从眼眶溢出，满满都是委屈。

树下的岑吞舟："既然……"

萧卿颜听见"既然"两个字，以为岑吞舟会站在母后那边劝她，说类似"既然皇后娘娘都这么说了，殿下便好好听皇后娘娘的，不要再任性"这样的话，结果——

"既然殿下伤了嘴角，就不适合吃糕点了，容易影响嘴角伤口愈合，殿下把糕点还给下官吧。"

萧卿颜瞪大了眼睛看向岑吞舟，怀疑自己耳朵出了问题。这什么人啊！怒火刹那间就盖过了满心的委屈，她抬手就把那包糕点朝岑吞舟的脑袋砸了过去。

岑吞舟接下糕点，随手拆开包装，拿了一块出来吃。

萧卿颜知道那糕点有多好吃，沙绵软糯，还不会太甜，眼下看岑吞舟两口一个，她想吃又吃不到，气得吹了个鼻涕泡泡，趁岑吞舟没发现赶紧擦掉。回过神来，委屈也好，自暴自弃也好，统统没了踪影，她把脸上的眼泪擦干净，明明刚才还说不合规矩不会再来，眼下却又对岑吞舟说："下回再给我带你家的糕点。"因为生气没顾上，又一次扯疼了嘴角，她忍不住倒抽一口气。

岑吞舟："下回是什么时候？"

萧卿颜尽量控制嘴型，恶狠狠道："我怎么知道？反正你得给我带！"说完她威胁似的拔出小刀，砍下一根小树枝，拿在手里慢慢地削，仿佛削的是岑吞舟那副欠兮兮的骨头。

"行。"岑吞舟很快就把那一包糕点都吃完了，他拍拍手上的糕点碎屑，准备回去干活，临走前又朝树上唤了一声，"殿下。"

萧卿颜："干吗？"

岑吞舟仰头看着萧卿颜，说："不要怕。"

萧卿颜那不知飞哪儿去的委屈又回来了，不同的是，这次她找到了面对的勇气："我才没怕！"

岑吞舟笑笑，迈步回了翰林院，留下萧卿颜在树上，紧紧握着那柄漂亮的小刀。

转眼多年过去，那柄刀还在萧卿颜手中，刀刃却落在了岑鲸脸上。

风拂过湖面吹进屋，吹散了熏炉上方袅袅升起的白烟。岑鲸一脸迷茫："殿下？"

萧卿颜也没跟岑鲸客气，直言心中所想："我在考虑，要不要把你的脸毁了。"

燕兰庭最近越发奇怪，可她怎么查都查不出岑鲸跟岑吞舟有什么关系，于是大胆猜测，燕兰庭莫不是把岑鲸当成了岑吞舟的替身。她越想越硌硬，总觉得岑鲸这张脸不能留，可又找不到下手的理由。所以她说的"考虑"，是真的在考虑。

岑鲸倒是想过会有这么一出，毕竟她也不是第一天认识萧卿颜，清楚一旦有人把她当作岑吞舟的替身，萧卿颜肯定会坐不住，毁她容貌也不是不可能，所以她目前还算淡定："……哦。"

这是什么反应？萧卿颜忍不住问："你不怕吗？"

岑鲸："怕的。"

萧卿颜盯着岑鲸那半死不活的模样看了半晌，最终还是把小刀从岑鲸脸上挪开。只因她在最后想到，若是岑吞舟还在，恐怕不会允许她因为这样的理由去伤害一个无辜的小姑娘。

"走吧。"萧卿颜终于愿意放她离开。

岑鲸起身告退，离开了小屋。

待岑鲸走后，萧卿颜收好小刀，斜倚回软枕上，长长地叹出一口气。岑鲸这张脸实在是太像吞舟了，盯太久甚至容易产生吞舟回来了的错觉，就这么留着，也不知是对是错。

萧卿颜闭上眼，慢慢平复心情。过了许久，一旁伺候的嬷嬷提醒萧卿颜该去学生面前露个面，她这才起身，让丫鬟给她整理衣服。待衣服整理好，她转身离开小屋，朝对面的庭院走去。

到庭院时，那里比她想象的还要热闹几分，一群人背对着她围在一块，时不时便爆发出一阵欢呼。人群外围的学生发现了她，正要行礼，她忙竖起一根食指放在唇边，让那些学生噤了声。

学生们悄悄散开，她一步一步走到人群中，发现是一男一女两个学生在比射箭。男的是赵国公家的小公子，女的正是因身手不凡被请来赴宴的白秋姝。他们的目标是对面一棵大树上悬挂的香囊。因湖边风大，香囊随风晃着，还有碍事的枝叶左摇右晃遮挡视线，想要射中，难度非常大，就看他们谁能用最少的箭把树上的香囊全部射中。

树上交错挂着红蓝两种颜色的香囊，白秋姝需要射中红色香囊，赵小公子则需要射中蓝色香囊。两人箭无虚发，一箭一个香囊，眼看着就要把树上的香囊全部射完，白秋姝一个失误，射空了。反观赵家小公子，一箭射出，又中一个香囊。

此时树上只剩一个蓝色香囊没被射中，红色香囊还有两个，只要赵小公子最后一箭射中，这场比试便算分出胜负。因为白秋姝剩的两个香囊在一高一低不同的位置，需要至少两箭才能全部射下。

"如何？还要比吗？"赵小公子问白秋姝。

失误的一箭给白秋姝造成了不小的影响，她咬了咬牙："当然要比！"说完她就抽了支箭。

赵小公子见她乱了节奏，嘴欠道："不着急，慢慢来，万一你运气好，我下一箭没射中，我俩还能打个平手。"

白秋姝拉开弓弦，一字一顿地说："我才不靠运气！"

话说得很好听，问题是她心神已乱，气息稳不住，手也抖得厉害，这样下去恐怕这支箭也射不中。

萧卿颜已经看到了结局，心想白秋姝果然还是缺乏历练。

就在这个时候，萧卿颜突然听到有人轻轻地唤了一声"秋姝"，这才发现岑鲸居然就站在白秋姝身旁靠后的位置。

萧卿颜蹙眉，认为岑鲸这个时候不该说话，这样只会让白秋姝更加静不下心。然后她便听见岑鲸对白秋姝说："不要怕。"

——殿下，不要怕。

萧卿颜微微睁大了眼睛。

与此同时，拉满弓弦的白秋姝奇迹般地稳住了呼吸。她吸气，呼气，轻颤的手慢慢稳了下来。

随后岑鲸又在白秋姝耳边说了什么，白秋姝的眼睛一下子就亮了，她按照岑鲸说的调整了一下方向，松手放箭，射出一箭的同时居然立马又抽了支箭出来，搭箭拉弓，飞快射出。

一切都发生在短短的几息之内，率先射出的那支箭目标是上面的香囊，第二支射出的箭则对准了下面的香囊。可惜上面那支箭没能射中香囊，而是射中了挂香囊的树枝。众人还没来得及遗憾，就见随着树枝落下的香囊居然跟下面的红色香囊到达了同一高度，两个香囊一前一后被白秋姝射出的第二支箭一起射中。

人群出现了一瞬间的静默，随后爆发出惊呼。

赵小公子也很惊讶，不过他知道，这场比试赢的还是他。无论如何白秋姝就是比他多用了一支箭，只能说输得比较精彩而已。

他从箭囊中抽出箭，正要拉弓，那根被白秋姝射断却又连着丁点儿树皮挂在半空的树枝因为树皮断开，彻底落下。那树枝堪称命运多舛，落下后还是没能掉在地上，因为树枝的一头连着香囊，香囊又被一支箭串到了另一个香囊上，有那个香囊拉着，树枝又一次悬在半空中。只是这一次，断掉的树枝正好就挡在最后一个蓝色香囊前头，茂密的枝叶把蓝色香囊遮得严严实实。

赵小公子愣在原地，白秋姝则兴奋地蹦了一下，并把刚才那句话奉还给了他："如何？还要比吗？"

"叮！长公主萧卿颜好感值+10。"

"叮！长公主萧卿颜好感值+10。"

"叮！长公主萧卿颜好感值+10。"

系统提示音响起的那一刻，岑鲸意识到萧卿颜就在附近看着自己。但因如今的她没有内力傍身，听不见细微的动静，感官也跟寻常人无异，所以她没发现萧卿颜不是"在附近"，而是就在她身后不远的位置。

直到白秋姝挑衅完赵家小公子，眼角余光捕捉到一抹熟悉的黛蓝，猛地扭头，这才叫方才一直专注比试的他们发现萧卿颜居然就在他们后头。

众人赶紧向萧卿颜行礼请安。

萧卿颜挥挥手，说："不用管我，你们继续比。"

长公主一发话，压力瞬间落到了赵小公子身上。

赵小公子只比白秋姝大三岁，性子冷淡，但说话跟叶临岸有几分相似，都不太好听。按理说他与白秋姝素不相识，本不该如此针锋相对，偏他是白春毅的同班同学，还因为白春毅跟白秋姝说了几句话，并仅凭那几句话就激怒了白秋姝，于是才有了这场比试。

赵小公子重新搭箭拉弓，短短的一息时间，他已看清局势：眼下摆在他面前

的只有两个选择，要么先一箭把两个红色香囊的接连处射断，让阻碍视线的断枝彻底落下，再一箭射中蓝色香囊，与白秋姝打个平手；要么他赌一把，在断枝完全遮挡住蓝色香囊的情况下，凭记忆和感觉去射香囊，若射中，他比白秋姝少用一箭，他赢，但要射不中，他就得再耗费一支箭去清除断枝，然后再用一支箭射中香囊，那就比白秋姝多用一支箭，他输。

保险起见打个平手，还是赌一把定输赢？赵小公子几乎没有犹豫就做出了选择，他一箭射出，锐利的箭镞划断了香囊的绳子。被香囊拉扯的断枝磕磕绊绊地落了地，露出藏在其后的蓝色香囊。接着他又抽出一支箭，搭箭拉弓瞄准一气呵成。

看似专注，实则因为清楚结局，他的心思早就跳到了别的地方。他想，若是身旁的白秋姝面对这样的情况，一定会选择赌一把。因为别人或许没看见，甚至有可能连白秋姝自己都没意识到，但他离得近，看得清清楚楚，白秋姝最后射那两箭的时候，眼里压抑着兴奋的火光，像极了一个疯狂的赌徒。他甚至怀疑白秋姝射空后的慌乱仅仅是因为她想不到翻盘的办法，一旦有人把翻盘的法子给她，哪怕成功的概率微乎其微，她也会抛却一切顾虑，痛痛快快地放手一搏。

这样的性格，赵小公子不讨厌，但也欣赏不来。

"咻"的一声，箭矢射中最后的蓝色香囊，比试尘埃落定，赵小公子与白秋姝打成平手。

萧卿颜随口夸了他们两句，最后对白秋姝说："你很有天赋，只让书院的武师傅教你，反倒容易将你给埋没了。"

众人不约而同地竖起了耳朵，就听长公主殿下说："今日起，每个月的旬休日来我府上，让我府上的人教你武艺。"

白秋姝傻在原地，还是两旁的岑鲸和赵小公子同时碰了碰她，她才反应过来，赶紧向萧卿颜谢恩。

随后宴席继续，有萧卿颜在，学生们的情绪越发高涨，玩游戏时的胜负心也越来越重，一个个都想像白秋姝一样被长公主殿下看中，获得旬休日去长公主府学习的资格。

至于被人羡慕的白秋姝，她不仅兴奋，还有些害怕。长公主府不比琼花宴，肯定没法带上岑鲸，一想到要自己一个人过去，她就有点儿不知所措。还是岑鲸安抚地摸了摸她的脑袋，才叫她心里踏实不少。

白春毅比白秋姝更加不安，生怕妹妹在长公主府闯祸，叮嘱的话说了一大筐。白秋姝听得连最后一点儿紧张感都没了，甚至还朝一旁揣着袖子的赵小公子微微扬起小脑袋，有些骄傲地说："殿下虽然没有叫你去，但你要是想学的话，我可以学了再来教你。"

赵小公子耷拉着眼皮，淡淡道："不用，我本来就对习武不感兴趣。"

白秋姝才不信："可你射箭很厉害。"若非勤学苦练，怎么可能达到如今的水平？要是不喜欢不感兴趣，又怎么可能坚持练下来？

然而赵小公子却说："学射箭，也不是因为喜欢。"

白秋姝："啊？"

他没解释就走了，同赵小公子交好的白春毅倒是明白他的意思。

赵小公子天生聪慧，但因为是家里最小的孩子，上头又有三个哥哥，所以根本没人要求他上进，这让他非常不甘心。为此他一度把当朝宰相燕兰庭当成自己的目标，想要成为第二个燕兰庭证明给家里人看，肯学射箭也是因为武功平平的燕兰庭有一手好箭术。

可惜他还是没能在去年参加春闱，和燕兰庭一样年仅十五岁就考上状元。倒不是因为他学问不到家，而是因为家里人跟书院先生都说他年纪太小，即便考上也不容易被朝廷重用，还不如在书院多学几年，多轻松潇洒一段日子。毕竟赵国公府不指望他做顶梁柱，而且他也不像燕兰庭有个能只手遮天的老师，让他年纪轻轻就被外放到洪州，早早积累下比旁人更多的实绩。

白春毅虽然知道赵小公子的话是什么意思，却不好随意跟旁人说明个中缘由，只能又叮嘱白秋姝几句，跑去追赵小公子了。

"什么嘛。"白秋姝看着赵小公子离去的背影，不高兴道，"不喜欢还能练得这么好，他是想气死谁？"

岑鲸笑笑："要去吃点儿东西吗？"

白秋姝："要！"

她一来就被带去见长公主，出来后又一直在担心岑鲸，好不容易岑鲸也从长公主那儿回来，她又跟人比起了射箭，到现在她连一口东西都没吃上，快饿死了。

岑鲸和白秋姝一块去找吃的，在此期间不断有不认识的书院学生过来同她们搭话，流露出想与她们结交的意图。说到底，无论是四月的琼花宴、八月的灵枝宴，还是十二月的瑞香宴，本质就是书院的高端人才交流会。而被允许去长公主府学习的白秋姝，无疑是今年琼花宴上最亮眼的一位。

热闹的宴会一直持续到下午才结束。萧卿颜提早退席，被来接她的驸马护送回了长公主府。

回到家，驸马遣走下人，亲自动手替萧卿颜脱下那一身式样华丽繁复的黛蓝色衣裙，再给她换上一身款式简约、平时只在家里穿的衫裙。

萧卿颜等驸马替她系好裙带，才说："有个天赋不错的小姑娘，书院旬休日会来家里，你给看看。"

驸马应下，接着没头没脑地问了句："不高兴？"

萧卿颜挑了挑眉："很明显吗？"

驸马抬手抚上她的脸："我能看出来。"

萧卿颜望进驸马眼底，在那儿看见了自己，她放松下来，把头靠到驸马肩头，说："岑鲸太像吞舟了，不仅是样貌像，其他地方也很像……我在她身上看到了吞舟的影子，可我……"她叹息道，"可我实在不想把谁当成吞舟的替代品，吞舟就是吞舟，不能是其他人。"

驸马不太懂，他自幼就被当成杀人机器养大，需要做的只有听从命令，根本不需要考虑别的，唯一且仅有的欲望和私心，都只在萧卿颜一个人身上。所以他不明白萧卿颜为什么要纠结这样的小事，还为之感到苦恼。

于是萧卿颜给他举了个例子："若有一日你死了，我因为太想你而去喜欢一个和你长相相似的人……嘶，轻点儿！"

萧卿颜往驸马手臂上拍了一下，驸马这才稍稍松开勒疼萧卿颜的手臂，还低头咬了咬萧卿颜的唇，像只生气又委屈的大狗狗，对自己的主人提出抗议："不可以。"他的概念里没有"我死了就忘了我"的慷慨，也绝对忍受不了自己在萧卿颜心中的位置被旁人所取代，哪怕那个人像极了他也不行。

萧卿颜笑着问："懂了？"

驸马："懂了，你不可以那么做。"

萧卿颜听出驸马话语中的耿耿于怀，哄道："怕什么，万一是我比你先死……"

话刚开头，就被驸马打断："不可能。"

萧卿颜："我是说如果。"

驸马很坚持："没有如果。"

萧卿颜："万一呢？"

驸马："没有万一。"

萧卿颜："假如，假设，不是真的。"

驸马跟萧卿颜较上劲儿了："没有假如，没有假设。"

萧卿颜深吸一口气："你再这样我可要生气了。"

驸马以吻封缄，在那之前还清清楚楚地告诉她："生气也没有，不能有。"他绝不会让她死在自己前头。

因为萧卿颜的话，驸马又一次起了辞去禁军统领职位的念头，想和以前一样守在萧卿颜身边，做她的贴身暗卫保护她。

萧卿颜不让，因为禁军统领一职很重要，必须让自己人占着，毕竟谁也不能保证皇帝会不会像对付岑吞舟一样对付她。

一想到哪怕是岑吞舟也抵抗不了禁军的人海战术，被硬生生给磨死在了宫门口，驸马只能强忍下冲动，把这个禁军统领继续当下去。

夫妻俩正在屏风后面亲昵，管事突然来报，说是燕相有事登门拜访。

萧卿颜猜燕兰庭多半是为岑鲸而来，她还是很介意燕兰庭找替代品的行为，就故意让燕兰庭在花厅等着，自己在屋里洗脸，重新上妆，慢吞吞收拾好才去见他。可萧卿颜刚到花厅，燕兰庭就走了，还走得非常匆忙。

花厅内只剩下一个刚从书院跑来报信的护卫，见到她赶紧说道："殿下，书院出事了！"

萧卿颜蹙起眉："什么事，说清楚！"

护卫飞快把事情叙述了一遍，原来是有两个书院学生私相授受被抓，其中的东苑学生出自寒门，他无法接受自己将要被书院除名的现实，竟当着众人的面，拔刀杀了与他相恋的西苑学生。之后那名东苑学生便在书院内逃窜，安如素和叶临岸当机立断将所有学生、先生以及东西两苑的杂役都集中到明德楼，并让书院

护卫和武师傅们地毯式搜查那名东苑学生的下落。本以为瓮中捉鳖不难，只是时间的问题，谁承想今日去琼花宴的学生从外面回来，正好就撞上了那亡命之徒。其中还有一名女学生被挟持做了人质。

第三章

琼花宴散后，学生们同来时一样，乘马车回书院。

岑鲸、白秋姝还有乔姑娘和安馨月四人依旧是在同一辆马车上。岑鲸累得不行，靠着白秋姝小憩，其余三人倒还精神得很，你一句我一句地说着在琼花宴上遇到的趣事。

没过多久，马车在书院门口停下。白秋姝叫醒岑鲸，拉着她一块下了马车。

岑鲸刚睡醒还有些迷糊，无论什么话到她这儿都像是隔着一层厚厚的屏障，能听见也能听清，但来不及理解是什么意思，话语就已随风散去。直到她发现众人都滞留在书院门口，无法入内，才终于打起精神仔细去听白秋姝几人说话，得知书院里头似乎是出了什么事，导致书院门房不肯开门让他们进去。可到底是怎么一回事，门房也不清楚，只知道书院特地拨了两个护卫过来和他一块守门，还叫他们不许放任何人出书院。

一众学生在原地等了许久，被午后毒辣的太阳晒得浑身滚烫，汗水就跟雨水似的顺着皮肤往下淌，黏糊糊的让人非常难受。

终于有学生受不了了，对那门房说："书院只让你们别放人出去，又没说不让你们放人进去，你把门开一开，我们进去了你再关上，我们这么多人在这儿，真遇到想出去的，一人伸出一只手也就帮你拦下了，你怕什么？"

"就是！"

"赶紧让我们进去吧，我快被晒死了。"

"对啊，快点儿开门吧。"

能去参加琼花宴的，哪个不是天之骄子，即便有那么几个出身寒门，也都是前途无量之辈，门房不太想得罪他们，犹豫再三还是开门放他们进去了。为防万一，他还专门让一个护卫送他们去明德楼，以免出什么意外，丝毫不知有个刚杀了人的学生正在书院内逃窜。

要说这事也怨李掌教，长公主不在，他便是书院里拿主意的人。原本无论是安如素还是叶临岸，都认为应该告诉书院护卫和门房书院有学生杀人一事，好让他们提高警惕。偏偏李掌教认为此事传出去有损书院名声，只让负责搜查书院的护卫跟武师傅知道内情，其他人能瞒就瞒，以免走漏风声，这才让门房疏忽大意，放了从琼花宴上归来的学生进去。

如果知道实情，门房就算再糊涂，也断不会让学生进书院。可惜没有如果。书院大门在学生们身后关闭时，他们还在好奇书院里头到底发生了什么事，甚至有几个不太想去明德楼，低声商量要不要趁前头的护卫不注意，偷偷溜回宿舍去。

另一边，安如素还在安抚学生，突然听见窗户边的学生喊她，说是上午去琼花宴的同学回来了。她这才想起自己忘了什么，急忙跑到窗户边，途中还被桌椅绊了一下，幸亏有人眼疾手快扶住了她。

安如素赶到窗边往外一看，果然看到一群学生在一个护卫的带领下朝明德楼走来。她刚放下心，觉得这么多人在一块应该没事，下一刻就见一个人从校场边缘的树上跳下，朝学生们冲去。那人头发散乱，白青色的院服上沾了大片血迹，手里还拿着杀人时用的长刀。

明德楼里不少人都瞧见了这一幕，他们不约而同地发出尖叫跟呼喊，想要提醒那群朝明德楼走来的学生，叫他们当心身后。可因为离得太远，那群学生听不清对面在喊什么，还以为是明德楼的同学在欢迎他们回来，甚至抬手朝明德楼的方向挥了挥，可把楼里的学生和先生们急得够呛。

直到——

"小心？"有人听清了从明德楼传来的呼喊，正疑惑小心什么，就听到后面传来一声惨叫。

众人齐齐回头，就看见一个身着东苑院服的疯子拿刀砍伤了走在最后面的同学。所有人一下子都慌了，有的如惊鸟一般四散逃开，有身怀武艺的想要将疯子拿下，奈何手中没有武器，根本不敢轻易靠近那疯子。书院护卫倒是有武器，他拔出佩刀，逆着人群冲向那疯子，打得疯子节节败退。

这时，明德楼里也有护卫得到消息冲了出来。

疯子放弃缠斗，朝一名逃跑时摔倒在地的女学生跑去。那女学生不是别人，正是乔姑娘。

安馨月跟白秋姝想折回去把乔姑娘拉起来，结果白秋姝因为跑太快，被迎面而来的同学撞个正着，安馨月则被一个认识的男同学拉住，不让她去冒险。

"滚开！"白秋姝毫不留情地将撞到自己的人推开。

与此同时，持刀的疯子从后面抓住了乔姑娘的头发，要把她从地上拉起来。疯子下手毫不留情，头皮被用力拉扯的剧痛让乔姑娘惨叫出声，听得人心里一颤。

电光石火间，一个人冲出来，用力撞到了疯子身上。

岑鲸细心避开了那疯子手中的长刀，将人撞开后也尽快地从地上爬了起来。她知道只要速度够快，就能带着乔姑娘一起逃出生天。遗憾的是，她高估了自己的身体素质，也高估了自己如今的反应速度。还没等她从地上起来，疯子就先连滚带爬地过来揪住了她的衣服，并把刀架在了她的脖子上。

场面一下子就陷入了僵局，赶来的护卫手持佩刀围成一圈，不敢轻举妄动。

包围圈外，白秋姝把被吓得泪流满面、抖成筛子的乔姑娘从地上扶起，交给随后赶来的安馨月和先前拉着她不让她冒险的男学生，让他们先带乔姑娘去明德楼，自己则死死地盯着包围圈内被挟持的岑鲸，脚下像生了根似的，任安馨月怎么劝都不肯离开。

"我得想办法！"此刻，白秋姝心里只有这一个念头。之前在琼花宴上，因为有岑鲸给她出主意，她才能跟赵小公子打成平手。眼下岑鲸遭遇危险，没办法告诉她该怎么做，她得学会自己想办法救岑鲸。

想啊！快想啊！白秋姝一边把安馨月等人赶走，一边逼迫自己动脑子。可她脑子一片空白，根本就……

"秋姝！"白春毅赶来，张口就打断了白秋姝本就不明朗的思绪。他方才把几个吓得走不动路的女学生护送去了明德楼，眼下赶回来想把白秋姝也带回去，却对上她空茫的双眼。

"哥……"白秋姝鼻子一酸，慌乱道，"怎么办，我想不出来……"

白春毅："什么想不出来？你快去明德楼，我留在这里，阿鲸一定不会有事的，你别……"

白秋姝根本没把白春毅的话听完，她越过白春毅，看到了他身后跟来的赵小公子。赵小公子是真的不爱习武，不过跑了几步，就已经气喘吁吁，累得直不起腰。

白秋姝看着他，想到什么，呢喃道："对了……弓箭！"

白春毅："什么？"

白秋姝拔腿就往校场旁放器材的小屋跑去。

另一边，挟持岑鲸的疯子狼狈地从地上爬起来，他一手拉着岑鲸，一手拿刀贴在她的脖子上，在护卫的包围下，一步步往书院门口靠近。

"让开！都给我让开！不然我杀了她！"

护卫们不确定该怎么办才好，只能跟着那疯子的脚步，一点点往书院门口挪。

"开门！不开门我现在就把她杀了！"

"你杀了她，我们就能立刻把你拿下！"叶临岸不知何时从明德楼赶了过来。

书院上下都知道这位的嘴有多毒，看到他的瞬间都忍不住想问是谁放他过来的，哪怕是安如素过来也好过是他啊！

可叶临岸的话也没错，一旦人质死了，他们将再无顾忌。

接着，叶临岸又朗声道："留她一条命，我们给你准备一匹马还有盘缠，让你离开！"

疯子还以为自己当真能活着离开京城，他天真地点了点头，吼着让书院快点儿给他准备马和盘缠。

叶临岸像是突然学会了怎么说人话，与他周旋起来："现银需要准备，马也得从马厩牵过来，在那之前你绝不可以伤她分毫！"

岑鲸被疯子死死勒住，听着耳边两人的对话，慢慢地闭上了眼——虽然不太合时宜，但她是真的又困了。本来外出赴宴就消耗了她不少体力，刚刚撞人的时候她也用上了全身的力气，如今乔姑娘也好，白秋姝也罢，俱都安全无虞，她难免松懈下来，感到疲惫。至于她自己的性命……逃不掉就这样吧。这回能死在太阳下也挺好的，比上次死在夜里强。

系统："宿主你不要就这么放弃啊！"

嗯，要是没有系统在耳边聒噪就更好了。

岑鲸越来越平静，倒是挟持她的疯子因为久久等不来马匹和盘缠，激动地在她脖子上划了一道浅痕，威胁书院动作快点儿。

"马上就来！你把刀拿开！"叶临岸的嘶吼传入岑鲸耳中，惊慌里透着罕见的狠戾。

岑鲸微微睁开眼，正疑惑叶临岸为何如此失态，忽然听到一声突兀的鸟鸣。她微微侧头看了眼，确定自己的身高只到那疯子的肩膀，于是又安心地闭上了眼。

就在她闭上眼后，门房跑到叶临岸身边，在他耳旁说了几句话。

叶临岸听完门房的话，咬了咬牙，最终还是下令让人把马牵过来。

背上驮着褡裢的马儿慢慢踱步到疯子身边，疯子一手拉住缰绳，一手继续用刀限制岑鲸的行动，他回头看了眼紧闭的书院大门，催促道："把门打开！"

叶临岸抬了抬手，挡在疯子和书院大门之间的护卫退开，书院大门随之缓缓开启。

听见身后传来开门的声音，疯子的呼吸开始变得急促。他自以为得逞，却不知在斜侧方，白秋姝终于找到了一个绝佳的位置，借着人群遮挡拉开弓弦，阳光下闪耀着光芒的箭镞对准了他的脑袋。

白秋姝此刻并没有意识到这一箭射出将带走一个人的性命，她屏住呼吸，松手放箭，整个人的状态和在琼花宴上射树枝没什么区别。

"咻"的两声锐响后，是箭矢扎破皮肉的"噗噗"声。

疯子被两支箭射穿了脑袋。其中一支箭是从刚敞开一条缝的书院大门外射进来的，箭镞从疯子额心穿出，喷洒的鲜血和浆液溅到岑鲸一侧的脸颊上，像是在她脸上绽开一朵色泽艳丽的花。

岑鲸始终闭着眼，所以她先是听见长刀脱手落地，砸在地上发出的铿锵声响，然后才是那疯子重重倒地的声音。她睁开眼，低头看向脚边的尸体，没太在意那疯子狰狞的面孔，而是研究起疯子头上的两支箭，发现两支箭方位不同，一支是从斜侧方射来的。她看向那个方位，就见护卫们已经往两侧退开，露出躲在他们身后放箭，此刻正因惊觉自己杀了人而傻在原地一动不动的白秋姝。而另一支箭……身后？

岑鲸转身，发现已经彻底敞开的书院大门外，是一字排开气势凛然的黑甲禁军。而在一众禁军前头，身着紫色长袍的男人放下手中的弓，晦暗不明的双眼一眨不眨地盯着她被划了一道浅痕的脖子，周身萦绕着挥之不散的煞气，硬是把黑甲禁军的气势给压了下去。

真吓人，她想。

岑鲸没意识到，她脸上沾血脖子带伤，却还能顶着众人的视线站在尸体旁平静转身的模样，其实也挺吓人的。

书院的医舍在明德楼一楼的走廊尽头，平时几乎没什么人来，非常冷清，今日倒是热闹，除了脖子被划破皮肉的岑鲸，还有好几个在校场受伤的学生。

卫大夫和齐大夫忙不过来，就找了几个医术学得还不错的学生过来帮忙。

岑鲸的伤口不深，也就破了点儿皮，渗了点儿血，她以为随便叫个学生替她上药包扎就行，不承想因为伤在脖子，又是被凶徒挟持所伤，那几个学生不敢随意处理她的伤口，说什么都要叫齐大夫来，生怕一个不小心把她弄死。

岑鲸："……伤口不深。"

那些学生也不听她的，非得等齐大夫发话，说只是伤了皮肉，并无大碍，才敢上手替岑鲸包扎。

处理好伤口，岑鲸朝身边一直沉默的白秋姝看去。她第一次杀人，应该是受刺激太大，从脱险一直到现在，都没说过几句话。

回想当初，岑鲸已经不记得自己第一次杀人后是怎么摆脱心理阴影的，因此也不知道该怎么开导白秋姝，只能握住她的手，给她一些安慰。

白秋姝回过神来，反握住岑鲸的手，张了张嘴想说什么。这时，一个学生给岑鲸端来一杯热茶，白秋姝便又闭上了嘴。

岑鲸谢过那位同学，等那位同学离开，才又一次看向白秋姝。

"我……我好像……"白秋姝一边说话，一边眼睛乱瞄，像是怕谁突然靠近，会听到她说话的声音。

岑鲸："要是觉得这里不方便说，可以等晚上再告诉我。"

白秋姝下意识松了一口气，点头道："嗯。"

她心思简单，既然跟岑鲸约好晚上再说，便会先把心头存着的事情放下。这一放，白秋姝又变回了原来的模样，问岑鲸疼不疼、饿不饿，要是饿了，她可以到西苑食堂去带些吃的过来。

岑鲸："不疼，也不饿，就是好困，想睡觉。"

白秋姝："那你靠着我睡……不行不行，要是一歪头扯到伤口怎么办？我们回西苑吧。"回西苑宿舍，可以躺着睡一会儿。

岑鲸闭上眼："再坐一下。"她现在连起身的力气都没有了，需要蓄点儿力。

白秋姝听话地陪她坐着。

齐大夫和卫大夫以及过来帮忙的学生在她们面前来来回回，耳边除了脚步声和药柜抽屉碰撞的动静，时不时还会响起受伤学生哭着喊疼的声音。

白秋姝想到方才发生的事情，突然对岑鲸说："燕先生那一箭太冒险了。"

岑鲸睁开眼："什么？"

白秋姝："我能看见你的位置，知道怎么样不会伤着你，可燕先生在书院门外，大门才开一条缝他就放箭了，若是不小心射太低，岂不是会伤着你？"

岑鲸端起手边的热茶，轻抿一口："……是啊，太冒险了。"

但其实岑鲸知道，燕兰庭不会伤着她。不是盲目信任，而是早在书院大门打开前，她听到了一声突兀的鸟鸣。那是禁军之间传递消息的方式之一，当时鸟鸣传达的信息是：头部。如果她没猜错，应该是有禁军先潜入书院，确定了凶徒和人质的位置，再用鸟鸣提醒书院外的燕兰庭，告诉他射击凶徒头部不会伤到人质。至于为什么燕兰庭也能听懂禁军之间的联络暗号……

窗外响起的鸟鸣打断了岑鲸的思绪，她微微一愣，随即放下茶杯，对白秋姝说："我们回西苑吧。"

"好。"白秋姝扶起岑鲸，两人一块离开了医舍。

在岑鲸的刻意引导下，她们没有走最近的路线离开明德楼回西苑，而是绕了一条相对较远的路。那条路途经通往二楼的楼梯，还未走近，她们就在楼梯口看到了那个身着紫衣的男人。

"燕先生？"白秋姝有些意外。听闻与今日之事有关但没受伤的人都被随后赶来的长公主叫去问话了，就连她哥和赵小公子都不例外，怎么燕先生会在这儿？难道燕先生跟她一样是第一次杀人，长公主体恤，这才没让他过去？

不等白秋姝想出一二三，岑鲸便对她说："秋姝，我有些话想跟燕先生说，你能不能到外面替我们看着？若有人过来，你提醒我们一声。"

白秋姝以为岑鲸想去跟燕兰庭道谢，二话不说就到明德楼外头给他们俩把风去了。

岑鲸看着白秋姝走远，然后抬脚朝燕兰庭走去。

燕兰庭来得匆忙，连身上的衣服都没换，还是三品以上官员的紫袍……想必今日之后，书院学生都会知道，他们的燕先生究竟是何人。

岑鲸在燕兰庭面前站定，还没说话，便见一只手伸到她颈部，隔着纱布轻轻地触碰她脖子上伤口的位置。

"还疼吗？"他问。

这是燕兰庭确定岑鲸的身份后，第一次与她单独相处。

岑鲸还算适应良好，她微微仰起头，让燕兰庭能看得更清楚："不疼了。"

燕兰庭的心情就要比岑鲸复杂许多。

岑鲸曾对系统说过，燕兰庭为人最是克制。这话一点儿不假。因此哪怕是心中重要之人死而复生，只要她一句话，说自己想要好好休息、过平静的生活，燕兰庭也能逼自己忍下一切情绪，只为如她所愿。

燕兰庭以为往后余生都将这样下去，他们会是彼此最熟悉的陌生人，无法回到过去，甚至无法再像过去那样相处。但是没关系，只要她还活着，自己能时不时再看她一眼，这就足够了。和思念一个再也见不到的人相比，知道她还好好的，燕兰庭已然满足。

可燕兰庭怎么也想不到，就在方才，他差点儿又一次看着她死去。

虽然最后岑鲸性命无虞，但燕兰庭那名为克制的枷锁还是出现了裂痕，让他忍不住来找岑鲸，想再亲眼看看她，亲口同她说几句话，好确定她还在。

燕兰庭思绪复杂，表面却始终是那副高冷清淡的模样，叫岑鲸看不出丝毫端倪。他将自己的手从岑鲸脖子上收回，说："今日之后，必然会有人怀疑我来书院同你有关。"

岑鲸笑笑："你现在辞去书院先生一职，说不定还来得及。"

燕兰庭摇头："来不及，我现在要是走了，恐怕什么阿猫阿狗都敢来拿捏你。"

岑鲸想了想，说："也是。"

"岑家也一定会把主意打到你头上。"燕兰庭说，"这些年岑家但凡出个样貌像你的旁支，无论男女他们都会带来京城，送到我和长公主殿下面前，再不然就是送到岑奕那儿。"

岑鲸："……他们还真是从来都不会让我失望。"

燕兰庭："我尽量替你拦着，若没注意漏了谁跑到你跟前，你只管下手，无论是弄死还是弄残，我都能替你摆平。"

岑鲸哑然，看着燕兰庭的眼里充满了诧异。也是直到此刻岑鲸才发现，燕兰庭似乎变了许多。曾经的他，绝不会说出这样的话。

不过人都是会变的，她都变了，燕兰庭自然也会变。

于是岑鲸没问燕兰庭为什么会有这么大的改变，而是对他说："谢谢。"

燕兰庭没有等来岑鲸的追问，眸底微微一暗。

这时，外头的白秋姝突然向他们招了招手，示意他们楼上有人靠近楼梯。

岑鲸也隐约听到了脚步声，便向燕兰庭道了别，转身朝外头的白秋姝走去。

燕兰庭看着岑鲸离开，直到她的背影彻底消失，他才收回视线，从袖中拿出一支半指长的竹笛。这支竹笛能发出类似鸟儿鸣叫的声响，是禁军暗中联络自己人用的道具，名叫雀笛。方才他就是用这支雀笛，把岑鲸从医舍里叫了出来。

"你在这儿做什么？"萧卿颜从楼梯上走下来，身后跟着她的驸马。

燕兰庭："突然想起周通说过，吞舟知道怎么听雀笛暗号。"

周通不知道当了多少年的禁军副统领，至今还是禁军的二把手，早年曾与岑吞舟有过来往。五年前上元节，皇帝调了禁军两个都的人马围杀岑吞舟，故意略过了他。

萧卿颜想都没想就说："不可能。"

他们复盘过那晚发生的事情，确定当时埋伏岑吞舟的禁军就是用雀笛进行远程联络的。岑吞舟要是能听懂雀笛暗号，怎么可能傻乎乎地踏进包围圈？

燕兰庭收起雀笛："是啊，怎么可能……"

但要是岑吞舟她，自己不想活了呢？

第四章

郎艳独绝

一

书院出了那么大的事情，外面不可能一点儿风声都没有。不到傍晚，书院门口就聚集了不少学生家长，想要确认自家小孩在书院里的安危，更有甚者想把自己的孩子接回家。

萧卿颜也没为难他们，直接挪用了下一次的旬休日，让学生们自行归家，后天再回书院继续上课，在这次事件中受伤的学生则可以等伤养好了再回来。

岑鲸和白家兄妹一块回了家。到家后，杨夫人又请了大夫来给三人检查，白春毅和白秋妹无痛无伤，却还是在临睡前被逼着喝了一碗安神汤。

当晚，喝了汤药的白秋妹抱着枕头去找岑鲸一块睡。姐妹俩躺在一张床上，岑鲸没主动追问，等白秋妹自己想清楚了，再跟她说今天下午的事情。

之后过了大约一刻钟，白秋妹终于开口，她没有跟岑鲸诉说第一次杀人的惊恐，也没描述自己当时的心情，而是问岑鲸："阿鲸，我是不是有些不太正常？"

岑鲸："怎么说？"

白秋妹把自己的声音压得很低，像是怕被岑鲸以外的人听见似的："我好像……好像一点儿都不觉得杀人是件可怕的事情。"

比起杀人，真正让她感到恐惧，甚至让她傻在原地一动不敢动的，是她在射杀凶徒后所获得的……满足感。

没有点灯的屋内漆黑一片，只有驱蚊虫的香在静静地燃烧。白秋姝借黑暗的环境来壮胆，把自己的想法、自己的感受，以及自己的恐惧小声说给岑鲸听。

岑鲸一边听，一边想起叶锦黛曾说过的有关白秋姝的未来——"她以后可是西北大元帅，战功赫赫，名震四方，是帅到让人腿软的疯狂御姐。"

最初听到"御姐"这个词，岑鲸还以为是叶锦黛根据个人的看法对白秋姝发表的评价，充满了主观性。毕竟她也算是看着白秋姝长大的，知道白秋姝是多么可爱的一个小姑娘，就算长大了，也应该跟"疯狂"两个字扯不上关系。如今看来，叶锦黛的话并非无的放矢，白秋姝确实有成为疯子的潜质。

"阿鲸，怎么办啊……"白秋姝无助极了，她的成长环境和家人都太过正常，导致她没办法接受"不正常"的自己。可一箭射穿凶徒脑袋的感觉她至今都还记得，只要闭上眼去回想，她依旧会为那一刻感到无比的兴奋。

白秋姝把脑袋往绵软的枕头上撞，试图把这股令她不安的兴奋从脑子里撞出去。然而没撞两下，就有一只手伸过来，挡在了她的额头跟枕头之间。

天气很热，屋里也没有摆放冰盆，但那只手的手心却带着微微的凉，贴在皮肤上，很舒服。白秋姝停下撞枕头的动作，把岑鲸的手从额头上拿下来，贴在脸颊边，一面享受着舒适的凉意，一面给岑鲸焐手。

岑鲸把另一只手也伸了过去，双手捧着白秋姝圆润的小脸，对她说："那不是很厉害吗？"

白秋姝愣住，好一会儿才反问岑鲸："厉害吗？"

岑鲸挪了挪位置，与白秋姝头挨着头，告诉她："非常厉害。秋姝，这是只属于你的才能，你不用惧怕它，更不要被它蛊惑，为了一时的兴奋愉悦去肆意杀人，你可以掌控它、利用它，去杀该杀之人。"

白秋姝："该杀之人？"

岑鲸："你这次杀人，可曾有谁责怪你？"

白秋姝摇了摇头。没有，父母和大哥只关心她有没有受到惊吓，至于书院里的人……长公主夸她了，平日里总给她加训的武师傅也对她说了声"好样的"，其他先生看她的眼神有些奇怪，但也没有责怪她。还有书院的同窗，他们似乎不太敢和平时一样与她说话，可也没有表现出厌恶疏离。

岑鲸："因为你这次杀的就是该杀之人，你不杀他，就会有更多的人被他所杀，你能懂吗？"

白秋姝不太确定："应该……能懂。"

岑鲸也不着急："没关系，我们日后慢慢学，就像平时上课一样，多花点儿时间，总会懂的。"

白秋姝担心："可我要是一直都不懂怎么办？"

岑鲸："那我就不知道了。"

"啊？"白秋姝似乎没想到岑鲸也会有靠不住的时候，但她并没有因此感到惊慌，反而因为姐姐的"靠不住"，产生了"我一定要努力"的想法。

总有那么一些人，有依靠的时候怎么扶也扶不起来，可一旦失了依靠，他们反而比谁都争气。显然，白秋姝就是这一类人。有了心劲儿的她顿时什么都不怕了，还跟岑鲸保证一定好好学，让岑鲸别太担心自己。

岑鲸听白秋姝声音坚定，终于放下心，催她快点儿睡觉。

白秋姝知道岑鲸累了一天，便不再吵她，乖乖地闭上了眼睛。也不知道是因为那碗安神汤，还是因为身旁的岑鲸，白秋姝睡得非常安稳，一夜无梦。

第二天，白秋姝跟岑鲸一块被叫醒，才知乔姑娘的母亲长乐侯夫人亲自登门，还带来了不少谢礼。

杨夫人哪里见过这阵仗，赶紧让两个孩子收拾收拾出来见客。

长乐侯夫人性格爽朗大方，一见着白秋姝和岑鲸，就把两个孩子拉到身边，让她们叫自己"婶婶"，还让杨夫人日后多带两个孩子去长乐侯府玩，言语间多有要与白家交好的意思，让杨夫人受宠若惊。

待长乐侯夫人离开后，岑鲸回房间补觉，白秋姝则恢复了往日的活力，在家上蹿下跳，还偶然碰见了来找她大哥的赵小公子。

遇见赵小公子时，白秋姝正在树上，试图偷摘隔壁人家院子里开的花。刚把人树上开的花拿到手，还来不及欣赏，低头正对上赵小公子无语的眼神，她吓得差点儿从树上摔下来。

赵小公子也被她吓得够呛，赶紧伸出手，还往前走了几步，看着白秋姝重新坐稳，才慢吞吞地把手揣回袖子，问她："你摘别人家花干吗？"

白秋姝心虚地转开眼："挺好看的，没忍住。"

赵小公子："手欠。"

白秋姝鼓了鼓腮帮子，突然从树上跳下来，正好落在赵小公子跟前，把他吓得跟只猫似的乍了毛。然而她吓完人撒腿就跑，徒留赵小公子呆立原地，想追又知道自己追不上，气得牙痒。

一日假期过后，白秋姝跟白春毅回了书院，岑鲸则在舅舅舅母以及白家兄妹的强烈要求下在家多休息了几日，直到脖子上的伤口结痂了才回书院上课。

一回到书院，岑鲸就发现同学们对她的态度发生了翻天覆地的变化。

岑鲸虽不与人交恶，但也从没主动和谁交好过，导致她在书院一直都很透明，身边只有白秋姝，关系稍微好点儿的也就乔姑娘和安馨月，最多再加个叶锦黛。可这次她回到书院，居然一路上都有人跟她打招呼，还有不少同学想邀请她参加自己的社团，或是找她放学去玩。

岑鲸平时放了学就回宿舍写作业，不知道西苑虽然定时关苑门，但学生们的课余生活还是很丰富的：去草场可以赛马打马球，去广亭可以和大家一起练琴，练嗨了突然开始斗琴也不是什么稀罕的事情，甚至去书阁也有分享读书心得的研书社，该社团成员众多，规模不比安馨月的诗社小。

岑鲸找人问了才知道，自己突然变得这么受欢迎是因为那日一众学生都在明德楼，将她奋不顾身扑救乔姑娘导致自己被挟持的过程尽收眼底，哪怕有没看见的，也听说了她的事迹，都很敬佩她的勇敢与善良，想要和她结交。偶尔来找她的人多了，她们还会为岑鲸该跟谁走而吵起来。

岑鲸一条咸鱼，哪里受得了这样的热情。

还好这世上再没人比她更熟悉西苑。于是从返校第五天开始，岑鲸就通过西苑的密道暗门躲开了那些来找她的学生。

这天，岑鲸躲到了广亭旁边的竹林里。这片竹林里头藏有一座小亭子，岑鲸找到那座小亭子时，意外发现竟有人比她更早到这儿。

"岑鲸？"安如素坐在小亭子里，先是一脸惊讶，随后又想起岑鲸这些日子

第四章

郎艳独绝

LANG YAN DU JUE

的遭遇，赶紧往她来的方向看了眼，问，"你没把别人引来吧？"

岑鲸抱着笔砚盒子与课本，走到亭子里坐下，难掩疲惫："没有，都甩掉了。"

"那就好。"这里算是安如素的秘密基地，每当有烦心事，就会躲进来一个人待着，她可不希望这么清静的地方因为岑鲸被人发现。

岑鲸没精力询问安如素为什么会在这里，她坐下就开始写作业，只当安如素不存在。

安如素先是高兴岑鲸知情识趣，后来不知怎的，突然就想把自己苦恼的事情同岑鲸说说。

岑鲸提醒她："你便是同我说了，我也未必能帮你什么。"

安如素："只要你不把我的话说出去，就是帮我了。"

岑鲸轻叹："你说吧。"

安如素："李掌教走了你知道吧？"

岑鲸点头，表示自己知道。

因为李掌教的隐瞒，门房放了他们这群学生进书院，差点儿造成无法挽回的损失。事后门房被罚了三个月的月钱，一直想把明德书院改成男子书院的李掌教则被萧卿颜借机赶出了书院。

"新来的这位掌教姓顾，他的父亲便是当朝太傅。"安如素感叹，"若知道他会来书院，我一定拦着殿下，不让殿下把李掌教弄走。"

岑鲸："你们有仇？"

安如素摇头："没有仇，但有过婚约，后来之所以解除婚约，便是因为那姓顾的比李掌教还要讨人厌，还没成婚便要求我辞去书院职务，说是要我安守内宅，莫学些歪理邪说就真把自己当回事。"

岑鲸祝贺她："恭喜脱离苦海。"

安如素一琢磨，发现自己还真值这一声祝贺，便道："多谢。"

岑鲸也不问为什么这样的人会来书院做掌教，因为她很清楚，明德书院不是民间教育组织，为了让世家愿意且放心把女孩子送来读书，岑吞舟给明德书院套上了"朝廷督办"的壳子，效果不错，代价是朝廷有权插手书院内部的人员调动。萧卿颜越厉害，皇帝就越可能用书院来左右她，无论任用李掌教还是顾掌教，恐怕都有皇帝的意思在里面。

岑鲸以为安如素仅仅是因为前未婚夫而苦恼，不承想居然还有比前未婚夫变成同事更糟心的事情——

"那姓顾的说，男子被逼到绝境更容易孤注一掷鱼死网破，不如改一改书院规矩，日后若再发现有男女学生私下往来过于密切，女学生照例扣十分，男学生则给个机会，只扣五分。"

岑鲸："殿下不会同意的。"

"殿下当然不会同意！"安如素罕见地露出了暴躁的一面，"可那姓顾的真是太烦了，他一次又一次提出这条要求，还鼓动东苑的学生支持他。你猜怎么着？东苑那边竟真有几个混账东西觉得这规矩应该改，还写了大篇论述，号召东苑其他学生和他们一起向殿下提出整改意愿。更有甚者，让自家在西苑的姐妹宣扬此事，说得好像只要改了规矩，日后就一定不会再有东苑学生因此狗急跳墙持刀杀人一般。就这，还真有西苑的学生信了，跑来找我，说改掉这条规矩也挺好的，能让她们都安心些。我真是……"她越说越气，恨不得把那几个被带偏的西苑的学生脑子撬开，看看里面装的都是什么东西。

情绪上头，安如素有感而发："自古以来，男女私相授受一旦被人发现，男子从来都是全身而退的那个。如今在书院里，好不容易男女都是相同的惩罚，怎么又要改？就因为女子不懂拿刀砍杀无辜吗？若这条规矩当真改了，公平全无，我绝不会在书院多留一日！"她所求的，从头到尾都只有"公平"二字。

岑鲸就没安如素那么好的素养了，她开口，跟恶魔似的提出一个想法："哪怕扣五分，也只够扣两次，不如改成'女学生扣五分，男学生扣十分'，在代价悬殊的情况下，男子更能坚守规则，或可从源头杜绝此类事件发生。"

安如素被岑鲸的想法给震惊了，甚至忘了自己刚才还在生气，讷讷道："应该……杜绝不了的吧。"恋爱中的男女，情至深处，哪管得了这么多。

岑鲸重复强调："或可，杜绝。"

从一开始，她就没说过"一定"能杜绝。但这又有什么关系，对方的理由不是比她们的更站不住脚吗？用冠冕堂皇的借口让事情按照自己希望的那样发展——岑鲸在朝堂上用这招的时候，那姓顾的他爹还没当上太傅呢。

安如素愣愣地看着面无表情的岑鲸。她被岑鲸打开了新世界的大门，整个人都沉浸在"还能这样"的震撼中，一时没能察觉到岑鲸因为日子太过鸡飞狗跳而露出的一丝锋芒。

岑鲸的主意堪称绝妙，可安如素在片刻的动摇后，还是选择了她一直都想要的"公平"，因此没有第一时间采用岑鲸的办法，导致想要修改院规的东苑学生越来越多，西苑这边也有不少学生来找她谈心，天真的她们都劝安如素退一步，不要再反对修改院规一事。

安如素背负着重重的压力，迷茫过，也怀疑过。直到一次书院例会上，长公主收到一份超过半数东苑学生和一小部分西苑学生联名写的请愿书，希望能修改院规，避免再发生类似的悲剧。安如素对公平的执着与坚持，在那一份写满了名字的请愿书面前，变得像个笑话。

长公主扫了一眼请愿书，问安如素："你怎么说？"

参与例会的众人都将视线投到了安如素身上，有同情，亦有胜券在握的不屑。

安如素闭了闭眼，再睁开，眼底有什么变得和原来不太一样。她说："我同意修改院规。"

一旁的叶临岸忍不住蹙起了眉头。顾掌教则微微扬起了下巴，得意之色藏都藏不住。其他书院先生或因事不关己高高挂起，或因这项更改而不满，但更多的还是因事情终于有着落，不用再来回争辩而松了口气。

唯独萧卿颜不慌不忙地"哦"了一声。

安如素这才继续说下去："改成'一旦核实情况，证据确凿，男学生扣十学分，女学生扣五学分'。"

她生怕在场众人听错，一字一顿，说得清清楚楚。饶是如此，众人还是愣了一下才明白安如素说的是什么意思。

顾掌教率先发难，质问安如素："安监苑，你是不是一时糊涂，说反了？"

安如素："没有反，就是男学生扣十分，女学生扣五分。"

顾掌教嘴角抽搐了一下，骂道："简直荒唐！"

"论荒唐，谁又能比得上顾掌教？"安如素的态度肉眼可见地强势起来。

接下来的时间里，她不仅拿出了岑鲸的那套说辞，还增加了不少新想法，全方面拥护自己提出来的观点，攻击性之强，甚至让人怀疑此刻侃侃而谈的人还是不是平日里对谁都温和体贴的安监苑。

"顾掌教的做法……退一万步来讲，就算能让触犯院规的东苑学生不至于失去理智肆意伤人又如何？在座诸位可别忘了，书院定下这条规矩，本意就是震慑学生，既然如此，就该贯彻始终，而不是本末倒置，给学生留触犯院规的余地。"

顾掌教不满："女学生只扣五分，不也是给她们触犯院规留有余地？"

安如素："好叫顾掌教知道，西苑学生除了要守院规，还得守住自己的清誉，若有朝一日女子也如男子一般，就算与人传出闲话也只是随手添一笔风流债，不痛不痒，那我一定对两苑学生一视同仁。"

两人针锋相对，吵得不可开交，最后是萧卿颜打断他们，把这事延后再谈。

安如素不太能理解，她认为长公主殿下应该会支持自己才对，为什么还要把事情放到日后再说？她将自己的疑惑说给岑鲸听，希望岑鲸能像之前一样，给出令她茅塞顿开的答案。奈何岑鲸又变回了一条咸鱼，仿佛之前的主意不是她提的一样，一句"我怎么知道"就打发了安如素。最后还是安如素自己想明白的，长公主恐怕是希望西苑学生能去为自己争取，而不是什么都靠旁人替她们做打算。

于是很快西苑也出现了大篇呼吁修改院规的文章，明目张胆地贴在食堂外的公告栏上，还出现了到处拉人联名上请愿书的学生。

岑鲸和白秋妹往请愿书上签字画押那天，收到了乔姑娘的邀请，说是好不容易在玉蝶楼订了一桌，想趁端午节请她们和安馨月去吃饭看龙舟竞渡。

书院除了旬休日，遇上节日也是会放假的。不上课，但会有先生留守书院，学生可自行决定是回家过节还是留在书院自习，若留在书院，遇上不懂的可以直接去找先生答疑解惑。

二

端午节在现代的表现形式，最普遍的恐怕就是放假、吃粽子，以及争论到底是该说"端午快乐"还是该说"端午安康"，但在古代可就热闹了。这天一大早醒来，岑鲸就收到了乌婆婆拿来的草药包和长命线，叮嘱她回家记得泡草药澡，还帮她

把长命线系手上。长命线又名五色丝,用五彩的丝线编织而成,专门拿来给家里小孩戴的,寓意驱邪避凶,保佑小孩长命百岁。

乌婆婆拿来的草药包是双份的,一份给她一份给白秋姝,免得让人起疑,可拿来的长命线却有三条,其中有两条属于岑鲸。

岑鲸站在宿舍门口,一手提溜着乌婆婆给的草药包,一手被乌婆婆抓着系长命线,无奈地说:"一条就够了。"

乌婆婆跟个小孩似的嘟囔:"我也觉得一条就够了,偏燕大人也送了一条来,怕不是以为老婆子我连这点儿事都不记得,专门送来以防万一的。要不他那条就不系了?"

岑鲸:"……系吧。"

白秋姝从屋里收拾好出来,乌婆婆也替她把长命线给系上。

之后她们俩同乌婆婆道别,一块前往书院门口跟白春毅碰头,三人一起回家。

到家时,门口已经挂上了五色桃印,洗澡水也都烧好了,三人一进门就被拉进屋去泡草药澡,也就是沐兰汤浴。岑鲸和白秋姝共用一个净室,净室里摆着两个浴桶,一人一个,泡完澡出来又吃了个角黍,也就是粽子,当早饭。

一通流程走完,岑鲸默默瘫在椅子上回血,为中午出门聚会做准备,白秋姝则在庭院里练射箭——她听说玉蝶楼每年端午都有角弓竞射,胜者能获得一枚带有标识的木牌子,凭牌子可以订一次三楼的包间,白秋姝想要赢得那枚牌子,带父母上一次玉蝶楼的三楼。

临近中午,各自有约在身的兄妹三人又是一块出的门。出门前,杨夫人拿来了她给孩子们编的长命线,白秋姝二话不说就系上了,岑鲸……也系上了。

白春毅特地把岑鲸跟白秋姝送到玉蝶楼,叮嘱她们注意安全,又吩咐了随行的丫鬟、护卫,让他们护好主子。

玉蝶楼地理位置绝佳,楼上能看龙舟竞渡,楼下还有小规模的竞射,因此人来人往,非常热闹。乔姑娘订的包间在三楼,白秋姝一来,就跟玉蝶楼招待女客的姑娘打听清楚了楼下竞射的比赛规则,还让那姑娘替自己报了名。

安馨月坐在白秋姝身旁,尝了口玉蝶楼节日特供的菖蒲酒,感慨:"我居然一点儿都不意外你会去参加竞射。"

乔姑娘则坐在岑鲸身边，她瘦了许多，但精神看着还不错，此刻正挽着岑鲸的手臂，说："赢了我也不意外。"

众人笑着给白秋姝加油鼓劲。

比赛开始后，三人不约而同地起身走出包间，站在走廊上，看楼下的白秋姝混在一众成年男子里头，拿着弓箭跃跃欲试。

白秋姝的参与引起了玉蝶楼内许多人的注意，被硬叫来的云息也看到了她，随口问身旁面罩薄纱的丫鬟："她是谁家的姑娘？"

那丫鬟名叫江袖，不仅算账是一把好手，记忆力更是了得，全京城就没有她叫不出名字的贵女命妇。偏偏这次，她看着楼下一脸无畏的小姑娘，硬是认不出人，只能叫管事把报名的名册拿来，对照着名字看过去，才惊觉那姑娘竟然就是前些日子在明德书院射杀凶徒，如今"凶名在外"的白家三姑娘白秋姝。

"就是她？"云息倚着围栏，意外那传闻中的小姑娘居然生得这般娇俏可爱，和旁人口中描述的"目如铜铃、身姿魁梧、肌肉虬结"全然搭不上边。

"她是跟长乐侯府的乔姑娘一起来的，她们订的雅阁就在对面，除了她，来的还有……"江袖一边说，一边抬头朝对面望去，还没说完的话就这么卡在了喉咙里。她难以置信地看着对面走廊，吸气的声音因为太用力带着轻颤。

云息听声音不对，回头看了眼，就看见江袖睁大眼睛呆呆地望着对面，泪水自她眼眶溢出，沾湿了她用来覆面的薄纱，导致薄纱粘在皮肤上，透出了她脸颊上的一道道疤痕。

"怎么了这是？"云息吓了一跳，他顺着江袖的视线往对面看去，就见那方向站着三个姑娘，但因为刚好有人路过挡了一下，他没能看清其中一个的模样。可就算看清了又如何，总不能是那姑娘长得太骇人，把江袖吓哭了吧？

云息满心疑惑，又一次扭头询问江袖，想让她给个答案，结果江袖被他唤回了神，第一反应不是告诉他原因，而是提起裙子就往对面跑。

云息怕江袖出事，赶紧跟上，还在后头喊："江小袖你慢点儿！别摔了！"

他的嘴仿佛开过光，话音刚落，江袖就踩到了不知是谁遗落在地上的酒杯，重重地摔了一跤。

江袖像是不知道什么叫疼，用手臂撑着地面，正要爬起来，头顶突然传来淡

淡的女子声音，问她："你没事吧？"

江袖循着声音愣愣地抬起头，映入她眼帘的，是那张她做梦都忘不了的脸。

"岑……"

话语哽在喉间，她对上那张脸，露出诧异的表情，仿佛回到了许多年前那个改变她命运的夜晚。

当时的江袖还只是个出生在烟花之地的野种，她娘是江州柳烟河畔一家青楼里的头牌，因为想给恩客生个儿子脱离苦海而偷偷怀了她。可惜她娘运气不好，非但没能如愿怀上个儿子，还在生她的时候难产死了。

青楼不是个能养婴孩的地方，青楼的老鸨想把她养大来用，又怕她晚上哭闹扰了客人的兴致，就把她丢给一农户家，每个月给点儿钱，不养死养残就行。

长到六岁的时候，老鸨把她带回青楼，先是让她跟其他仆役一块打杂，后来见她出落得不比她娘差，怕她跟一群小龟孙混一块被骗得失了身折了价，就让她跟在花魁姑娘身边做丫鬟。

那位花魁姑娘来自京城，因为父兄犯事被抄了家，家中女眷尽数发卖。花魁姑娘先是被竹马买回了府，成了竹马的通房丫鬟，后因竹马娶妻容不下她，又将她卖给了人牙子，最后才辗转来到江州。

出身不同寻常的花魁姑娘讨厌她身上沾染的市井习气，硬是逼着她学各种规矩，还教她看书习字，学诗词歌赋琴棋书画，生生养高了她的心气，让原本可以理所当然接受自己会成为娼妓的她发现，原来自己正身处地狱。

江袖十四岁时，老鸨不再让她当丫鬟，而是让她跟着嬷嬷学习怎么讨好男人，只等着挑个好日子，就把她的初夜给卖了。那时的她虽然想要逃，可因为从小就长在这种地方，根本不知道自己能往哪里逃，一时胆怯，便想着"就这样算了"。反正……不也能过下去吗？

结果在老鸨挑定日子的那一天，花魁姑娘上吊死了。死前江袖刚把老鸨给她定了日子的事情告诉她。花魁姑娘听后直笑，笑到眼泪都出来了，才说自己有些困，让江袖出去。之后江袖再来找她，就看见她一身洁白素衣，高悬在房梁之上。

江袖很早之前就听人说过，花魁姑娘其实已经疯了，只是疯得矜持，旁人看不太出来。后来江袖觉得自己大概也疯了，不然为什么会划花自己的脸，死都不愿再留下。

那晚，她顶着满脸的血往外跑，像极了从无间地狱里爬出来的恶鬼，一头扎进人头攒动的热闹街市，身后是青楼的打手，对她穷追不舍。她不知道自己该往哪里跑，只知道自己绝不能停下，因为一旦被抓，她的处境会比在地狱还可怕。

但街上的人实在太多，她一个没留意，被绊倒在了地上。她拼了命地想要爬起来继续跑，就在这时，一个人走到她面前，弯腰问她："你没事吧？"

江袖抬起头，就见那人脸上映着人间的灯火，因发现她面容尽毁露出了诧异的表情。

"岑叔……"

江袖一把抓住岑鲸向她伸来的手，整个人维持着跪在地上的姿势，泣不成声。

身后追来的云息看清楚岑鲸的脸，脚步不由自主地慢了下来，最后整个人都傻在了原地。

岑鲸身后的安馨月以扇掩唇，小声问乔姑娘："这是怎么了？"

乔姑娘同样迷茫地摇了摇头。

岑鲸不是没设想过会在玉蝶楼遇见云息或江袖，可她没想到江袖会这么激动。她忍住了哄江袖别哭的冲动，抬头看向不远处的云息，摆出一副看陌生人的样子，迟疑着问："请问……"

云息猛然惊醒，一边大步走向江袖，一边费了好大力气才把自己的视线从岑鲸脸上挪开，想要说什么，却又什么都说不出来，哪还有半分平日里的慵懒散漫？

最后还是岑鲸给他个台阶下："她是认错人了吗？"

云息局促地点了点头，胡乱应声："嗯。她……她认错人了。"

他把江袖从地上拉起来，不太敢看岑鲸，生怕自己和江袖一样，把眼前这个和岑叔长得无比相似的小姑娘当成岑叔，然后跟江袖一起没出息地哭出声。但是他根本控制不住自己的视线，就是想要往岑鲸的脸上看——真的太像了！

云息管不住自己的眼睛，索性一不做二不休，把脚下生根不肯走的江袖扛到肩上，转身就走。江袖因为舍不得放开岑鲸，被扛起来时还挣扎了一下。

"江袖！"云息一声低喝。

江袖终于歇了声，流着泪让岑鲸的手从自己掌心滑走。

跟来的玉蝶楼掌柜完全看不懂发生了什么，只能在云息的示意下去跟岑鲸一行道歉，说是一场误会，作为赔礼，她们这一桌费用全免，还请她们千万不要见怪。

岑鲸垂下眼，依旧是那副淡淡的模样："无妨。"

掌柜瞧了微微一愣，总觉得眼前这姑娘垂眼说话的神态像是在哪儿见过。

岑鲸都不介意了，安馨月和乔姑娘自然也不会说什么，不过——

"那位公子是谁？长得可真漂亮。"安馨月手又痒了，想找长相俊美的云息画幅画。

"谁说不是呢。"乔姑娘用手背贴脸降温，实在是被云息那张脸给惊艳到了。

因为这一场插曲，安馨月和乔姑娘几乎没怎么看白秋姝的比试，都在讨论云息的样貌。待白秋姝拿了获胜的牌子上来，向她们两人兴师问罪，她们才想起自己忘了什么，一人一杯菖蒲酒，嬉闹着跟白秋姝道了歉。

她们这边玩得开心，在她们对面隔着老远的包间里，却是截然不同的气氛。

玉蝶楼的装潢向来以贵气雅致著称，书卷气十足的描金乌木案上用琉璃器皿盛着角黍和几样精巧的点心，但桌案两旁的人却各自在出神，没人说话，也没人碰桌上的东西。

掌柜进来换酒，为了缓和气氛没话找话，正巧云息也想分分神，便垂着眼，有一搭没一搭地应着。掌柜见少东家这副模样，忽然知晓自己为何会觉得那姑娘的神态眼熟——少东家跟那姑娘长得不像，神态倒是有几分相似。

待掌柜离开，又过了许久，缓过神的江袖才一把扯掉自己脸上的薄纱，起身到一旁洗手的地方，用脸盆里已经凉掉的水洗了把脸。把脸擦干，她又戴上面纱回到桌边，哑声道："长乐侯府的乔敏、安贵妃的娘家侄女安馨月、白家三姑娘白秋姝，还有她的表姐……岑鲸。"

他们俩都听说过白秋姝射杀凶徒的事，自然也听人说过那位被挟持的白家表姑娘长得像岑叔。可他们也见过岑家送来京城的旁支，还以为所谓的像仅仅是指脸上某个部位像，抑或是神似，怎么也没想到能像成这样。

静默许久，云息才道："她不是岑叔。"

江袖低下头，抠自己的指甲："我知道。"回过神来就已经知道了，可她忍不住，看到岑鲸就仿佛看到了岑叔，当初得知岑叔死讯时有多崩溃多难过，她看到岑鲸就有多无法控制自己。

两人相对而坐,默默消化各自的情绪,直到——

"你说……"江袖问,"她有没有可能是岑叔的女儿?"

说完,两人对视了一眼,同时起身走出包间,顺着"回"字形的长廊朝对面走去。他们走到时,乔姑娘订的包间房门是开着的,里头没有乔姑娘等人的身影,只有一个正在收拾桌子的酒楼姑娘。

"原先在这儿吃饭的人呢?"云息问。

那姑娘忙道:"回少东家的话,客人刚刚离开,现在应该已经到门口了吧。"

云息跟江袖赶紧往楼下走,转身时,云息瞥见了桌边放着的托盘,上面整整齐齐地摆放着四条长命线。这是他们玉蝶楼给年轻客人准备的,客人要是喜欢,能直接系上带走。如今四条都在,也就是说岑鲸她们没有拿玉蝶楼提供的长命线。

云息顿住脚,转身从托盘上拿起一条长命线,才又快步追上走在前头的江袖。

来到一楼,他们在门口看见了钻进马车的岑鲸。

江袖朝门口的方向唤了一声:"岑……岑姑娘!"

车夫停下了挥鞭的动作,马车的车帷也被人从里头掀了起来。

掀车帷的人是白秋姝,马车里头除了她跟岑鲸,还有她们俩的丫鬟。至于乔姑娘和安馨月,她们已经坐自己家的马车走了。

"阿鲸,有人找你。"白秋姝对马车里头的岑鲸说。

岑鲸看是江袖,就让白秋姝在车上等一会儿,自己带着一个丫鬟下了车。

江袖努力克制住自己的情绪,就方才的事情跟岑鲸道歉,又说岑鲸长得像她的一个亲戚,便跟着询问起了岑鲸的父母。

岑鲸已猜到他们的想法,便一一回答了江袖的问题,把自己亲爹姓甚名谁哪里人说得清清楚楚明明白白,还把求证的渠道一并告知,彻底断了他们的念想。

听完岑鲸的话,江袖眼底浮现出了失望之色。

岑鲸:"若没有其他的事情,我就先走了。"

"等等。"云息拿出那条长命线,说,"今日是端午,岑姑娘系上长命线再走吧。"

岑鲸默默举起自己的右手,用料轻薄的衣袖从她手臂上滑下,露出系了三条长命线的手腕。此举意在告诉云息,她已经有很多长命线了,真的不需要再添一条。

第四章 郎艳独绝 LANG YAN DU JUE

113

可惜岑鲸并不知道，此时在她面前的云息已经不是当初那个一脸倔强、说什么都要出去闯荡江湖，却被她用几句话就制服的叛逆少年了。如今的云息有些像他爷爷，又有些像岑吞舟，见人说人话，见鬼说鬼话，不要脸起来跟当初的岑吞舟一模一样。

"反正都这么多条了，再加一条，想来也不妨事。"

江袖更干脆，拿走云息手里的长命线，直接就往岑鲸手腕上系。因为怕岑鲸害怕躲开，她系长命线的时候非常慌乱。还好岑鲸没动，让她把长命线好好系了上去。

——就算你不是他，也不是他的女儿，也依旧希望和他有着相同容貌的你无病无痛，长命百岁。

从玉蝶楼离开回家的路上，系统突然有感而发："可能这就是命吧。"明明是电子合成音，却难掩其话语中的欠打与得意。

想当初它绑定岑鲸，发现岑鲸是条不惧生死、根本不想做任务的咸鱼后，它着实过了一段担惊受怕的日子。其间它一度濒临自爆，哪怕侥幸存活，它也以为自己只是运气好。谁能想到，它的未来早在它绑定岑鲸的时候就已经注定了，哪怕岑鲸就这样一直咸鱼下去，依旧有人愿意为她过往的所作所为，抑或仅仅是为她那张脸，而对她好。

系统还遗憾："可惜我不是S975，攻略目标不涉及玉蝶楼少东家云息，不然又是一笔好感值进账。"它飘得不行，一时竟产生了全世界都爱岑鲸的错觉，还跟岑鲸提议，"宿主，你说你目前已经触发了两个攻略目标的好感度，其中一个还满值了，要不要再触发一个？说不定这么多年过去，岑奕已经不恨你了，皇帝也对杀你一事追悔莫及呢。"

岑鲸一如既往地忽视系统，当它不存在。

系统也习惯了岑鲸对它的无视，自顾自说道："皇帝的行踪不太好掌握，没关系，还有岑奕，系统管理局不会颁布完成不了的任务，之后你可能有机会到边境去，或者岑奕可能会从边境回来。实在不行我们就去找叶锦黛，虽然不想承认，但S975确实比我厉害，它能实时获取攻略目标的行动轨迹，只要找它联手，说不定……"

系统喋喋不休，没有发现岑鲸在听见它说岑奕可能从边境回来的时候，眼睫轻轻颤了颤。

回到家，姐妹俩换了衣服，准备等大哥白春毅回来就启程回书院去。

等待期间，杨夫人过来找她们，说是家里准备换一间大点儿的宅子，过几天就去看地方，问她们对新家有没有什么需求。

岑鲸倒是没什么需求，好养活得很。白秋姝想了想，说旁的无所谓，就是想要一个稍微空旷点儿的地方，这样在家也能放远靶练射箭。

"就想着舞刀弄枪。"杨夫人点了点白秋姝的额头。虽然她更希望白秋姝跟她二姐白夏嫣或岑鲸一样学文静些，但眼看着进书院都好几个月了，也不见白秋姝在这方面有所长进，京城的风气又比青州开放，女子习武也不会被人说闲话，也就由着她去了，至少是个长处不是。

岑鲸以为她们要等到傍晚才能把白春毅等回来，结果还没到申时白春毅就回来了，还着急忙慌地要往书院里去，弄得杨夫人以为出了什么事。

白春毅知道自己现在的状态不对，强压下情绪对杨夫人说："娘，我可是要参加明年春闱的人，抓紧时间学习不是理所当然的事情吗？"

杨夫人："对对对，你看我最近忙的，竟把最重要的事情给忘了。你等等，我昨日从你爹下属的夫人家里讨来一个药方子，说是专门给备考学子喝的，能安神醒脑，她家两个小子都喝这个。我这就叫人按方子去抓几服回来，你带去书院，花几个钱叫书院的杂役每天替你煎一服，睡前喝。要有效果啊，我就再叫人给你送。" 说着，起身叫人抓药去了。

在她离开后，白春毅眼底再一次流露出焦躁和忧虑。

等抓了药，收拾好行李，白家兄妹三人一块回了书院。路上岑鲸发现白春毅似乎有话要对自己说，但又碍于白秋姝在，始终没能说出口，于是便在抵达书院后，提出让白秋姝先回宿舍，又邀请白春毅到中庭走走。

两人来到中庭，发现中庭校场挺热闹，好些个不回家又不学习的学生组织了活动，又是射柳，又是击球，热火朝天的。

岑鲸看了几眼，便问白春毅："表哥可是有什么话想对我说？"

白春毅："你知道？"

第四章 郎艳独绝

岑鲸："知道什么？"

白春毅张了张嘴，犹豫再三还是决定把自己担心的事情告诉岑鲸。

自从那日岑鲸被挟持后，燕先生的身份就已经传开了，很快一些学生便收到家里来信，要他们与岑鲸交好。所以岑鲸在返校后受到的追捧，也不全是出自对她的钦佩，也有一部分是家里人的授意——那些人家认为燕相会去明德书院任教，可能不是因为长公主殿下刻意为难，也不是燕相想要在书院寻觅人才，为自己的班子增添新鲜血液，而是冲着跟岑吞舟极为相似的岑鲸去的。

如今这世上只有岑鲸知道，燕兰庭与岑吞舟的师生名分全赖她当年是燕兰庭的主考官，真要算起来，和燕兰庭同一届考上进士的有一个算一个，都是她的门生。可其他人，哪怕是当初的岑府旧人都以为，岑吞舟是燕兰庭正正经经的老师，不然岑吞舟当年为何会那么照顾燕兰庭？燕兰庭又为何会在岑吞舟死后，只为给岑吞舟出口气，就把岑吞舟的尸骨移进自家祖坟？这分明就是因为他们师生情深！甚至还有人翻出了岑鲸的舅舅白志远前阵子升迁的事情作为依据，认为只要能搭上岑鲸，说不定就能得燕相青眼。

岑鲸："……燕先生不是那种任人唯亲的人，舅舅的才能在那儿摆着，绝非靠我才获得迁升。"

白春毅也是这么想的，可旁人不这么想啊。今日他去赴宴，竟有人偷偷打听他与岑鲸之间是否有婚约，显然是打起了岑鲸的主意，想要娶她过门——书院虽不许男女学生私相授受，但要是家里给订了婚约，再到书院报备一番，便不算违反院规。

那些人若是真心喜欢岑鲸也就罢了，可他们分明就是把岑鲸当成平步青云的梯子，这叫白春毅如何能忍！向来八面玲珑的白春毅第一次驳了同窗的面子，直接就从宴席上退了。

说完自己今天中午的遭遇，白春毅对着岑鲸千叮咛万嘱咐，让她一定要擦亮眼睛，绝不可被有心算计之人骗了去，还说自己定要在明年考取功名，即时入朝为官，就能有底气和父亲一起护她，绝不让她受人欺负。

岑鲸没想到还有这一出，点头答应白春毅，说自己会小心，也让他别给自己太大压力。

"岑鲸！"

正说着话，突然被人叫住，他们一起朝前方看去，就见安如素从明德楼里出来，招呼岑鲸过去。

白春毅："去吧，我也回东苑了，你记住我的话，千万留心。"

岑鲸："知道了。"

两人告别后，岑鲸走到安如素面前，问她有什么事。

安如素侧着抬头看了眼身后的明德楼，说："殿下叫你过去。"

岑鲸讶然："殿下找我？"

安如素带着岑鲸进入明德楼，朝二楼走去："殿下在二楼有间书房，放着书院学生的资料与每次考试的卷子，还有书院每次例会的记录。那些记录原本是让一个女学生来记的，可那学生上个月嫁了人，便再没来书院，之后陆陆续续换了几个人来替，却一直都找不到合适的人选。方才殿下突然提及此事，说让你来，还说你就在楼下，让我过来唤你上去，把之前几次的记录都整理好给她看看。"

岑鲸："我来？"

安如素："试试吧，若不行，殿下也不会硬要你来接手。"

她带着岑鲸来到二楼，敲响了那间独属于萧卿颜的书房："殿下，我把岑鲸带来了。"

萧卿颜身边伺候的嬷嬷从里面打开了门。

安如素领着岑鲸进去，行过礼后，坐在桌案前看学生成绩的萧卿颜头也没抬，就指了指一旁摆着笔墨与例会记录的桌子，让岑鲸干活。

岑鲸只好乖乖照做。她的想法是，多出些纰漏，让萧卿颜觉得她不顶用，就能换别人来干这活。因此她整理记录的时候并不专心，还听了一耳朵萧卿颜跟安如素的对话，甚至连安如素什么时候走的都清清楚楚。

安如素离开后不久，萧卿颜突然问她："难得回一次家，怎么这么早就回书院了？"

突如其来的寒暄让岑鲸思考了一下自己要不要装出一副受宠若惊或惶恐不安的样子，可最终还是因为怠惰，选择维持那副半死不活的样子，回道："家中兄长明年就要上考场，不可耽于玩乐，我便同他一块回书院了。"

第四章 郎艳独绝

萧卿颜调查过岑鲸，自然知道她口中的"兄长"指的是表哥白春毅，于是蹙起眉头问："方才看见你和你表哥在楼下说话，怎么，你家里已经把你许给他了？"

"不曾。"岑鲸说，"兄长待我情同手足，我亦如是。"

萧卿颜这才舒展眉眼，轻轻地"唔"了一声，又低头去看面前的学生成绩，没再同岑鲸说话。

岑鲸草草整理好例会记录，已经是黄昏时分。她扭头看向窗外，见残阳如血，便在心里点了点头：很好，没下雨，挺吉利的。（古时有"最怕端午节水，不怕七月半鬼"，以及"端阳无雨是丰年"的说法。）

从明德楼出来时，距离苑门关闭还有一刻钟的时间。校场上的学生都已经散了，只剩下零星几个还在收拾东西。

安如素帮岑鲸给白秋姝递了口信，白秋姝知道岑鲸被长公主殿下给留下了，特地跑来校场，一边参加学生组织的学院活动打发时间，一边等岑鲸，眼下正帮着组织活动的同窗一块在校场上收拾残局。

看见岑鲸从明德楼出来，白秋姝加快了速度，收拾完立马跑向岑鲸，拉着她回西苑，还小声跟她邀功："走走走，吃饭去，我特地求了食堂的马大婶，让她给我们留了几样好吃的菜。"

岑鲸声音轻轻的，带着笑："想得真周到。"

"那是！"白秋姝得了夸奖，脚步都跟着轻快了几分。

之后的书院生活还是照常过，岑鲸的敷衍让长公主放弃了叫她去做书院例会的书记，因此除了要躲着那些过分热情的同窗，一切仿佛都跟原来没什么两样。

至少在书院里是这样的。

书院之外发生的事情可就多了。

白春毅在返校之前，特地给父亲白志远留了一封信，说明了岑鲸如今的境遇。

白志远看了信，原还不以为意，因为他没看过书院里那幅岑吞舟的画像，又是看着岑鲸从小长到大的，怎么都无法想象岑鲸能仅凭一张脸就搅动这京城的风云。更何况他是当事人，自己为什么会升迁他再清楚不过了，什么看在岑鲸的面子上，自己当初分明是迫不得已才被逼上燕兰庭那艘贼船，跟岑鲸一个无辜的小姑娘有什么关系？

可随着时间的推移，他开始动摇，因为越来越多人向他一个小小的官员投来橄榄枝，甚至还有人打听到他要换住处，特地来给他送房子。这下他才明白，他自己知道真相没用，得看别人信不信。为此他吓得连新家都不敢随便找了，生怕着了别人的道——新宅子可以慢慢寻，反正家里三个孩子都在书院，不着急。

除此之外，竟然还有人上他家来提亲，说要求娶岑鲸。甚至还有人从他夫人这边入手，赶着要和他们结亲家。这可比找新宅子更让人头疼。毕竟嫁娶不像送房子。送房子人都是找了名目拐弯抹角地送，他推了也就推了，闹不到台面上。可嫁娶却是天经地义的事情，光明正大上门提亲，哪怕他不惧得罪那些门第比他高的人家，也依旧被弄得焦头烂额。

若单单是提亲也就罢了，费些工夫总能推干净，怕就怕有人用肮脏手段，靠毁岑鲸的名声来谋取这段姻缘。

怕什么来什么，居然真有人对外胡言乱语，污岑鲸名声，然后……就没有然后了。那在外把自己跟岑鲸的艳史编出花来，以为这样就能娶到岑鲸，为爹娘解决一桩小事的纠纷，当天晚上就被南衙的骁卫从明善坊一家青楼抓进了大牢。之后不过短短数日，他家就被查了个底朝天。他爹收受贿赂，他娘放贷，质举之利逾六分，有违国法。他本人亦是有两条人命在身，不过因为是在京城外犯的事，又花了大价钱，这才叫事情得以摆平。

这事一出，原本那些蠢蠢欲动，以为白家不过小门小户很好拿捏的人全都不敢动了。毕竟大家都心知肚明，能支使得动南衙骁卫的，也就只有燕相。

可利益能使鬼推磨，没过多久，又有自认没犯过什么事且胆子大的人家别出心裁，想要悄悄施压，逼白家承认这门婚事。一旦这门婚事敲定，他们作为岑鲸的未来夫家必然是安全的，毕竟他们要是出事了，岑鲸这个未过门的媳妇的名声恐怕也会变得不好听。

然而不等白家屈服，这事就撞到了消息灵通的长公主手里。长公主是出了名的不服礼教，又同样与岑吞舟有旧，听闻岑鲸因为那张脸，还未到十六岁就被人逼嫁，根本不讲道理，直接带着禁军上门做客，吓得那户人家再不敢有什么动作。

就这么一来二去，白家清静了，众人也明白岑鲸的主意不能打，不然燕相和长公主总要面对一个。

第四章 郎艳独绝 LANG YAN DU JUE

三

书院外风起云涌，书院内岁月静好。

端午节过后没多久，岑鲸收到了江袖给她写的信。

那日岑鲸离开后，云息立刻就去了相府，他不信面对长成这样的岑鲸，燕兰庭没派人去调查过。可惜燕兰庭不在府中，入宫参加端午宫宴去了。于是云息在相府待到晚上，才从回府的燕兰庭口中得知，岑鲸确实不是他岑叔的女儿。

因为宵禁，云息在相府待了一晚，第二天一大早才把消息带回去给江袖。江袖知道后虽然失望，却还是想要再见岑鲸一面。她忍了又忍，最后她终于忍不住，给在书院读书的岑鲸写了封信。

她觉得自己运气不错，岑鲸没把她当成怪人，还给她回了信。那之后两人便常有书信上的往来，江袖还尝试着约岑鲸旬休日出来玩，岑鲸也答应了，并且带上了只能出来玩半天的表妹白秋姝——剩下半天她要去长公主府练武。

为了跟白秋姝搞好关系，江袖还专门问白秋姝，要不要替她把之前从玉蝶楼赢来的木牌子换成玉的。木牌子用一次就会被玉蝶楼回收，是一次性用品，而玉牌子是终身制的，日后只要来玉蝶楼，拿出玉牌子就能直接上三楼。

白秋姝想也不想就拒绝了，理由非常朴实："去玉蝶楼花销太大，我带着爹娘去一次就行了，去太多次我家可吃不起，还得留着钱换新宅子呢。"

江袖微微一愣，突然有些喜欢眼前这个小姑娘，不是因为她是岑鲸的表妹，而是因为她足够通透。

而白秋姝也在和江袖接触后想起自己曾经见过江袖，就在她第一次被大哥带着去玉蝶楼的时候，那个举止优雅到让她自惭形秽的丫鬟就是江袖。对此，白秋姝曾感到奇怪，因为江袖自由得不像个丫鬟。可江袖性格好，对她和岑鲸也好，除了偶尔会看着岑鲸的脸发呆走神，偶尔会叫错称呼，管岑鲸叫"岑叔"，此外再没有其他毛病，所以白秋姝很快就把这个疑惑抛到了脑后。

这天在书院里，岑鲸又收到了江袖的信，约她下个旬休日去坐画舫。岑鲸准备拒了，打算在家好好休息一天。

果然，就算是江袖，也没法连着两个旬休日都把她约出去。

可哪怕只是一个旬休日，也足以引起系统的注意。

系统知道岑鲸会尽量避免被故人发现自己的身份——老人除外，岑鲸对老人的抵抗力非常差，不然也不会在乌婆婆面前主动掉马。为此，岑鲸会在不耗费太多精力的情况下，尽量减少跟故人接触。江袖的邀约不像琼花宴，没有白秋姝求着她一起去，她大可以回信拒绝，比应邀出门玩省事多了，可岑鲸居然没有拒绝。这不符合她的性格，也不符合数据推演的结果，因此系统向岑鲸发出了疑问。

收到疑问的岑鲸沉默了许久，久到系统以为岑鲸又一次无视了它的时候，她突然说："大概是因为愧疚吧。"

可为什么愧疚，岑鲸没有说。

系统怀疑是原因太过曲折，需要费不少口舌，所以她懒得说。

岑鲸准备趁骑射课，找间空课室坐下给江袖回信，结果空课室还没找到，就被安如素叫了去。安如素告诉岑鲸，长公主给她安排了一个女先生，教她怎么记录例会内容，让她好好跟着学，日后书院例会都来参加，专门负责这方面的事务。

岑鲸一脸蒙："你们不是又找了好几个学生去做书记吗？"

安如素叹气："是找了不少，可不是记得太乱，就是自己的想法太多，记录内容失之偏颇。殿下发了话，还是决定让你来，因为你不用上骑射课，能腾出时间学习怎么记、怎么整理。"

岑鲸无奈极了："说好的不会硬让我来接手呢？"

安如素没说话，直接把"为什么会这样你应该心里有数"写在了脸上。她曾因岑鲸的脸容易获得优待而讨厌岑鲸，可在摸透岑鲸的脾性后，她又忍不住对岑鲸产生了同情——对只想庸庸碌碌的岑鲸而言，长这样一张脸还真不是什么好事。

于是，岑鲸被迫多了一项"课外活动"。

但她似乎连无奈的情绪都没精力维持长久，很快就接受了现实，跟着先生开始学习如何记录例会内容。

配合先生上了两回课后，岑鲸第一次跟着安如素参与了书院的例会。

萧卿颜公务繁忙，不是每次例会都能来，比如这次她就没来，需要有人将例会内容记好给她看。如果记录有误，会影响萧卿颜的判断，所以例会书记的工作

当真是非常有分量。

这么重要的工作，按理不该交给学生来做，可无论是"每旬一次的书院例会"，还是"让学生作为书记在旁记录例会内容"，都是书院创始人岑吞舟定下的规矩，延续至今，书记换了许多任，却始终都是女学生。因为明德书院原本是女子书院，最初来当书记的全是女学生，久而久之，大家也就默认了这项不成文的规定。

书记的位子在门边，已备好了笔墨纸砚。岑鲸到时，乌婆婆已经提前给她铺好了纸，磨好了墨。因为长公主不来，众人能坐着商议书院事宜，乌婆婆索性搬了张椅子到她旁边，方便砚台上的墨干了再给她磨。

除了笔墨纸砚，桌子边上还放了一碟象棋大小的点心和一壶茶水。岑鲸疑心是乌婆婆给她备的，乌婆婆却坚称每次例会书记桌上都会有点心茶水，这是惯例。

岑鲸："那挺好，不用怕待久了会饿肚子。"

话音刚落，曾因为偶像邀约丢下学生跑路的音律先生进了屋，看见岑鲸桌上的点心，不客气地拿了一个来尝，还说："你个小女娃胆子还挺大，第一次来就敢给自己带吃的。"

岑鲸：哦豁。

乌婆婆顶着她那张凶神恶煞的刻薄脸，骂了那音律先生一句："就你话多！"骂完还把点心藏到桌子下，以免进来的先生一人拿一个拿完了，让岑鲸饿肚子。

岑鲸乐得直笑，扭头又对上了一位发须皆白的老先生。老先生姓赵，刚进屋看见岑鲸，立马就愣在了原地，目不转睛地看着岑鲸的脸。

岑鲸记得这位赵老先生，他是岑吞舟从曲州带回来的大儒，也是书院创建后的第一批先生之一，因为年纪大，教学水平也高，平日里只负责人数不多的尖子班，自然也就没见过差生班里的岑鲸。

"头一次"见，岑鲸起身向赵老先生拱手弯腰行了个礼。

一般情况下，赵老先生点点头便行，可面对岑鲸那张脸，赵老先生竟也抬起手，弯腰回了岑鲸一礼。

这可把屋里其他先生都给惊着了，几个年轻的更是坐都坐不住，直接站了起来，音律先生也看了看手里剩下的半块点心，寻思现在放回去还来不来得及。

"你……就是岑鲸？"显然，赵老先生也听说过岑鲸跟岑吞舟长得像的流言。

岑鲸:"正是学生。"

赵老先生"哦"了一声,又问她在哪个班,怎么平时上课都不见她,说得好像岑鲸就应该待在人数稀少的尖子班似的。

岑鲸突然有些心虚,仿佛曾经的高中班主任突然问她现在在哪儿工作,她只能回答对方自己在天桥底下贴膜一样,小声报上了自己所在的班级。

赵老先生听了,虽然意外,但也没表现得太过失望,他还勉励岑鲸:"你之才能,应当不止于此,日后好好学习,老朽在甲字班等你。"

岑鲸没敢应,只朝着赵老先生又行了一礼。

赵老先生进屋落座后,岑鲸也坐下了。身旁的乌婆婆往她手里塞了一块点心,低声道:"莫听他的,你之才能当然不止于此,可要进那连旬休日都在学习的甲字班作甚,还不如留在庚玄班,好好养身子。"

岑鲸把点心放进嘴里,垂着眼,轻轻地"嗯"了一声。

来参加例会的先生们陆续到场,最后一个进来的是顾掌教。他见书记座位上又换了一个学生,便提议:"也不是非得要女学生,若这次还不行,便叫个东苑的学生来试试吧。"

一向很少发表意见的赵老先生难得开口,为一个小小的学生出头:"不必,她能行。"

岑鲸:"……"

她本就对老人家没辙,如今不管是为了老先生的面子,还是为了不辜负老先生对她的盲目信任,都只能好好表现。

例会内容涉及书院大小事宜,除了更改院规一事因为长公主不在暂且搁置,其他无论是书院建筑修缮、体育器材更换、书院活动举办、教材更新、经费管理,还是有关学生成绩的讨论,甚至是师生之间的矛盾,都会拿出来在例会上说一说。

岑鲸一一速记记好,等开完会再整理分类,交给安如素拿去长公主府。

安如素看了看岑鲸整理好的记录,原本还想着岑鲸若是有哪儿没做好,她可以帮着查漏补缺,结果越看眼睛睁得越大。等把记录翻完,她看向岑鲸的眼底便只剩下"不敢置信"四个大字。

安如素:"你怎么做到的?"

岑鲸脸不红心不跳:"先生教得好。"

安如素:"得了吧,她怕是都没你写得好。"

岑鲸已经努力了。既要不敷衍,又不会精细到让人看出岑吞舟的影子,还不会耗费她太多精力,这已经是她能控制的极限。

安如素把这份记录交上去,第二日长公主就传话过来,把岑鲸钉死在了书院例会书记的位置上。

几天后,旬休日。

拒了江袖邀约的岑鲸没能如愿好好休息一天,因为白志远和杨夫人终于选好了新宅子,准备趁着旬休日叫孩子们都去新家看看,顺带把院子分好,这样下人们搬行李也知道往哪儿搬,不至于在搬家当天乱成一团。

白志远跟杨夫人自然是住主院,白春毅考虑到要备考,就挑了个清静些的院子,名叫"青竹轩"。

新家够大,白秋姝和岑鲸可以一人住一个院子,可白秋姝习惯粘着岑鲸,就在岑鲸选定"自在居"后,选了自在居旁边的"灵犀阁"。

白秋姝拉着岑鲸在两个院子里逛了一圈,又拉着岑鲸去看花园。新家的花园比原来的要大许多,白秋姝正琢磨要将箭靶摆哪儿,突然听见父亲和人说话的声音。她牵着岑鲸的手往声音传来的方向走去,踏过石子路,绕过一块装饰用的巨石,看到了站在湖边说话的两个人,其中一个自然是白志远,至于另一个……

"云公子怎么在这儿?"白秋姝跟江袖出门玩过,自然知道江袖的主子叫云息。

云息也看到了她们,隔着大老远冲她们笑了笑。

白秋姝倒是没什么感觉,跟着她们的丫鬟却被那一笑笑得红了脸。

白秋姝好奇云息为何在他们的新家,又不敢跑去打扰她爹跟人谈话,于是就带着岑鲸去找杨夫人。杨夫人在正堂指挥下人挂衣服,免得正式搬来之前宅子里没人镇着,招来邪祟。

"娘。"白秋姝问她,"云公子怎么会在这儿啊?"

杨夫人一听便知白秋姝说的是谁,惊讶地问:"你认识他?"

白秋姝:"认识呀,玉蝶楼的少东家嘛,端午节在玉蝶楼见过的。"

江袖把岑鲸认错成岑吞舟的时候,白秋姝还在楼下和人比试,不知道发生了什么，后来她们离开玉蝶楼，江袖跟云息来拦她们的马车，白秋姝这才记下云息的样子。

杨夫人不明就里，还以为白秋姝是在玉蝶楼和人竞射赢得木牌子时见过云息，便放下心中的疑虑，告诉她："你爹爹前阵子陪我去庙里上香，半路撞见云公子遭凶匪拦路，就让随行的护卫上去帮了忙。后来云公子在玉蝶楼设宴答谢你爹爹，得知咱们家正在找新宅子，就帮忙寻了不少地方。喏，这里也是云公子帮忙找的。"

她简单说了经过，没有告诉孩子们白志远被各路心怀叵测之人给吓坏了，就算云息是以"报答"为名给他们找房子，白志远还是多方打听，得知这宅子价格合理，稍微低一点儿那也是中间人给玉蝶楼少东家的面子，这才敲定了这座宅子。

白秋姝点点头："原来如此，这就是好人有好报吧。"

杨夫人替白秋姝挽了挽鬓边掉落的碎发，笑道："谁说不是呢。"

岑鲸不信这世上会有这么巧的事情，但她没有细思的打算。反正云息是外男，撑破了天也没法跟江袖似的约她见面，甚至连给她写信的可能都没有，问题不大。

看完新家，他们一家子又回了如今的住处，开始里里外外忙活搬家的事情。

岑鲸身体不好，杨夫人当然不会让她操劳，可人手实在不够，就让岑鲸坐那儿帮着写乔迁宴的请帖。岑鲸看了眼名单，意外发现上面不仅有云息和长乐侯府，还有赵国公府、安阁老家、礼部尚书、陵阳县主、左骁卫上将军、长公主府，以及相府等一系列士族高门。

岑鲸对着这份名单，陷入了沉思。他们家……什么时候结交了这么多权贵？

凭借五年前的记忆，她捋了一下名单上这些人之间的关系，最后发现其中绝大部分都跟长乐侯府有来往：安阁老家就不必说了，若不是关系好，乔姑娘和安馨月也不会走这么近；赵国公府就在长乐侯府隔壁；陵阳县主的母族跟长乐侯夫人的娘家有亲；左骁卫上将军当年在庆安当兵，外敌来犯时，恰逢长乐侯押送军粮到庆安，二人自此结下情谊，也算生死之交……所以，名单上这些人，多半是杨夫人通过长乐侯夫人认识的。

岑鲸一边写请帖，一边理顺了其中的关系。

写了大约十几封请帖后，白春毅找过来，说是想要看看宴请名单。

岑鲸把名单给他，他看后也是一惊："这……"话没说完，怕岑鲸多想，他

第四章 郎艳独绝 LANG YAN DU JUE

又闭了嘴。

岑鲸一副无知无觉的模样，问他："怎么了？"

"没怎么。"白春毅放下名单，"你先写，待会儿我过来帮你一块写。"

说完，白春毅仓皇离开，跑去找自己的父亲白志远，想问问他们家什么时候结交了如此多的权贵。

白志远的回答跟岑鲸的猜测差不多，名单上的士族高门，绝大多数都是通过长乐侯府认识的。

白春毅："那长公主和燕先生呢？"

长公主不爱参与后宅夫人之间的聚会，燕兰庭更是连家室都没有，长乐侯夫人再神通广大，也没法帮他们家搭上这两位吧？而且白春毅知道自己的父亲对燕兰庭有多大意见，哪怕如今已经上了贼船，也是身在曹营心在汉，没道理专门请人来新家赴宴。

白志远本不想提及原因，偏白春毅居然质问他："父亲，您可别利欲熏心，和外人一样打起了阿鲸的主意。"

"胡说什么！"白志远大发雷霆，只能把先前发生的事情同白春毅说了。

白春毅这才知道自己在书院读书的时候，外头居然发生了这么多的事情。长公主和燕先生出手帮过他们家，那么于情于理都应该下份请帖，以示感激。至于对方来不来，那就是对方的事情了。

白春毅弄清原委，总算是放下心，折回岑鲸那儿，和她一块写请帖。

搬家的日子定在六月二十，据说那天宜入宅，又正好是旬休日，省了跟书院请假的工夫。

入宅当天，白家的新家门口放了长长的一挂鞭炮。白家三个孩子在进门前都被杨夫人往手里塞了东西，说是入新屋不能空着手。接着就是净宅、开火，准备早饭和中午的乔迁宴。

家里热热闹闹忙成一团，白秋姝和岑鲸两人吃过早饭，就自觉地去给家里帮忙，一直忙到快中午的时候，第一批客人上门，基本都是白志远的同僚，带上了夫人孩子，来给白志远的新家暖房。白春毅跟着白志远接待男客，岑鲸和白秋姝则跟着杨夫人接待女客。

不一会儿赵国公府来了人，同行的赵小公子被白春毅抓去帮忙。赵小公子其实不擅交际，但看白家父子分身乏术，只能硬着头皮帮他们待客。赵国公见了，直道日后要多把小儿子送来白家，免得他在家就知道读书读书，一点儿都没有少年人该有的样子。

相比男席，岑鲸在女席这边就要轻松许多。乔姑娘和安馨月两个帮手一来，她直接就被按到了席位上。岑鲸乐得偷闲，可惜没闲多久，便有贵客上门，还指名道姓地问杨夫人岑鲸在哪儿。

那人便是跟长乐侯夫人娘家有亲的陵阳县主，今年三十四岁，看着却像个二十出头的小姑娘，姿容艳丽，巧笑倩兮。

岑鲸一听说她找自己就有些想逃，奈何陵阳县主根本不给她逃的机会，竟丢下杨夫人，自己跟着传话的下人找了过来。

"你就是岑鲸？"陵阳县主对着岑鲸的背影问道。

岑鲸转身，和一旁的夫人、姑娘们一同向县主请安。

陵阳县主看清岑鲸的模样，含着笑的桃花眼微微一滞，随后笑意更甚："果真像他。"她不客气地拉着岑鲸去了自己的位子，让岑鲸坐在一旁陪她，还开玩笑似的跟岑鲸说，"可惜是个女子，你若是男儿身，我即便老牛吃嫩草也要嫁给你。"

岑鲸可不觉得这是玩笑话。

陵阳县主丧夫多年，一直不曾再嫁，但她府里养了不少男人，因此常被人骂不守妇道，恨不得把她浸了猪笼。可陵阳县主背景够硬，别人也只能在嘴上批判一下，根本影响不了她今天找冷峻护卫、明天寻俊俏戏子。总之，陵阳县主是个和萧卿颜一样不遵循礼法的女人，娶个小自己十九岁的少年郎不是没可能。

岑鲸喝了口茶，说："县主今年不过三十四，不算老。"比她作为岑吞舟死的时候还小许多岁呢。

陵阳县主定定地看着岑鲸，见她这话说得寻常，不像恭维，而是发自内心如此觉得，顿时笑得更开心了。

之后还发生了另外一件让她开心的事情，就是萧卿颜没来。

开宴后酒过三巡，陵阳县主借着醉意表达了一下对于萧卿颜没来的喜悦，还悄悄告诉岑鲸为什么讨厌萧卿颜："若非瑞晋，我定能如愿嫁给我的吞舟哥哥。"

带着酒香的气息落在岑鲸耳畔,岑鲸在心里回了她一句:那不能,就算当初我和萧卿颜没有互相拿对方做挡箭牌,我也不会娶你为妻。

可怜萧卿颜,因为她,至今还被陵阳县主记恨在心。

之后陵阳县主又说起了萧卿颜的坏话,骂她占了吞舟哥哥,最后却又辜负了他。骂着骂着突然没了声,她愣愣地看着岑鲸眼底的无奈,把脸凑到岑鲸面前,额头抵着岑鲸的额角,鼻尖轻蹭岑鲸的脸颊,叹息道:"你真的好像他,像到我都有些替你担心了。"

岑鲸:"担心?"

陵阳县主轻轻地笑:"你可知在这京城,有多少人认识他,又有多少人至今都还记着他?太多了,多到数都数不完。谁叫他……他……嗐,这就是不好好读书的下场,夸个人都找不到词。"

说罢,她朝离得近的一位夫人招呼:"来来来,送我两句夸男人的话,现成的就行。"

那夫人不明所以,但还是想了两句:"积石如玉,列松如翠。郎艳独绝,世无其二。(出自《白石郎曲》)"

"好!"陵阳县主喜欢这两句,转头对着岑鲸重复道,"谁叫他郎艳独绝,世无其二。这样的人,就跟天上的月亮一样,能引人不由自主地望着他,记住他。"她此刻明明看着岑鲸,却又像是透过岑鲸在看另一个人。

岑鲸算是实打实体验了一把给自己当替身的滋味,她端起茶杯喝了口热茶,问:"县主是没记住前一句吗?"

陵阳县主确实没记住前一句"积石如玉,列松如翠",她因被拆穿而尴尬,想起岑吞舟当初也是那么的不解风情,总在气氛正好的时候说些毁气氛的话,忍不住嘟囔:"倒也不用像到这个地步。"她试图转移话题,问岑鲸,"喝酒吗?"

岑鲸摇头:"我身体不好,不能喝酒。"

"身体不好呀,那是不能喝。我家有个小大夫,虽然我是瞧他好看才把他招进府的,但他的医术着实不错,改天我带他来给你瞧瞧。"陵阳县主又往嘴里送了一口酒,轻声道,"你可要好好活着,别像那人似的,说没就没了。"

岑鲸没接话,只默默地喝了口茶。

忽然，不远处的男席传来一阵骚动。

陵阳县主好奇那边发生了什么，就把杨夫人叫来问。杨夫人过了好一会儿才来，说是礼部尚书醉酒失态，不小心掀了桌子。

陵阳县主对那满脸褶子的老东西不感兴趣，就没再追问。

倒是岑鲸看出杨夫人眼底努力压制的惊恐，虽有些困倦不太想动，但还是在之后寻了个借口离席，去找杨夫人问男席那边到底发生了什么事。

若是白秋姝来问，杨夫人肯定不会说，可来的是岑鲸，杨夫人本就满心的慌乱无措，急需有个人来替她分担，因此犹豫片刻还是跟岑鲸说了："那位尚书大人哪里是醉酒失态，分明就是蓄意刺杀！"

岑鲸眼皮一跳："刺杀谁？"

杨夫人看了看附近，确定没人，才靠到岑鲸耳边，小声告诉她："燕相。"

这是岑鲸没想到的。

岑鲸负责写请帖，自然知道现任的礼部尚书是吴昌庸，一个比她舅舅白志远还要刚正不阿的人。在她的记忆里，吴昌庸跟燕兰庭关系不错，甚至岑吞舟死前那段时间各种胡作非为，吴昌庸恨不得把岑吞舟骂死，都依旧跟燕兰庭保持来往。用吴昌庸本人的话来说，燕兰庭跟岑吞舟就是两类人，他得拉着燕兰庭，不让燕兰庭跟岑吞舟同流合污。怎么如今变成这样了？

岑鲸问杨夫人："莫不是误会？"

"我也希望是误会，可那尚书大人是掏了刀子的，被制服后还大声斥骂燕相，说……"杨夫人越发压低了声音，"说燕相和他那老师都该死。这怎么能是误会？若非燕相上将军把尚书大人押走，还当着众人的面亲口说尚书大人是醉酒失态，这事儿怕是早就传开了。"

岑鲸安抚六神无主的杨夫人："燕相既然是当众这么说的，在场的人都听到了，想来也不会在日后反口，舅母还是放宽心，莫要叫女席这边的人看出端倪。"

杨夫人觉得岑鲸说得有道理，点点头应下，接着又回屋去洗了把脸重新上妆，好让自己冷静下来，不要显得那么慌乱。

岑鲸在原地站了片刻，难得主动开口问系统："你那儿有攻略目标的基础资料吗？"

系统太久没被岑鲸搭理过，差点儿没反应过来岑鲸是在跟自己说话，过了好几秒才连忙说道："当然有！"

岑鲸又是一阵沉默，半晌才开口："跟我说说燕兰庭吧。"

系统立刻化身无情的资料阅读器："燕兰庭，职业：宰相；角色定位：把持朝政的反派。他早年曾刻意伪装骗取皇帝的信任，为此还帮助皇帝，把被皇帝视作心腹大患的岑奕丢去边境。夺得相位后，他便开始限制皇权，是保皇党一派的眼中钉肉中刺，为人工于心计，城府极深。攻略难易度：地狱级别。"

工于心计，城府极深。

这两个词用在燕兰庭身上，似乎没什么问题。他本就很聪明，行事多有思量，最擅谋划，说是工于心计倒也没错。且他为人克制，喜欢什么讨厌什么都很少表达，想要做的事情也不爱挂在嘴边让周围人知道，如此令人捉摸不透，可不就是城府极深。

但是刻意伪装，甚至不惜替皇帝把岑奕弄去边境也要谋得宰相之位，不像是燕兰庭会做的事情。且燕兰庭当上宰相是在她死后第二年发生的事情，加上筹谋布局所花的时间，他几乎是在她死后就发生了改变，而不是花了五年时间慢慢变成吴昌庸口中和岑吞舟一样该死的人。所以岑鲸很难不去想自己的死在其中起到了多大的作用。

岑鲸慢慢蹲下，深深地吸了一口气，又慢慢地吐出。

没道理啊！

都说人走茶凉，她都死了五年，别说茶水，就是岩浆也该凉了。况且她还在死前费尽心机让自己众叛亲离，成为真正的孤家寡人、反派奸臣，最后死于主角之手，成功交差。怎么到现在还有那么多人记着她，甚至变着法地夸她，表达对她的思念和喜欢，弄得她……都有些迷茫了。

第五章

乔迁礼

一

江袖作为丫鬟跟着云息赴宴，好不容易避开人从男席溜出来，跑去女席，却发现岑鲸已经从座位上离开，不见了踪影。

她在女席这边找了许多人来问，才终于有人凭着模糊的记忆，说看见岑鲸和杨夫人去了花园。于是江袖又在花园里到处寻找，总算是循着一条不起眼的小路，找到了躲在偏僻角落里的岑鲸。

得亏云息替白家找宅子的时候她也出过力，因此她看过这座宅子的图纸，并凭借强悍的记忆力把图纸给记下了，知道花园里藏着这条不起眼的小路，不然怕是找到宴席散了她也别想找到岑鲸。

江袖看到岑鲸时，岑鲸正蹲在地上发呆。她同岑鲸相处时日不长，只觉得她远比同龄人要成熟稳重，如今见她蹲在地上，总算是有些小姑娘该有的稚气，便忍不住放轻了脚步声，悄悄走到她身后，拍了拍她的左肩，拍完就躲到了岑鲸右侧。可惜脸上狡黠的笑容还未绽开，她就对上了岑鲸转向右边的脸。

江袖被抓个正着，气馁的同时又觉得岑鲸的预判有些眼熟，好像在谁身上看到过。但她没想起自己是在谁那儿看到的，就没太在意，还问岑鲸："我拍的明明是左边，你怎么不往左边看？"

岑鲸："……"

习惯了。岑奕总喜欢这样跟她玩，就算知道岑吞舟能预判他的行为，他也不会换位置，就爱站在岑吞舟能看到他的地方，在岑吞舟看向他的时候，给岑吞舟送上一个大大的笑脸，以及一声——

"岑姑娘？"江袖用手在岑鲸面前挥了挥。

岑鲸将自己从记忆中抽离，回到当下，听见江袖问她"怎么还蹲着呢"，便闭了闭眼，说："有些累。"

"累也不能这样蹲着啊，裙子都弄脏了。"江袖把手往岑鲸面前一放，掌心向上，招呼道，"来，坐到那边的石头上去，我替你把裙子弄干净。"

岑鲸把手放到江袖掌心，被江袖从地上拉起来，又跟着江袖坐到了墙边的大石头上。

江袖拿出手帕，替她一点点拍掉裙摆上沾的尘土，还问她："今天来的客人不少，你若觉得累，就回自己那儿歇着，别硬撑。"

岑鲸靠到身后的墙上："好。"

江袖知道岑鲸不爱说话，便自觉地安静了下来，等把岑鲸的裙子都整理干净，她一抬头，就对上一张恬静的睡脸——岑鲸居然靠着墙睡着了。

看着眼前的岑鲸，江袖越发意识到岑鲸与岑叔的区别。

岑鲸身体不好，动不动就会累，还不爱说话。上回她约岑鲸出门玩，岑鲸带了白秋姝，她们三个里面，岑鲸永远是最安静最没存在感的那个，但她好像一点儿都不介意，甚至享受着不起眼的感觉。

岑叔就不同了，武功高强，体质也好，经常会为了处理政务而熬夜，有时忙一宿没睡，到时辰直接换衣服去上朝，哈欠都不见打一个。而且岑叔最是能说会道，走哪儿都能同人说上话，永远是人群中最引人注目的那个。

按说岑鲸的性格与岑吞舟有所不同，她应该感到不满才对，毕竟岑鲸有着和岑吞舟一样的容颜，若不能做到像岑吞舟那样优秀，难免令人失望。可江袖却觉得，岑鲸这样也没什么不好。安安静静地待着，累了就闭上眼睛好好睡一觉，这不比每天忙着处理公务、算计人心、到处应酬来得舒坦？

第五章 乔迁礼 QIAO QIAN LI

不过这里可不是适合睡觉的地方。江袖怕岑鲸在这儿睡觉会被蚊虫抬走，就把岑鲸叫醒了。

岑鲸醒后有些迷茫，分不清今夕何夕，看到江袖下意识问："什么时候了？"

江袖也下意识用没好气的口吻回了她一句："没表没钟的，你让我上哪儿给你看时辰？"（这里的表和钟，指古时的圭表和香钟，以及自鸣钟。）

话一说完，两人齐齐愣住。

江袖在岑吞舟身边伺候过很长一段时间，因为岑吞舟忙，休息也是抽空休息，经常一醒来就问江袖什么时辰，免得耽误正事。而江袖则因为岑吞舟的纵容，半点儿没有寻常丫鬟该有的怯懦恭敬，还常因为岑吞舟不肯好好休息而发脾气，像这样的对话，他们之间不知道发生过多少次。

可如今本该发生在岑吞舟和江袖之间的对话，居然出现在了岑鲸和江袖之间。

岑鲸很快镇定下来。江袖见岑鲸镇定，便也没有多想，还怕岑鲸因为自己刚才的语气对她产生什么误会，连忙解释："我不是冲你，我只是……只是不小心把你当成了别人……"

江袖越说越小声，总觉得这个理由不太好。毕竟谁会希望自己一直被当成另一个人的影子呢？

幸好岑鲸给了她台阶下："是云公子吗？"

江袖忙道："对对对，就是他。你不知道，他总不肯好好休息，一醒来便问我时辰，我都被问烦了，所以一听到有人问我时间，我就忍不住语气差些，你别往心里去。"说是云息，其实每一句说的都是岑吞舟。

岑鲸点头："好。"

接着江袖又从袖子里掏出一张纸，告诉岑鲸："差点儿忘了，我是来给你送这个的。"她把纸塞进岑鲸手里，说，"我听白姑娘说你气血不足，经常手脚冰凉，正好我前年随商队去过北边，知道那地方有专门的驱寒方子，就托人讨了来，你按照这个方子抓药泡脚，比光泡艾草效果要好。"

岑鲸把药方子收下，跟江袖道了声谢。

江袖："这有什么好谢的。"

之后江袖提出要送岑鲸回她的院子，可岑鲸却说陵阳县主还在席上等自己，就让江袖先回去，自己再坐片刻就走。

江袖："那你可别又睡着了。"

"放心，睡不着了。"岑鲸抬起自己的手，衣袖落下，露出小臂上一个大大的蚊子包。

江袖"哎呀"一声，赶紧拿出随身带的药膏给岑鲸抹上，还把药膏盒塞进岑鲸手里，说这虽然是她用过的，但止痒效果很好，让岑鲸拿去，一痒就涂，千万别抓，抓破了容易留疤。

岑鲸把药膏和药方放到一块，应道："好。"

二

虽然有吴尚书"酒后失态"，但因燕兰庭态度寻常，就跟没事人一样，所以很快男席便恢复了原来的热闹。

燕兰庭一边小口饮酒，一边同白志远说话，不过几句就让白志远从不安的状态中脱离，专心认真地和他谈起了政务。

又过了许久，一个看似寻常的白府丫鬟从燕兰庭带来的护卫身旁经过，将一张小小的纸条偷偷塞给了那护卫。

护卫拿到纸条，食指指腹在凹凸不平的纸面上来回摩挲几下，确定完内容，弯下腰在燕兰庭耳边说了几句。燕兰庭听罢，寻了个借口独自离席，连侍卫都没带。

云息远远瞧着，担心燕兰庭遇上第二个吴昌庸，就悄悄起身跟了出去。可燕兰庭也不知道是怎么走的，走到花园附近就没了踪影。他四处找不到人，正着急，居然碰见了从花园过来的江袖。

"你怎么在这儿？"两人同时开口问对方。

云息："我出来找燕大人。"

江袖："我刚把药方给岑姑娘，正准备回去找你。"

云息："正好，陪我一块找人吧。"

江袖就这么被云息抓了壮丁。

两人把附近找了个遍，却始终没看见燕兰庭的踪影，正商量着要不要回去找燕兰庭的护卫问一问，云息突然想起什么，问江袖："你是在哪儿把药方给岑姑娘的？"

江袖一愣，转身快步朝花园那条隐秘的小路走去。

两人在小路上绕过一个弯，就看见他们找了大半天的燕兰庭此刻正单膝跪在岑鲸面前，一只手拿着江袖刚刚给岑鲸的药膏盒，一只手手指蘸着药膏，正往岑鲸颈侧的蚊子包上抹。而岑鲸则还坐在之前那块大石头上，微微仰着下巴方便燕兰庭替她涂药。

闷热的夏风轻轻拂过茂密的枝叶，没有带来丝毫的凉意，却带来了燕兰庭同岑鲸说话的声音——

"皇帝下旨，让岑奕今年年末回京述职，我能识出你的身份，他说不定也能，若是叫他知道你死而复生，恐怕……"

燕兰庭突然闭了嘴，因为他听到了脚步声。燕兰庭朝脚步声传来的方向看去，就看见云息和江袖俩二傻子似的，直愣愣地杵在他方才来的小路上。

之前江袖离开后，岑鲸又在原地坐了片刻。头顶的枝叶随夏风轻晃，从枝叶缝隙间落下的斑驳光影也随之轻摇慢摆，在岑鲸的裙摆上织出一片绚烂的花纹。

岑鲸扶墙起身准备离开的时候，眼角余光捕捉到一抹沉沉的鸦青色。她扭过头，朝着树影外定睛一看，发现来人是她熟悉的燕兰庭，便又扶着墙坐了回去。

"你也是来给我送东西的吗？"岑鲸挥了挥手中的药方与药膏盒。

她不过随口一问，结果燕兰庭真从袖子里拿出一样东西递给岑鲸，还给这份礼物定了个名目："乔迁礼。"

岑鲸接到手中，发现是一个木头做的小圆球，圆球表面只有两条十字交错的细缝。她换着角度各种拧，就是拧不开，抬头问燕兰庭："有机关？"

燕兰庭："有。"

岑鲸在现代的时候看过不少有关 Puzzle（智力游戏，谜）的解密视频，因此一拿到这种看不见内部机关、需要一定步骤才能打开的物体，第一反应就是把东西放到耳边摇一摇，果然能听见里面传来什么东西碰撞的声音，应该是可以活动的零件在响，可响得一点儿规律也没有，导致她无法根据声音来判断其内部结构。

岑鲸立马放弃："你就不能给我挑个省事点儿的礼物吗？"

她边说边从腰间取下一个香囊，是她从青州带来的，里头塞了据说能驱蚊虫的草药，但鉴于自己小臂上的蚊子包，岑鲸猜测这里头的草药放置太久，多半已经失效了，索性把草药都倒出来，再将圆滚滚的小木球塞进去，免得揣袖子里，什么时候掉了都不知道。

小小的香囊被木球撑变了形，岑鲸盯着可怜的香囊看了一会儿，还是决定等宴席散后，让自己院里的丫鬟给她打个络子，专门用来装木球。

燕兰庭看着岑鲸把装了木球的香囊系回腰间，一如既往地喜怒不形于色，让人猜不透他到底在想什么。

可那是别人，岑鲸系好香囊，抬头对上燕兰庭转向自己的视线，一下子就看出他的状态发生了变化，变得比刚刚……不对，是变得比过去每一次见到她都要轻松，就像是终于达成了什么心愿。她下意识握紧装着圆球的小香囊，怀疑燕兰庭在木头圆球里面藏了什么非常重要的东西。

岑鲸来不及思考会是什么，就听见燕兰庭告诉她："白家这次新买的丫鬟里面有个叫听风的，你若有什么事情要我去办，又不在书院联系不上乌婆婆，只管同她说。"

"好。"岑鲸感觉颈侧有些痒，还以为是发丝撩到了皮肤，抬手挠了一下，"给你添麻烦了。"

要不是因为意外，在书院被挟持，她本还能默默无闻地在书院里待着，就算燕兰庭想为她做什么，也无须像现在这样费心，处处为她安排。

燕兰庭不爱听岑鲸这么说，于是问她："当初你为我谋划，也会觉得麻烦吗？"

岑鲸明白燕兰庭的意思，笑着说："举手之劳，哪里算得上麻烦。"

燕兰庭没有把岑鲸的话默认成自己的回复，而是认认真真地回答她："对我来说也是一样，举手之劳，不算麻烦。"

燕兰庭的认真让岑鲸笑容渐渐消失，想到自己的死可能对他造成了什么影响，她突然开口唤了一声燕兰庭的字："明煦，你现在过得还好吗？"

燕兰庭听见岑鲸这么问，向来不怎么笑的脸上居然浮现一抹淡淡的笑意："我还以为你不会问。"

岑鲸长叹："本来是不想问的,可如今又觉得自己应该问一问。"

燕兰庭笑着道："我现在很好。"能又一次见到她,再好没有了。

可他也明白,岑鲸想听的不仅是"很好"二字,于是不等她追问,便自觉地把自己如今的情况,结合朝中局势,轻描淡写地说了一下:"皇帝病重,只偶尔能上朝,因此朝中事务多由我和长公主殿下协理,不少朝中大臣都以为是我毒害了皇帝,所以吴昌庸才会觉得只要我死了,一切就能恢复原貌。"

岑鲸:"……你对'很好'两个字,是不是有什么误解?"

燕兰庭反问:"你不认为是我下的毒吗?"

岑鲸摇头,倒不是觉得燕兰庭不会干这样的事情,而是她知道:"皇后擅医。"

皇后可是女主角,医术说是天下第一都不为过,若是燕兰庭下毒,皇后不可能眼睁睁看着皇帝被人下毒而不医治,除非……

燕兰庭点头:"嗯,毒是皇后下的。"

岑鲸刚还想除非是剧情杀,老天爷要男主病死,女主角也没办法,万万没想到居然是官方CP自己崩了。她艰难地问:"皇后为什么这么做?"

燕兰庭:"因为后宫女人太多,她发现比起依靠皇帝的宠爱,还不如依靠自己。"

要不是皇后娘家就岑奕一个靠谱的,朝堂的局势怕是会比现在更加复杂。

燕兰庭懒得多说那对全天下最至高无上的夫妻,把话题拉回到自己的身上,简单说了一下自己这些年都干了些什么。虽然内容极力简化,可岑鲸毕竟也是当过宰相的,自然能听出燕兰庭现在的势头怕是比她当初有过之而无不及,能活到现在而不是像她一样被皇帝除掉,全因她当初的目的就是引皇帝忌惮,让皇帝除掉自己,可燕兰庭不同,他是认真在牵制皇帝,绝不允许皇帝有一丝一毫反杀自己的可能。

说着说着,燕兰庭突然走到岑鲸面前,握住了她放在颈侧的手,说:"别挠了。"

"啊?"岑鲸总算发现自己一直在无意识地挠脖子。至于为什么,很显然,她又被蚊子咬了个包。

岑鲸拿出江袖给的药膏盒,试图打开,却因为江袖手劲太大,拧盒子的时候太用力,导致她怎么拧都拧不开。

燕兰庭把药膏盒从岑鲸手中拿过来,轻轻一下就拧开了。但他没有把药膏盒还回去，而是在岑鲸面前蹲下，丝毫不顾衣摆被弄脏，用手指蘸了药膏往岑鲸脖子上抹。

岑鲸作为岑吞舟时，已经习惯了燕兰庭的靠近，因此也不觉得他的举止突兀，还乖乖地仰起下巴，让燕兰庭给自己涂药。

燕兰庭一边涂，一边续上刚没说完的话："前些日子我与长公主打压沈家太过，皇后便减轻了毒药的剂量，让皇帝能亲自上朝，好制衡我与长公主……"

可皇帝久离朝堂，又受药物影响性情大变，能下什么好决策，左右不过就是恶心他与萧卿颜罢了。问题的关键在于，皇帝把岑奕召了回来。岑奕是燕兰庭弄走的，皇帝召他回京，意思再清楚不过，就是要让岑奕跟燕兰庭打擂台。而皇后指望着岑奕能看在他本该姓沈，又是自己娘家弟弟的分上帮自己一把，自然也对这个决定百般赞同。

燕兰庭倒是不担心自己，他只担心岑鲸："我能识出你的身份，他说不定也能，若是叫他知道你死而复生，恐怕……"

话音戛然而止，燕兰庭转头，看向他来时的小路。

岑鲸不如会些武功的燕兰庭，连脚步声都没听见，还是燕兰庭转头她才意识到什么，跟着扭头一看，看到了去而复返的江袖，以及她身旁的云息。

夏天的第一声蝉鸣，突然就响了。尖锐刺耳的声音伴随着闷热的夏风，堪称最糟糕的夏季套餐，置身其中，哪怕什么都不做，都容易心生焦躁，坐立难安。

岑鲸不确定这俩是什么时候来的，也不确定这俩都听到了什么，为免不打自招，她选择沉默，先看看他们的反应。若是什么都没听到，那最好，自己只需要解释为什么堂堂宰相会给她一个小官家的表姑娘涂药就行了，大不了被扣一顶与燕兰庭有私情的帽子。

可惜一切并未能如岑鲸所愿，云息和江袖都听到了燕兰庭最后的那句话。

江袖还是蒙的，云息的反应快些，但也只是相对江袖而言。在岑鲸跟燕兰庭眼里，他是愣了很久，才做梦似的往前走了一步，声音发飘地问出半句："什么意思？什么叫……"

"死而复生"这四个字，云息确定自己说出了口，却不知为什么根本听不见声音，像是害怕被听见，会得到否定的答案。至于是谁死而复生……能同时牵扯

上燕兰庭和岑奕的，还能有谁？

云息定定地看着岑鲸，仔仔细细地观察岑鲸那张脸。这一次他抛弃了"岑鲸不可能是岑叔，自己不该把一个陌生姑娘当成他"的固有想法，试图从岑鲸身上找到岑吞舟的影子。样貌必然是像的，可无论是神态还是遇事反应，都和他记忆中的岑吞舟有所出入。所以到底……

云息毕竟跟岑鲸接触得少，江袖则不然，她想起自己跟岑鲸相处时的种种细节，包括岑鲸刚才睡醒后见到她的反应……本就不愿接受岑吞舟已经死掉的事实的她在回过神来后，越过云息快步走到岑鲸身侧，蹲下身，和云息一样专注地看着岑鲸，声音颤抖地问："是你吗？"话出口的瞬间，眼泪没忍住溢出眼眶，落下后沾湿面纱。

岑鲸对上江袖的泪眼。因为对方不是攻略目标，系统没办法告诉她江袖是否像当初的燕兰庭一样已经确定了答案，所以她还是想要再挣扎一下，便轻轻地反问道："什么？"

江袖再也控制不住自己的表情，她摇着头，固执地说道："我不信，一定是你，我知道一定是你！为什么你要瞒着我们？"

岑鲸默默地听着，过了好一会儿才轻轻一叹：好累，事情为什么会变成这样？

她这一叹，直接把云息的眼泪给叹掉了，得到回应的江袖更是直接抱住了她，哭得不能自已。

一旁的燕兰庭见此，站起身说："我到外面替你们看着。"说罢收起药膏盒，朝通往外面的小路走去。

江袖哭个没完，岑鲸扛不住，见燕兰庭跑了，只能向慢慢走到江袖身后的云息求助："救我。"

云息闻言嗤笑出声，好不容易擦干的眼泪又流了满面，他哑着嗓子又哭又笑地送了岑鲸一句："活该。"

可话说完没多久，他也跟着蹲下了，因为他发现自己的眼泪根本擦不完，可他不愿让岑鲸看见他这么狼狈的模样，索性蹲下，把脸埋进手臂里，安安静静地哭。

岑鲸无语望天，只看见头顶茂密的枝叶随着夏风轻轻晃动。

这都什么事儿啊……

无奈地等了许久，等江袖哭声渐歇，她拍了拍江袖的肩膀，示意江袖放开自己。

江袖不舍地松开手，眼睛红通通地看着岑鲸，哽咽着，语无伦次地说："你怎么……你怎么能瞒着……瞒着我呢？我就知道……我说怎么那么熟悉……云息还说不是你，他个傻子他……他知道什么！我就不该听他的……我就……嗷！"说着说着被身后抬起头的云息扯了头发。

在外向来风度翩翩的云息此刻就像回到了过去，既幼稚又招人讨厌，不许江袖在岑鲸面前揭自己的老底。

江袖的情绪还未彻底平复，被那么一刺激，当即就反扑回去，跟云息打成了一团，哪有半分在人前喊他"公子"的恭敬模样。

岑鲸等他们俩情绪发泄得差不多了，开口喊停，让他们都收敛点儿，免得闹出太大动静，让自己的马甲一掉再掉。

两人听话地住了手，各自起身，收拾衣着头发，江袖还从袖子里拿出一条新的面纱换上。

岑鲸看他们收拾好，也准备起身，结果手刚扶上墙，一左一右站在她面前的两人就同时向她伸出了手。岑鲸稍一停顿，把手从墙上收回，放到了他们俩的掌心，借着他们的力道站了起来。

"燕大人呢？"江袖先前都哭傻了，根本没注意到燕兰庭是什么时候离开的。

"出去把风了。"云息说完，又转向岑鲸，态度有点儿不自然，大概是还没能适应小姑娘身份的岑叔，"你们也太不小心了，燕大人也是，连个人都不带，要来的不是我和江小袖，你们打算怎么办？杀人灭口吗？"

江袖稍微替燕兰庭说了句话："但要不是燕大人没带护卫，你也不会跟过来。"

云息："……啧。"

三人一同朝外走去，岑鲸语气不见波澜，问："你说你们是因为明煦没带护卫，所以才找过来的？"

江袖吸了吸鼻子："嗯，燕大人刚遭遇刺杀，不带护卫就独自离席，云息担心他出事，就跟到了这附近，碰巧又遇上我，这才撞见你们。"

"哦。"岑鲸想了想，又问，"端午那天，你们为什么会去玉蝶楼？"

"因为……"江袖终于意识到什么，她看向云息，发现云息也是一脸惊疑。

岑鲸："因为什么？"

江袖讷讷道："燕大人让我们去。"

燕兰庭说端午节人多容易出乱子，提醒他们到玉蝶楼看看，他们本不想去的，可云息的爷爷云伯很听燕兰庭的话，硬是把他们撵过去了。后来遇见岑鲸，被岑鲸那张脸震撼到，他们就忘了这事。

他们遇见岑鲸是因为燕兰庭，发现岑鲸就是岑叔也是因为燕兰庭，怎么会有这么巧的事情？

岑鲸加快脚步越过他们，朝外面走去。其间她抬头往附近找了找，发现走到小路中段，便能看见不远处三层高的望安庙。她目力不及从前，却也能看见寺庙第三层有人，那人正对着白府，手里还拿着弓箭。若寻来的不是云息和江袖，很难说会不会刚踏上小路就被一箭射死。

岑鲸耳边仿佛又响起了系统念燕兰庭资料的声音——工于心计，城府极深。

三人在小路尽头看到了那个鸦青色的身影。

岑鲸停下脚步，朝着那人连名带姓地喊了一声："燕兰庭。"

她的声音不算大，语气也不凶，甚至可以说是平平，但造成的效果却跟家长喊犯错小孩的全名没差。听见这声音，一向稳若泰山的宰相大人没有马上回头，像是猜到自己暴露了什么，沉默的背影透出几分心虚。

跟着岑鲸出来的江袖和云息则像两只听到了猫叫的小耗子，熟悉的恐惧感爬上后背，让他们不约而同地转过身，连推带搡地催着对方往里退，赶紧往里退！

燕兰庭缓缓回身，表情不似往常那样平静，甚至连直视岑鲸都做不到。

他们之间还隔着一段距离，岑鲸不想再动，就对燕兰庭说："过来。"

燕兰庭默默迈开步子，走到了岑鲸面前。

岑鲸还是岑吞舟时就比成年后的燕兰庭矮半个头，如今装在十五岁的身体里，身高更是只到燕兰庭胸口。但就双方眼下的气势而言，显然是岑鲸更胜一筹，压得燕兰庭把头都低下了。

岑鲸满脑子的疑问，在精力即将耗尽的疲惫下化作简单的八个字："别让我问，自己交代。"

燕兰庭微微侧头，语气中带着迟疑："你还是……问一下吧。"万一他会错意，把岑鲸还没发现的事情给抖搂出来就不好了。

岑鲸听出这话背后的意思，轻轻吸了一口气："你背着我干了多少事？"

燕兰庭的目光下意识掠过岑鲸腰间，在那个圆鼓鼓的香囊上停留了一瞬："也没多少。"

岑鲸没有捕捉到那一瞬的停留，更没有力气再跟燕兰庭周旋下去，索性抬起手，指向自己身后。在她身后不远的拐角处，江袖悄悄探出半个脑袋。

燕兰庭由此确定岑鲸发现了什么，暗暗松了口气："嗯，是我故意引他们过来的，也是我让他们在端午那日去玉蝶楼。他们若再聪明些，问问玉蝶楼的掌柜，便会知道长乐侯家的姑娘在端午节订的三楼雅阁原是我订的，'正巧'赶在长乐侯府的下人过来预订时退掉，才又被订了出去。"

燕兰庭那句"若再聪明些"明显触怒了江袖跟云息，让躲在拐角处的他们俩又走了出来，只是依旧原地站着，没敢靠太近。

"还有……"燕兰庭没有半点儿糊弄岑鲸的意思，自觉地把相关的安排都交代了，"即便你不曾来这儿，我也会想办法让你过来。白家这次乔迁买了不少下人，除了听风，还有几个也是我的人。"

岑鲸："若来的不是他们，你打算如何？"

燕兰庭果然看了眼望安庙的方向："我安排了人看着。"最后还补充了一句，"新宅子不宜见血，若有旁人靠近，最多射箭警示，不会真的伤人，你放心。"

事情理顺了，岑鲸只剩最后一个问题："为什么这么做？"

燕兰庭早先明明很配合她当咸鱼，肯定是中间发生了什么，才会让他决定把她的身份暴露给云息和江袖，若不弄清楚燕兰庭这么做的原因，她担心对方会将自己的身份暴露给更多的人。

燕兰庭眸底微暗，顿了片刻才道："你能听懂雀笛。"

岑鲸一开始没反应过来，心想能听懂又如何，她跟禁军副统领周通关系不错，凭她过去的社交能力跟酒量，从周通那儿学会雀笛暗号简直再容易不过。可当对上燕兰庭逐渐变得沉静压抑的双眼，岑鲸终于反应过来自己忘了什么——五年前上元节，那群围杀她的禁军就是用雀笛相互联络，她从扶摇楼一路走到宫门口，耳边都是他们用雀笛通知同伴目标走到哪儿、距离宫门还有多远的声音。

心虚的人一下子就变成了岑鲸。

但她又想，或许燕兰庭说的不是这件事，毕竟那晚燕兰庭不在，怎么可能对当时发生的事情如此清楚？

结果燕兰庭的声音在她耳边响起，说的正是五年前的事情："驸马拿下禁军后，我借他的手调查过五年前上元节那晚发生的事情。那晚皇帝调用禁军两个都的人马，最后伤者过半，却无一人身死。我想不明白，以你的武功，既然能挫伤百来人，为何一个死的都没有？后来周通又跟我提起，说他曾在酒桌上教过你如何听雀笛暗号。我本不信，一是周通当时喝醉了，根本不确定是不是真的教过你，二是那晚要杀你的禁军便是用雀笛相互联络，你要是真的能听懂雀笛暗号，听见声音就该知道宫门口等着你的是什么，怎么可能自投罗网去送死？直到你被挟持那天，我想见你，想起周通的话，就找驸马要了一支雀笛……"他的声音渐渐低了下去。

那日燕兰庭找驸马借了一支雀笛，洗净擦干，来到医舍附近的楼梯旁，吹了几个短促的声音，意思是：楼梯，见一面。随后他就在原地等着，既想要岑鲸出现，又希望岑鲸不要出现。最后，岑鲸来了。一直萦绕在他心底的疑惑也终于有了答案——上元节那夜，岑吞舟知道有什么在前方等着自己，她接受了那样的结局，愿意装样子反抗一下，然后去死，所以她只是伤人，没有杀人。

"我不追问你当初为何一心赴死，反正你也不会说。"燕兰庭看着岑鲸，缓慢而清晰地说道，"可是吞舟，我想你活着。我想你在这世上多些牵绊，好好地活着。"

岑鲸陷入了沉默。

燕兰庭几乎都说对了，至少表面上来看是对的。

她一心赴死。因为这是她的任务，只有死了，给反派岑吞舟的人生画上句号，她的父母、姐姐才能好好地健康地活着。

她故意不杀禁军。因为她本该死在易安山，后来任务出了差错，才导致皇帝不得不动用禁军来杀她。那些围杀她的禁军本就不该死，总不能因为她想演一场戏就让那些人赔上自己的性命。

重生以来，因为身体不好，许多人都希望岑鲸能好好活着。面对他们的期盼，岑鲸每次都会乖乖应下，从不提及自己的想法。唯独这次，为了避免燕兰庭继续扒她马甲,她在长久的沉默后决定表达一下自己的态度:"五年前我非死不可,如今倒是无所谓。"

能活着,就好好活着;不能活着,也不强求。

"所以我不会故意找死,你不用担心,也不用……"岑鲸回头看了眼云息和江袖,他们听到了燕兰庭的话,知道岑吞舟是自愿赴死,脸上满是震惊和迷茫。

岑鲸转回头,对燕兰庭说:"也不用再给我找什么牵绊。"

燕兰庭:"好。"

因为燕兰庭答应得太过干脆,岑鲸有些不敢相信:"当真?"

燕兰庭:"当真。"

对于岑鲸,燕兰庭一直都很好满足,只要她不是自己想死,并愿意在条件允许的情况下活着,他就愿意不再违背岑鲸的意愿,想办法给她创造出一个允许她好好活着的环境。

协商完毕,岑鲸也耗尽了精力。她松懈下来,脑子都是空的,一时想不到自己接下来要干吗,停顿了好一会儿才想起自家还在办宴席,于是越过燕兰庭往外走:"我先回去了,陵阳县主还在等我。"

燕兰庭转身看着她离开。

云息和江袖跟着往前走了几步,但因为岑鲸方才那句"不用再给我找什么牵绊",让他们在燕兰庭身后停下脚步,不敢再跟。他们甚至不敢开口询问岑鲸是不是不要他们了,心里只剩惊惶无措,直到岑鲸想起什么,折回来跟燕兰庭讨要江袖之前给她的药膏——方才燕兰庭从里头出来的时候,顺手把药膏也带走了。

拿回药膏,岑鲸又问那俩小的:"云伯可在京城?"

江袖赶紧回道:"在的!"

云息看起来比江袖沉稳,只是藏在袖子里的手紧紧握成了拳,指甲深深陷进了掌心的肉里:"还住在水云居,一直没搬过。"

岑鲸点点头,缓了半拍,才说:"下个旬休日,你们若是有空,就带我去看看他。"

江袖:"好!"

云息手上卸了力道,看似不经意地说道:"正好这些年水云居换了不少人,你回去让他们认认脸,以后便不用我们带了。"

岑鲸像是没听出云息用了"回去"这个词，又好像听出来了却没在意，应了一声："嗯。"

云息这才展颜而笑，俊美的容貌足以令天地为之倾倒。

岑鲸却是看惯了他这张脸，挥挥手离开，往女席的方向走去。

回到女席，陵阳县主已经彻底喝醉了，一看到岑鲸，抱着就不撒手，谁劝都不管用。岑鲸又累又困，也就由着她抱。直到宴席散后，陵阳县主府上来人接她，才好不容易把她从岑鲸身上扒拉下来。

宴席一散，岑鲸就回自在居睡觉去了。她知道自己现在的身体有多差，在青州也不是没有过因为太劳累而病倒的先例，所以她回屋洗了手脚脸，换上寝衣就往床上爬，盖好被子后还不忘让自己院里手巧的丫鬟帮她打个络子装小木球。

那丫鬟问她："姑娘想要什么颜色的？"

岑鲸困得不行，整个人在被子里缩成一团，过了半晌，迷迷糊糊地说："紫色的吧。"

说完岑鲸就睡着了——她是这么以为的。

梦里她梦到了很多人，有给她磨墨唤她"老爷"的乌婆婆，有坐在树上让她"滚"的萧卿颜，有没大没小抱怨她不肯好好休息的江袖，有不知道多少次逃家又被她给逮回来的云息……出现的人实在太多了，甚至有些岑鲸觉得眼熟却又想不起来是谁的人。

画面最后定格在五年前的燕兰庭脸上，年纪轻轻就已身居高位的青年在她面前低着头，为她细心包扎手背的伤口。挂满花灯的扶摇楼就在他们身旁，燕兰庭包扎好伤口抬起头时，灯光落在他眼底，映出一片金黄色的暖。他似乎想说什么，但是在岑鲸的记忆里，他没能把话说出口，便有人过来将他叫走了。但梦里不同，梦里没有人来叫走燕兰庭，所以她听到了燕兰庭想要说的话，他说："吞舟，我想你活着。"

岑鲸醒来，感受到了早晨才会有的清新与凉意。

窗外吹来微风，枝头雀鸟轻鸣，伴着竹枝扫帚扫过粗糙地面的声响，传入岑鲸耳中。

陌生的环境让岑鲸过了几息才想起这里是新家。她动作缓慢地在被窝里伸了个懒腰，但身体好像很久没动过了，就算伸了懒腰还是很不得劲。

说起来，她是什么时候睡着的？

不等岑鲸想起睡前的事情，耳边突然传来系统的声音："宿主，你终于醒了！！！"

岑鲸心觉不妙，果然，她听到系统说："你都昏迷三天了！"

昏迷……三天？

像是为了验证系统的说法，外间传来开门声，以及白秋姝的抱怨："换了几拨御医都没用，一个山野大夫到底行不行啊？"

名叫挽霜的丫鬟端着刚煮好的药踏进屋门，不知道该怎么回答白秋姝的问题，只能轻声提醒："三姑娘，老爷和夫人都说了，御医的事情不能让别人知道，你小点儿声，当心被人听了去。"

白秋姝："知道知道。"

说话间，两人绕过屏风，不约而同地朝床上看去，这才发现岑鲸不仅睁开了眼睛，还换了个睡姿，此刻正侧躺在床上，眼睛直勾勾地看着她们。

"阿鲸！"白秋姝一个箭步蹿到岑鲸床边，激动不已，"你总算醒了。"

挽霜也加快脚步，把药放到床边的小桌上，高兴地说："太好了，奴婢这就去把姑娘醒来的好消息告诉夫人。"

白秋姝："娘出门上香去了，你先把那个大夫……不是，把神医叫来，再给阿鲸看看。"

刚还叫人"山野大夫"，这会儿又成"神医"了。

挽霜应下，不过片刻就将那大夫领进了自在居。那大夫一身素白色的长衫，个子不算高，面容清秀中透着点儿怕人的戾气，看着不太像是从山野里闯出来的大夫，更像是谁家埋头苦读、社交能力为零的小书生。但在大夫来之前，白秋姝已经跟岑鲸介绍过，这位大夫是陵阳县主离京游玩路上，在一个小山村里捡的，正是早前陵阳县主在席上跟岑鲸说过的那位"看着不错才招进府，但医术着实不错"的小大夫。

岑鲸倚在床头，身上套着白秋姝给她拿的外衣，面色惨白虚弱，仿佛说话重些，带出的气就能把她吹倒，但比起躺在床上人事不知，眼下这般显然已经好很多了。

小大夫头一次看到睁开眼能动的岑鲸，先是呆了一呆，然后才行了一礼，走到床边给岑鲸把脉。把完脉，小大夫松了口气说："已经没事了，按时吃药，再养上些时日便可恢复如初。"

"谢谢大夫。"岑鲸躺太久，哪怕已经喝过水，声音听起来还是有些沙哑。

白秋姝："谢谢你啊，神医。"

小大夫忙道不敢当。他将脉枕收入箱中，之后就该离开了，可他没动，面上甚至流露出几分犹豫："岑……岑姑娘。"

岑鲸："你说。"

小大夫鼓起勇气："你身子骨太弱，虚不受补，所以补药什么的得少吃。我知道不少药膳食谱，比补药更适合你，你要愿意试一试，我可以把那些食谱写给你。"

岑鲸就没见过这么胆小的大夫，她甚至怀疑自己要是拒绝，对方会不会难受到哭出来。想到这儿，岑鲸不免思考陵阳县主是不是存在什么不为人知的小爱好。

小大夫见岑鲸没有回应，果然慌了，说话都开始磕巴："是……是我唐突了，你就当我刚才什么都没说，我……"

"自是愿意的。"岑鲸打断小大夫的话，笑着道，"劳烦你了。"

"不……不劳烦，不劳烦。"小大夫涨红了脸，跑回白家给他安排的客房，替岑鲸默写药膳食谱。

小大夫离开后，白秋姝盯着岑鲸把药喝完，接着就在她屋里拿起了笔，说是要给大哥白春毅写封信，告诉他岑鲸没事了，让他在书院里好好读书备考，别太担心家里。

岑鲸看白秋姝伏在榻桌上奋笔疾书，等她写完了才问："你怎么没去书院？"

白秋姝整个僵住了。

岑鲸："嗯？"

白秋姝放下笔，嘴里含糊其词，半天说不到点上，还试图用"你累不累，要不要再躺下歇会儿"这样的话来躲避岑鲸的询问。

岑鲸又问："你闯祸了？"

白秋姝顿时没了声。

"你不愿意说就算了。"岑鲸轻叹着,慢慢挪动身子往被窝里躺,"我困了,你先回去吧。"

白秋姝哪里肯走,她看着岑鲸背对自己躺下,忙从榻上下来跑到床边,手足无措了好一会儿,终于忍不住,像只犯了错的大狗狗般伸出爪子扒拉盖在岑鲸身上的被子,呜呜道:"我说了你别生气。"

岑鲸慢吞吞地在床上翻过身,等白秋姝自己坦白。

白秋姝小声道:"我前天刚回书院就和人打了一架,不仅被扣掉一分,还被送回家,说是让我闭门思过……一旬。"

"怎么打起来的?"岑鲸问。

这反应比白秋姝预想的好太多了,她爹白志远可是一听说她被书院送回来,二话不说就要拿藤条抽她,她娘也不帮她,非得让她长长记性,要不是她身手好爬上屋顶,早就被打得跟岑鲸一样只能躺床上了。

白秋姝哼哼唧唧:"骑射课,有东苑的学生嘴碎说你长得不吉利。"

岑鲸:"……不吉利?"

白秋姝:"你不是长得像画像上那人吗?叫岑什么船来着,我不记得了。他们说那人死于非命,你像他,就……就不吉利。"

岑鲸:"然后你就把人给打了?"

白秋姝理不直气也壮:"谁让他们乱说的!"

岑鲸:"他们?"

白秋姝又怂了,继续哼哼唧唧:"六个还是七个,都被我抡着月杖揍了一顿。"

岑鲸:"……"

难怪当初西苑食堂出现斗殴也不过一人扣一分,轮到白秋姝不仅扣一分,还得被罚闭门反省一旬,原来她打的不是一个人,而是一群。看白秋姝的意思,好像还是单方面碾压。

白秋姝说着说着还委屈了起来:"我当时就不想去书院,只想在家守着你,可爹娘非要我去,说我又不会医术,留下来也没用,还白白耽误学习。我都难受死了他们还非要撞上来,我不揍他们揍谁?"

岑鲸轻轻一叹,叹得白秋姝快快地闭上了嘴。

"下回记着——"岑鲸开口训她。

白秋姝这些天耳朵都听出茧子了，偏这家她最小，谁训她都有理，她只能耷拉着脑袋，没精打采地竖起耳朵来听。

"找个没人看见的地方偷偷打，收拾好首尾别被人发现，那样既能出气，又不用怕被扣分。"

白秋姝猛地抬起脑袋，半响才反应过来岑鲸说的是什么，以这些天从未有过的反省态度点头说："记住了！"

岑鲸伸手想要摸一摸白秋姝的脑袋，太远没摸到。

白秋姝自觉地往岑鲸掌下凑了凑。

岑鲸摸着白秋姝的脑袋，夸她："一个打六七个，挺厉害的。"

白秋姝咧开了嘴，得意得要死还非要矜持一把："还行吧，是他们太没用了，平时骑射课总爱躲在树下，还有好几次称病不来，就他们那样三天打鱼两天晒网，自然不是我的对手。"

两人正说着，挽霜给岑鲸拿来一样东西，是被紫色络子装着的木球。

岑鲸接过木球，发现那替她打络子的丫鬟不仅手巧，审美也挺在线，用了深中浅三种色度的紫色绳子，中间打结的地方还串了紫色的珠子，一下就把外形简单的木球给衬托得精巧了起来。

白秋姝问："这是什么？"

岑鲸把小球从里面拿出来："一个能打开的机关小球。"

白秋姝好奇："怎么打开？"

岑鲸把球递给她："不知道，你试试？"

白秋姝接过小球，又是拧又是敲的，怎么也弄不开，就问："要不我去拿把斧头，直接劈开？"

岑鲸认真思考了一下，最后还是决定尊重这颗小木球，找到打开它的正确方式，而不是使用暴力。

下午，杨夫人从庙里上香回来，听说岑鲸醒了，赶紧换了衣服过来瞧她。

岑鲸见着杨夫人，心里有些过意不去："又给舅母添麻烦了。"

"这是什么话！"杨夫人拍了拍她的手背，让她放宽心养病，别想些有的没的。

岑鲸从善如流,又问:"醒来的时候听见秋姝提到御医,什么御医?"

杨夫人怕岑鲸多想,本想瞒着,可如今岑鲸问起,她又怕自己不说,岑鲸会想得更多,索性把岑鲸昏迷后发生的事情都跟她仔仔细细说了一遍。

那日乔迁宴刚结束,岑鲸便回了自在居休息。白家上下都知道岑鲸嗜睡,因此并未多想,只当岑鲸是应付陵阳县主太累,睡一觉就好。直到傍晚,白秋姝来叫岑鲸起床吃晚饭,才发现她额头滚烫,发起了高烧。

白秋姝赶紧让下人去通知她爹娘,自己则跟俩护卫分头去附近找医馆请大夫。倒霉的是,附近两家医馆的大夫都不在:一个早些日子就回乡探亲去了,医馆大门紧闭;一个今天一大早就被请去接生,结果那家夫人生了一天到现在都没生下来,大夫自然也还留在那户人家的府上。

除开这两家,再远些的医馆可就在别的坊了。当时街鼓已经敲完六百下,坊门关闭,宵禁开始,便不允许在坊外的行街上走动。白秋姝为躺在床上高烧不退的岑鲸急红了眼,甚至起了去那生孩子的人家里劫大夫的念头,旁人拦都拦不住。

就在这时,有人敲响了白府用于给后厨送菜的小门。来的不是别人,正是带了书院齐大夫过来的燕兰庭。至于燕兰庭是怎么得知岑鲸病倒,又是怎么在宵禁的情况下从别的坊过来他们这儿的,他们不知道,也不敢问。

齐大夫给岑鲸看诊开药,第二天早上岑鲸就退烧了,可不知为何怎么都醒不来,齐大夫也诊不出问题所在。后来燕兰庭就给岑鲸换了一拨又一拨的御医。

听白志远说,燕兰庭对外称病,依次请了御医到相府,想来是这边请去相府,那边就从相府后门出来,偷偷送到他们白家给岑鲸看病。这一举动极大地避免了给白府招来麻烦的可能,白志远虽对燕兰庭颇有微词,却也不得不承认,燕兰庭此举足够用心。

岑鲸:是挺用心,可避不开白家人,就怕白家人误会。

果然,连一旁替杨夫人补充细节的心腹嬷嬷都说:"燕相对表姑娘如此上心,会不会是……"

余言未尽,可在场的人,哪怕是白秋姝都听懂了。

谁知情况与她想的完全不同,杨夫人非但没误会,还呵斥嬷嬷:"胡说什么!"

随后提醒嬷嬷,同时也是说给岑鲸听:"阿鲸只是长得像燕相的老师。外头

第五章 乔迁礼 QIAO QIAN LI

谁人不知燕相和他老师感情深厚，因此待阿鲸也不过是爱屋及乌，以寄哀思，如此赤忱之心，怎会生男女之情？"

嬷嬷心想也是，若像话本子里写的，表姑娘长得像燕相故去的心上人，或许还有几分可能，偏偏表姑娘长得像燕相故去的恩师，那么燕相面对表姑娘，恐怕是生不出多少旖旎心思的："是老奴想岔了。"

岑鲸虽然醒了，但身体还很虚，需要在家好好调养。

考虑到白秋姝是为自己出头动手打人，才被书院勒令回家闭门思过一旬，也就是十天，岑鲸打算每天抽出一部分时间给白秋姝补习，免得学习进度落下太多，会让她彻底对学习失去兴趣。

对此，白秋姝起初是不情愿的。别说什么进度跟不上会让她对学习失去兴趣，她就是能跟上进度，也不会喜欢学习。但要给她补课的是岑鲸，她只能乖乖听话，拿上课本来自在居，听岑鲸给她讲课。

然后她就发现岑鲸讲课和庚玄班的老师讲课不同，没那么枯燥，甚至可以说是有趣。她经常听着听着就把内容给记下了，还能发散思维，追问岑鲸不少与之相关的问题。岑鲸听她提问，有时候会直接告诉她为什么，有时候会根据问题提供条件，引导她自己思考，最终找到属于她自己的答案。

白秋姝觉得这样上课很有意思，遗憾的是岑鲸精力有限，定下的学习时间结束后，会毫不犹豫地结束这一天的课程，再给白秋姝布置功课，好巩固这一天所学的知识。

白秋姝做功课的时候，岑鲸就坐在床上盘那颗小木球。小木球表面看不出任何玄机，只有两条十字交错的细缝，看不出深浅，也没有任何松动。要不是里面确实能听到声音，岑鲸都怀疑燕兰庭给了自己一颗带细缝花纹的实心木球。

盘来盘去，也不知道是刚上完课太累脑子转不动，还是她本身就不擅长研究这类机关物件，她花了三天时间，始终没有一点儿头绪。

第三天下午，白秋姝磨磨叽叽地做完功课，正要去花园练箭，顺带拉岑鲸到屋外走走散散步，杨夫人身边的嬷嬷突然过来，说是家里来了客人，杨夫人让白秋姝过去一下。

白秋姝去了片刻，回来跟岑鲸说："是长公主府上的管事，带了长公主的话，让我不用去书院的这几天，每天早上都到长公主府去习武。"

上午刚下过雨，屋外吹来的风带着微微的凉，岑鲸披了件外衣坐在窗边的榻上，面前摆着白秋姝刚做完的功课——白秋姝离开的片刻工夫，她已经把功课批改好了。

岑鲸放下笔，跟白秋姝确认："早上过去？"

白秋姝坐到岑鲸对面，两只手托着脸颊，点头说："嗯，早上去，但没说什么时候能回来。"她不理解，"长公主为什么对我习武的事情这么在意？"

岑鲸大概能猜到为什么，可刚经过一轮教学和作业批改，她已经不想再长篇大论说些什么了。她侧头看向窗外，想了想，说："这个问题就当是新功课，等到回书院那日，你来告诉我答案。"

白秋姝算了算时间，还有五天，时间充裕得很，便应了声："好。"

第二天，岑鲸一觉睡到快中午才醒，吃过午饭，踏出院门去找杨夫人，得知天刚亮，长公主府上就来人把白秋姝给接走了。

不用给白秋姝上课，岑鲸到花园里散了会儿步，回来摸了摸木球，又练了几张字，看能不能在年底岑奕回京前把左手的字迹稍稍调整一下。

傍晚，白秋姝回到家。岑鲸原以为她早上出门，太阳落山才回来，一定会很累，结果出乎她的预料，白秋姝整个人的精神状态显得非常饱满。

杨夫人问她今日在长公主府过得如何，她说就跟以往旬休日去长公主府习武一样，没什么区别。白志远和杨夫人就照例叮嘱她几句，免得她年纪小不懂事，在长公主府做错什么，惹长公主殿下不快。

岑鲸在一旁听他们说话，跟平时一样没怎么开口，直到吃完晚饭，她让挽霜去找至今还住在他们府上的小大夫要了两瓶伤药，转头又揣着伤药去了白秋姝住的灵犀阁。

白秋姝在洗澡，岑鲸在净室外敲了敲门，就听见白秋姝说："水还没凉，待会儿再来。"

岑鲸："是我。"

里面突然没了声。

岑鲸把手放到门上："我进来了？"

白秋姝："等……等一下，我……我……我……我穿件衣服。"

里头传来哗哗的水声，是白秋姝慌里慌张从浴桶里起来的声音。

岑鲸维持原来的音量，问："穿了衣服怎么上药？"

门后一下子就安静了。

岑鲸这才慢慢推门进去，转身又把门关上。

门后是一面屏风，岑鲸绕过屏风，在白秋姝巴巴的注视下走到浴桶旁，拿出那两瓶伤药，放到浴桶边摆衣服和澡豆的小桌上："一瓶治跌打损伤，一瓶涂伤口，瓶身上贴了字条的，看清楚再涂。"说完，找了张椅子坐下。

"你怎么知道我受伤了呀？"白秋姝伸手去拿干布，小臂上有一小片瘀青，像是抬手格挡攻击留下的。

岑鲸盯着那块瘀青："你把手臂搁饭桌上的时候抽了口气。"她离得近，听见了。

"我还以为自己藏得挺好，没人发现呢。"白秋姝一边小声嘟囔，一边用干布把身上的水都擦掉，随便套了件里衣。

除了小臂，白秋姝的左手上臂以及后背也有瘀青，手掌掌根的位置和膝盖则是轻微擦伤。她够不到后边，岑鲸就拿了跌打药给她涂后背，她自己则拿着另一瓶药，处理手掌和膝盖上的伤口。

白秋姝告诉岑鲸："长公主殿下叫人带我去了城外驻军营，让我跟那些兵一起操练，很有意思。不过因为我是女的，一直都没人理我。后来我看他们在比试，就说我也想和他们比比，结果他们都笑了，还有人问要是比着比着不小心把我衣服撕了怎么办。我就反过来问他们，我要是比着比着不小心把他们打死了怎么办。"

岑鲸笑了一声："是该提前问问。"

白秋姝跟着笑，显然也觉得自己那句话回得不错："后来真有人站出来和我比，之前所有人都笑我的时候，就那个人没笑，他好像挺烦我留在军营里的，说军营不是我该待的地方，还说要把我打哭，让我赶紧滚。"

岑鲸轻声问她："结果呢？"

白秋姝咧开嘴，发出的明明是"嘿嘿"的笑声，听起来有些傻，但脸上的笑容却透出一股子叫人胆寒的疯劲："我俩打到后来都发了狠，最后我用驸马教我的方法从背后锁了他的喉，他整个人往后朝地上撞，试图把我撞疼了让我松手，可我硬是忍着疼没松，在地上把他锁晕了过去，要不是有人上来把我拉开，他真能死我手里。"

不是书院里六七个功夫不到家的东苑男学生，而是军营里认认真真和她打的练家子，虽然自己也有受伤，但白秋姝还是感到无比骄傲。

炫耀完，想到什么，她又赶紧换了副可怜巴巴的语气："阿鲸，你别把这事告诉我爹娘，他们要是知道了，哪怕得罪长公主殿下也一定不会再让我去的。可我想去。阿鲸，我觉得那里比书院有意思。"

岑鲸沉默数息，最后答应她："我替你瞒着，但你也要听我的，震慑一次就够了，日后不许再像今日这样以命相搏。"

白秋姝："嗯！"

上完药，白秋姝把衣服穿好，嘴里还念叨："去驻军营就没时间上课了，怪可惜的。"

岑鲸纳罕："想上课？"

白秋姝强调："你的课。"要是庚玄班那些先生的课，她肯定听着听着就睡着了。

岑鲸认真考虑了一下，因为书院的充实生活拉高了她的阈值，导致她感觉在家没事做也挺闲的，就说："你要是不嫌累，晚上回来我再给你上课也行。"

"好啊！"白秋姝一副不知疲倦的模样。

岑鲸一看便明白，白秋姝在长公主府定然是学到了内家功夫，也只有身怀内力，才能比旁人更精力充沛，像她是岑吞舟时就是这样。

三

白秋姝是六月二十一日那天下午在书院打的人，被罚回家思过十天，从二十二日算起，她得等七月初二才能回书院继续上课。

六月三十日，又是一个旬休日。

乔姑娘同安馨月本想上门来探望岑鲸，但因为下午还有别的约，只能早上来。而岑鲸这边晚上要给白秋姝上课，早上醒不来，就婉拒了她们，本以为自己能度过祥和又悠闲的一天，结果早上还没睡醒，就被人扰了清梦。

挽霜："姑娘，外头来了个姓叶的姑娘，说是你的同窗，专门来探望你的。"

岑鲸把脸埋进被子里，好半天才缓过神来，抬头问挽霜："叫什么？"

挽霜："叶锦黛。"

系统警觉："她来干吗？！"

岑鲸不想起床，只想睡觉，可考虑到叶锦黛的特殊性，她还是艰难地从床上爬了起来。

一番收拾后，挽霜把叶锦黛请进了自在居。

叶锦黛一脸的着急与焦虑，下人们摆好茶水点心退出屋外，门刚关上，她就向岑鲸说明了来意："你能帮帮我吗？"

岑鲸问："怎么了？"

叶锦黛压低声音跟岑鲸说："叶临岸要参与弑君，如果不阻止他，他的下场会很惨。"

岑鲸差点儿怀疑自己的耳朵有问题。叶临岸？弑君？为什么？而且叶锦黛说的是"参与弑君"，说明要杀皇帝的不止叶临岸一个人。皇帝干什么了这么遭人恨？

她满脑子问号，最后挑挑拣拣，选了两个问题出来问："他为什么要杀皇帝？我又如何能阻止他？"

叶锦黛的回答打了岑鲸一个措手不及："岑吞舟你知道吧？就是和你长得很像的那个人，他是绝大多数主要角色心里的白月光，叶临岸要弑君也是因为他。所以你去一定能说服他，然后改变他的命运！"

不久前的乔迁宴上，陵阳县主在岑鲸面前吹过岑吞舟，把他吹得天上有地下无。陵阳县主之前是安如素，她断言岑鲸只要顶着这张酷似岑吞舟的脸，必将获得许多人的偏爱。

安如素的话岑鲸没放在心上，因为她所说的内容绝大部分都是坊间流传较广的说法，岑鲸活了一大把年纪，不至于将坊间传闻当真。至于陵阳县主，岑鲸确实有因为她的话产生过迷茫，不明白情况为什么和自己设想的不太一样，但因为后续又发生了太多事情，她就把陵阳县主说过的话给抛到了脑后。

此外还有其他一些人，虽然没说过岑吞舟有多好，但在面对她时总会忍不住偏心她、护着她。

比如书院里的岑府旧人，他们对岑鲸处处照顾。

岑鲸想了想，认为自己虽然不是什么好人，但对自己府上的下人还是很仁善宽容的，所以他们记挂旧主很合理。

又比如在书院教书的大儒赵老先生，仅凭岑鲸的脸就认定岑鲸有着无限的潜能，固执到不可理喻。

岑鲸又想了想，觉得可能是老人家忘近不忘远，没记住岑吞舟在死前干过什么糟心事，就记着岑吞舟曾是探花郎，是宰相，是借公务之便在曲州缠了他几个月，费尽心思只为请他到京城书院教书的无害青年。

总之，任何人说岑吞舟好话，岑鲸都会打个折扣来听，因为她始终记得自己扮演的角色是个反派。

可叶锦黛不一样。她是拥有系统的穿越者，能通过系统知道许多人的未来。她很早就说过，白秋姝会成为大元帅，如今的白秋姝也确实在朝着这个方向发展。那么她说在很多人心里岑吞舟是白月光，应该也是真的……吧？

岑鲸还是有些迟疑。睡眠不足让她的眼睛有些酸涩，她强打起精神，重复了一遍叶锦黛所提到的那个词："白月光？"

叶锦黛见岑鲸将重点放到了岑吞舟身上，也跟着迟疑了起来："嗯，他虽然已经死了，却是很重要的一个角色，你和他长得那么像，你的系统什么都没告诉你吗？"

岑鲸摇了摇头："我的系统比较没用。"

岑鲸的系统2700："嘤！"

叶锦黛的系统S975："嗤。"

"那我跟你……讲讲？"叶锦黛怕岑鲸因为双方系统差别太大产生心理落差，非常小心自己的措辞。

岑鲸察觉出叶锦黛的小心，笑着道："好。"

说是要讲，但其实叶锦黛知道的也不是很完整。她所能获得的情报，都是她用好感值从系统商店兑换所得，有关岑吞舟的完整资料需要整整三千点好感值，她根本兑换不起。所以目前她所拥有的关于岑吞舟的信息，都是通过购买角色资料卡和《攻略手册》，一点点拼凑出来的。这就是为什么她会说岑吞舟是绝大多

数主要角色心里的白月光，因为她买的十几份角色资料卡中都有岑吞舟的影子，甚至《攻略手册》里也都提到了岑吞舟——

"岑吞舟武功高强，性格也好，还做过很多了不起的事情。"

叶锦黛怕这么说无法突出岑吞舟的出色，试图给岑鲸举个例子，可有关岑吞舟的事迹实在太多了，她一时挑不出来，视线下意识在岑鲸屋内乱飘，看到了摆放在榻桌上的课本，终于想起一件具体的事例。

"他曾带兵在曲州治过水患。当时有不少人怕死想逃，他就往自己腰间捆了绳子和兵民一块往水里蹚，凝聚人心。他还预料到水患解决后可能出现疫病，从一开始就联系各地，找来了足够多的大夫和常用草药，避免了后续的灾难。事情结束后，他写奏报回京……你不知道先帝那会儿的风气，当时的官员立了功都喜欢把奏报写得花团锦簇，末了再一顿吹嘘，把功劳安给当权者，硬说是圣上的爱民之心感动了上苍。可他不，他写的满满都是治水患时遇到的困难和解决办法，回京的时候还给明德书院带回去一位大儒当先生。"

"就这样先帝还不生他的气，因为他是直臣，先帝特别信重他。你知道他直到什么程度吗？"叶锦黛越说越起劲，"他敢在先帝垂垂老矣，满朝上下都巴结太子的时候跟太子作对，揭太子的底。太子恨不得他死，因为年老开始嫉妒太子的先帝却因为他的做法更加器重他，最后太子被废为雍王，意图谋反，也是他带兵勤王，平了京城叛乱，还一手把现在的皇帝扶上了帝位。不过在皇帝登基后，他变得有些奇怪，可能是飘了，根本不把皇帝放在眼里。皇帝忍不了他，就想办法将他杀死，把锅甩到了刺客头上。"

"他死的那年，不知道多少人为他肝肠寸断。"叶锦黛惋惜道，"我就恨自己没早点儿穿越过来，要是能遇上岑吞舟还活着的时候，我肯定不挑，直接选他当我的攻略目标，豁出命也要想办法让他逃过死劫。"

叶锦黛说得口渴，喝了口水，问岑鲸："你是什么时候穿过来的？"

岑鲸："……五年前。"

叶锦黛睁大了眼睛："正好是岑吞舟死的那年！"

"嗯……"岑鲸垂眸，转了转手里捧着的茶杯，说，"我来的时候，这具身体的主人因病去世，我养了快一年才能下床，所以对外面的事情不是很清楚。"

"那就难怪你不知道他了。"叶锦黛说,"你康复那会儿,皇帝早已经下令,让史官抹去他的政绩,不然书院的课本上一定会经常出现他的名字。我记得那篇《记曲州治水》就被收录在书院的课本里,但是署名已经被去掉了,要不是长公主坚持在明德楼挂他的画像,甚至不会有人知道他就是书院的创始人。"

说到这里,叶锦黛简单讲了一下叶临岸跟岑吞舟的交情:"叶临岸父母早亡,身边都是极品亲戚,欺他年幼,还把他妹妹给卖了。他好不容易凭自己的实力争取到上学的机会,却在书院里被人欺辱,最后是岑吞舟帮了他,让他能好好读书。所以想也知道叶临岸看到那些属于岑吞舟却没有署名的文章会有多恨皇帝。"

岑鲸放下茶杯,杯底在桌面磕出一声轻响,拉回了叶锦黛的注意力:"叶临岸怎么知道岑吞舟是被皇帝杀死的?"

"是那些想要拉他入伙一块杀皇帝的人告诉他的。"至于那些人是哪儿来的消息,叶锦黛就不清楚了。

叶锦黛此行就一个目的,求岑鲸帮她阻止叶临岸。

叶临岸作为书院里一个小小的监苑,本不该被卷进这场旋涡。偏他如今名声不小,又跟燕兰庭有龃龉,皇帝便想召他回来当官。他原准备拒绝,是那些人找到他,让他到皇帝身边做内应,给他们提供情报,好拟定刺杀的计划。

按照叶锦黛所言,叶临岸这个卧底做得不错,问题在于皇帝实在太难杀了。数次刺杀失败后,皇帝终于发现叶临岸是刺客的同谋,不仅灭他满门,还下令将他凌迟处死。所谓凌迟,就是从清醒的犯人身上把肉一片片割下来,民间俗称"千刀万剐"。

叶锦黛:"意图弑君是灭族的大罪,我本来还希望叶临岸会为了我不去做这么危险的事情,可就在几天前,叶临岸说他要辞去书院职务,还要送我离开京城。我看他是铁了心要给岑吞舟报仇,实在没办法只能来找你了,你能帮帮我吗?我不想他死。"

岑鲸抬手按了按因为睡眠不足而开始隐隐作痛的太阳穴:"拉叶临岸入伙的都有谁?"

叶锦黛报出几个人名,岑鲸揉摁太阳穴的手蓦地顿住。

半晌,岑鲸艰难地问道:"他们……为什么要杀皇帝?"

叶锦黛："和叶临岸一样，都想为岑吞舟报仇。"

岑鲸眨了眨眼，大概是眼睛太过干涩，眼底突然迸出一层莹润的水光。她低下头，说："知道了，我会帮你的。"

叶锦黛："太好了，那你什么时候回书院？我安排你跟他见面。"

岑鲸摇头："不用安排，我有别的办法。"

叶锦黛好奇追问："什么办法？"

岑鲸没有告诉她，还问她要不要留下吃午饭。

叶锦黛摆手："不了，我得回去看着叶临岸，我怕他背着我去书院递辞呈。"

岑鲸："好，那你先回去吧。"

叶锦黛离开后，岑鲸爬回床上睡了个回笼觉，一觉睡到中午，起来吃午饭。饭后她抱着装笔墨纸砚的盒子到花园里散步，见湖里荷花开得漂亮，就进湖心亭坐下了。她将纸张铺好，倒水研墨的同时对挽霜说："你去问问，家里有没有一个叫听风的，找到了把她叫到我这儿来。"

挽霜应声离去，没花多少工夫就找到听风，把人带进了亭子里。

午后日头正炽，岑鲸让挽霜到远处的廊下乘凉，只留自己和听风在亭子里。

听风早就被人叮嘱过，知道岑鲸是个不爱说话的人，因此不等岑鲸开口就主动询问："不知姑娘有何吩咐？"

岑鲸："我写封信，你替我送一送。"

岑鲸下笔很快。她把信写完，等墨迹晾干再折上两折，塞进信封，交给听风。

听风揣着信件离开后，岑鲸又拿起笔，给乌婆婆和云息、江袖写了封信。他们不方便来白府，岑鲸怕他们担心自己，醒来当天就给他们三人去过信。这次又写，一是想告诉他们自己七月初二就回书院，二是打算在七月初一，也就是明天去一趟水云居，看看云伯。

信还没写完，小大夫就来找她道别，说她身体已无大碍，自己也该回陵阳县主府了。

岑鲸听到"陵阳县主"四个字，蓦地想起上午她问叶锦黛把叶临岸拉入伙的人都有谁时，叶锦黛说——

"长乐侯、左骁卫上将军，还有陵阳县主。"

四

相府，燕兰庭收到岑鲸的信，这些日子萦绕在他心头的困惑终于有了解答。

前阵子岑鲸突然倒下，昏迷了三天才让陵阳县主送来的大夫治好，对此燕兰庭非但没有感激，反而心生疑虑，遣人去调查这背后是否有蹊跷。

这一查便查出，岑鲸昏迷确实与陵阳县主有关。

陵阳县主打着找男宠的幌子从山野找来的那个大夫实际上是个用毒高手。陵阳县主让那大夫替她配了不少毒药，用途不明，但因为陵阳县主在前往白府参加乔迁宴时曾去过那大夫制药的院子，因此衣服上沾染了些许毒药的粉末。粉末量少，寻常人闻了或许无恙，偏岑鲸身体不好，又被喝醉酒的陵阳县主抱了许久，不经意间将毒药粉末吸入鼻腔，这才昏迷不醒。

可燕兰庭调查数日，却始终查不清这些毒药的用途。

直到岑鲸送来信件，燕兰庭明白了，这些毒药都是陵阳县主给皇帝准备的。

燕兰庭烧毁岑鲸的信，出门乘坐马车来到叶临岸居住的地方，敲响了他家的大门。

开门的是个老婆婆，问他找谁。他报上名讳，直言自己来找叶临岸。老婆婆就又关上门，替他到里头传话去了。

不久，老婆婆回来，说自家老爷不见客。

燕兰庭知道，叶临岸不是不见客，是不见自己。他也没为难老婆婆，只在老婆婆关门后，寻思从哪儿能翻墙进去，行为模式跟当初的岑吞舟一模一样。

然而不等他离开门口去找堵好翻的墙，叶家的大门又被人从里面打开。这次开门的不是老婆婆，而是被系统提醒来开门的叶锦黛。

"燕先生。"叶锦黛有些紧张，毕竟此刻在她面前的人，是被系统定义为大反派的燕兰庭，"你来找我哥哥，是有什么事吗？"

岑鲸给燕兰庭的信上说了，她所知道的消息全部来自叶锦黛，而叶锦黛也是意外偷听到叶临岸与长乐侯的对话，知道了情况却又不知道该怎么办，才会去找岑鲸求助。于是燕兰庭对叶锦黛说："岑鲸让我来的。"

叶锦黛一听，惊讶地睁大了眼睛。这就是岑鲸说的"别的办法"？！直接请动大反派，岑鲸也太牛了吧！

叶锦黛傻在原地，过了几秒才回过神来，赶紧开门让燕兰庭进来，还带着他往她哥住的屋子走去。

燕兰庭跟在叶锦黛身后，眼睛不着痕迹地看了一圈。叶临岸家没有深宅大院的贵气，就是普普通通平民百姓的家，连下人也才两个，其中之一便是方才给他开门的老婆婆，负责家中绝大部分家务活，还有一个是叶锦黛的丫鬟，见燕兰庭踏进他们家门，赶紧就跑到厨房烧水泡茶去了。

燕兰庭跟着叶锦黛走到一间屋子门前，叶锦黛敲了敲门，说："哥，家里来客人了。"

屋里头传来脚步声，朝门口靠近。不一会儿，脚步声停下，门"唰"的一下被打开，叶临岸站在门后，看见燕兰庭的瞬间，脸色阴沉得能滴出水来。

叶锦黛有些怕，就往边上让了让，说："你们先聊，我去给你们泡茶。"说完就跑。

燕兰庭倒是自然："不请我进去坐坐？"

叶临岸毫不客气："滚。"

燕兰庭："也行，出了你家门，我直接上长乐侯府，再去陵阳县主府，最后把左骁卫上将军叫去我府上坐一坐，你猜他们会不会以为是你把他们的计划给泄露出去的？"

叶临岸的脸色难看到了极点，每一个字都像是狠狠嚼碎了吐出来的："燕！兰！庭！原来你早就知道他是被……"

"我知道。"燕兰庭丝毫不惧，依旧是那副淡淡的模样，"不然你以为我这些年在干吗？"

讨好皇帝，夺得相位，他所做的一切，和如今想要去皇帝身边做内应的叶临岸根本没有区别，都是为了给岑吞舟复仇。不同的是，燕兰庭所在的高度让他明白，皇帝太难杀了，处理皇帝死后可能会出现的乱局比杀死皇帝更难。岑吞舟费尽心机缔造出的太平盛世，他不能说毁就毁，只能耐下性子，创造出一个就算皇帝立马没了也能稳如泰山的局面。

叶临岸气疯了："那你为什么不告诉我？"

这些年，叶临岸眼睁睁看着燕兰庭的变化越来越大，还顶着岑吞舟学生的名头做尽了毁誉参半之事，气得他恨不得把燕兰庭一口咬死。结果现在告诉他，燕兰庭所做的一切都是为了给岑吞舟报仇，而同样的情况落在他头上，他做得还不如燕兰庭！

"我为什么要告诉你？"燕兰庭看叶临岸始终不肯让他进去坐坐，也不坚持，反正只要踏进叶家，他就成功了一半，至于剩下的一半……

燕兰庭侧过身，照着进来的路往回走，只丢下一句："别妨碍我，不然我连你一块杀。"

他丝毫不顾叶临岸会是什么样的心情，头也不回地离开了叶临岸家，坐上来时的马车，让车夫送他去长乐侯府——他刚刚跟叶临岸说的话并不只是恫吓而已，他是真的打算去跟三位幕后主谋好好聊一聊。

凑巧的是，左骁卫上将军裴简正好在长乐侯府做客，倒是省了燕兰庭不少事。

"燕大人，你来怎么也不提前说一声，我好叫人备上你最爱喝的青陆啊。"长乐侯还是老样子，膝下都三个孩子了，还一副纨绔样。

"不必麻烦。"燕兰庭在长乐侯对面坐下，右手边就是裴简。

裴简："最近一直听说燕大人戒了酒，本还不信，原来是真的。"

"戒酒？"长乐侯像是听到了什么不可思议的事情，问，"酒这么好喝，戒酒做什么？"

燕兰庭随口道："喝酒伤身，忽然想再多活几年，就把酒给戒了。"

长乐侯与裴简听了直乐，都以为燕兰庭是在说笑，还一人拿酒杯，一人拿酒壶，给他斟了一杯酒，说是小酌怡情，喝一两杯不妨事。

可燕兰庭愣是一口没喝。

长乐侯："燕大人，这可就没意思了，哪有上酒桌不喝酒的？"

燕兰庭："真喝不了，且过会儿还得到陵阳县主府上，总不好带一身酒气过去。"

"陵阳县主"几个字一出口，气氛顿时变得有些微妙起来。

长乐侯的酒也醒了，他与裴简对视一眼，接着又都看向燕兰庭，见燕兰庭淡然依旧，还夹了桌上的下酒菜来吃，便以为燕兰庭在他们面前提起陵阳县主只是

巧合。

谁知燕兰庭咽下口中的食物，又喝了口茶，说道："或者我就不去了，毕竟陵阳县主名声在外，若是传出什么流言蜚语，我心里也不踏实，就请你们二位替我转告她吧。"

裴简脸上的表情挂不住了，长乐侯倒是好些，还能故作镇定，询问燕兰庭："燕大人是要我等替你向县主转告什么？"

燕兰庭："也简单，就是请你们三位暂且停一停手上的谋划。"

这话等同于开门见山，裴简"咻"的一下子就站了起来。长乐侯拉不住，只能跟着站起来，伸出手拦在裴简胸前，免得他一时冲动杀了燕兰庭灭口。

"顺便还有一事想问一问二位，"燕兰庭像是察觉不到危险，岿然不动地坐在原位，抬眼看向面前的两人，"二位为什么宁可豁出身家性命，也要替……替我的老师报仇？"

大约是燕兰庭的语气太过平静，也可能是因为提到了岑吞舟，剑拔弩张的气氛有了些许缓解。

一阵漫长的沉默后，说话的是一旁拦住裴简的长乐侯。靠族上余荫锦衣玉食了大半辈子，还没自己儿女有出息的长乐侯说："因为他不该死。"

他是这世上，最不该死的人。

第六章

陵阳县主

一

差不多一个月前，岑鲸替家里写乔迁宴请帖的时候，发现他们家结交了不少权贵。她当时就捋了一下这些人的关系，发现其中绝大多数人都跟长乐侯府有联系，而她又在书院救过长乐侯府的乔姑娘，长乐侯夫人因此与岑鲸的舅母杨夫人结交，带着杨夫人认识了不少她那个圈子里的人。

这其中就有陵阳县主与左骁卫上将军裴简家的女眷：陵阳县主的母亲与长乐侯夫人的娘家有七绕八拐的亲戚关系；裴简则是许多年前在庆安当兵，认识了当年负责押送粮草的长乐侯。

当年的长乐侯还是世子，除了年纪大，亲娘是正房夫人，再没有别的长处。但这就足够了，立嫡立长本就是天经地义的事，老天爷都让他当个混吃等死的纨绔，他为什么要拒绝？

可偏偏他爹嫌他丢人，想办法替他在朝中谋了个虚职。后来岑吞舟跟太子斗法初现端倪，两人斗着斗着就把押送粮草到庆安的活斗到了他手上。

当年的长乐侯无知无畏，根本不晓得什么叫怕，心想送个粮草能有多难，加上护送的兵马够多，他爹也指望这一趟能给他镀层金，他就去了，结果点背，一去就遇上敌军来犯，直接攻到了城下。

叫人意外的是，他一个不学无术的纨绔，不仅在那场战役中活了下来，还带着几个士卒潜出城去搬救兵，与当时护送他的士卒之一裴简成为生死之交。

岑鲸知道这事，不是因为这事传得有多广，而是她那会儿就在庆安——长乐侯是负责这次粮草押送的押运官，她是督运。

遇上敌军来犯时，她还跟系统吵了一架。系统认为她就应该乖乖跟长乐侯一起，在庆安军的掩护下逃出城去，事后追责，她完全可以说自己是要出城去搬救兵。可岑吞舟却觉得长乐侯一个人搬救兵就够了，他们俩要是都离开，会影响士气。

"宿主大人真的只是害怕影响士气吗？"反派系统跟恋爱系统不同，它喜欢叫岑吞舟"宿主大人"，而不是"宿主"，同时也更习惯对岑吞舟用"您"，而不是"你"，可疏离又恭敬的称呼并不影响它比恋爱系统更了解岑吞舟，它笃定地说，"您想要参与这场战役。"

岑吞舟承认了："我武功那么高，明明能帮忙，为什么非要龟缩在城里，还要他们调派人手来保护我？"

反派系统："可您一旦受伤，暴露女子身份的可能性非常大。您别忘了，这一仗在剧情中的结局是惨胜。惨胜如败，不离开，您的安全无法得到保障。"

岑吞舟："我没忘，要没那个'胜'，我也不敢乱插手这次剧情，可既然都胜了，为什么不想办法，让这一仗少死些人？"

反派系统："重点是您可能会受伤。"

岑吞舟："那就不受伤。"

反派系统："没有什么事情是绝对的。"

岑吞舟："这句话还给你。"

反派系统："宿主大人！"

"系统，"岑吞舟垂着眼，平淡的语气下藏着只有她自己知道的情绪，"如果按照剧情，这场战争结局是惨败，我一定会走。这样的事情我不是没有做过，可每次这么做的时候，我都很难受。所以只要一有机会，我就想要去弥补，不那么做的话，我撑不下去。你能理解吗？"

反派系统："……系统会将雷达范围开到最大，尽可能为您提供战场讯息，

结束后系统将进行为期一个月的蓄能休眠,希望宿主大人能全身而退,并在随后的一个月里,保证任务不出差错。"

岑吞舟笑了,答应它:"好。"

之后岑吞舟不仅参与守城,还另辟蹊径地集结了当时城内的江湖人士。

这个世界有武功和内力,自然也会衍生出一批以道义为准则游走在律法之外的人,他们以侠自称,比军队更加在意对自身武功的打磨,常常能做到以一敌十或以一敌百。他们所混迹的世界,被称之为江湖。

然而侠以武犯禁,因此江湖人士曾遭到先帝的父亲胤文帝的大力弹压,更有不少高手被收编入军队,为国效力。可在边境一带,仍然有不少江湖人士,他们有自己的规则,有自己的侠义。庆安就是江湖人士聚集的边境地区之一。

最后岑吞舟赌赢了,她将"惨胜"修改成了"完胜",极大地减少了伤亡,同时也没让自己受太重的伤,避免了被人发现她是女子的可能。

她将自己的"弥补之举"视作理所应当的行为,因此她在这场战争中留下印象最深刻的事,不是自己,而是一路上挑三拣四比萧卿颜还娇气的长乐侯居然顺利请来了援兵,还跟他一直都很嫌弃的泥腿子裴简结下了深厚的情谊。

殊不知,除她以外的所有人,都对她的所作所为印象极为深刻。

是她换下文官长袍穿上武服,一边系护臂,一边对长乐侯说:"不想死就赶紧滚,别拖拖拉拉。记住,援军要是来晚了,我做鬼都不会放过你,夜夜站在你床头,看你睡不睡得着。"

是她去找前几天在酒楼喝酒结识的江湖人士,拜托他们把城中所有会武功的人士聚集起来,弯下脊梁请求他们和庆安军一起抵抗敌军入侵。

是她在江湖人士纷纷表示不愿意和朝堂有牵扯的时候据理力争,跟他们把"没有大家何来小家"的道理掰碎了细细讲明,最后以一句"侠之大者,为国为民"成功打动了这群心中虽然没有律法却有着一身热血的江湖人士。

是她披甲执锐冲锋陷阵,如一柄锋利的长剑直直刺入敌军腹地,于万军丛中取敌军上将首级。

最后也是她在敌军败退后换回文官长袍,去跟那些江湖人士道谢,斯斯文文的一身行头,哪有半分在战场上浴血奋战的模样。

据说那之后很长一段时间，江湖上都流行能文能武的儒侠，就连长乐侯也曾被带动着奋发向上了一阵子，可惜他实在不是那块料，只得回归纨绔生涯。但越是如此，他就越是能明白像岑吞舟这样的人有多难得。

回京后，他跟岑吞舟依旧是两个世界的人。

他们虽然都出身世家，可他有父母爱护，能吃喝玩乐过完这一辈子，周围也都是不求上进的同道中人，百年后死了，不过留下族谱上的一个名字，匆匆一眼过去，乏善可陈，怕是连子孙后代都记不住他。不像岑吞舟，天天都在名为"朝堂"的刀枪剑戟里打滚，与天斗，与地斗，与太子斗，活得像个传奇。

麻雀会好奇老鹰能飞多高，长乐侯也好奇岑吞舟能走多远。所以长乐侯最爱跟人打听岑吞舟的事，每每岑吞舟有什么动作，又干了什么惊天动地的事情，他都会跟着旁人一起惊叹，总觉得哪怕没法做到像岑吞舟那样厉害，能跟岑吞舟活在一个时代，就够他跟儿孙吹嘘的了。

后来岑吞舟因太子一事被下狱，他也焦急过担心过，可无能如他又能做什么呢，不过是担心着担心着，岑吞舟自己就出来了。

这世上好像根本没什么事能难倒岑吞舟，直到五年前的上元节第二天，宿醉醒来的他听人说岑吞舟死了。

像他这样活一辈子跟白活一样的人都没死，岑吞舟却死了。一开始他只觉得老天爷不公平，后来发现岑吞舟死于皇帝之手，那满腔的愤懑就落到了皇帝头上。

长乐侯拉着裴简重新坐下，一口闷了眼前的酒，将酒杯重重放下，咬牙切齿道："我虽是个不成器的东西，可我也知道岑吞舟不该死！若非那薄情寡义的萧睿！若不是他——"他直呼皇帝名讳，因为一路走来看得清楚，知道要不是岑吞舟扳倒了太子，这皇位根本轮不到萧睿。

燕兰庭端起茶盏，用盏盖轻拂茶面，却并不喝。他等长乐侯与裴简稍稍冷静下来才问："我的老师不该死，你们的妻儿难道就该死吗？老师若知道你们为了她，将一家老小乃至全族的安危置之不顾，她恐怕不会高兴。"

这话让两人陷入了沉默，他们何尝不清楚一旦行差踏错，等待他们的将会是什么。且燕兰庭还说轻了，岑吞舟要知道他们为了他试图去犯连累亲族的罪，何止会不高兴，怕是会动起手来一巴掌掴他们后脑勺上，直接把他们的发冠打飞。

只是他们心存侥幸，想着只要谨慎，就不会让人察觉，谁知这事一捅就捅到了燕兰庭那儿。而且这会儿他们也都看出来了，燕兰庭虽然知道了他们谋划的事，但也没打算把这件事说出去，过来找他们只是为了让他们收手。

裴简不满："燕大人的意思，难道是要叫我等就此收手，让杀死岑大人的真凶就此逍遥自在？"

"二位当真觉得，皇帝如今的日子好过吗？"燕兰庭的语气轻描淡写，可说出来的话却叫两人悚然，"二位的心意我已经明白了，日后或有劳烦二位的地方，还请二位出手相帮，勿要推辞。"

这是让他们不要再冒险筹谋弑君的计划，他这边已经有打算，必要的时候可以让他们出力参与的意思。

见二人还在犹豫，燕兰庭也不逼他们表态，起身离开，让他们自己商量。

经过一夜的考虑，第二天早上，裴简在下朝后找到燕兰庭，表示自己和长乐侯愿意收手，协助显然更有把握的燕兰庭行事。

燕兰庭问："陵阳县主怎么说？"

裴简张了张嘴，遗憾表示："我们劝不动她。"

陵阳县主和他们不同，没有妻儿要顾忌，又对岑吞舟执念颇深，他们根本说服不了她。

"知道了。"燕兰庭想着，自己得找个不容易让人误会的时候，上门跟陵阳县主好好谈谈。

可就在当天下午，陵阳县主府上的侍卫当街带走了出门前往水云居的岑鲸。结合燕兰庭极为在意白家表姑娘的传闻，此举简直就像是在拿岑鲸威胁燕兰庭，警告他不要妨碍自己。

二

江袖在给岑鲸的回信里提到过，云伯年纪太大，人也有些糊涂，经常认不出人，记不住事。岑鲸猜是阿尔茨海默病，就特地在出发去水云居之前换上了一身男装，免得老人家认不出她。

于是当陵阳县主得知手下侍卫成功将岑鲸带回府上，特地跑去见岑鲸的时候，看到的就是端坐在花厅宛如岑吞舟在世的男装岑鲸。她安安静静地坐着，身裹一袭青竹色的袍子，长发皆被收于发冠之下，露出那张漂亮又带着些颓冷的容颜。哪怕是被半路劫到了此处，她的神态依旧淡定从容，仿佛从一开始她的目的地就不是水云居，而是陵阳县主的府邸一般。

察觉到有人靠近，岑鲸微微侧头，就见陵阳县主呆立在不远处，痴痴地望着她。岑鲸站起身，向她行礼："陵阳县主。"

陵阳县主回过神来，三步并作两步走到岑鲸面前，翻飞的裙摆还未彻底落下，就急不可耐地对岑鲸说："叫我陵阳。"

岑鲸微愣，总觉得眼前这一幕似曾相识，大约是陵阳县主也曾对岑吞舟提过同样的要求。可岑鲸早已经不记得自己当时的反应，怕不小心说出同样的话，索性什么都不说，陷入了沉默。

陵阳县主对上岑鲸的沉默，眼中的期待慢慢湮灭，却并不见失望，还笑着说："怎么连拒绝我的样子都一模一样？"

岑鲸心头一跳，怎么，她当初也是什么都没说？

无奈，岑鲸只好开口，用话语把陵阳县主拉回到当下："不知县主把我请来，可是有什么事？"

这话算客气的了。陵阳县主的侍卫当街拦她马车，制服了车夫和随行的白府侍卫，直接把载着岑鲸和丫鬟的马车驾到陵阳县主府大门前，最后又把岑鲸的丫鬟留在车里，只把岑鲸带进来见陵阳县主，这哪里算"请"，说是"劫"还差不多。

陵阳县主也知道自己的行为太过霸道，赶紧解释："你别怕，我不会害你的，我就是……就是请你来我府上坐坐。"

这话说得她自己都心虚，可自从昨天傍晚从长乐侯跟裴简那儿得到消息，她胸口那团火就一直下不去。她恼长乐侯与裴简，更恼多管闲事的燕兰庭。因此她说什么都想让燕兰庭知道，她不如长乐侯那般好拿捏。可燕兰庭此人刀枪不入，她不知道如何要挟恐吓他，想起前阵子的传言，一气之下便将岑鲸弄了来。

可把岑鲸弄来了她才知道，就算燕兰庭真的在乎岑鲸，自己恐怕也没办法拿岑鲸来胁迫燕兰庭。她小心翼翼地在岑鲸面前掩饰自己的目的，心里诞生出一个

极为不讲道理的想法——岑鲸是女子又如何，只要穿上男装，那不就是活脱脱的岑吞舟吗？既然如此，便把她留下吧，留在自己府上，能日日看着也是好的。

陵阳县主想到就做，随后白家来人要接岑鲸回去，连门都没让他们进。

很快，岑鲸被扣在陵阳县主府的事情就传到了燕兰庭耳朵里。

陵阳县主本身的目的就是警告燕兰庭，因此是在光天化日之下行事，所作所为直接就传开了。加上岑鲸出门是要去水云居，云息、江袖等不来人，一打听就知道发生了什么，可不得赶紧找燕兰庭报信。

燕兰庭顾及岑鲸的名声，并没有马上过去，而是让人传信给长乐侯府，叫长乐侯夫人去了一趟。糟糕的是，陵阳县主连长乐侯夫人的面子都没给，甚至跟拦白家人一样把长乐侯夫人给拦在了大门外。

杨夫人与白志远心急如焚，询问长乐侯夫人还能怎么办。长乐侯夫人想了想，又去请了些同陵阳县主沾亲带故的长辈来。可那些长辈要能治住陵阳县主，也不至于让她过得如此肆意张扬，还在自己府上养了一大堆男宠。

各种法子都败下阵来，长乐侯夫人彻底没了办法，就让白家人去请燕兰庭。虽然这事传出去会有些奇怪，但硬要解释也不是解释不了。况且是白家人自己去求燕兰庭，不是燕兰庭一听到消息就火急火燎去陵阳县主府接人，这样倒也不至于让人想太多。

燕兰庭也不是没考虑过找萧卿颜来，可她若是去了，陵阳县主记恨她"辜负"岑吞舟，怕是更加不肯放人。

外头乱哄哄闹成一团，岑鲸在陵阳县主府里却是什么都不知道，还被陵阳县主带着逛起了园子。

逛了大半日，陵阳县主见岑鲸面露疲惫之色，就近找了间风雨亭，让她坐下休息，还跟岑鲸提议："你日后就住我这儿吧，不要去书院了，我请先生来给你上课，你想要什么我都给你准备，你看如何？"

岑鲸喝了口茶，茶水入口极苦，咽下后回味清甜，让人忍不住喝一口，再喝一口，是她还是岑吞舟时最爱喝的白茶。

岑鲸捧着茶杯，说："县主，时辰不早了，我该回去了。"

陵阳县主不解："我这儿不好吗？你为什么不肯留下？"

岑鲸反问："我若留下，县主还会让我穿裙子吗？"

陵阳县主眼神飘忽："……你穿男装更好看。"

岑鲸无声轻叹，后悔出门时换了男装，不然陵阳县主也不会扣着不让她走。

两人正僵持不下，县主府的侍卫突然来报，说外头来了一批南衙骁卫，包围了县主府。不等陵阳县主叫侍卫加派人手守住府门，燕兰庭就已经带人闯了进来，并一路找到了风雨亭。

陵阳县主何曾被人这样挑衅过，她站起身，对着赶来的燕兰庭骂道："燕兰庭你胆子不小，真把南衙骁卫当你相府私兵了不成？！"

燕兰庭先是看了眼岑鲸，确定人没事，才回陵阳县主的话："白大人报了官，京兆尹下了令，我不过正好赶上，何来私兵一说？"

他说得理直气壮，可接着却抬了抬手，那些"恰好"被他撞上的骁卫听他指挥，将风雨亭团团围住。陵阳县主只能眼睁睁看着燕兰庭踏进风雨亭，撩起衣袍在岑鲸对面坐下，又端了茶壶给岑鲸续上茶，动作行云流水，没有一丝一毫的生疏别扭。

燕兰庭倒好茶，轻轻将茶壶搁下，又对陵阳县主说："日后再来也不方便，就趁现在，我们谈谈。"

陵阳县主知道燕兰庭要跟她谈什么，她有些犹豫，既不想在岑鲸面前说那些事情，又怕将燕兰庭带到别处说话，他的人会趁机带走岑鲸。思虑再三，她还是坐下，并让自己的侍卫出去了。

一下子风雨亭里就剩下他们三个，骁卫远远守在外头，别说人，怕是连只苍蝇都进不来。

岑鲸默默喝茶，安静得仿佛不存在。

燕兰庭转向陵阳县主，没头没脑地说了句："恭王妃还在西耀。"

可陵阳县主听懂了，岑鲸也听懂了。

陵阳县主是恭郡王之女，按理来讲，就是公主都不敢像她这般肆意妄为，偏偏她敢，因为她的母亲恭王妃曾在十多年前被送去西耀和亲。

这事说来荒唐，一个丧夫的寡妇，还是郡王妃，居然会被送去和亲。可人西耀王就是看上了她，先帝又觉得这是笔划算的买卖，能为他们大胤换来良马和跟西耀之间的和平，就允了。

第六章 陵阳县主 LING YANG XIAN ZHU

此后不过五年，西耀王去世，恭王妃嫁给了西耀王的儿子。结果不到两年，新西耀王被他的表兄弟篡了位，可恭王妃始终牢牢地坐在王后的位置上。当时的草原上流行一句俚语，说是铁打的王后流水的王。

王权几次更迭，导致西耀军权几乎都落到了恭王妃手上。有这么强大的母亲做后盾，也就难怪陵阳县主能在京城这般胡作非为。

可恭王妃的权势也仰仗她背后的祖国，若是大胤撕毁条约掀起战争，恭王妃的境况会变得如何，谁都不清楚。

陵阳县主听出燕兰庭是在拿她的母亲威胁她，整个人就像是被踩了尾巴的狼，凶悍地吼道："燕兰庭，你敢！！！"

燕兰庭："现在不是我敢不敢，而是县主你敢。你所谋之事若成，你能保证西耀那边不出现任何异动？"

陵阳县主咬牙，她不能，或者说她根本就没想过。

一个人的生活环境决定了一个人的思想和眼界。她也好，长乐侯也好，都是锦衣玉食养大的，过惯了不用自己操心的日子，虎起来是真的虎，也是真的不知道什么叫思虑周全。裴简比他们俩好些，可毕竟出身寒微，所见所闻远不及世家子弟，又如何能想到这一层？所以他们仨加上一个叶临岸，费尽心机愣是搞不死皇帝。

如今有了燕兰庭提点，陵阳县主终于想到了自己的母亲，可她还是不甘心就这么收手，非常非常不甘心。于是燕兰庭又一次提出，让她收手不是让皇帝就这么好好活着的意思，而是让陵阳县主来帮自己。虽然耗费的时间可能比较长，但至少他们的目的是一样的，还能保证恭王妃不受影响，岂不比他们乱来要好？

他说得直白，陵阳县主第一反应是看向岑鲸，果然在岑鲸面上看到了惊讶的表情。她以为岑鲸是惊讶他们的谋划，却不知岑鲸惊讶的是：她让燕兰庭拦一拦这几个不知天高地厚的家伙，燕兰庭拦了，但又没完全拦，还把人都收到了自己麾下，简直绝了。

陵阳县主担心岑鲸会怕，但还好，岑鲸很快就收起了惊讶的表情，也没有怕他们的意思。于是她就这么跟燕兰庭谈了起来。最后两人协商妥当，基本达成一致。

燕兰庭看时间不早，起身准备离开，并对岑鲸说："你舅舅舅母都在外头，我送你出去。"

岑鲸闻言，跟着站起身，走到了燕兰庭身边。

陵阳县主："等等！"

燕兰庭抬手拦在了岑鲸身后，一脸维护的模样。

陵阳县主见此，便知自己是没办法把岑鲸留下了，可至少，她不想让岑鲸因为今天的事情讨厌她。她撑着桌子起身，对岑鲸的背影解释道："我没想把你怎么样，我只是……太想他了。"陵阳县主湿了眼眶，"他是这世上唯一会真心为我母亲哭泣的人。"

也是他，在恭王妃的父母都放弃了恭王妃的时候，为她周旋到最后一刻，却被太子抓住机会下了狱，差点儿死在牢里。

后来更是他，说服先帝下令，以大军压境之势给恭王妃撑腰，让新西耀王的表兄弟在篡位后不得不续娶她，帮恭王妃彻底掌控西耀。

时隔多年，岑鲸终于知道了陵阳县主喜欢自己的原因，也又一次想起了那个温柔的女子。

岑吞舟遇到过许多年纪比她小的人，无论是萧卿颜还是燕兰庭，别看他们现在呼风唤雨，在岑吞舟盛年那会儿也不过就是俩孩子罢了。但再往前推个二十年，岑吞舟自己还是个青涩的少年郎时，也遇到过很多比她年长、愿意教导她、照顾她的人，比如她的老师元老爷子，比如早已不在人世的恭郡王，以及总是温温柔柔、待她像待亲弟弟一般的恭王妃。可惜她得势太晚，终究还是没能护住恭王妃。

岑鲸不着痕迹地深吸了一口气，平复好情绪，回头对陵阳县主说："嗯，我知道了。"

看着岑鲸那张和岑吞舟极其相似的脸，陵阳县主终于还是忍不住哭出了声。

岑鲸随同燕兰庭一起走出风雨亭，身后的哭声越来越远，燕兰庭却越来越担心，怕提起那些过往会伤了岑鲸的心神。

燕兰庭带着岑鲸走自己来时的路，跟她刚刚走过的路不是同一条。走着走着，岑鲸突然停下了脚步。

燕兰庭："可是哪里不舒服？"

"我没事。"岑鲸回答燕兰庭，眼睛却一直看着左侧不远处的花圃。

燕兰庭循着岑鲸的视线望去，发现一丛色泽艳丽的虞美人，养得倒是不错，看起来比寻常虞美人要高壮许多。

岑鲸走到花圃前，蹲身抬手，指腹抚上光滑的花茎，平淡的语调中透出彻骨的寒："不是虞美人。"她抬眼，恹恹的颓气一扫而空，"把陵阳给我叫来。"不容驳斥的语调如利剑出鞘，裹挟着锐不可当的锋芒，几乎能将人划伤。

岑鲸的神态和语气转变太大，加上那一身男装，燕兰庭差点儿以为自己回到了过去。他下意识转身去办"岑吞舟"交代给自己的事情，走了几步才回过神来，抬手招来远远跟在他们身后的骁卫，让他们回风雨亭，把陵阳县主请来。

吩咐下去后，燕兰庭又回到岑鲸身边。

彼时岑鲸已经从地上站起来，她弯腰拍了拍衣摆上沾的泥土，面容平静，不见往日的浅淡笑颜，冷得叫人有些害怕。

她在生气。

燕兰庭分辨出岑鲸的情绪，问："这花是有什么问题吗？"

岑鲸直起腰，手因为拍了衣摆上的泥土有些脏。

燕兰庭见状从袖中拿出帕子，给岑鲸擦手。

岑鲸倒是习惯被燕兰庭伺候，任由他握住自己的手背，用帕子擦拭她的掌心，回道："此物能毁人，亦能伤国本。"

燕兰庭心中一凛，眼角余光投向一旁绚丽绽放的花朵，难以置信地问："就凭这些花？"

"就凭这些花。"岑鲸心绪未平，一想到这花开在陵阳县主府上，她背脊都是麻的，"它结出的果实能制药，吸食可令人上瘾，一旦流入军中，别说寻常士兵，就是顶天立地的英雄，也能因为它变成在地上蠕动的爬虫。"

岑鲸深吸一口气，冷静下来，说："等陵阳来了，你替我问问，她种这些花是做什么用的。"这花开得绚烂华美，陵阳县主种它，不排除是种来观赏的。

燕兰庭松开岑鲸的手，将刚用过的帕子叠好，揣回袖中："好。"

陵阳县主来时还挺生气，她很久没像方才那样哭过了，哭完正觉得痛快，准备回屋去洗把脸，谁知半路被骁卫拦下，说是燕兰庭有事问她，叫她过去。

陵阳县主虽然答应和燕兰庭联手，可这并不代表她能接受燕兰庭在她府上对她发号施令。她不听骁卫的话，硬是回屋去洗了把脸，还慢条斯理地重新上了妆，才跟着骁卫去见燕兰庭。远远看见燕兰庭的背影，她还扬声质问："燕兰庭，你不觉得你太过分了吗？"

燕兰庭回过身，不理会她的质问，等她走近，反问她："县主种这花，是做什么用的？"

陵阳县主看向燕兰庭所指的花，挑眉唤出那花的名字："阿芙蓉？你管我种它干吗！"

燕兰庭挡在她与岑鲸中间，陵阳县主想再看一眼岑鲸，就往前几步绕过了燕兰庭，结果入目就是岑鲸那张冷冰冰的脸，吓得她赶紧站定，一脸惊疑。

直到岑鲸开口，重复了燕兰庭的提问："这花是做什么用的？"

在情绪的影响下，她的声音变得有些低沉，越发像岑吞舟不高兴时的样子。

陵阳县主第一反应就是甩锅："这花不是我种的，是罗大夫种的，说是能制毒。"

罗大夫就是那个给岑鲸看病的小大夫。

岑鲸不知道自己前阵子生病的内情，问："你制毒做什么？"

陵阳县主看了看周围，确定骁卫站得够远，才低声说："当然是要杀萧睿，我……我试过给萧睿下毒，但没用，他身边有很厉害的御医，总能替他解毒。"

燕兰庭和岑鲸第一时间想到了皇后。皇后医术了得，有她在，寻常毒药确实奈何不了萧睿。

陵阳县主："我让罗大夫想办法，制出谁都解不了的毒，罗大夫就种了这些花，说这花的毒虽不致命，却能叫人上瘾，长期服用可令人早亡，最重要的是，此毒之瘾无药可解。"她越说声音越小，最后实在忍不住，往后退了小半步。

燕兰庭："我让他们去把罗大夫叫来。"说完便走开去找骁卫跑腿，留下陵阳县主直面岑鲸。

陵阳县主也是过了好一会儿才意识到什么，艰难地咽了口口水，期期艾艾地问岑鲸："你……你是……谁？"

岑鲸没有回答她，她竟也不敢再追问。

随后罗大夫被带到岑鲸面前，本就胆怯怕羞的小大夫被眼前的阵仗吓坏了，腿都在抖。

岑鲸没有半分体贴，直接问他："阿芙蓉的花种是从哪里来的？"

小大夫："我……我几年前去西耀，从西耀商人那儿买来的。"

岑鲸："此前可还曾种过？"

小大夫小心翼翼地点了点头："种过，但是都……都没养活，就……就这一批活了。"

他没有种阿芙蓉的经验，就连阿芙蓉的功效和制作阿片的法子，他也是听别人说的，本还想着等花开结果后，少不得要多试几次才能制出阿片，怎么都没想到几日前还病恹恹的岑鲸此刻会站在他面前，展现出如此骇人的气势，询问他阿芙蓉的来历。

岑鲸："种子呢，还有吗？"

"有，就放在我平时制药……制药的屋子里。"

小大夫老老实实交代了花种存放的位置。可岑鲸没办法信任他，不仅让人去拿花种，还派人去搜小大夫的屋子。

至于眼前这片已经长成的阿芙蓉……

岑鲸："烧了。"

一声令下，那片艳丽的花圃烧了起来，从罗大夫住处找到的花种也被扔进了火中。

岑鲸就站在远处看着，燕兰庭担心，劝她说："烟太大，你先回去吧，这里有我。"

岑鲸摇头："这么远吹不到。"她要亲眼看着这些东西都被烧干净才能安心。

刺眼的火舌争先抢后地吞噬着险些被放出笼的恶魔，焦黑的灰烬随风扬起，岑鲸眼底映着炙热的火光，心里反复咀嚼罗大夫话语中提到的一个地方——西耀。

她对身旁的陵阳县主说："给你娘去封信，就说……算了，我来写，你到时候派人送过去。"

陵阳县主还是蒙的："啊？啊，好。"

岑鲸侧身看向她，问："你没用过这毒吧？"

陵阳县主感到荒谬："我用这毒做什么？"那可是毒啊！谁没事给自己下毒？

岑鲸只是静静地看着她。

陵阳县主仿佛又回到了过去，仗着岑吞舟对她好，委屈道："你不信我？"

岑鲸看着她那张与恭王妃有几分相似的脸,说:"去书院住一个月,旬休日不许归家。"

陵阳县主一脸抗拒:"书院不让带下人,我不去。再说我年纪都这么大了,去书院干吗?"

岑鲸:"我看你同七八岁的孩童无异,该回书院去重新学学。"

陵阳县主就是不肯,硬着头皮不松口。

岑鲸:"罢了,你想去,瑞晋也未必会肯。"

陵阳县主一听到"瑞晋"就逆反:"她凭什么不让?明德书院是朝廷的,又不是她的。"

岑鲸:"她是院长。"

陵阳县主看不惯岑鲸向着萧卿颜,立马道:"那她说了也不算!"

岑鲸:"好,明天我在书院等你。"

"啊?"陵阳县主傻愣愣地把自己给绕了进去。

燕兰庭杵在一旁,眼观鼻鼻观心,庆幸惹岑鲸生气的不是自己。

大火熄灭后,岑鲸又让人把焦土深埋,这才同燕兰庭一起离开县主府。

陵阳县主眼睁睁看着他们离去,一点儿不心疼被带走的小大夫,反而很想跟着他们一块离开。但想起岑鲸生气的模样,她又不太敢造次,再想想自己曾对岑鲸说过的话、做过的事,她涨红了脸,拿着扇子拼命扇风也没法将温度降下去。

直到第二天,她终于想到一个关键点——她的吞舟哥哥怎么变成了一个小姑娘?!那岂不是再也娶不了她了?!

陵阳县主失魂落魄,甚至不太想去长公主府跟萧卿颜抬杠。可就在下午,书院那边又送来一封信。她原已准备好迎接岑鲸的训斥,却不想上面只有几句叮嘱,让她不要把自己的身份告诉瑞晋长公主。

怎么,萧卿颜还不知道岑鲸就是吞舟哥哥?陵阳县主一下又来劲了,当即叫人收拾东西准备去书院,自己则带着人往长公主府而去。

"宿主居然主动掉马了!"

时隔一天,系统还在不住地惊叹。

岑鲸又恢复了原来的模样,垂着眼,看起来没什么精气神。她是真的累,火气一下去，没东西撑着，就跟常年没人住的房屋似的，摇摇欲坠。

岑鲸缓缓地回了系统一句："跟毒品带来的危害相比，我的身份算什么？"

正值中午，岑鲸刚刚让白秋姝替自己把写给陵阳县主的信拿去书院门房处，此刻宿舍就她一个人。她坐了片刻，起身到外头，敲响了隔壁叶锦黛的宿舍门。

叶锦黛还是一个人住一间宿舍，开门后非常热情地把她请了进去，还问："你真的没事了吗？怎么感觉你的脸色比之前更差了？"

岑鲸摇头："没事，待会儿回去睡一觉就好。我来是想问，你知不知道陵阳县主最后的结局是什么？"

叶锦黛："我不知道，我没买过她的资料卡。你需要的话，我可以跟系统买一张，她不是什么重要的角色，也花不了多少好感值。"

岑鲸的系统2700："嘤，是系统商店，我也好想要。"

岑鲸："麻烦你了。"

"这有什么麻烦的。"叶锦黛当着岑鲸的面购买了陵阳县主的资料卡，看完后脸色突变。

岑鲸："怎么了？"

"她的结局稍微有点儿复杂。"叶锦黛先是跟岑鲸简单介绍了一下陵阳县主的身世和她那远在西耀的母亲恭王妃，然后才说，"燕兰庭是反派，皇帝是主角，像陵阳县主这种没什么脑子还非要杀主角的角色就相当于炮灰。叶临岸死后，她身边的人会替她弄来在西耀流行的阿片，这是古代的说法，其实就是鸦片。她试图让皇帝染上毒瘾，结果自己也着了道，最后死于吸食过量。她母亲所在的西耀也因为鸦片泛滥导致亡国，毕竟那东西会把人的身体搞垮，草原上本就注重武力，士兵身体都不行了，肯定抵挡不住侵略者的铁蹄。"

最后，叶锦黛评价："非常典型的炮灰结局，不过是她先试图用毒品害人，也算死不足惜。"

三

白秋姝替岑鲸把信送到书院门房那儿，又多磨蹭了些时间，等回到宿舍，岑鲸果然已经睡下了。她轻手轻脚地脱掉外衣，爬到自己的床上，想跟着一块午睡，却怎么也睡不着。

五天前，岑鲸给她布置了一门功课，让她自己去想长公主格外看重她的原因。她当时太过天真，认为五天时间足够长，自己定能找到答案。结果五天过去，她愣是两眼一抹黑，只能期盼岑鲸想不起来这事，让她蒙混过去。可不交作业的感觉实在太煎熬，白秋妹心虚得连午觉都睡不好，便打算找场外援助。她大哥最近忙于备考，她不敢打扰，于是就去找她大哥的好友赵小公子。

赵小公子对此就一个想法："你哥备考，我也要备考，你不知道吗？"

白秋妹挑了挑眉："是吗？我怎么一点儿都看不出来？"

白春毅为了备考明年春闱，人都瘦了，赵小公子却还是原来的模样，干什么都慢吞吞的。哦不，有一点还是不一样的，赵小公子长高了不少。

白秋妹打量赵小公子的同时，赵小公子也在打量白秋妹。十日不见，她给人的感觉发生了明显的变化，虽然还是充满了活力，但身上的稚气散了不少，看起来比原来要沉……稳……嗯？

赵小公子看着白秋妹走到自己面前，挺直了腰，用手在两人头顶比画。距离太近，他几乎能闻到白秋妹身上淡淡的药香，应该是从岑鲸那儿沾染的。赵小公子浑身一僵，随即就跟上了发条似的，猛地后退三步，还问她："你干吗？"

白秋妹惊讶："我还以为你是乌龟转世，原来你也有动作快的时候。"

"……你才乌龟转世。"赵小公子慢吞吞骂回去，又说，"下回别靠那么近。"

白秋妹："不靠近点儿怎么知道我俩谁更高？"

赵小公子这才反应过来，白秋妹方才是在比画他们俩的身高。

白秋妹："我俩就差一个头，我年纪还比你小，过不了多久，我一定能比你还高。"

赵小公子抿了抿唇："不可能。"

"以后的事情谁知道呢。"聊完闲话，白秋妹拉回正题，"欸，我刚问你的问题你到底知不知道？知道就快点儿告诉我。"

赵小公子低头想了想，一边奇怪自己为什么要替白秋妹想问题，一边思路清晰地替她找到了答案："如今朝中只有女官，没有女将。"

当年被查出参加科举的女子全都保留了原来的官职与功名，但这些人大多是出身不俗的世家女，让她们跟男子一般寒窗苦读还行，要让她们舞刀弄枪几乎不可能。主要还是先帝时期遗留的风气影响太大，因此哪怕将门出身的姑娘，也多是些符合主流审美的柔弱女子。

这么一来，每每论及军务，萧卿颜的话语权就会被大大降低。因为在战场上搏命的都是男子，武将性子又耿直，觉得女子不懂军事，跟文官打打嘴仗就顶了天了，没资格议论军务。所以萧卿颜近些年一直在想办法提高西苑学生的身体素质，甚至同意燕兰庭的提议，把上午第二节课腾出来，让学生们练拳法。

但显然，光身体素质好是没用的。因为是"女人"，像男人一样的平均身体素质远远不够，她们需要更好、最好，才有资格在战场上与男人并肩。

天赋异禀的白秋姝让萧卿颜看到了希望。

这就是萧卿颜如此看重白秋姝的原因。

赵小公子将答案细细说给白秋姝听，说完认真观察她的反应，怕她会因为萧卿颜的"图谋"而有压力，结果白秋姝两眼放光，反问他："所以就算我爹娘不肯，长公主殿下也会想办法让我上战场，是吗？"

她在兴奋。

"……嗯。"赵小公子这才想起白秋姝的不同寻常之处，也想起了那天岑鲸被挟持时她是如何去库房拿弓箭，又是如何在人群外搭箭张弓，没有一丝心理障碍地射杀了凶徒。

白秋姝轻快地笑了两声，接着又跟他道谢，完事揣着答案回去找岑鲸，好结束她这心虚又不安的一天。

在校场边散步的岑鲸听白秋姝说完，问："刚去找谁了？"

白秋姝抄答案也不瞒着岑鲸："赵彧。我实在想不通，就去问他，他告诉我的，他说对了吗？"

岑鲸："差不多吧。"

还有一个原因，以赵小公子的年纪，不知道也是理所当然的。

十多年前西耀和亲，最先被选定的和亲人选自然不是嫁过人的恭王妃，而是萧卿颜。所有人都说她贵为公主，享尽荣华富贵，应当为国奉献自己，她却不明白，为什么自己想要涉足朝堂为国出力时，人人都在阻止她，可到需要她去和亲，又一个个来跟她讲家国大义。太奇怪，真的太奇怪了。

那段无法左右自己命运且充满了绝望和不解的日子，萧卿颜这辈子都忘不了。而本朝没有女将一直是萧卿颜的一块心病。所以，白秋姝不会是大胤最后一个女将。只要萧卿颜不死，她就会想尽一切办法，把女子的路踏平踏阔，这是为后来者，也是为曾经的自己。

岑鲸因病请假，十多天没来书院，例会书记的职位倒是还给她留着。她重新上岗，顺带把上一次缺席的例会记录重新整理了一遍。

终于混进书院的陵阳县主一天到晚粘着她，不仅跟她一块出席书院例会，还在听到顾掌教跟安如素因为院规吵架的时候，悄悄跟岑鲸表达了自己的不解："这有什么好吵的？"

岑鲸："安监苑的提议，是我想的。"

陵阳县主当即拍案而起，帮着安如素跟顾掌教大战三百回合，硬是逼着萧卿颜把这事儿给定下了。

萧卿颜嘴上说着"下不为例"，脸上却不见有多为难，可见陵阳县主的行为正中她下怀。这导致陵阳县主心气不顺，非要晚上住到岑鲸宿舍才能好。

岑鲸由着她，晚上也随便她碰自己，最后看着她蹲在床角，嘴里念念有词："居然真的是姑娘，为什么？为什么啊……"

岑鲸整理好自己的衣服，笑着摸了摸她低垂的头，就给白秋姝辅导功课去了。

返校后的第一个旬休日，怕再生意外让舅舅舅母担心，岑鲸没有出门。第二个旬休日，也就是七月二十日，岑鲸又一次跟云息、江袖约好，去水云居看云伯。这次她没再穿男装，一袭紫色衫裙，腰间别着一个紫色的香囊，以及燕兰庭那颗被紫色络子装好的木球。

知道云伯认不出人，岑鲸已经做好了对面相见不相识的准备。谁知她随着云息、江袖来到水云居花园，刚一露面，谁说话都不理的云伯就认出了她。

"大人。"年迈的云伯放下手中修剪盆栽的剪子，拐杖都忘了拿，扶着架子颤颤巍巍地朝岑鲸走来。

第六章 陵阳县主 LING YANG XIAN ZHU

岑鲸赶紧上前几步，扶住他："慌什么，我又不会跑了。"

她扶着云伯在椅子上坐下，然后坐到他身旁，听他跟自己絮叨："云息那小兔崽子不听话，您只管打，他皮厚，打不坏。"

一旁给他们俩沏茶的云息："爷爷，我可真是谢谢您了。"

云伯根本听不见，自顾自又说："阿袖也不听话，我都说了，让她做云息的义妹，她不肯，说当个丫鬟挺好。她脑子不好，脑子不好。"

江袖小声嘟囔："我脑子好着呢，爷爷您不知道就别在岑叔面前乱说。"

说完，江袖的视线跟云息对上，两人近乎默契地错开了眼，不再看对方。

后来云息、江袖有事要忙暂时离开，留下岑鲸跟云伯在那儿闲聊——

"最近天气好啊，您看，花都开了。"

"还是你养得细致，要放我那儿，就是四季如春都开不了。"

"您连睡觉的时间都没有，哪儿来的工夫养花啊？"

"哪儿啊，我现在也有时间，就是养不好。对了，我早前放你那儿的两封信还在吗？"

"什么信？大人您可没给我什么信，我也不收您的信，您给我我也不收，您别写。"

"行，不写，你这花是真的不错，送我一盆吧。"

"天真好啊。"

"不送就不送，小气。"

……

岑鲸陪着老人家，有一搭没一搭地聊了一上午。

中午吃过午饭，老人家坐在花园的椅子上，头一点一点地打瞌睡。岑鲸就提议让他回屋睡一会儿，云伯说什么都不肯。于是岑鲸又叫云息去拿了件外衣给云伯披上，免得着凉。

后来云伯果真坐着睡着了，岑鲸就在一旁看云息给她备的书，时不时吃一块糕点，喝一口茶。头顶有不知道叫什么名字的花飘落在书页上，岑鲸顺手拿来当书签，看到哪一页就夹到哪一页。午后的阳光落在他们俩身上，对旁人而言或许有些热，但对畏冷的老人家和岑鲸来说却是刚刚好。

悠闲地度过了这次的旬休日，离开时，云伯坚持要把岑鲸送到门口，还对她说："大人啊。"

"嗯？"

"过几日上元节，来水云居吧，我叫厨娘给您做您最爱吃的，肉馅的汤圆，别入宫了。"

七月份哪儿来的上元节？云伯显然是糊涂了，记错了日子。可他这话却让云息和江袖陷入了沉默，因为岑吞舟就是死在上元节，死在了宫里。

岑鲸也想到了这一层，笑笑说："好，听你的。"

云伯高兴极了，催着云息去准备，握着岑鲸的手直抖，让岑鲸一定要来，必须要来。

岑鲸："嗯，我一定来。"

难得出一次门，岑鲸不觉得累，坐马车回家的路上也没有犯困，便听挽霜跟她埋怨这一天的胆战心惊。

水云居毕竟是云伯和云息住的地方，江袖虽是姑娘家，可名义上依旧是云息的丫鬟，所以岑鲸根本就没有正当的理由过来做客，只能撒谎说是同窗邀请自己去玉蝶楼玩，一到玉蝶楼，就让车夫和随行的侍卫回家去，只留了挽霜在玉蝶楼等她。

挽霜到了玉蝶楼才知自家姑娘是要偷跑去别处，劝又劝不住，只能在玉蝶楼里待着，生怕白家来人催岑鲸回去，从而发现岑鲸不在玉蝶楼。因为太过担心，连玉蝶楼掌柜给她准备的饭菜茶点她都没心思好好品尝。所幸这一天都没发生什么意外，她也不敢教训主子，只求岑鲸日后别再这样冒险。

岑鲸耐着性子听挽霜说话，突然马车停下，被陵阳县主吓过一次的挽霜心头一惊：怎的，又是谁要当街劫她家姑娘了吗？

然后她就听见外头的车夫问："姑娘，前面有商队并一辆马车过来，咱要让的话，就得平白绕一大圈路，让吗？"

挽霜松了一口气，原来是路堵了。

岑鲸撩起车帷，很快又放下，说："让。"

车夫依言把车拐进边上的另一条路。

马车继续前行，挽霜掀起马车后边的车帷看了眼，果然看见一辆外饰华美又不显庸俗的马车从他们刚刚绕进来的路口经过。拉着大批货物的行商车队隔在他们与那辆车之间，所以没能看清那辆车上挂着谁家的牌子，她还挺好奇："那是谁家的车？怪好看的。"

岑鲸："没看清。"

挽霜也就随口一问，看自家姑娘也不知道，就把车帷给放下了。

那辆马车一路行至安府——安馨月的安。

安馨月有两个姑姑，小姑姑便是在明德书院当监苑的安如素，大姑姑在宫里，是与皇后分庭抗礼的安贵妃。相比起来，安馨月的父亲就显得很不起眼，只因其性情温顺、好友良多，在朝中也还混得开。

马车在安府门前停下，一小厮拿着拜帖从车内出来，上前敲响了安府的大门。

安府的门房将门微微打开，询问几句后接过拜帖，又将门给关上。

片刻后，安府大门从里头打开，安馨月的爹安家老爷匆匆忙忙赶来，迎接马车上的人："下官有失远迎，还请安亲王见谅。"

安王，安如素口中那个"生平最大乐趣就是收集岑吞舟旧物，还在去年因为太傅说岑吞舟的字不好看，就动手把太傅给打了"的皇帝幼弟。

听安如素的描述，安王应该是个脾气暴躁的人，然而从车上下来的男子样貌俊秀儒雅，怎么看都不像是会动手打人的荒唐王爷。

安王手中还拿着一个卷轴，外头不好说话，他便随安老爷入内，落座后寒暄几句，才将卷轴拿出，说："本王前阵子收到一幅画，画像上落款是'广寒公'，本王几经打听，才知这'广寒公'是安家的姑娘，故特地上门来问问，安姑娘画上的女子是谁？"

安王展开画卷，就见画上画着两名女子，她们置身于酒席散后，被满目的狼藉与寂寥所包围，却不见清冷伤怀，反而透出淡淡的宁静平和之意，使得整幅画张力拉满，令人见之便难以移目。

安老爷看了也挪不开眼，不仅是因为这画画得好，也因为画上的两名女子，一名是他妹妹安如素，另外一名便是前些日子被陵阳县主劫回府、白家求到燕相面前，才终于把人带回家的白家表姑娘岑鲸。

四

七月三十一，旬休日。

陵阳县主听岑鲸的话，在书院待够一个月，过了一个月没下人伺候的日子，忙不迭地收拾东西，跑回她的县主府去了。离开前她还不死心，问岑鲸愿不愿意到她那儿住，她可以请书院的先生到家里给她授课，还有一堆的丫鬟婆子伺候，生活条件绝对比在书院好。

岑鲸经过这一个月的时间，再三确定陵阳县主没有染上毒瘾，非常干脆地拒绝了她，并叮嘱她把恭王妃写给自己的信送来，千万别忘了。

陵阳县主可以把一个小官之女劫回家中，却不敢在岑吞舟面前造次，只能乖乖应下，按时把自己母亲从西耀寄过来的信转送给在书院读书的岑鲸。

岑鲸毕竟离开朝堂五年之久，许多事情都不太了解，需要燕兰庭告诉她。燕兰庭那边也得派人管控边境商货进出，确定与西耀往来较多的几个边境城内有无阿片流通，并筛查边境军中有没有人吸食阿片。这一番动作容易影响西耀与大胤之间的关系，需要岑鲸联络恭王妃，免得造成误会。因此两人经常通过乌婆婆给对方送信。恍然间，他们仿佛又回到了过去，私下往来频繁，暗中筹谋着只有他们知道的事情。

时间一晃而逝，来到了八月十五，那日是中秋节，也是岑鲸的生日。

一大早岑鲸就收到了来自白秋姝、白春毅以及乌婆婆的礼物。白天趁节假回家吃团圆饭，舅舅舅母也给她送了东西。

晚上回书院，西苑特地开放见微楼让西苑的学生们祭月赏月，还在入夜后打开苑门，允许学生在西苑门口那条小河边放河灯。

岑鲸被拉着走了趟节日流程，其间收到不少生辰贺礼，分了几趟拿回宿舍，把屋里那张书桌都给堆满了。

按照节日习俗，这天说什么都得玩通宵，西苑的姑娘们也早就备下了够她们玩一晚的游戏和浓茶。可岑鲸因为身体不好不能像她们一样熬夜，所以不到子时，她就准备离开见微楼，独自回宿舍睡觉。

白秋姝想要陪岑鲸一块回去休息，岑鲸却不希望白秋姝因为自己错过热闹，就叫白秋姝痛快去玩，不用管自己。

　　白秋姝坚持："那我先送你回去，然后再过来。"

　　岑鲸拗不过她，让她把自己送回了宿舍。

　　回到宿舍，白秋姝看着岑鲸收拾好躺下，才轻手轻脚地离开。

　　白秋姝离开后不久，门口传来一阵轻轻的敲门声。被吵醒的岑鲸披上外衣去开门，发现门外来的是乌婆婆。

　　大节下的，乌婆婆以自己牙口不好咬不动为由，把书院给她的月饼留给了岑鲸，还拿来一封信，以及一个小木盒子。

　　"你咬不动，我也吃不下啊。"岑鲸无奈地把乌婆婆拉进屋，又去找了柄小刀把月饼分开两半，跟乌婆婆一人一半分食。

　　至于信件跟木盒，不用说，定然是燕兰庭送来的。信上照例提到了岑鲸最关心的西耀与边境，最后几句画风突变，祝她生辰快乐。

　　岑鲸吃着月饼笑出了声，接着又拿起跟信件一起送来的木盒子，心想：燕兰庭要再敢给她送机关盒子，她就直接拿斧头劈开。

　　幸好燕兰庭识趣，送来的木盒挑开铜扣就开了，里面装着一支银杏样式的金簪，漂亮又不张扬，很适合拿来搭配院服。她问乌婆婆："你说这是他挑的吗？"相比木球，这份礼物可太惊艳了。

　　跟岑鲸一块吃月饼的乌婆婆肯定地说："不是他挑的。"

　　岑鲸："哦？"

　　乌婆婆："燕大人一大早送了一箱的首饰过来，让我帮他挑，我挑了一天才找出这么个好看的。所以说男人就是眼神不好，连个漂亮首饰都不会选。"说完想起岑吞舟也是男的，跟个孩子似的补充一句，"您不一样，老天爷让您投生成姑娘，大抵也是觉得您的眼神比男人好。"

　　岑鲸听得直乐，差点儿被月饼渣给呛着。

　　她以为这就是个普普通通的生日，过完生日，从十五岁变成十六岁，仅此而已。直到八月二十旬休日回家，杨夫人来找她商量，她才想起，十六岁是大胤律法允许女子成婚的年龄。

十六岁的小女孩，放现代还在上高中，但在古代，却已经是可以嫁人的年纪。就这还是岑吞舟努力后的结果，再早些年，女子十三岁便可嫁人生子，岑吞舟每次参加旁人的婚宴都会怀疑人生。

回到当下，因为岑鲸十六岁，白家的门槛又一次被上门提亲的媒人踏破。

杨夫人虽也担心求娶之人另有所图，可总不能硬拦着不让岑鲸成亲，于是便来问问她的意思。

岑鲸说自己身体不好，想缓两年再说，总不好一嫁过去，就让人成了寡……鳏夫不是。

杨夫人嘴上责备岑鲸口无遮拦，心里却也明白她的顾虑，就替她把求亲的人家都给回了。

岑鲸虽然不在意自己的亲事，却有些好奇燕兰庭的反应。

时至今日，打开好感度面板，燕兰庭的好感还是一百满值，不仅没掉过，偶尔还会涨，但因为系统版本太老，满值后的好感度都不会再提醒具体涨幅。也就是说，燕兰庭喜欢她，甚至对她的这份感情还在随着时间的流逝一点点加深。

但是……

结束旬休回书院，看着课堂上和平时没什么区别的燕兰庭，岑鲸对系统的好感检测产生了怀疑——燕兰庭在白家安排了眼线，自己被人提亲，他肯定知道，却一点儿反应都没有，这哪里像是喜欢她的模样？

岑鲸就此事向系统提问，系统这才告诉岑鲸："老版的恋爱系统好感判定程序很久没有更新了，不如新版灵敏，判定界限也非常模糊，只要是正面感情达到一定程度，无论是亲情、友情、爱情，还是师生情，都能达到满值。"

岑鲸："哦，他不喜欢我。"

系统："也不能说不喜欢，只能说他对你的喜欢，可能不是男女之间的喜欢。"

岑鲸心想也是，燕兰庭对自己的感情基础是她以岑吞舟的身份打下的，而岑吞舟是男子，年纪又比他大，他就是脑子被驴踢了，也不可能对岑吞舟发展出爱情。

自以为弄懂了关窍的岑鲸并不知道，因为一幅画从避暑山庄赶回京城的安王本想在岑鲸十六岁生日当天，让皇帝给他和岑鲸赐婚，结果还没到宫门口，就因为马匹发狂摔断了腿。

一场秋雨一场凉，原还能感到炎热的天气在某天晚上的一场大雨结束后骤然降温。岑鲸毫不意外地被冻醒了，冷得睡不着，正要起身到衣柜那儿翻几身厚实的衣服出来盖，还没来得及动，就听见有细微的响动——有人悄悄推开了窗户。

岑鲸也曾是高手，知道如何能不让习武之人察觉到她已经醒来，就控制住呼吸，看那夜闯之人究竟有何目的。

那人从窗户进来，慢慢靠近岑鲸的床，接着岑鲸感觉身上微微一沉，来人竟给她加了床被子。

岑鲸："……秋姝。"

听见岑鲸的声音，那人正要从床边退开，忽觉脖颈一凉，赶紧停住动作。

直到这时，那人才发现跟岑鲸同宿舍的白秋姝不知何时已经醒了，此刻正悄无声息地站在自己身后，还拿着把匕首架在她脖子上。岑鲸那一声轻唤，不是提醒白秋姝宿舍里来了不速之客，而是提醒她不要动手。

大半夜被叫来送被子的女暗卫突然发现，书院这活还挺危险。

岑鲸裹着被子坐起身，问那大半夜跑来给自己盖被子的陌生女人："你是谁？"

女暗卫碍于脖子上的匕首还在，没法行礼，只能保持眼下的姿势，报上自己的来历："属下十七，奉燕大人之命，过来看看。"燕大人说过，若叫岑姑娘发现，直接禀明身份即可，无须隐瞒。

"燕先生？"白秋姝意外地看向岑鲸，瞧见岑鲸示意，便收回匕首，迈步越过女暗卫，走到岑鲸床边坐下，嘴里还在奇怪，"燕先生什么毛病，大半夜叫人过来，是想吓死谁？"

十七："燕大人担心雨后天冷，岑姑娘会着凉。"

白秋姝一听，转身把手探进岑鲸的被子，果然摸到了她冷冰冰的脚，忙起身说："我去给你弄点儿热水泡泡。"

岑鲸拉住她："水房早停了，哪儿有热水？"

白秋姝："你会冷。"

"这不是加了床被子吗，捂一捂就暖了。"岑鲸劝住白秋姝，又对十七说，"你也回去吧，让他早些睡。"但凡有些内力傍身，都不至于像她似的被冷醒，所以岑鲸猜测燕兰庭应该还没睡。

岑鲸的吩咐太过自然，十七愣了一下才反应过来，怎么进来的又怎么出去了。

十七回到相府，就像岑鲸猜的那样，燕兰庭还在处理公务。她汇报完自己在书院里的遭遇，最后没忘了替岑鲸带话，让燕兰庭早些睡。

夜色深沉，燕兰庭披着衣服坐在桌前，长发未束，散在肩头，显得整个人不像平时那般端正冰冷，平添了几分随性慵懒。烛光照亮他正在看公文的眼，他回道："知道了，下去吧。"

十七安静退下，心想岑姑娘那句叮嘱算是白费，毕竟燕大人公务繁多，一旦忙起来，一夜不睡也是有的，怎么可能轻易歇下？

没过一会儿，屋外候着的小厮被叫了进去，随后屋里明亮的灯光依次暗了下来，最后全部熄灭，小厮从屋内退出，转身将门合上。

"换人了，发什么愣呢？"另一个暗卫提醒十七。

十七这才回过神来，满腔诧异想要同人倾诉，却又碍于职业素养只能闭嘴，安安静静地跟来接替自己的人换了班。

另一边，十七离开书院后，白秋姝久违地跟岑鲸睡了一张床，给岑鲸当了回人体暖炉。

第二天，两人早起去食堂吃饭，遇见了专门等她们的安馨月。她像是没睡好，脸色有些差。白秋姝想起昨晚降温，就问她是不是着了凉。

"没着凉，我……"安馨月看向岑鲸，一脸愧疚，"我昨天去东苑找我弟，从他那儿知道了一件事。"

岑鲸看安馨月的反应，意识到这事可能和自己有关，问："怎么了？"

安馨月看了看附近，虽然她们来得早，食堂里学生不多，但她还是怕自己的话被人听去，就跟白秋姝换了位置，坐到岑鲸身边，小声同她说："上上个月安王回京，来了趟我家，那天是旬休日，我弟正好在家，偷听到安王手上有我的画，还问我父亲画上的女子是谁。我鲜少画身边的人，也断不敢随意把画了你们的画交给别人，唯独有一幅画……就是今年三月，我在长乐侯府给你和我小姑姑画的那幅。我祖母把那幅画拿进宫去给我大姑姑看，我大姑姑喜欢就留下了，可不知怎的，画居然落到了安王殿下手里……是我不好，不该这样轻易把有你的画交出去，我……"说到最后，她几乎哽咽，竟是把自己给说哭了。

岑鲸放下手中的粥碗，拍了拍她的肩："一幅画而已。"

"你不知道。"安馨月不想就这么糊弄过去，明明白白地告诉岑鲸，"安王府上有许多像你……不是，像岑相的人。若是让他知道你，他一定会想办法把你弄进安王府。"她终于还是没忍住落下泪来。若是岑鲸因为她的一幅画被迫进了安王府，那就是她害了岑鲸！

岑鲸："……许多像我的人？"

她突然想起，燕兰庭好像说过，岑家曾多次往京城送长得像岑吞舟的岑家旁支。难道……岑鲸想了想，准备写信给燕兰庭问问。至于安王会不会真的把她弄进安王府，岑鲸并不担心。安馨月都说了，安王是上上个月回的京城，至今都没找上她，想来是燕兰庭的手笔，应该不用她太操心。

岑鲸好好安慰了安馨月几句，就跟白秋姝上课去了。走到半路，她又想起一个问题：那幅画明明被安贵妃拿了去，怎么会落到安王手中？

岑鲸看上午最后一节是策论课，仗着燕兰庭不会管自己，就把安馨月的话跟自己的疑惑一块写成信，准备放学就拿去让乌婆婆转交给燕兰庭。谁知快下课的时候，燕兰庭从她桌边路过，把她写完放桌上的信给拿走了。

燕兰庭的动作太过理所当然，岑鲸过了几息才反应过来，微微侧头看了看左右和后排的同学，确定他们都低着头在看课本，没发现燕兰庭的举动，才悄悄松了一口气。

这就是上课跟老师传小纸条的感觉吗？说实话，比跟同学传小纸条刺激。

岑鲸低头看课本，因为没听课，她并不知道燕兰庭让他们看的是哪篇，就随便翻了一篇顺眼的来看，反正燕明煦不会叫她回答问题——岑鲸是这么想的。

然而片刻后，燕兰庭突然叫了岑鲸的名字，还让她起来回答问题。

岑鲸："……"

课室外的走廊上恰好响起自鸣钟的声音，预示着上午的课程结束。

燕兰庭等钟声停歇，淡淡地撂下一句："岑鲸和白秋姝留下，其他人可以散了。"

书院规矩，男先生若要留西苑学生训话，必须一次留两个或两个以上，好避嫌。因此大家都明白，白秋姝就是被拖累的，岑鲸才是那个上课开小差回答不出问题，要被燕先生留下训话的人。

待明德楼里的学生差不多走光了，岑鲸开口让白秋姝到外头替他们看着，若有人路过，就提醒他们一声。

白秋姝不是第一次干这种事，或许是长公主教得好，又或者是因为昨晚发生的事情让她终于意识到了什么，她看看岑鲸，又看看燕兰庭，问："你们……"

燕兰庭垂着眼没说话，岑鲸也不知道该怎么解释，两人齐齐陷入沉默。

白秋姝却把他们俩的沉默当成默认，急得跺了跺脚："你们怎么能……"能什么，她说不出口。

"算了算了，我替你们在外面看着，你们有什么话赶紧说，不许搂搂抱抱！"说完，白秋姝就跑外头走廊上替他俩把风去了。

岑鲸比量着自己还有武功时候的听力，默默走到课室角落，免得她跟燕兰庭的对话被白秋姝听见。

燕兰庭跟着岑鲸走到角落，低声道："她误会了。"

岑鲸："谁害的？"

燕兰庭："安王之事，不当面说，说不清。"

岑鲸接受了这个解释，正要听他回答自己在信上提到的问题，发现他的反应有些奇怪，就又想起了他那满一百的好感度。如果那一百的好感度是师生情，对方确实有可能会排斥被人误会他们之间有男女私情。于是她问："你很介意吗？"

燕兰庭："自然不会。"

岑鲸点头："就让秋姝误会吧，总不能告诉她，我与你相熟是因为你我本就相识。"她不想让白家人知道她就是岑吞舟。

知晓岑鲸为什么愿意被人误会，燕兰庭失控的心跳又慢慢地缓了回来："……嗯。"

整理好情绪，燕兰庭拿出了岑鲸在课上写的信，先回答了她的第一个问题："那些与你长相相似的岑家人，确实都入了安王府。"然后是第二个问题，"安贵妃留下安老夫人带进宫的画，本就不是因为画上有安如素，而是因为画上有你。"

岑鲸："我？"

燕兰庭告诉岑鲸，安贵妃怀疑帝后离心与岑吞舟有关，所以她把画留下，又偷偷遣人将画弄进皇后寝宫，目的是激化帝后之间的矛盾。却不想皇后根本不把安贵妃那点儿宫斗伎俩放在眼里,也丝毫没有对画上的岑鲸产生关注,转手就把画送到了远在京城之外的安王手中,让只有过年才回京城的安王破天荒地回了京。

要说整个京城谁最不希望安王回京,那就只有安贵妃了。

皇帝如今就一个儿子,是安贵妃拼了命生下来的。可那个孩子过于病弱,安贵妃护儿心切,总觉得安王会害她儿子。因为皇帝的兄弟里就剩下安王,只要皇帝唯一的孩子没了,能被立为储君的便只有安王。

但其实安王不想当什么储君,他幼时被皇帝护得太好,早就护废了。所以面对安贵妃的警惕和某些朝臣的拉拢,他烦不胜烦,又不知道如何表明心志,只能选择远离京城这个是非之地。

这就是为什么,那幅画像会落到安王手中——安贵妃想要离间帝后,而皇后决定反击,用安王回京来吓安贵妃。

燕兰庭顺带还把安王从马上跌落摔断了腿的事情告诉岑鲸,让她不用担心安王会来骚扰她。

岑鲸有所怀疑,问:"意外?"

燕兰庭直言:"我干的。"

岑鲸原还怀疑安家,心想燕兰庭得如何推波助澜,才能让安家为了安贵妃所生的小皇子冒险对安王下手。听到燕兰庭的回答,她眨了眨眼才反应过来,安王落马一事,燕兰庭恐怕并未借安家之手。

他们所处的角落往前几步就是一扇窗户,恰逢厚厚的云层被秋风推挪,露出其后耀泽万千的太阳。正午的阳光无声洒落,被窗框隔出清晰的边角,擦着燕兰庭的后背,落在留有墨痕的桌上。

岑鲸疏懒,一到这角落就先找了个位置坐下,燕兰庭与她隔桌相对,此刻背着光,面容竟变得有些晦暗。那是岑吞舟不曾见过的燕兰庭。

岑鲸定定地望着,端正的身子微微倾斜,一手支着脑袋,问:"为何?"

燕兰庭不躲不闪地回望进岑鲸眼底,回答说:"他欲在你十六岁生辰那日,求皇帝给你们赐婚。"

岑鲸意外,虽然安馨月刚和她说过安王府中有许多像她的人,可她还以为安王就是收集手办,把像她的人留在身边,睹人思人。没想到安王收集的不是手办,而是替身。岑鲸无法理解："他喜欢我？什么时候的事情？我原是男子身吧，比他还年长许多，他怎么……怎么下得去口？"

燕兰庭发现了，岑鲸对自己的魅力当真是一无所知。可他并未向岑鲸说明这点，怕说多错多，让岑鲸窥见他的心思，只道："安王性格优柔寡断，一开始收留那些岑家人，只是看他们可怜，后因其中有不少是女子，他便半推半就将那些姑娘收作妾室，一直到后来，再看到像你的人，无论是否来自岑家，他都会想要留在身边。"

每每想到安王是如何念着岑吞舟去宠幸那些女人，燕兰庭就很难控制自己不做些什么，甚至就连萧卿颜也说："没宰了他，算我顾及姐弟情分。"

所以八月十五那天，燕兰庭下手没有一丝迟疑。萧卿颜察觉出这事背后有燕兰庭的影子，也睁一只眼闭一只眼，假装什么都不知道。

岑鲸语塞，终于明白燕兰庭为什么非要当面和她说——信里讲，确实讲不清。

趁着机会难得，岑鲸放下安王，又跟燕兰庭聊了聊西耀与边境之事。

西耀那边，恭王妃已经开始颁布法令，严禁阿片流入国内，可惜收效甚微。因为目前吸阿片的基本都是西耀的贵族阶级，恭王妃要想禁阿片，就得先拿他们开刀，这不是一朝一夕就能解决的问题，但至少能阻止阿片在普通士兵之间流通。

与西耀通商的边境城内亦有从西耀流入的阿片，因价格昂贵，大多都落入了边境的权贵手中。那些人自己沉迷阿片不说，还喜欢拿它去讨好军中将领，操作就跟平时请美酒送美人差不多。燕兰庭鞭长莫及，发现其中有两个是岑奕的直系下属，就派人将阿片的危害告知岑奕。

岑奕表面不做理睬，私下却让人把那两个吸食阿片的将领关了起来，想看看所谓的"瘾"究竟能有多了不得。为免军中因此生乱，他把自己的目的跟手下将领说得明明白白，对此，那两个吸食阿片的将领不以为意——大家都是刀山火海里闯过来的，能跟着岑奕走到如今，哪个不是铁骨铮铮，怎么可能折在一块小小的阿片上头？

岑奕也这么觉得，但还是让人把他们关了起来。关押之时，几个关系不错的将领还有说有笑，更有甚者埋怨兄弟不够义气，这么有意思的东西居然也不带上他们。直到被关押的将领犯了毒瘾，喊着求着要阿片，为了能吸上一口，刀斧加

身都不见退却的汉子竟轻易折了自己的尊严，连岑奕发狠拿他们的爹娘妻儿做要挟都不顾，众人这才背脊发凉，意识到问题的严重性。

岑奕不愿手下两名大将就此折损，给燕兰庭回了信，问他此毒之瘾如何能解。燕兰庭回了"无解"二字，还告诉他，别以为纵着那两个将领吸食阿片便可安然，阿片不仅摧人心志，还毁人身骨，过不了多久，且看他们还能不能上马御敌。

岑奕不信燕兰庭，请大夫想办法，硬是要让他们把毒瘾给戒了。至于戒毒成果如何，边境离京城太远，燕兰庭这边还没收到消息。

岑鲸知道毒瘾就算能戒，也有很大可能会复吸，这样的不稳定因素绝不适合留在军中，无论岑奕愿不愿意接受，那两个将领都算是废了。她只担心，岑奕待在边境，可千万别中招才好。

燕兰庭看出岑鲸的担忧，试图劝慰："我已派了不少人过去，旁的不敢说，至少能替你看着他，不会让他因疏忽大意染上毒瘾。"

岑鲸摸了摸自己的脸："……我表现得有这么明显吗？"

燕兰庭眼底透出几分无奈："他是你养大的，又何须表现在脸上，猜都能猜到你有多担心他。"

岑鲸放下手，笑了笑，却没再说什么。

燕兰庭知道岑奕对岑鲸而言意味着什么，他转开话题，让岑鲸回西苑去吃午饭。岑鲸也确实饿了，便起身跟燕兰庭告辞。

走廊外的白秋姝见他们二人总算是聊完，赶紧进来，拉着岑鲸离开了课室。其间她连声招呼都没跟燕兰庭打，也不知道是忘了还是对燕兰庭起了怨愤之心，不满他竟然引得岑鲸与他有了私情。

回西苑的路上，白秋姝一句话都没说，吃饭也少吃了一碗。直到关上宿舍的门，岑鲸脱了外衣准备午睡，她终于忍不住，凑过来对岑鲸说："我就应该直接把你带走，不让你和他独处。"

岑鲸把衣服挂到衣架子上，回身朝自己的床走去，笑着问她："方才怎么不这么做？"

白秋姝一脸懊恼地跟在岑鲸身后："我没反应过来。"她习惯了听岑鲸的话，独自守在走廊上时才想起，阿鲸和燕先生这样是不对的。

岑鲸走到床边，毫不意外地发现自己床上的寝具都变了样，藤席被换成了柔顺的棉布褥子，带着丝丝冰凉的蚕丝薄被也被换成了厚棉被，大约是锦绣阁出的新品，掂起来挺轻，盖着却暖和得很。

白秋姝跟着在她床边坐下，小声追问："你跟他……什么时候好上的？"

她在驻军营里跟一群糙汉子待久了，说起话来难免不讲究。若是旁的闺阁姑娘，早就红了脸，怨她说话没遮没拦，岑鲸倒是适应良好，并习惯性用"不记得"来打发白秋姝。

然而今时今日的白秋姝在长公主的教导下已经不同往日那样好敷衍，她非要岑鲸说个清楚，好分辨燕兰庭对岑鲸到底是不是真心。

岑鲸拗不过她，只好在记忆里搜寻，试图从过去的接触中找出一个恰当的时间点，来编造一段虚假的两情相悦。然而这世上再没有比思想更快的东西，岑鲸翻着翻着，一个不小心翻过界，想起了自己是岑吞舟时与燕兰庭相处的过往。

那时的燕兰庭比现在要"生动"许多。他会因为理想与现实的冲突而迷茫，大半夜不睡觉跑去找岑吞舟，认认真真请年长他许多的岑吞舟为他指明疑惑。他也会因为岑吞舟而满脸无奈，好好一个世家小少爷被迫学会了如何照顾人，当娘的都没他细致辛苦。

岑吞舟记忆里的他有着少年人的青涩，也有同龄人所没有的安静沉稳，偶尔发起火来也挺恐怖的，不再喊她"岑先生"，也不再喊她"岑大人"，一声"岑吞舟"劈头盖脸砸下来，咬着牙，红着眼眶，一副恨不得咬死她的模样，险些让她那颗早死了八百年的良心诈尸。从那之后，燕兰庭就喜欢在私底下直呼她名讳，非常没大没小。

但要在这里头找一段岑鲸印象最深刻的记忆，要数九年前的上元节。

对，又是上元节。谁让这地方宵禁厉害，也就上元节能解除宵禁，热闹热闹。

那会儿叶临岸已经取得功名，岑吞舟非要带着岑奕、叶临岸，还有刚回京的燕兰庭去看花灯。四人逛累了就到玉蝶楼吃酒，岑奕跟叶临岸都喝醉了。燕兰庭好些，他向来克制，不喜欢醉酒的感觉，特地去找小二要水洗了把脸。回来的时候，岑吞舟正望着月亮发呆，回过神来心想燕兰庭怎么还没回，结果转头就发现他已经回了，只是楼里楼外都太热闹，嘈杂的声音盖过了燕兰庭推门而入的动静。

第六章 陵阳县主 LING YANG XIAN ZHU

当时燕兰庭就站在门口，岑吞舟目力太好，猝不及防撞进他那双专注又温柔的眼。"砰"的一声，是烟花在夜空中绽放，也是岑吞舟的心脏不受控制地在胸口跳出了不该有的节奏……

许久，微凉的空气中响起岑鲸的声音："我真的不记得了。"

白秋姝还以为岑鲸又在敷衍她，正要生气，就见岑鲸脸上漾起一抹浅笑，笑容中没有深陷爱恋该有的甜蜜，而是带着她看不懂的坦然与释怀。

岑鲸轻轻地说："反应过来的时候，已经来不及了。"

来不及收回这份不该有的感情，也来不及去想以后。

因为她是岑吞舟，她必须死。

她甚至没想过要去找一线生机，因为在天平另一侧的是她的父母和姐姐，一段只有她一人心动的感情根本就没办法阻拦她完成任务的脚步。

赴死那晚，燕兰庭独自找到她，为她包扎手上的伤口，她不敢说话，怕横生枝节。燕兰庭也没开口跟她说话。她知道为什么，因为她最后这两年的所作所为足以让很多人对她感到失望，燕兰庭必是其中之一。只是碍于往日情分，再加上燕兰庭本身就是个克己复礼的人，所以还愿意像以前一样任劳任怨地照顾她。后来燕兰庭被叫走，她还有些懊恼，觉得最后一面不该就那么草率地结束。

像是为了让她不留遗憾地死去，燕兰庭走到半路又回了头，她抓住机会抬手挥别，给这段本不必要的感情画上了一个孤零零的句号。

岑鲸认认真真地放下了燕兰庭，哪怕重生以后，她也没有想过争取这段曾经无疾而终的感情：一是她没力气再向燕兰庭迈出自己的脚步；二是她舍弃这份心动在先，选择了父母和姐姐。做选择的时候，她可不知道自己还能重生，所以即便系统之事无法宣之于口，她也不能假装什么事都没发生，欢欢喜喜地跑去找燕兰庭，理所当然地要求对方与她发展什么男女之情。那样太自私，也太不知所谓了。

第七章

雍王旧案

一

　　白秋姝不知道岑鲸想起了什么，以为岑鲸那句"反应过来的时候，已经来不及了"，就是"情不知所起，一往而深"的意思——这句诗还是她从岑鲸那里听来的呢。

　　她老气横秋地叹："也行吧，燕先生虽然年纪大，但好在没有家室，总不会让你给他做妾。"叹完又问，"燕先生什么时候上我们家提亲？"

　　岑鲸的表情变得有些奇怪，不知道自己要是说燕兰庭不会娶自己，白秋姝会不会误会燕兰庭是个负心汉，趁下次策论课把他给宰了。她斟酌再三，还是决定保一保燕兰庭的小命："迟点儿再说吧，我还不想那么快定下。"说着在床上躺下，拉好被子，准备睡午觉。

　　旁人要是听了岑鲸的话，定会觉得难以理解，毕竟燕兰庭是当朝宰相，又还未成亲，出身小门小户的岑鲸要是能嫁过去当正房夫人简直就是走了大运，赶紧定下才是正经，哪儿还有往外推的道理。偏偏听这话的是白秋姝，在她看来岑鲸千好万好，燕兰庭娶不到那也是理所当然的。所以岑鲸这么说，她就这么信了。

　　半个时辰后，走廊外的自鸣钟响起，西苑宿舍楼又热闹起来，学生们开始准备去上下午的课。

庚玄班今天下午是骑射课，白秋姝和岑鲸两人换好便于行动的衣服，刚出宿舍，就遇见了隔壁的叶锦黛。她是从自己的宿舍里冲出来的，出来后还把门给关上了，仿佛里面有野兽在追她。

白秋姝听她关门关得震天价响，又见她脸色不对，便问："你没事吧？"

"啊？"叶锦黛有些恍惚，看了眼岑鲸，才回道，"啊，没事，我……我就是中午没睡好，有些不太舒服。"

岑鲸注意到叶锦黛看她的那一眼，问："需要帮忙吗？"

因为叶锦黛早前的求助，让她意外发现陵阳县主府上种了阿芙蓉，后又通过叶锦黛购买陵阳县主的角色资料卡提前得知西耀那边即将遭遇的危机。这份人情岑鲸记得，所以叶锦黛要是遇上了麻烦，她也希望自己能帮到对方，还了这份人情。

面对岑鲸向她伸出的援手，叶锦黛明显犹豫了片刻，最后她轻吸一口气，嘴唇嚅动正要说话，白秋姝却突然发现了什么，问："叶姑娘，你脖子上是被蚊子咬了吗？"

叶锦黛一听，赶紧抬手捂住脖子，涨红了脸，支支吾吾地说："是……是啊，我被蚊子咬了，所以……没睡好，上完课回来早些睡就好了，你们不用担心我。"

岑鲸活了这么多年，没吃过猪肉也见过猪跑，如何猜不到叶锦黛脖子上的红痕是什么。她朝叶锦黛挑了挑眉，叶锦黛的脸又红了几分，连着耳朵也红得像是要滴血。

这下连白秋姝也察觉出了不妥，正要追问，岑鲸牵住她的手，说："走吧，去上课。"

白秋姝知道岑鲸的意思是让她别问，她一脸迷茫地看了看叶锦黛，又看了看岑鲸，最后还是听话地跟着岑鲸走了。

来到中庭校场上课，骑马持弓的白秋姝依旧是校场上最亮眼的那个崽，时不时就有人为她的精彩表现发出阵阵欢呼。因为太热闹，还常有在明德楼上课的学生透过窗户往下看她。

没法参加剧烈运动的岑鲸则拿着本书在校场边缘散步，准备等身子热起来了，就找个避风的地方坐下看书。她绕着校场走了一圈半，感到脚步开始变得沉重，

第七章 雍王旧案 YONG WANG JIU AN

便东张西望，寻找适合看书的地方：长廊下风大，明德楼离得远，树后面虫蚁又太多……看来看去，她最后锁定了校场旁存放器械的库房。

库房建立在墩台上，墩台高一米二左右，能坐人，库房本身又能挡风，往边上挪挪还可以晒到太阳，是个看书的好地方。

岑鲸掉转脚步朝库房走去，然而没走多远，就听到了一阵惊呼。她顺着惊呼声传来的方向望去，只见一东苑学生骑着的马突然发狂不受控制，朝她狂奔而来。

周围的人都吓坏了，岑鲸却不感到害怕，她一脸淡定地往边上走了几步，正好与那匹突然发疯的马擦身而过。疯马裹挟来的风压倒了地上发黄的草，也扬起了她的衣袍。待衣袍落下，那马已经越过她跑出老远。

岑鲸以为没事了，正要继续往库房走去，却发现骑在马上的学生一边尖叫，一边挣扎着拉扯缰绳，于是那马扬起前蹄，原地打了个转，前蹄落下后疯劲儿不减，并再一次对准了她。

岑鲸停下脚步，没有再躲，反正——

"阿鲸！"

白秋姝的嘶吼声逆着风传入岑鲸耳中。

她策马疾驰，赶在疯马之前冲向岑鲸，向她伸出手，一把将岑鲸捞到了身后。

就在岑鲸堪堪坐稳的同一时间，疯马踩过了她刚才站立的位置。

惊险刺激的一幕让周围来不及反应的学生们发出欢呼，就连明德楼那边也有声音遥遥传来，不知道是谁，但可以预见那人因扰乱课堂被先生惩罚的下场。

疯马引起的骚动还未结束，武师傅们与赶来的书院护卫联手试图将马制服。

岑鲸看没她们什么事了，就对白秋姝说："去库房。"她还惦记着到那边看书。

白秋姝听话地载着岑鲸往库房去。

等岑鲸从马上下来，那疯马也已经被制服了。

岑鲸坐在墩台上，捶了捶腿，对白秋姝说："我没事了，你去玩吧。"

白秋姝嘴上"嗯"了一声，人却没走，活像只被触怒的小狼崽，冷着小脸骑着马，在岑鲸面前打转，生怕又从哪儿冒出一匹疯马撞向岑鲸。

岑鲸也不催她离开，径自翻开自己带的书，低头看了起来。

因为白秋姝肉眼可见的低气压，那些关心岑鲸、想来问问她情况的同窗突然生了怯意，不太敢随意靠近。

少顷，武师傅过来确认情况，见岑鲸不仅没受伤，就连心态都比一旁的白秋姝要稳，还有心情看书，就没费口舌劝她去医舍。

武师傅走后，岑鲸继续看书，看了几页，见白秋姝还在她面前杵着不肯走，就朝白秋姝招了招手。

白秋姝从马上下来，拉着马儿的缰绳走到岑鲸面前："吓着了吗？要不要我带你去明德楼那边喝杯热水？"

岑鲸摇头："我没吓着，倒是你，看起来比我还怕。"

白秋姝抿了抿唇："方才那马差点儿就撞到你了。"那么危险的情况，她怎么可能不怕？

"不会撞到我的。"岑鲸语气笃定。

白秋姝："你怎么知道不会？"

岑鲸笑道："因为你一定会来救我啊。"

白秋姝听了岑鲸的话，没怪岑鲸对她盲目信任，而是重重地点了点头："嗯，我一定会来救你，所以你放心。"

岑鲸本想安抚白秋姝，没想到反而得了白秋姝一个承诺。

这个承诺，她好像在岑奕口中听过类似的。岑鲸回忆了一下，终于想起许多年前，她曾以己做饵，引诱太子余党来刺杀她，却不想太过自信，差点儿翻车。最后是岑奕救了她，年轻气盛的少年救出她后，面上不见一丝喜悦或得意，气得整个人都要炸了，骂她没脑子，居然敢这么乱来。

岑吞舟玩弄权术多年，头一次被人骂没脑子，非但不能反驳，还得顺着哄："这不是有你吗，难道你会眼睁睁看我去死？"

这话正好挠到了岑奕的痒处。谁能想到，岑奕那么一个桀骜不驯张牙舞爪的少年将军，战场上流血流汗不流泪的，竟完全无法抵抗兄长对自己的依赖："胡说什么！"火气消去大半的他板着脸，一脸别扭地向岑吞舟承诺，"我肯定会来救你。"

肯定会来救我……吗？

"阿鲸？"白秋姝看岑鲸突然走神，喊了她一声。

岑鲸回过神来，看着白秋姝近在咫尺的脸，微微勾起唇角，轻唤："秋姝。"

白秋姝："啊？"

岑鲸："我果然还是有些被吓到了，晚上我们一块睡吧。"

白秋姝："好！"

傍晚，安如素来找岑鲸，进门发现桌上摆着一碗药，问："不是说没受伤吗？怎么还喝上药了？"

岑鲸给安如素沏上茶，水入杯中的声响伴着她的声音："乌婆婆送来的，她怕我白天受了惊吓，晚上睡不好，就特地去医舍拿了药。"

"没受伤就行。"安如素在桌边坐下，抬头对上岑鲸的视线，四目相望，顿了几息才反应过来，"哦，我是来跟你说下午那事儿的。叶监苑叫马倌去看了，说是不知道哪里来的野蜂把马的眼睛给蜇了，这才导致马儿突然发狂。"

岑鲸"唔"了一声，算是接受了这个解释。

安如素还说："当时骑在马上的学生叫卫子衡，他托我跟你道个歉，还说过阵子旬休会跟他父母一块到白家登门致歉。"

卫子衡？岑鲸隐约觉得自己听过这名字，仔细想了想，终于想起，岑吞舟有个堂妹，她的丈夫姓卫，她的儿子就叫卫子衡。

为了避免是重名导致的误会，岑鲸还确认了一下："她母亲可是梧栖岑家出来的？"

安如素意外："你知道？"

岑鲸扯了扯嘴角："听说过。"

既然跟岑家扯上了关系，那下午的事就很难说是意外了。

岑家是老牌世家，表面树大根深，实际早在岑吞舟那会儿就已经积重难返，濒临颓败。偏偏岑家人还一代不如一代，许多年前为了讨好太子，把岑吞舟从族谱上除名也就罢了，这么些年过去也不见长进，居然还从家中搜罗与岑吞舟相似的族人，试图通过那一张张皮囊亲近掌权的长公主与燕兰庭。这种荒唐事，放现代写成书都会让人觉得愚蠢，偏偏那些只会啃老本的士族就是如此，一个比一个奇葩。如今会把主意打到她头上，岑鲸一点儿都不意外。

为了避免可能出现的麻烦，岑鲸对安如素说："上门道歉就别了吧，我不想让我舅舅舅母知道这事，免得他们为我担心。"

安如素："行，那明天我替你去跟卫子衡说一声。"

两人说着话，白秋姝从外头进来，手里提着一个食盒，里头装着她从食堂捎回来做宵夜的糕点。看安如素在，白秋姝很是大方地从食盒里拿了一碟荷花酥出来，邀她一块品尝。

安如素刚吃了晚饭才来，并不觉得饿，但看荷花酥花瓣层叠薄脆，花心是软糯的咸蛋黄，还散发着香甜的热气，没忍住拿了一块来吃。最后她吃了两块荷花酥才走，回去的路上还想着自己明天也到食堂去要一份。结果食堂的人告诉她食堂菜谱上压根儿没有荷花酥，白秋姝每天拿回宿舍的糕点都是食堂管事额外准备的。不过，这却是后话了。

当晚岑鲸喝了乌婆婆的安神汤睡下。也不知道是乌婆婆送来的药没效果，还是因为这一天听了不少有关岑奕的消息，回忆起了有关他的陈年旧事，岑鲸入睡后做了个梦。

梦境向来不讲逻辑，各种乱七八糟的画面轮番在她脑海里上映，一下是七八岁大的岑奕在书院和人打架，连累她被书院先生叫去训话，一下是十三岁的岑奕第一次随军出征，出发前她承诺一定会平安回来，结果不仅被她捶了脑袋，还被她警告不许乱立旗子。捂着脑袋的桀骜少年迷茫极了，满脸写着：什么叫立旗子？他都要去打仗了，兄长怎么也不担心他，反而还打他？

之后场景切换飞快，不变的是，这些场景里的主人公都是岑奕：有被她压着练字一脸憋屈的岑奕，有在围场夺得魁首被先帝嘉奖的岑奕，还有得胜归来打马入城意气风发的岑奕……

梦境的最后，出现在岑鲸面前的，是一身狼狈犹如困兽的岑奕。

"沈家那群人说的，是真的吗？"他声音嘶哑地问她。

她没说话。

在旁人看来，她或许只是垂着眼静默不语，只有岑鲸知道，当时的岑吞舟全身都麻了。她没法说话，她怕自己开口会暴露真实的情绪。那场面不是她想要的，所以她给了自己一点儿时间来调整。

岑吞舟调整情绪的同时，岑奕的情绪却崩了。他逼岑吞舟回答他，直言无论

岑吞舟说什么，哪怕说沈家人在骗他，说沈家人才是他的杀父仇人，甚至不用给出证据，他都愿意相信。

然而岑吞舟抬眸，冷冷淡淡的声音却比漠北挟沙裹石的风还刮得人脸颊疼："阿奕，不要自欺欺人。"

岑奕那一刻的表情……岑鲸不记得了。哪怕在梦里，她也看不清岑奕这会儿的脸，就好像身体开启了防御机制，本能地让她忘了岑奕当时的表情。

可即便如此，她还是觉得痛，头在痛，喉咙在痛，胸口在痛，浑身都在痛。

她明明知道如何让岑奕冷静下来，知道用怎样的办法把一切都告诉他，可以让他不像当下那么痛苦。但她不能这么做。

她教过岑奕，任何时候都不要忘了自己的初心，不要忘了自己来时的路。岑奕学没学到另说，至少岑吞舟自己做到了，她始终记得自己为什么会来到这个世界，记得自己所做的一切是为了成为反派，最后用自己的死来换父母和姐姐的平安健康。不把岑奕推开，她死不了，就算侥幸死了，也会连累岑奕。

所以，除了燕兰庭，她也舍弃了岑奕。

从上帝视角来看，就是那个阶段的反派岑吞舟突然"降智"，把自己手上的好牌一张接一张地给拆了乱打，最后输给主角，输得一塌糊涂。要是写成小说，最后这部分肯定会被骂烂尾。

岑鲸在梦里胡思乱想，突然眼前的人从岑奕变成了江袖。那孩子流着泪问她："我对你而言，只是一颗棋子，是吗？"

岑鲸猛然惊醒，心跳如擂鼓。她呆呆地望着头顶的床帐，慢慢平复急促的呼吸，过了不知道多久才回过神，动作迟缓地从床上坐起了身。披散的长发随着她身体前倾的动作从肩头滑落，遮挡住她微颤的眼瞳。

同床的白秋姝被岑鲸吵醒，迷迷瞪瞪地问："阿鲸，怎么了？"

夜风在窗外呼啸，掩去了岑鲸微不可闻的叹息。

"我发现——"岑鲸声音沙哑，有几分像梦里的岑奕，"人活着还是要多动脑。"

看她，过了五年不用想太多的生活，脑子直接就生锈了，硬是过了一天才发现如今的局面背后藏着怎样的危机。

岑鲸在骑射课上险些被疯马冲撞一事，终究还是传到了白志远夫妇耳朵里。

杨夫人近来沉迷于礼佛，常去离家不远的望安庙上香，求佛祖保佑白春毅能顺利参加春闱，考个功名回来。如今一听说岑鲸在书院的遭遇，她便在给岑鲸的信里表示此番有惊无险定是佛祖保佑，硬要岑鲸旬休日陪她到庙里上香。

岑鲸不信神佛，却也还是答应了杨夫人，并让乌婆婆替她给燕兰庭送信，邀他当天到望安庙碰头。

岑鲸写信的时候，白秋姝就在一旁，知道两人要在书院外头私会，生怕没自己帮着会被人撞见，就跟每个旬休日都要去的长公主府告了假，理由是这个旬休日想好好陪母亲。萧卿颜准了。

望安庙跟白府在一个坊，乘坐马车过去费不了多少时间。抵达寺庙后，杨夫人先是带着岑鲸和白秋姝去拜佛上香，后又带她们去听大师讲经。

白秋姝早就跟岑鲸商量好，假装贪玩坐不住，让杨夫人把她从大师讲经的佛堂给撵了出来。

岑鲸也跟着起身，低声说："我去看着她。"

杨夫人放心岑鲸，不疑有他。殊不知这次是白秋姝比岑鲸靠谱，至少私下约见外男的不是白秋姝，而是岑鲸。

岑鲸跟白秋姝带着丫鬟从佛堂里出来，并未着急去找燕兰庭，而是先把丫鬟支开，再去装模作样地求了支签。而给他们签文的小和尚看似是带她们俩去旁的殿解签，实则是把她们带去了一处僻静的茶室。

茶室内，燕兰庭一身常服，早已等候她们多时。

白秋姝如今一看到燕兰庭就浑身不自在，因此并未踏入茶室，而是在茶室外的院子里找了棵柿子树爬上去，居高临下，不仅有人来了能第一时间发现，还能看见茶室里的岑鲸和燕兰庭，免得燕兰庭对岑鲸做出什么逾矩的行为。

费尽心力总算能再一次跟燕兰庭当面说上话，岑鲸累得闭了闭眼，忍不住叹气：太不方便了！若她还是男子身份，直接登门就行，哪里需要这么麻烦？

燕兰庭看出岑鲸的疲惫，默默为她沏了杯茶。

岑鲸喝茶提神，放下茶杯，问："你跟云息是怎么认识的？"

她原来没问，是觉得无所谓，反正通过系统，她已经知道燕兰庭与云息在她

死后有往来，再看他们相处，关系也还不错，就没追根究底。

如今突然提起，燕兰庭颇有些猝不及防，他借着给岑鲸斟茶的工夫想了想，还是决定坦白："我总觉得你没死，便到处查找你的踪迹，后来得知江袖去了云记，略加调查后发现云记同你似乎有些关联。再后来云息遇上了点儿麻烦，我出手相助，一来二去，我跟他就认识了。"

当然，主要还是因为他顶着"岑吞舟门生"的名头，不然云息等人也不会那么快就信任他。

岑鲸："你同云息交好一事，知道的人多吗？"

燕兰庭摇头："不多，你在时都远远离着，生怕因为自己给他们添麻烦，我又怎敢违背你的意思？"

也就是说，少有人知道燕兰庭与云息、江袖私下有往来。

燕兰庭以为岑鲸会就这个问题继续说下去，谁知她话锋一转，没头没脑地接了句："安王的腿，是彻底医不好了吗？"

燕兰庭越发不明所以，却还是回答岑鲸："太医院束手无策，皇后也说她无能为力。"

"无能为力吗？"岑鲸别过脸，看向茶室外的庭院。正值深秋，枯叶落了满地，一眼望去，满目寂寥。

她看着茶室外的风景，燕兰庭看着她。

岑鲸气质偏冷，白底银杏叶纹样的院服穿在她身上简直就像是为她量身打造的。可比起能衬托她外貌的素色院服，燕兰庭更喜欢看岑鲸穿其他颜色的衣服，比如白家乔迁宴上岑鲸穿的那一身绿色衫裙，又比如眼下岑鲸穿着的石榴裙。热闹的颜色充满了生命力，能冲淡她与世疏离的清冷，也能更加清晰地让燕兰庭意识到她还活着。

岑鲸收回视线，正对上燕兰庭的双眼，愣是没发现他看自己的眼神哪里不对，开口一句话就把气氛调节到办公模式："是真的无能为力，还是皇后不想医治？"

燕兰庭没想过这个可能："皇后无子，安王沦为残疾，无缘大位，皇后也会因此失去制衡安贵妃的筹码。"所以在他看来，皇后不可能明明有办法却不医治安王的腿。

岑鲸："要是安贵妃生下的皇子也死了呢？"小皇子体弱，皇后擅医，杀人于无形对她来说不是什么难事。

燕兰庭分析："皇室宗亲何其之多，往远了找，总能找到适合的人选，可那些人背后都有父母叔伯兄弟姐妹，不如安王好掌控，皇后实在没理由舍弃安王而选他们。"

岑鲸："若我说，废太子雍王有子嗣流落在外……"

雍王之子，无父无母，又是最接近先帝的那一支血脉，若皇后为雍王翻案，再找这样一个孩子来继承大统，这个孩子能依靠的就只有皇后一人。至于皇室宗亲和朝臣的意见……手握兵权的岑奕年底回京，如果能"正好"撞上小皇子夭折，皇帝因悲痛欲绝而驾崩，那在岑奕这个娘家弟弟的协助下，皇后未必不能如愿。

话未说完，燕兰庭却听懂了，他问岑鲸："谁？"

岑鲸："江袖。"

二

"江姑娘。"

例行查账的日子，云息去见今日回京的云记商队，江袖只能自己带人去锦绣阁查账。云记各处商铺的掌柜都认识她，知道她虽顶着丫鬟的名头，实际却能做少东家的主，还是个算账的高手，又颇通人情世故，遂丝毫不敢轻视怠慢。

锦绣阁的掌柜把江袖带进后屋喝茶，两人先是坐下聊了一会儿，账房先生才把这个月的账簿拿来，让江袖过目。江袖也不客气，起身走到桌边，拿起算盘就开始核对账目。

江袖算账快，三大本账簿放她手里，用不了一个时辰，若超过一个时辰，就意味着账目有问题。而这次核对的时间将将卡在一个时辰左右。

小数目的账对不上，或者账平得不合理，她都习惯睁一只眼闭一只眼，毕竟水至清则无鱼，可一旦数目超过她的底线，她就会上报给云息。这次卡时间，主要是相府那边来定了两套被褥床帐，因为做工用料，价格昂贵到令人发指，一开始是照常买卖，记相府的账，月底结，后来发现那两套被褥床帐是送去书院给岑鲸和白秋姝的,云息就免了这笔账,刚刚算的时候她没想起来,差点儿误会了。

算好账,江袖也没马上离开,而是跟掌柜到前头去看了看。店内的成品用料、卫生环境、伙计招呼客人的态度,她都要一一看过一遍,这趟才算完。当然,这都只是明面上的,私底下她也常会派人去各个店抽查,以防有商铺在她来的时候搞面子工程。

走完一趟下来,掌柜邀江袖留下吃顿饭。江袖拒绝了,说是商队今天回来,她还得到西市码头去帮忙。掌柜一听是商队来回,便也不敢耽误,准备亲自把人送去西市。就在这时,店里的伙计找来,说是有位客人指名要见江姑娘。

江袖好奇:"什么人?"

伙计不好形容,只说是位打扮贵气的夫人,已经被请去他们招待贵客的雅阁,不知道江袖要不要见一见。

江袖与掌柜对视一眼:"那就见见好了。"

伙计走前头带路,为江袖敲响了雅阁的门:"夫人,我们云记的江姑娘来了。"

里头很快就有人来开了门。开门的是个婆子,江袖一眼看出,那婆子身上的衣服用料是月华锦。这样的布料穿在谁家姑娘或夫人身上还说得过去,穿在一个伺候人的婆子身上……里面那位夫人到底什么来头?

江袖走进屋内,就见桌旁坐着一个样貌标致艳丽、衣着端庄华贵的女人。待看清那位夫人的容貌,她瞬间就跪下了:"奴婢见过皇后娘娘。"江袖曾在岑吞舟身边伺候,见过许多年前还是王妃的皇后。

跟来的掌柜一听江袖的话,连忙一块跪下,惶恐之余忍不住庆幸自己御下有方,若叫店里的伙计得罪了这位天底下最尊贵的女人,别说锦绣阁,就是整个云记,恐怕都得跟着遭殃。

皇后乐得江袖能认出她,省了她自证身份的工夫,曼声道:"起来说话。"

江袖站起身,低垂的视线正好能看见皇后端起茶盏,一双纤纤玉手竟比那瓷器还要白上几分。

皇后身边那位穿月华锦的嬷嬷把屋里伺候的人连同掌柜都带了出去。门一关,雅阁内只剩下皇后跟江袖。

皇后举止优雅地品了一口茶,不大喝得惯,又把茶盏给放下了:"过来坐。"

江袖低着头："奴婢不敢。"

皇后轻轻一笑，意味深长地道："坐吧，今日不坐，明日也得坐，总是要习惯的。"

江袖略有些迷茫地抬起了头，发现皇后因自己不动弹，面上笑意渐渐消失，实在无法，就走到桌边坐下了。

皇后拿出一盒膏药，放到江袖面前的桌上，说："这药能治好你脸上的疤痕，你每日涂两次，用完三盒，便可恢复你原来的容貌。"

江袖："……"她的脸还能恢复原貌？看着那盒药，她心里没有半点儿惊喜，只觉得不安。天上不会掉馅饼，这道理，江袖比任何人都明白。

"拿去。"皇后说，语气中带着上位者习惯的命令口吻。

江袖从那烫屁股的椅子上起身，又复跪下："无功不受禄，还请娘娘收回赏赐。"

皇后看着跪在她面前的江袖："本宫的赏赐，断没有收回的道理，更何况——"她轻笑，"你的功劳，在后头呢。抬起头来，让我看看。"

江袖就着跪地的姿势抬起了头，因戴着面纱，只能看见一双露在外面的眼睛。她眉目低垂，不敢直视皇后。

皇后却定定地看着她那双眼睛，最后扔出一句："你的眼睛，像你爹。"

江袖倏地抬眼看向皇后，眼底满是诧异。

皇后见她这副模样，问她："你可想知道你爹是谁？"

岑鲸说出"江袖"的名字时，燕兰庭并没有第一时间联想到云息身边的那个丫鬟，反应过来后，他对自己的记忆产生了怀疑："江袖不是女子吗？"

女子要能称帝，萧卿颜哪里还会等到现在？！然而面对岑鲸，燕兰庭又突然想起岑吞舟当年是如何以女子之身入朝为官，一下子就悟了："女扮男装？"

如此就说得通了。皇后不知道燕兰庭和云息、江袖私下有往来，多半以为他根本就没仔细留意过岑吞舟身边的这个丫鬟，待日后江袖恢复容貌女扮男装，燕兰庭未必能认得出来。因此她只要能怂恿江袖扮作男人，以雍王之子的身份被认回皇室，江袖便有了把柄在她手上，哪怕日后两人生了嫌隙，也不得不受制于她。江袖聪慧机敏，又有致命的弱点在手，自是比扶不起的安王更合她心意。可是……

燕兰庭蹙眉，总觉得还有哪里不大对。他问岑鲸："皇后为何会知道江袖的身世？"

岑鲸："……我告诉她的。"

别看岑吞舟与皇帝最后闹得你死我活，当年皇帝萧睿还是诚王的时候，岑吞舟和他的关系堪称莫逆。

因为太子是储君这事铁板钉钉，所以当时的萧睿对皇位根本没有过多的想法，跟岑吞舟相识，也纯粹是被岑吞舟的为人所吸引。哪怕后来岑吞舟与太子作对，就连岑家都避之唯恐不及地将她从族谱上除名，萧睿却始终跟个傻大胆似的，依旧与岑吞舟往来。任岑吞舟怎么叫他避嫌他都不听，还是后来岑吞舟见他一次就弹他一次脑瓜崩，硬生生把他给弹恼了，才气得他不再理会岑吞舟。

诚王的耿直表现非但没为他招来太子和先帝的猜忌，反而叫太子觉得这个弟弟脑子有坑不足为惧。先帝对他也是无奈极了，却又乐得借他之手让朝臣明白岑吞舟圣眷正隆，以此打压风头渐盛越发张狂的太子。

再后来，岑吞舟被太子构陷入狱，萧睿就把脑瓜崩之恨抛到脑后，和萧卿颜一块为岑吞舟奔走，试图将其解救出狱。虽然最后还是没能帮上什么忙，岑吞舟是自己想办法从狱中出来的，但从那一刻起，有些东西就变了。

岑吞舟在狱中重病险些死去的时候，萧睿在外头四处碰壁，发现自己渺小到连友人都无法保护，第一次意识到权力的好，并对权力起了觊觎之心。之后他对太子的不满越来越多，终于有一天，他向岑吞舟表明了自己想要夺嫡的野心。

岑吞舟知道他才是天命所归，剧本写的也是他们日后才反目成仇，自然愿意在当下搭把手，把他推上皇位。那段时间，岑吞舟与萧睿表面上还是君子之交淡如水，实际上已经结成党羽。

私下来往一多，岑吞舟跟当时还是诚王妃的皇后接触也多了起来。

皇后是沈家女，闺名霖音。沈霖音精通医术，见岑吞舟身旁带了个面容被毁的丫鬟，也不介意对方只是一个丫鬟，就想替那丫鬟医治好她脸上的疤痕。岑吞舟怕江袖长得太像太子，恢复容貌会招来麻烦，便拒绝了沈霖音的好意。

沈霖音不懂岑吞舟为什么要拒绝。那时的她年纪轻，颇有为人医者看到能救之人一定要救的倔强，和耿直的萧睿堪称绝配。她追问岑吞舟原因，岑吞舟不想回答，她便不依不饶，每次岑吞舟来诚王府，她都要堵岑吞舟的路。岑吞舟怕被人误会他们俩有私情,又出于对女主角的信任,就告诉了她江袖的来历。

沈霖音毕竟出身世家,哪怕童年有些不大好的经历,也惨得有限,何曾听说过如此惨绝人寰的身世,听完立即答应替岑吞舟保守秘密,同时也终于知道,后期计划中那枚极为关键的太子玉佩是从江袖手中获得的。

岑鲸:"皇后要是能说服江袖,证实我从她手中拿到了雍王的玉佩,设计陷害致使雍王被先帝误会下令格杀,就能为雍王翻案。"

雍王罪行累累不假,不然也不会被废去太子之位,但那些罪行就是害死再多百姓都抵不过先帝对他残留的那一点儿父子之情。且雍王一势弱,先帝又心软了,待到先帝缠绵病榻,雍王更是日夜不休、衣不解带地在先帝榻边侍疾,让先帝又起了复立雍王为太子之心。

岑吞舟意识到这点,便拿江袖的娘从废太子雍王那儿偷的玉佩做局,让先帝以为雍王心有不甘意图谋反,彻底绝了雍王的活路。

因此,只要证实雍王最后是被人陷害,再来一些老臣证明先帝当初确有复立雍王之心,江袖就有资格继位。

脆硬干枯的落叶被秋风吹动,在石板地上刮出声响。

燕兰庭看岑鲸眉眼低垂,鸦羽小扇似的眼睫轻轻颤动,隐隐露出不安,便道:"我会多安排一些人去保护小皇子。"

只要萧睿唯一的儿子平安无事,皇后就没办法把江袖拖入皇位之争。这也是为什么岑鲸会来找燕兰庭,将自己的猜测如实相告,因为燕兰庭能帮她。

至于江袖那边……

燕兰庭问:"江袖知道自己的身世吗?"

岑鲸想起江袖在玉蝶楼看到自己时痛哭流涕的模样,摇头说:"应该还不知道。"若是知道,再见她时,不该是那样的反应。

燕兰庭又问:"要告诉她吗?"

岑鲸低下了头,没有说话。恋爱系统曾问过她为什么会对江袖心怀愧疚,这就是原因。江袖的娘不知道自己看中的恩客是微服至江州的太子,为了留下认亲的信物,偷走了太子随身携带的玉佩。岑吞舟通过反派系统的剧情推演得知自己需要那枚玉佩,所以她当年去江州,就是冲着江袖去的。最后她还利用江袖对自

己的信任拿到了那枚玉佩，用它害死了江袖的亲生父亲。

一切宛若岑奕之事重演，让她不知该作何抉择。

就在燕兰庭忍不住想要抬手碰碰岑鲸的头以作安慰之际，白秋姝从树上跃下，运起轻功奔进茶室，对两人说："外头有人来了。"

岑鲸抬起头，看向燕兰庭。

燕兰庭一脸若无其事地收回自己的手："应该是我相府的人。"他也怕私下见面有损岑鲸声誉，早早就派人守在了外头，旁人轻易靠近不得。

可就算是相府的人，也不适合让岑鲸和白秋姝两个姑娘撞上。于是岑鲸起身，藏到了屏风后。那扇屏风是摆在墙边做装饰用的，不好挪动，背后空间也小，岑鲸一个人还行，再挤一个白秋姝进去就有些够呛。还好白秋姝会武功，她直接跳出茶室，踩着墙上屋顶躲着。因此她并不知道进入茶室的人抬头往上看了看，明显是察觉到了她的存在。

燕兰庭也听见了白秋姝上屋顶的声音，示意那人不用在意，问："什么事？"

那人走到燕兰庭跟前，低声道："二十六那边传来消息，说皇后出宫，去了云记锦绣阁。"

岑鲸最担心的事情还是发生了。

那人离开后，燕兰庭起身到屏风旁，赶在白秋姝从屋顶上跳下来之前，把这个消息告诉了岑鲸。怕白秋姝听见，他还微微低头，凑到了岑鲸耳边。

白秋姝不知内情，进来后看到两人站在一处，燕兰庭的动作又是抬头从岑鲸脸旁拉开距离，还以为燕兰庭趁她不在亲了一下岑鲸的脸。她倒抽一口冷气，一个箭步上去，把岑鲸拉到了自己身后。

两人显然都不知道白秋姝误会了什么。

白秋姝瞪着眼看看燕兰庭，又回头看看不明所以的岑鲸，想破口大骂又不知道该骂什么好，最后只能怒气冲冲地拉着岑鲸离开这儿："走走走，回去了。"

岑鲸没有拒绝，走到院门口还回头看了一眼，看见燕兰庭站在檐下的走廊上，身姿挺拔如松，光这么站着，就透出一股子令人望而生畏的冷冽气息。那是连太阳都晒不化的肃冷，如果岑吞舟不用走反派路线，一直活到现在，看见如今的燕兰庭，恐怕会按捺不住满腔的恶趣味，想尽办法破开燕兰庭身上这层冰，欣赏他一身狼狈，冲自己咬牙发怒的模样。可惜，"如果"这个词，就是说来平添遗憾的。

岑鲸收回视线，跟着白秋姝走到人多的地方，问她："怎么这么生气？"

白秋姝气不打一处来，但怕被人听见，只能小声在岑鲸耳边谴责："他居然敢亲你！"

岑鲸："……什么时候的事儿？"她怎么不知道？

白秋姝："就刚刚啊！"

岑鲸回忆了一下，很确定："他没亲我。"

白秋姝："我都看见了！"

岑鲸没力气同她争辩，想想燕兰庭方才说的话，她问白秋姝："我想去金蟾坊看看，你去吗？"

白秋姝不明白岑鲸突然去金蟾坊做什么，那地方店铺虽然多，可东西都很昂贵，像锦绣阁、临仙斋等，都坐落在金蟾坊，去那儿逛最多逛个新鲜，因为她们什么都买不起。不过白秋姝也没打算在庙里耗一天，觉得去逛一圈长长见识也好，就点头应了声："去！"

两人同杨夫人说了想到外头逛街的事，杨夫人只当是白秋姝嫌庙里无聊待不住，骂上一句没定性，也就让她们离开了。

两人带着丫鬟乘坐马车，一路行进金蟾坊。车夫问她们要到哪儿停，白秋姝还在想，就听见岑鲸说："去锦绣阁。"

锦绣阁做针线布料的生意，除了被褥床帐，也卖衣服、鞋子、香囊、扇套等物，经营范围很广，姑娘家想到那儿去看看时兴的衣裙纹样倒也寻常。

马车在锦绣阁门口停下，岑鲸和白秋姝带着丫鬟刚下车，便有伙计迎上来，问她们需要点儿什么。

白秋姝："先随便看看。"

那伙计也不见变脸，热情地给她们介绍起了锦绣阁都有什么，并带着她们往购买衣裙布料的地方去，显然是看准了她们这个年龄的姑娘会对衣裙更感兴趣。

购买衣裙布料的地方挂满了成衣与展开的布匹，她们俩身后的丫鬟眼睛都看直了，恨不得将那些个闻所未闻的款式和绣样都牢牢记下，回去跟擅长针线的小姐妹形容，好叫她们复制出一模一样的来。白秋姝倒还好，就是看见一套搭配蹀

蹀带的女裙时，稍微顿了顿脚。

岑鲸漫不经心地扫过这些商品，最后收回视线问那伙计："你们云记的江袖姑娘在吗？"

那伙计一愣，一边心想今儿找他们江姑娘的人怎么那么多，刚走一个，现在又来两个，一边问："二位认识江姑娘？"

白秋姝意外："嗯？云记？这锦绣阁也是云公子家的？"

伙计闻言，不大确定眼前两位客人找江姑娘的用意，便斟酌着说道："赶巧了，江姑娘今日确实来过这儿，却不知走没走，二位若是愿意，便在这儿等一等，小的替你们去问问？"

岑鲸："有劳了。"

那伙计忙道不敢当，快步转身上了锦绣阁二楼。

片刻后，江袖从楼上下来，速度之快，踩得楼梯嘎吱作响。

"岑姑娘、白姑娘，你们来怎么也不提前跟我说一声？"碍于自己丫鬟的身份，江袖对岑鲸的称呼始终保持着适当的距离，只在私下会唤岑鲸"岑叔"。

江袖的反应不见异常，这让岑鲸松了口气：皇后应该还没有把江袖的身世说出来。

白秋姝："我们也是临时决定过来逛逛，要不是阿鲸说，我还不知道锦绣阁跟玉蝶楼一样，都是你们家的呢。"

两人都知道岑鲸不爱说话，没有硬将话题丢给她。几句闲聊后，确定她们真就是来金蟾坊这儿闲逛的，江袖便提议带她们到云记名下的店铺看看。

嘴上说是"来都来了，不多看看怪可惜的"，实际上每逛一处，江袖都会在她们不知道的时候，吩咐掌柜记住岑鲸和白秋姝的脸，日后若是她们俩来买东西，价格只管往低里报，亏的部分让他们少东家自己补。她还处处留心岑鲸的反应，发现岑鲸在某样商品前多停留片刻，就默默把那东西记下，等晚些做个统计，让燕大人帮着弄进书院去。

西市码头那边，江袖也早让人去传了话。云息知道江袖是在陪岑鲸，就没再派手底下的人来催她。

一行三人辗转数家店铺，进到一家乐器行，话赶话地聊到了明德书院西苑的广亭。那里是姑娘们上音律课的地方，四面透风，白秋姝说最近天凉了，若遇上风大些的日子，在里头上课还真得多穿几件。

江袖闻言跟着吐槽，说在广亭那地方弹琴，意境是好，就是经不住风吹日晒，冬天天冷，挂上遮风的帘子光线就会变差，还得每张桌子上放一盏灯，遇上夏天最热的时候就更惨了，又不能像在室内那样存住冰盆散发出来的凉气，只能硬生生受着。

白秋姝："如今倒还好，书院重修广亭，用水车从西苑门口引水，把亭子做成了自雨亭，天热的时候屋檐边会落水帘，所以待在亭子里还是挺凉快的。"

江袖正要感叹这个改动不错，白秋姝突然反应过来："江姑娘对广亭很熟悉的样子，可是去过西苑？"

江袖微微一愣，随即笑道："我怎么可能进得了明德书院，也是听来买东西的客人说的。"

解释的同时，她不自觉地看了眼岑鲸。江袖其实进过西苑，准确地说，是进过原本只招收女子的明德书院，而且还是被岑吞舟丢进去的。要问原因，就不得不说到岑吞舟的教育方式了。

岑吞舟并不是那种一味宠溺纵容小孩的家长。偶尔她也会被气到暴跳如雷，虽不至于摔杯砸碗，但也足以让见识过她发火的熊孩子们永生难忘。因为岑吞舟会罚他们，且永远都是挑着他们最怕、最讨厌的点来罚。

比如岑奕，他虽然不讨厌读书，却极其厌烦写字，因此岑吞舟罚他，从来都是罚他抄书。

又比如云息，早些年一心想要仗剑走江湖，最向往江湖人快意恩仇的生活，因此对行商之人满心利益、满口鬼话的做派非常看不上，也不愿插手云记的事务。岑吞舟罚他，就是把他支使去云记干活，也不拘做什么，打杂也好，跟着掌柜上酒桌应酬也罢，就是要把他摁进他不乐意待的环境里，让他好好反省。

再比如江袖，出身不太好，初时骨子里总有些自卑，表面不显，心里却最怕跟出身不凡的官家女打交道。那是一种自知不如的畏惧，导致她总会在事后复盘自己与那些千金小姐们接触的过程，生怕哪句话说得不好，或者哪个动作做得不对，平白惹人笑话。岑吞舟体谅她的敏感，也从来不吝啬对她的夸奖，还照着大

家闺秀的标准请西席上门教她。

偏有次她脑子短路，看岑吞舟与某个官员的合作出现问题，那个官员又总是拿色眯眯的眼神往她腰臀上瞄，她就想，反正自己出身那种地方，要不是岑叔帮她，早不知道被糟蹋成什么鬼样子了，如今牺牲一下，替岑叔分忧又有何妨，本来……她就是要干这个的。

于是某次岑吞舟请那官员来家中会面吃酒，她在那官员短暂离席的时候，忍着害怕，强逼自己跟出去，与那官员说话。那官员果然被她几句话哄得松了口，还被她带进了早就准备好的空屋子。只是不等发生什么，屋门就被赶来的岑吞舟一脚踹开了。岑吞舟当时的表情，江袖每每回想起都心虚得不行。

赶来的岑吞舟此前也喝了不少酒，被醉意熏得失了分寸，差点儿废了那官员。后来岑吞舟酒醒，处理好残局，就让人收拾她的衣物，把她带出了家门。江袖以为岑吞舟不要自己了，吓得跪地求她，哭着喊着保证以后再也不会自作聪明，让岑吞舟别把自己送走。岑吞舟站在马车边，就说了两个字："上车。"

江袖不肯，连滚带爬地往回跑，想要死赖着留下，结果被岑吞舟捞回来，扛上了马车。她在马车上哭得快抽过去，岑吞舟这才给了她一句准话："去明德书院待一年，一年后要再干这种蠢事，我就把你送出京城，以后你爱去哪儿去哪儿，爱干吗干吗，就算把自己糟践进泥里，我也绝不管你。"

江袖知道岑吞舟不是不要自己了，又是一通哭，不同的是，这次是喜极而泣。

进书院之前，岑吞舟还带江袖去诚王府，让诚王妃，也就是如今的皇后，教她如何用最简单的手法易容，遮住脸上的疤痕。易容后的样貌看起来很普通，但江袖很喜欢，只是她听说明德书院里读书的都是官家女，她自己一个人过去难免胆怯，故而忍不住跟岑吞舟商量："半年可以吗？"

岑吞舟冷酷无情："两年。"

"一年！就一年！"江袖吓得再不敢讨价还价。

书院的生活一开始是很煎熬，不过后来她还是在书院里待了两年，因为她在那儿认识了不少好友和先生，这让她非常舍不得。岑吞舟也支持她多待一年。而她的自卑和对官家女的畏惧，也早在跟同窗的相处中一点点消磨殆尽。

再后来，她去掉易容离开书院，重新回到岑吞舟身边。因为不能让人知晓她的身份，所以她必须跟在书院里认识的朋友诀别，可那段在书院学习生活的记忆对她而言，宝贵程度仅次于跟岑吞舟的初见。

想到这儿，江袖面纱下的唇角忍不住扬起，是发自内心的愉悦。

"江姑娘？"

这时，一位被仆从前呼后拥进来的贵妇人看到江袖，亲热地打了声招呼。

江袖跟白秋姝和岑鲸说了一声，就过去跟那位贵妇人寒暄了几句。

岑鲸觉得那位贵妇人有些眼熟，可直到离开乐器行，又逛了几个地方，转去玉蝶楼歇脚吃东西，她才终于想起来，那位贵妇人似乎是江袖在书院结交的朋友。

江袖离开书院后换回身份，两人应该断了联系才对，怎么……岑鲸奇怪，就跟江袖问起了那位贵妇人。

江袖碍于白秋姝在场，言语隐晦地解释了一下："我跟她是在店里偶然遇见的，她说我的声音、做派都像她曾经的挚友，便忍不住常来看我。"

也就是说，虽不能相认，但两人还是又一次成了朋友。而且这一次，贵妇人知道江袖是丫鬟，却还是愿意放下身段与她结交。

真好。

江袖如今的生活越好，岑鲸就越是不希望她被卷入争权夺利的斗争中。

等到上菜的时候，岑鲸假装不小心把蘸料碰翻，弄脏了白秋姝的裙子。白秋姝不甚在意，倒是江袖看出岑鲸是故意的，提议让白秋姝去换一身裙子，还让人到锦绣阁去拿新裙子来。白秋姝想要拒绝，却扛不住江袖的热情，被推去了另一间无人的雅阁换衣服。

去锦绣阁拿裙子自然要花时间，这期间白秋姝的丫鬟跟着她在另一间雅阁等，岑鲸也把自己身边的挽霜叫出去，让她到外头候着。雅阁内只剩下岑鲸和江袖。

玉蝶楼一入秋就会推出岑吞舟当年弄出来的火锅，江袖知道她爱吃，特地叫了这个，还烫了几片羊肉，放进岑鲸的碗中，问她把人都支开可是有什么要吩咐的。

铜炉子里汤水翻涌，热气蒸腾，岑鲸把烫熟的羊肉放进蘸料碟，问："皇后来找你了？"

江袖面不改色地往铜炉子里下岑鲸爱吃的菜："来了，不知皇后娘娘从谁那儿听说我如今在云记，难为她还记得我，居然过来给我送了一盒药膏，说是能治

第七章

雍王旧案

YONG WANG JIU AN

我脸上的疤痕。"她一脸寻常地说道，"不少人都记得我曾是你身边的丫鬟，在云记认出我也是常事，当年还有人想从云息手中把我买走。云息那会儿的性子不如现在，不仅不肯，还把人给得罪了，多亏燕大人出手相帮才没事。"

岑鲸听着江袖的话，把那几片羊肉送入口中，等全都咽下，又问："阿袖，你想知道你爹是谁吗？"

江袖的筷子顿在半空中，一时间，雅阁内只剩下火锅沸腾的咕嘟声。过了好一会儿，她才放下筷子，有些疑惑地问："怎么突然说起这个？"

岑鲸继续问她："你想知道吗？"

江袖垂下眼，似乎是想了想才说："你想告诉我吗？"

岑鲸："我想告诉你。"

江袖点头，一脸认真地看着岑鲸："好，那我听你说。"

于是，岑鲸就这样伴着火锅汤底冒泡的声音，把江袖的身世娓娓道来。

她不能说自己是因为系统才知道她是太子的女儿，不得不掺了个谎言进去，说自己是从当初陪太子一块去江州的小太监那里得知太子在江州一青楼内丢了枚玉佩，这才前往江州。救下江袖后，她又通过那枚玉佩确定了江袖的身世。此外，岑鲸说的基本都是实话，甚至没有掺杂太多个人的想法和感情进去，就是把过程完整地叙述了一遍。

江袖安静地听着，不知道是因为什么样的情绪，她的眼眶慢慢变得湿润，最后落下泪来。

岑鲸说完，她沉默了许久。之后大概是怕白秋姝回来，没法再好好问岑鲸，她艰难地张开嘴，声音沙哑地问："为什么突然想告诉我这些？"她哽了一下，却还是坚持把话说完，"你不怕我恨你吗？"

岑鲸拿出帕子，替江袖擦眼泪。她做好了江袖会躲开，或者自己的手会被打开的准备，结果没有，江袖没有躲开她的手，也没有打开她的手，而是接受了她为她擦眼泪的举动。

岑鲸心下微颤，却还是尽力保持着平静："当然怕。"虽然知道一切都是她应得的报应，可她还是会怕。

江袖的眼泪流得更凶了："那为什么还要告诉我呢？"

岑鲸："从我口中知道这件事，比让别人告诉你更好。"

江袖含泪笑了一声，问她："好在哪儿？"

"好在……你能有时间冷静下来，慢慢去想，而不是凭着满腔因我而起的恨意，被人赶着做出无法挽回的决定。"岑鲸知道自己的话怎么听怎么虚伪，因为最开始利用江袖的就是她，如今又自以为是地来担心江袖被别人利用，当真是……令人生厌。

她把湿掉的手帕收回来，准备折到干燥的一面再替江袖擦一下，结果江袖直接扯下脸上被泪水浸湿的面纱，试图用手把眼泪抹干净，却因为眼泪止不住，怎么都抹不完。最后她只能放弃，任由泪水滑下脸颊，双肩颤抖着，抽泣着问："岑叔，你什么时候才能多为自己想想啊？"

三

热闹的大街上，一辆挂着沈府牌子的马车低调行过，朝皇宫驶去。除了暗中监视的相府暗卫，没人知道那马车上坐的，是微服出宫的皇后沈霖音。

先前在锦绣阁，沈霖音问江袖："你可想知道你爹是谁？"

江袖因为她的话，脸上露出了错愕的表情。

沈霖音当时以为江袖是在惊讶一国之母居然替她一个小小的丫鬟探查身世，还自以为所说之言堪比平地惊雷，一字一顿地告诉她："你爹乃先帝唯一的嫡子，差一点儿就当上皇帝的废太子——雍王萧泽。"

因为两人离得近，沈霖音能清楚地听到江袖的呼吸乱了。这就是她想要的结果，所以她非但没有给江袖慢慢消化的时间，还生怕她不记得，将那些过往翻出来，一点点提醒她，她曾经的主子岑吞舟对她的亲生父亲做了什么——

"你在岑吞舟身边时一定听说过他，毕竟要不是岑吞舟，他也不会丢了太子之位，更不会丢了性命。

"或许你还记得，岑吞舟从你那儿拿走了你爹的玉佩。但你一定不知道，岑吞舟就是以那枚玉佩为证据，让先帝相信你爹要造反，下令将你爹困于雍王府，就地格杀。当年领旨带兵包围雍王府，动手杀死雍王的人，也是岑吞舟。

"若不是岑吞舟,先帝已然复立你爹为太子,现在坐上皇位的也会是他。而你,又怎么会沦为商户家的丫鬟?"

多年的后宫生活,让沈霖音知道如何激发一个人对另一个人的仇恨,更清楚这世上再没有什么比"我本可以"更叫人耿耿于怀。她适时停声,期待能从江袖的反应中捕捉到"拒绝相信",或者类似"愤怒"的负面情绪,好让她进一步从江袖身上催生出浸满了怨恨与不甘的花朵。

结果出乎她的预料。江袖没有对她的话产生怀疑,更没有因此表现出任何的思绪混乱,而是问她:"娘娘告诉奴婢这些,是想要做什么?"

沈霖音有那么一瞬的愣怔,因为她不相信江袖居然如此平静地接受了她所说的一切。要么是江袖天赋异禀,无论多大的刺激都无法动摇她的内心;要么是江袖此人无心无情,根本就不在意这些;再要么……

沈霖音眯起眼,问:"你该不会早就知道你爹是谁吧?"

江袖抿了抿唇,虽然没直接承认,但她的反应已经给了答案。

沈霖音这时才反应过来,江袖先前的错愕并非是觉得自己微不足道,居然能引得当今皇后为她探查身世,而是非常单纯地惊讶皇后居然知道她的身世。沈霖音感到不可思议:"岑吞舟告诉你的?"

江袖默认了。

沈霖音一下子想了很多,她不信岑吞舟会无端端把这件事告诉江袖,她甚至怀疑岑吞舟这么做是不是有什么阴谋,毕竟雍王一死,得利之人便是萧睿。岑吞舟不是不能利用这点,把雍王被害死的锅扣到萧睿头上。

沈霖音想要探究岑吞舟生前这一步背后所涉及的人,就问江袖:"他什么时候告诉你的?"

江袖太熟悉沈霖音这副表情了,那是满心算计之人心有所疑的表情,她几乎能猜到皇后在怀疑什么,于是撕开陈年伤口,带着杀敌一千自损八百的隐秘快意,告诉从一开始就不断在她面前诋毁岑吞舟的沈霖音:"他是在死后告诉我的。"

沈霖音差点儿以为自己听错了:"什么?"

"岑叔离世前曾留下一封信。"江袖当初在岑吞舟身边做丫鬟,也是一口一个"岑叔",因此沈霖音听了也不觉得奇怪,"他叮嘱替他保存信件的人,说若是哪天他遭遇不测，奴婢起了为他复仇的心思，想要追究幕后之人是谁，就把信给奴婢看，若没有，就把信烧了……"

江袖想在皇后面前证明岑吞舟没她说的那么不堪，可一想起岑吞舟到死都惦记着自己，便忍不住湿了眼眶。她强忍情绪，继续说道："岑叔在信上言明自己所做的一切，说自己不是什么好人，死有余辜，且已经遭了报应，让奴婢此后过自己的日子去，别再把下半生浪费在他身上。"

江袖把实际情况精简了一下，所谓替岑吞舟保存信件的人，就是云伯。

岑吞舟早在冬狩之前就把江袖送到了水云居，知道江袖和云息的性子，她还给云伯留了两封信。其中一封，岑吞舟让云伯在自己死后打开，云伯嫌晦气，差点儿当着岑吞舟的面把信给烧了。那封信中交代了不少事情，除了让云伯好好守住云记，莫要惦念自己，还让云伯看住云息和江袖，若他们二人执意要把自己的死查明白，就把另一封信给他们。

岑吞舟以为，这封信能让自己的形象在江袖和疾恶如仇的云息眼中彻底破灭。却不知对这俩孩子而言，比起过往的一切，她将这一切说出来的用意更加令他们崩溃。等他们好不容易缓过来，又赶上云伯日渐糊涂，那之后他们俩就彻底长大了。云息再也不嚷嚷着要仗剑走江湖，开始凭借岑吞舟罚他时在云记积累的经验慢慢接手云记的生意，让云伯能卸下重担。江袖也不再跟云息斗嘴吵架，利用自己的才能成为云息的臂膀，和他一块打理云记。

所以当初在玉蝶楼初见岑鲸，他们俩的反应委实不算夸张，却不想因此被岑鲸误会他们二人没有看过自己留下的第二封信。

江袖的话语不仅打了沈霖音的脸，还让沈霖音意识到，岑吞舟早在死前就预见了自己的结局。可这怎么可能？！她强压下心慌，将心思拉了回来，问江袖："那封信呢？"只要能拿到那封信，何愁不能给雍王翻案？

江袖："烧了。"

沈霖音哽住，微怒："你当真不想为你爹翻案吗？"

江袖低下头："不想。"

沈霖音："你就半点儿都不顾念你与萧泽之间的父女之情，眼睁睁看着他背负造反的骂名，永世不得入皇陵？"

江袖又不是消息闭塞的大家闺秀，自然不会被牵着鼻子走："雍王谋逆是被陷害，可他所做的那些伤天害理之事却都是真的，若非他是先帝嫡子，早就该死一万回了，不入皇陵也是他的报应。况且……"她咬牙道，"他若翻案，背上骂名的就会是岑叔。"

岑吞舟当年为了她能平安度日，将一切真相写在信中，根本不在乎这封信是否会成为雍王翻案的有力证据，可她却无法眼睁睁看着她的岑叔因为她，背上使先帝与雍王父子相残的骂名。

雅阁内陷入了短暂的寂静。

沈霖音说不清是讽刺还是感叹："你跟我那堂弟，当真是不一样。"

提到因为杀父之仇跟岑吞舟反目的岑奕，江袖并不觉得羞愧，反而更加坚定了自己的想法。她对沈霖音说："奴婢和岑将军当然不一样。雍王就算还活着，复立后当上皇帝，也未必能容下一个妓子所出的女儿。杀父之仇和岑叔的恩情，奴婢知道哪个更重，也知道自己该怎么选。"

面对江袖坚毅的眼神，沈霖音意识到自己出师不利，可以结束这次的会面离开了，但她并没有就此打消利用江袖的念头——再坚定信念又如何，这世上明明知道却不得不违背本心去做的事情，难道还少吗？

沈霖音离开之际，江袖还问她："皇后娘娘，奴婢分明记得，您与岑大人不曾有过恩怨，如今为何不惜让岑大人背负骂名，也要让奴婢为雍王翻案？"

沈霖音当然不会告诉江袖自己想让她女扮男装当傀儡皇帝，甚至在一开始的计划中，她想的就是先让江袖被仇恨冲昏头脑，然后再告诉她雍王之子说话的分量比雍王之女更重，骗她女扮男装出现在朝臣面前，为雍王翻案，等到她反应过来，自己已经将她推上皇位，一旦后退便是万丈深渊，自是由不得她后悔。所以眼下，面对江袖的提问，她的回答是："无论是谁，死了就什么都没了，顾及那无用的身后名做什么。"

江袖似乎对她的回答很意外，还胆大包天地对她说了句："皇后娘娘，您变得和以前不一样了。"

沈霖音冷笑："谁不会变？"

萧睿变了，她变了，就连岑吞舟，不也曾忘却自己最初的模样，变得面目全非……

岑吞舟真的变了吗？

在马车上闭目养神的沈霖音突然想起江袖方才所说的话。岑吞舟知道自己的所作所为会招来杀身之祸，甚至提前备好了书信，可即便如此，他还是没有半分收敛。为什么？总不能是他根本就不想活了吧？！沈霖音不由得眉头紧蹙。

这时，马车驶入宫门，嬷嬷出声提醒沈霖音。

沈霖音睁开眼，下了车，改乘步辇回自己的寝宫换衣服，之后又乘步辇往紫宸殿去。紫宸殿是皇帝的寝宫，皇帝近来又"病"了，她得时时过去看着才行。

从步辇上下来，一抬头，就看到玉阶上伫立着一个紫色的身影，她扶着嬷嬷的手一步步迈上玉阶，来到了那人面前。

"下官见过皇后娘娘。"燕兰庭离开望安庙后突然想到一个主意或可一劳永逸，就回府换了官服，朝皇宫来了。

"燕大人免礼。"沈霖音问，"不知燕大人来此，可是有要事找陛下商量？"

燕兰庭直言不讳："下官是来找皇后娘娘的。"

"哦？"沈霖音面上带笑，心里却在猜燕兰庭是不是知道了自己的谋划。

燕兰庭看了眼皇后身边的嬷嬷和宫女。

沈霖音会意，让她们都远远退开："燕大人可以说了吗？找本宫什么事？"

燕兰庭："下官是来多谢娘娘的。"

沈霖音迟疑："谢本宫？"

燕兰庭："怎么，难道娘娘不是想将雍王之女扮作男子带回宫？"

上来就抛出王炸，愣是把沈霖音炸没了声，过了半晌她才回过神来："燕大人说什么，本宫怎么听不明白？"

燕兰庭从头到尾都是那副淡淡的模样，叫人摸不清他到底在想什么："原来娘娘不明白，那我来告诉娘娘好了。娘娘方才出宫去见的江袖姑娘是雍王遗孤，老师当年陷害雍王所用的玉佩就是从她手上获得，娘娘只管哄她扮作男子为雍王翻案，再害死小皇子和陛下，让不久便要回京的岑将军助你把江袖姑娘推上皇位，从此便可以太后之尊，将其玩弄于股掌之间。"

燕兰庭每说一句话，沈霖音的脸色就难看一分，说到最后，她看向燕兰庭的

第七章 雍王旧案 YONG WANG JIU AN

眼底已然浮现杀意:"燕大人以为我要这么做,所以过来谢本宫?"

燕兰庭:"陛下龙体欠安,小皇子身体也不好,江袖聪颖好学、人品上佳,若是她继位,下官当然放心。"

他迟迟不对萧睿动手,就是怕没有合适的人继承皇位,导致天下大乱,因此他这一声谢,细细想来好像也合理。

可沈霖音不信自己能得到燕兰庭的支持,她问:"燕大人真是这么想的?"

燕兰庭:"那是自然,不过……"

沈霖音心想果然,问:"不过什么?"

燕兰庭:"不过下官不放心娘娘,且江袖志不在此,所以下官还是决定把这一切告知长公主殿下。江袖能坐那皇位,长公主殿下自然也能。"

等江袖继位后再暴露她的真实性别,用江袖把朝臣底线拉低,改让萧卿颜继位,凭借萧卿颜这些年在朝堂上累积的威望,费些工夫,未必坐不稳这个皇位。

终于弄清燕兰庭的意图,沈霖音目眦欲裂:"燕兰庭!"

燕兰庭见她明白,不再废话,一句"下官告退",便转身下了玉阶。

沈霖音恨得咬破了自己的唇。她尝着口中的血腥味,冲着玉阶上背对着自己的燕兰庭道:"说什么谢?你若真这么希望,就不会特地赶来警告本宫,说到底,你就是不希望雍王之女被牵扯进来罢了。为什么?燕大人所图,不就是为故人复仇吗?如今机会就摆在眼前,你却为一个小小的丫鬟而止步,值得吗?!"

燕兰庭停住脚步,却未转身:"值不值得,娘娘说了不算,下官说了也不算。"

沈霖音:"那谁说了算?岑吞舟?可他已经死了!"

燕兰庭微微侧身,抬起的眉眼冰冷锋利,划破他脸上一贯淡淡的神色:"那也容不得你来毁她的声誉。"

四

玉蝶楼。

岑鲸不知道江袖其实看过自己留下的信,更不知道江袖在说"那我听你说"的时候,就已经做好了岑鲸会骗她的心理准备,并且和当初的岑奕一样,只要岑鲸肯说，哪怕明知是谎言，她也会选择相信。而且她也能理解，因为皇后知道她的身世过来找她定然有所图谋，岑叔赶在皇后走后来骗她，肯定是为了她好。可江袖没想到，岑鲸会直接告诉她真相。一如当初留下的那封信，不惧死后无人为她悲痛、无人为她祭奠，只希望活着的人能抛下她好好地活下去。

江袖一面感到难过，一面又有些生气，甚至怀疑岑鲸这么做是不是根本就不在意自己，也不在乎自己是不是会恨她，与她反目。所以她问岑鲸："你不怕我恨你吗？"

岑鲸为她擦去眼泪："当然怕。"

天知道江袖那一刻有多心疼岑鲸。后来听到岑鲸说这样更好，她怒极反笑，心想怎么会有这样的人？于是她止不住地落泪："岑叔，你什么时候才能多为自己想想啊？"

岑鲸愣住，不明白江袖为什么这么说。

江袖看岑鲸满脸的不解，便哭着告诉她，自己和云息已经看过她留下的信。

岑鲸千算万算，就是没算到江袖和云息知道了往事，竟也不觉得她卑鄙可耻，反而还惦念着她，愿意为她忍下仇恨，去过她希望他们过的平静生活。

虽然自己留下信件的目的还是达到了，但熟悉的迷茫涌上心头，岑鲸越发怀疑自己上辈子到底有没有完成任务。可反派系统给她看过她父母和姐姐彻底痊愈回归正常生活的视频，所以她应该是完成了任务的，至少在死去的那一刻，她是一个合格的反派。只是死后情况稍微出现了一点儿偏差，这或许是因为……人们对已死之人更加宽容？岑鲸试图找到一个合理的解答。

江袖说完一切，情绪平复了许多，她从椅子上离开，蹲到岑鲸面前，双手搭在她的膝头，仰着头对她说："岑叔，你现在是个姑娘，年纪又那么小，就别再把自己当成我们的长辈，也不要什么都为我们考虑，多替自己想想吧，好吗？"

岑鲸愣愣地看着江袖。虽然江袖嘴上说着"别再把自己当成我们的长辈"，可她望着岑鲸的眼中，满满都是对长辈的孺慕之情。

岑鲸不知道该怎么回答她的话，恰好这时门口传来了挽霜的声音："三姑娘。"

换好衣服回来的白秋姝问："你怎么在外头待着？"

挽霜支支吾吾，不晓得该怎么回答。

白秋姝推门进入雅阁，此时江袖已经站起身，因为没想好是先去洗把脸，还是先从袖子里拿条新面纱出来戴上，她错过了遮脸的时机，最后只能仓促地转过身去，不让白秋姝看见她脸上的疤痕和通红的眼睛。可白秋姝什么眼力，怎么可能看不见？她蓦然一惊，回身就把要跟进来的挽霜和自己的丫鬟推了出去，并再次把门关上。

将门关好，白秋姝不敢回头乱看，对着门板小心翼翼地问："我要不，翻窗出去一下？"一边说，她还一边懊恼，觉得自己应该敲敲门再进来，江姑娘向来以白纱掩面，此番摘了面纱，露出一脸的疤痕又哭成这样，一定是跟阿鲸说起了自己悲痛的过往。可恨她这个煞风景的，回来得不是时候。

江袖觉出白秋姝的体贴，忙道："我没事，倒是白姑娘，没被我吓着吧？"她的声音因为刚刚哭过，有些沙哑。

白秋姝："这有什么好怕的，我只是怕你介意。"

江袖走到屋内的脸盆架前洗了把脸，又从袖中拿了条干净的面纱重新戴上："我好了，白姑娘过来坐吧，让挽霜她们也进来。"

白秋姝回头看了眼，确定江袖已经重新戴回面纱，这才开门让挽霜她们进屋，并回自己的位子上坐下。

江袖把烫好的肉菜给她和岑鲸夹到碗里，并自然地将话题移到了白秋姝身上，以缓和气氛："我就知道这身衣服适合白姑娘，特地叮嘱他们拿的这一套，可见我眼光还是不错的。"

白秋姝换上了一条蓝紫色的洒金间色裙，上着一件白色窄袖与蓝边黑底的交领半袖衫，显得她整个人分外修长。可在她腰间系的却不是能更加衬托身材纤细的锦绦或珍珠，而是一条在男子身上才能看见的蹀躞带。

这身衣服，正是白秋姝在锦绣阁停下脚步看的那一套。

先帝时期流行女子以纤细柔弱为美，间色裙因为能让穿着者看起来更加苗条而流行过一段时间，如今风气不同当年，间色裙也早已过时，可一旦改用紫蓝黑金的配色，再加上一条皮革嵌金属的蹀躞带，这款裙子给人的感觉一下子就变了，变得干练、肃杀，也难怪白秋姝一眼就喜欢上了这套衣服。

可这套衣服出自锦绣阁，想也知道一定很贵。她倒不扭捏，开口就问江袖这身衣服多少钱，等回家后她再叫人把钱送到锦绣阁去。

江袖玩笑似的说："我若说白送给你，你定然不依，这样好了，这身衣服就当是封口费，你把衣服收下，千万别告诉别人你方才进来都看到了什么。"

白秋姝望向岑鲸，见岑鲸点头，她终于松口："多谢江姑娘。"说完见江姑娘眼角还残留着薄红与泪光，虽然不知道她经历了什么才留下那一脸狰狞的疤痕，却还是对她说，"江姑娘日后若是有需要我的地方，只管开口，不用跟我客气。"

江袖笑着应下，又催她们快些尝尝玉蝶楼秋冬特供的火锅。

她戴着面纱，一般不会在人前吃东西，怕掀开面纱倒人胃口。白秋姝早前不知道原因，跟着岑鲸和江袖一块出门玩的时候，见江袖不吃不喝，也不好意思叫人摘了面纱来吃两口，现在知道了原因，终于敢开口让江袖摘掉面纱，和她们一块吃。反正她是真的不在意，驻军营里脸上带疤的士兵不是没有，她早就看习惯了。

江袖看向岑鲸。

岑鲸："吃吧，带着我们走了一上午，不饿吗？"

怕江袖介意，白秋姝还让挽霜和自己的丫鬟拿着钱到外头去买吃的，不用留在雅阁伺候。

江袖忙道："何必那么麻烦，叫人到隔壁再上一桌给她们吃就是。"

挽霜和另一个丫鬟哪里想得到自己还能有这般待遇，受宠若惊地被领去了隔壁房间。

等只剩下她们三人，江袖去了面纱，跟岑鲸和白秋姝一块吃火锅。她仔细留意白秋姝的反应，确定对方真的不在意她脸上的疤，食量还跟往常一样惊人，这才慢慢放下心，表现得跟平时一般无二。

酒足饭饱后，江袖送岑鲸和白秋姝回家。马车一路行至白府门口，三人下马车道别，话还未说完，就看见杨夫人的马车从望安庙回来了。

白秋姝眼神好，大老远就发现杨夫人的马车后面还跟了一辆别人家的马车，且有一青年骑马，伴在那辆马车旁。

"卫子衡？"她道出那青年的名字，正是不久前在书院校场骑疯马，险些撞了岑鲸的那个东苑学生。

两辆马车缓缓行至白府门前，杨夫人被扶下马车的同时，后头那辆车上也有

第七章 雍王旧案 YONG WANG JIU AN

一位夫人从马车里出来。

江袖曾跟在岑吞舟身边见过岑家人,因此一眼就认出那位跟着下车的夫人,正是岑吞舟的堂妹岑晗鸢。她心生警惕,站到了岑鲸身侧。

于是当岑晗鸢堆起矜持的笑要同杨夫人说客套话时,一扭头就看到了与她堂兄长得无比相似的岑鲸。

岑晗鸢早就听闻白家表姑娘与她堂兄长得极其相似,不然她也不会自降身价,主动接近杨夫人。来之前她也做好了心理准备,因为她很清楚自己有多怕岑吞舟,她甚至想过放弃,反正叫她来的岑家家主是她嫡亲大哥,她说不干,她大哥还能逼她不成?可一想到一个出身小门小户的丫头顶着昔日令岑家上下都噤若寒蝉的岑吞舟的脸,规规矩矩地同她请安问好……那场面,可真是太令人期待了。

直到看清岑鲸的容貌,岑晗鸢所有的期待烟消云散,只剩下熟悉的畏惧,令她僵在原地。怎么会这么像?!

岑晗鸢勉强稳住心神,不停地提醒自己,眼前这位白家表姑娘只是长得像堂兄,没什么好怕的。然而下一秒,她又看到了岑鲸身后的江袖。

岑吞舟身边曾有个丫鬟,若只是寻常丫鬟,她未必能一直记到如今,偏那丫鬟脸上总是戴着显眼的面纱,所以乍一看到岑鲸身边也有个戴面纱的女子,岑晗鸢腿一软,险些跌坐到地上。

"夫人?"

"娘?"

岑晗鸢的嬷嬷与儿子同时扶住了她,就连杨夫人也是一脸诧异:"卫夫人,你没事吧?"

岑晗鸢闻言,又下意识朝岑鲸看了一眼,正对上岑鲸那张没什么表情的脸。她吓得赶紧收回视线,对着杨夫人强牵起嘴角,说:"一路走来有些累,今日就不到你府上坐了,下回……我下回再来。"说完,不等杨夫人把白秋妹和岑鲸介绍给她认识,便转身回到了马车上。

杨夫人看着马车匆匆离去,心里很是奇怪:方才在望安庙,是岑晗鸢说什么都要到她府上坐坐,怎么都到门口了,反而逃似的走了呢?

目送岑晗鸢的马车离开,杨夫人又转头看向自己的女儿和外甥女,以及……

"江姑娘。"

当初白家搬家，云息带了江袖来赴乔迁宴，杨夫人见过她，也还记得她。

江袖上前同杨夫人请安，见杨夫人面带不解，似是疑惑她们三人怎么在一块，就顺带解释了一番，说自己在锦绣阁查账时偶遇来逛街的岑鲸与白秋姝，就带她们俩到处逛了逛。

江袖用的是客气中又带点儿热情的口吻，分寸拿捏得恰到好处，杨夫人听了，只当江袖是感念白志远搭救过她家公子云息，也同她客气了几句。

江袖很擅长跟夫人小姐打交道，几句话便让杨夫人喜笑颜开，对她好感倍增。

随后江袖告辞离去，杨夫人带着白秋姝和岑鲸进府，终于有工夫问白秋姝："你这身衣服是怎么回事？"怎么出去逛个街，回来连衣服都换了？

"吃东西的时候弄脏了裙子，江姑娘就让人拿了身新的来给我换上。"白秋姝模糊了细节，没有让杨夫人知道是岑鲸弄脏了她的裙子。

杨夫人想起江袖方才说她们是在锦绣阁遇见的，眼皮跳了跳，想问这衣服是不是从锦绣阁拿的，可又问不出口，最后只能拿手指用力点了点白秋姝的额头，骂一声："你啊！"也不知是埋怨她吃个东西都能弄脏裙子，还是埋怨她乱收别人的贵重东西。

白秋姝躲到岑鲸身后，岑鲸顺势岔开话题，问杨夫人："方才跟舅母一块的那位夫人是谁？怎么看起来古里古怪的？"

杨夫人看出岑鲸是在替白秋姝解围，不客气道："你就惯着她吧。"

岑鲸笑着说："舅母哪儿的话，我是真心好奇。"

杨夫人只得暂且放过白秋姝，说起自己认识岑晗鸢的经过。

原来杨夫人是在寺庙里用斋饭时遇见的岑晗鸢。她往日就听旁人说起过这位梧栖岑家出身的卫夫人，知道对方和自己不是一个圈子的人，却不想今日得见，岑晗鸢竟然主动和她搭话，还就自己儿子在书院骑马险些冲撞岑鲸一事，特地跟她道了歉。若只是道歉也就罢了，那岑晗鸢居然还主动提出要来白府做客。因为对方的提议太过突然，家里什么都没有准备，杨夫人几次想要婉拒，却都被截住了话头，无奈只好将人带回来。所以方才在门外，岑晗鸢突然改口说改天再来的时候，杨夫人心里真真是松了一口气。

第七章 雍王旧案 YONG WANG JIU AN

岑鲸和白秋姝一边同杨夫人说话,一边进了主院,后又在杨夫人这儿待了一下午,快晚饭的时辰才回自己屋里换了身衣服,去正堂和家人一块吃晚饭。

眼看着春闱的日子一天天逼近,白春毅越发刻苦用功,一家人吃过饭,他便回屋读书去了。

杨夫人知道白春毅辛苦,便去厨房给他准备宵夜,还问白秋姝和岑鲸要不要。白秋姝运动量大饭量也大,当然不会拒绝,还让杨夫人给自己多盛一些。岑鲸怕太晚吃了胃不舒服,就没要。

晚些时候,岑鲸回到自己院里,想起小大夫给的药膳食谱,记得那些药膳都是补气血的,就让挽霜把食谱誊抄一份,给杨夫人送去。刚吩咐完,她又改了主意:"算了,还是我来抄吧。"她最近为了改变左手的字迹,练字练得越发勤快,也不差这几张食谱。

洗了澡,岑鲸在寝衣外披了件厚实的衣服,坐在榻前执笔抄写,抄完让挽霜找个盒子把食谱装起来,明天早上送去主院。

挽霜依言去找大小合适的木盒。

没一会儿,有人来敲岑鲸的门。

岑鲸不爱在屋里留人,故而挽霜一走,也没个丫鬟替她去开门,她自己又懒得动,索性扬声喊了一嗓子:"谁啊?"

外头微微一顿,回道:"奴婢听风。"

哦,燕兰庭安排进白府的丫鬟。

岑鲸:"自己进来。"

听风推门进屋,转身把门合上,穿过隔开外间和里间的屏风,见到了坐在榻上的岑鲸。因为刚洗过头发,岑鲸长发披散,满头青丝似锦缎般柔顺,又似鸦羽般轻细,顺着厚实的外衣落在她的背上,还有部分随着她的动作坠在她肩头与身前。大约是为了写字不伤眼睛,岑鲸坐的这块区域点了许多盏灯,不仅照亮了榻桌上的每一张纸,也将岑鲸的容貌照得清清楚楚。

"什么事?"岑鲸这么问的同时,眼睛望向听风,漆黑的眼底映着暖暖的烛光,融掉了眉眼间的冷,给人一种温柔的错觉。

听风微微一滞,慢了半拍才反应过来,赶紧将燕兰庭写的信从怀里拿出来,递给岑鲸。

岑鲸伸手把信拿走，听风垂着头，忍不住胡思乱想：总有人说岑姑娘长得像燕大人的老师，却不知那些人发没发现，除开这点，岑姑娘其实是一个长相格外漂亮、极易令人心动的女子。若哪天燕大人对岑姑娘的感情发生改变，她一点儿都不会觉得意外。

岑鲸不知道自己眼下这副模样的杀伤力有多大，自顾自拆开信件，细细阅览。

燕兰庭在信上把他离开望安庙后进宫恐吓皇后的事情一一记述，唯一没写的，就是他在皇后面前维护岑吞舟的那一句话。信上还说他一出皇宫就去了长公主府，并把皇后的谋划与江袖的身世告知了她，萧卿颜明日定会去找皇后，如此一来，除非皇后能同时除掉他们二人，不然她的图谋便绝不可能实现。

燕兰庭似乎坚信萧卿颜绝不会允许皇后的计谋得逞。为什么？萧卿颜又不傻，燕兰庭能想到的，她就算当下想不到，以后也未必会想不到。只要顺着皇后的计谋，萧卿颜说不定真能以江袖为跳板，坐上那九五之尊的位置，燕兰庭为何笃定她不会那么做？因为江袖算是萧卿颜的侄女，萧卿颜不忍心利用？还是因为萧卿颜终究无法克服这个时代灌输给她的固有观念，不敢尝试去触碰皇位？岑鲸无法确定原因，只能相信燕兰庭的选择。

听风走后，挽霜找来了能放食谱的盒子。岑鲸将食谱一张张整理好，确定没有混进燕兰庭的信，才把食谱都放进盒子里。

第二日，岑鲸跟白家兄妹一块回书院。

与此同时，萧卿颜入宫去找皇后。她来找皇后的目的和燕兰庭一样，都是来警告皇后，不允许她败坏岑吞舟的身后名，但语气比燕兰庭的还要凶狠强硬："你若敢翻雍王旧案，我定叫你不得好死！"

五

"阿嚏！"岑鲸用手帕捂住鼻子，小声打了个喷嚏。

白秋姝赶紧越过课桌摸了摸她的手，又摸了摸她的额头，问："着凉了？"

"没。"岑鲸收起帕子，一本正经地道，"应该是有人在念我。"

白秋姝信以为真，问："谁啊？"

岑鲸随口一说，自然回答不上这个问题。

白秋姝却以为岑鲸的沉默就是回答，暗指燕兰庭，顿时就被自产的狗粮给噎住了："你能不能……"

话没说完，便让横插进来的询问打断了："聊得开心吗？"

白秋姝这才猛然想起她们还在上课，上的还是叶临岸的算术课。

想她白秋姝如今也算是练家子，一个打十个毫不费力，可面对手无缚鸡之力的叶临岸，她却像老鼠见了猫，赶紧将手从岑鲸的额头上缩回来，低着头大气不敢出。实在是叶临岸骂人太狠，她算术不好，没少挨骂，都快被骂出心理阴影来了。

白秋姝做好了再次被骂的心理准备，结果叶临岸看看她，又看看岑鲸，冷冷撂下一句："病了就滚去医舍，不要在这儿妨碍其他人上课。"

岑鲸每次早起返校都觉得没睡够，闻言求之不得，起身跟叶临岸行了一礼，便离开课室，打算去医舍跟齐大夫要个条子，回宿舍补觉。

白秋姝眼睁睁看着岑鲸离开，等反应过来，叶临岸已经重新开始上课。意识到没有被骂，她以为今天的叶临岸格外好说话，心思一下子又活络起来，竟敢开口打断叶临岸的讲课，提出要送岑鲸去医舍，免得她走到半路突然倒下。

白秋姝说这话的态度非常认真，半点儿看不出她其实就是想借机逃课。然而叶临岸方才那么说，纯粹是因为对着岑鲸那张脸骂不开嘴，不得不给岑鲸台阶下。他心里也知道岑鲸那模样肯定不是生病，所以岑鲸离开后他很后悔，心里更是憋着一股气，认为自己不该再这样偏心下去，得想办法把岑鲸和岑吞舟分开来看。正巧这个时候白秋姝撞上来，他没再收敛，把白秋姝给骂了个狗血淋头。

犀利的话语伴随着窗外的秋风，吹落了树上最后一片枯叶。那片枯叶被风吹着，在空中打着旋落下，落在了正好下楼的岑鲸头上。

岑鲸抬手将落叶摘下，捏着叶梗转了转叶片，迈着步子朝医舍走去。

残秋将尽，冬天就要来了啊。

第八章

月华寺惊变

一

大雪纷扬，挽霜一手撑着伞，一手提着食盒，脚步飞快地穿过连廊，掀起厚重的门帘钻进去，又飞快地把门帘放下，免得冷风吹进屋内，吹散了屋中的热气。

"姑娘，"她把食盒放到外间的桌上，脱去斗篷，隔着珠帘对在里间榻上看书的岑鲸说，"快来吃饭吧，吃完还得喝药呢，晚些药就凉了。"

岑鲸翻动书页，头也不抬地说："知道了。"

挽霜将食盒里的饭菜取出，一一摆到桌上，等饭菜摆好，她又朝岑鲸唤了一声："姑娘，吃饭啦。"

岑鲸还是没动，眼睛定定地落在书上。

"姑娘！"挽霜掀起珠帘，珠子相互碰撞的声音清脆又杂乱，像一双无情的大手，探进书中，捞出岑鲸沉浸在其中的思绪。

岑鲸蹙了蹙眉，扭头对上叉腰瞪眼的挽霜，只好无奈地放下书，磨磨蹭蹭地从榻上下来，披着衣服趿着鞋，到外间去吃午饭。

不知道是那日在白府门口把岑晗鸢给吓着了，还是燕兰庭反应够快，反正岑鲸再也没见过岑晗鸢母子，岑家那边也依旧没有任何动静，大概是想做什么，又被燕兰庭给摁了回去。

无波无澜的日子总是过得飞快。

十月白秋姝生辰，岑鲸提前托云息寻来一把上好的长横刀，送给白秋姝做生辰礼物。送完她才想起，自己好像也给岑奕送过长横刀。意识到这糟糕的重合度后，她想要把礼物收回，换个别的，结果白秋姝说什么都不肯，她只能作罢。

十一月上旬，岑鲸又一次从燕兰庭那儿收到岑奕的消息，得知岑奕手下那两个染了毒瘾的将领戒毒失败。其中一个耐不住毒瘾发作时万蚁噬骨的痛苦，趁看守不备自尽而亡。另一个原以为戒了毒瘾，可没过多久，居然又背着他们重新吸食起了阿片，但因为没有权贵敢再给他提供阿片，只能自己买，可他们这些在外当兵打仗的能有几个钱放身上，就是全花了也只够抽一顿的，于是他竟私自将军中马匹卖给了境外来做生意的商人，拿换来的钱去买了阿片。本是落入敌手酷刑加身也不屈服的铁血汉子，如今居然冒着触犯军规连累家小的风险，即便是死也要再抽一顿。

此举彻底震撼了那些不相信阿片威力的人。

据说那将领曾带兵深入敌营，是一等一的潜伏好手，若非他潜逃时犯了毒瘾，忍不住点火吸食身上携带的阿片，追捕他的人未必能抓住他。

那将领逃跑时身上什么都没带，就带了他拿军中马匹换来的阿片。追捕他的人都是他昔日的好兄弟，找到他时，见他躺在地上一脸飘飘然，怎么叫都没回应，有人太过悲愤，险些当场就动手杀了他。那人被拦下后，还不停地冲他咆哮，嘶吼着让他醒醒，并质问他怎么会变成现在这副鬼样子，还对不对得起在家乡等他回去的父母妻儿。可那将领沉溺在阿片带来的快感中，又怎么听得见兄弟痛心疾首、几欲泣血的嘶吼？

最后那将领被带回去，岑奕当着一众士兵的面，以军法处置，斩下了他的首级。

虽然动手的是岑奕，但最愤怒的也是岑奕。他无法接受手下将领不是死于沙场，而是毁于阿片。气疯的他带着同样意难平的士兵进入边境城，找当初那些引诱他手下将领吸食阿片的城中权贵，斩下那几人的头颅悬挂于城门口，并按照燕兰庭信中所说的方式，用卤水加生石灰的法子，将从边境各权贵府中搜出的阿片尽数销毁。此后他更是下了死命令，再有敢携此物入大胤边境者，斩！

第八章 月华寺惊变　YUE HUA SI JING BIAN

岑奕雷霆手段，没少招来怨言，可有朝中送来严禁阿片流入的命令在前，岑奕此举也不算过分，各地只能跟着配合。

因为这一出，岑奕回京的时间也跟着往后延了许多日。

十一月中旬，岑鲸病了。

她身体本就不好，往年在青州那样不下雪的地方过冬，且得病上几回，更何况是在每年冬天都会下雪的京城。平日若只是待屋里还好，偏她每天上课都得在西苑和明德楼之间往返，途经地势开阔风又大的中庭校场，被狂风迎面吹上几次，想不生病都不行。

岑鲸生病后，白家替她向书院请了长假，准备等开春再送她回书院读书。

陵阳县主得知岑鲸病倒，亲自跑来白府探望，还提出想把岑鲸接到自己在京郊的温泉庄子上养病。那处温泉庄子可是下了大功夫建的，几乎每间屋子的地板下面都埋了铜管，温泉水自铜管流过，即便不摆炭盆，也能让屋子里头变得暖和。

岑鲸觉得也行，陵阳县主便去跟白志远和杨夫人打了声招呼，当天就带着岑鲸和挽霜出城，去了她名下那处温泉庄子。后来岑鲸病愈，无论是和她保持通信的燕兰庭还是陵阳县主，都希望她能再多住一段时间，因此她至今都还在陵阳县主的温泉庄子里住着。

腊月初五，也就是前几日，书院开始放长假，白秋姝给她写信，说也想来这边住，因为温泉庄子离城外驻军营更近，方便她每日一大早往驻军营跑。

岑鲸征询过陵阳县主的意思，给白秋姝回了封信，让白秋姝收拾好行李，过来和她一块住。

这日岑鲸独自一人吃完午饭，又端起那碗尚有余温的药汤一口喝光，漱口清掉嘴里的药味，起身在屋里来回走了几步，算是完成这一天的运动量，接着又坐回榻上，继续看她的书。

挽霜在外间收拾好桌子，又拎着食盒打伞出去了，过去大约半个时辰，拿进来一沓信。这回不用她开口，岑鲸就放下书，伸手接过了那些信件。

挽霜叹气："但凡您喝药能这般主动，三姑娘也不用每天早上都过来提醒奴婢好几次才肯出门。"

岑鲸没有半点儿要反省的意思，甚至乐出了声。

她一边乐，一边看信。这厚厚一沓里头，有舅舅舅母写来问她在这边过得怎么样、白秋姝有没有惹祸的信，有乔姑娘、安馨月问她年前或年后有没有时间出来玩的信，还有燕兰庭同她说边境消息的信，以及……

叶锦黛也给她写信了？岑鲸很意外。她拆开信，信上叶锦黛没提什么事，就说想要约她见一面，在哪儿都行，越快越好。

岑鲸正想要不要把叶锦黛叫到温泉庄子，陵阳县主就来了。

"阿鲸，吃饭了吗？"陵阳县主学着白秋姝的样子叫她"阿鲸"，一进屋，身后跟着的丫鬟就把提来的午饭摆上了桌。

和每天早出晚归，拿着长公主的令牌去驻军营报到的白秋姝不同，陵阳县主的作息非常不规律，能不能早起，就得看她前一夜有没有拉着她的男宠们熬夜玩闹，若是没有，她基本都能过来跟岑鲸一块吃午饭，若是有，她就会睡到未时，也就是下午一两点的时候才过来。

岑鲸："吃过了。"

陵阳县主脱下沾雪的斗篷，掀开珠帘，冲她撒娇："陪我再吃点儿嘛。"

岑鲸并不惯着她："自己吃。"

陵阳县主不高兴地放下珠帘，在珠子清脆的碰撞声中转身坐到桌边，开始吃这一顿迟来的午饭。

饭后陵阳县主漱口净面，让丫鬟给她擦干净手，再次掀开珠帘走到里间，隔着榻桌坐到了岑鲸对面，跟正在提笔回信的岑鲸说："我明天要去月华寺。"

岑鲸："月华寺？"

陵阳县主："听说那里热闹，我想去看看，你陪我吧。"

至于是听谁说的……自然是她院里想要讨好她的男人。

岑鲸想了想，点头说："好。"

陵阳县主高兴，又跟岑鲸絮叨了些有的没的。岑鲸安静地听着，偶尔回她一句，同时笔下不停，给叶锦黛回了信，约她明天到城外的月华寺见面。

傍晚白秋姝回来，三人一块吃了晚饭，坐下喝茶聊天的时候，岑鲸问她明天有没有空，要不要跟自己和陵阳县主一块去月华寺逛逛。

"明天啊，"白秋姝一脸为难，"明天怕是不行。虎啸营主将岑奕后天回京，预计明天就能到城外。带我的曹副将说了,岑将军他们明日必会在城外停驻整顿一日,到时候他会带我过去见识见识!"

白秋姝早就听闻过虎啸营的威名,虽然此次虎啸营主将回京应该只带了少许亲兵,但她还是很期待,无论如何都想去看看。

陵阳县主听到岑奕的名字,下意识看向岑鲸,却见她脸上并无异色,还叮嘱白秋姝:"边境来的士兵,说起话来怕是比驻军营里的人还要没分寸,若是一言不合动起手,切记不可轻敌。"

白秋姝听出岑鲸话里的意思,是让她不用太过忍让,当即便高高兴兴地"嗯"了一声。

之后三人又聊了些别的,其间岑鲸一直都保持着平静的模样,仿佛岑奕这个名字和她没有半文钱关系。

晚些陵阳县主回自己的院子,白秋姝回隔壁屋,岑鲸坐在床边泡脚,倚着床柱出神。她也不知道自己想了些什么,等反应过来,盆里泡脚的水已经凉了。

挽霜端着热水从屋外进来,见她呆呆的,问:"姑娘,你怎么了?"

岑鲸摇了摇头,说:"今年冬天似是比往年要更加冷些。"

挽霜将热水沏进床边摆放的小壶中,方便岑鲸半夜口渴倒来喝:"京城自然是比青州要冷。"

岑鲸笑笑,没再说话。挽霜不知道她拿来比较的"往年",正是京城的往年。当然也有可能是她身体比以前更加怕冷,才会有这样的感觉。

"睡了。"岑鲸把脚从盆中抬起,用布擦干,躺回了被子里。

挽霜依言将屋内烛火一一熄灭,只留下最后一盏拿在手里,退出屋外。

岑鲸和陵阳县主都不是爱早起的人,更何况天冷,暖暖的被窝谁不爱,所以等她们起床,用完饭,再到收拾好自己从温泉庄子出来,已经是中午了。

岑鲸和陵阳县主共乘一辆马车,出来时没太注意,等到月华寺所在的月华山脚下,岑鲸踩着马凳从马车上下来,回头一望,发现除了马车前头开路的侍卫,马车后面竟然还跟着两队长长的人马。这些人里头,有一部分穿着县主府侍卫的衣服,还有一大部分穿着样式相同的黑衣,腰佩长刀。

岑鲸略有些吃惊地问："怎么带那么多人？"

陵阳县主跟着从车上下来，拉住岑鲸的手，撇了撇嘴，说："你不知道，打从你到我这儿养病，燕兰庭就陆陆续续安排来好多侍卫，平时我要出去也不见他们跟一跟，今天知道你要出门，一下跟来了大半。"她虽然喜欢排场，却也从未往外带过那么多人，不高兴地道，"也不知道是不是在防着我。我又不会把你拉去卖了，他要不要那么小心翼翼！"

岑鲸哑然，也有些意外燕兰庭这么大手笔，派这么多人来保护她。

她不知道自己当初那一死给燕兰庭留下了多大的心理阴影，她在书院被挟持的一幕又给他增添了怎样的忧虑，若非怕白志远起疑，这些侍卫早就登门进了白府，又怎会等岑鲸到陵阳县主的温泉庄子上，才被叫来派上用场？

陵阳县主不想跟岑鲸多聊燕兰庭，拉着岑鲸就往山上去。

最近接连大雪，一直到昨天晚上才停，月华寺的僧人怕发生意外，除了加派人手打扫石阶上的落雪，还派和尚到山脚，好言把等着做生意的轿夫劝走，免得有谁坐人力轿子上山，半路打滑失足，赔了性命。因此冬天上月华寺，无论来人名头有多大，都得靠自己的双脚一步步走上去。

岑鲸意外发现自己的体力似乎比前几年在青州时要好许多，至少没有走到半路就扑街。

抵达寺庙，就像陵阳县主之前说的那样，月华寺很热闹，显然恶劣的天气并不能阻拦信徒虔诚的脚步。

因为陵阳县主带来的人太多，排场太大，很快就有寺里的和尚过来接待她们。一路跟来的侍卫自然不能全带进去，就留了一部分在外面。岑鲸跟着陵阳县主，还有她带来的一众嬷嬷丫鬟们则到大殿里进香。

虽然她们是一块进去的，但跪在佛前祈愿的人却只有陵阳县主。岑鲸不信神佛，站在她身后稍远一些的地方，仰头打量大殿内供奉的佛像。

叶锦黛拿着刚刚请大师替她解的签文，从一侧绕进大殿，一眼就看到了立在佛像前的岑鲸——毫不夸张，当真是一眼就看到了，虽然大殿内除了岑鲸，还有一些人也是站着的，但他们中绝没有任何一个人像岑鲸那样显眼。

叶锦黛远远望着，发现岑鲸在看佛像，而那尊高高在上的佛像似乎也在看岑鲸。一个是立在殿内，受往来香客跪拜的神佛，一个是相比巨大佛像看起来格外渺小的凡人，可两双眼睛却是一样的无喜无悲，就这样静静地对视着，莫名的震撼叫叶锦黛起了一身鸡皮疙瘩。

岑鲸似有所感，扭头发现了呆立在原地的叶锦黛，她看了一眼还在拜佛的陵阳县主，抬手朝叶锦黛示意了一下，带着挽霜转身走向殿外。

叶锦黛回过神来，随着岑鲸的脚步走出大殿。刚一出来，她就听见岑鲸抓了个和尚，问他这附近哪里有清静些的地方。

那和尚指了指偏殿后头一条小路，说直走有个院子，开春后的风景倒是不错，入冬后就显得较为凄清，不大招人喜欢，所以这会儿肯定没人到那儿去。

岑鲸谢过和尚，等那和尚离开后，她又带着挽霜和叶锦黛去了和尚说的院子。那处院子的布局确实不错，就是树枝都光秃秃的，感觉特别凄凉。眼看着就要过年，谁不想多沾点儿热闹喜庆，也难怪没人愿意来这儿。

挽霜也不大喜欢这里，还跟岑鲸提议："姑娘，我们换个地方吧？"

岑鲸："你到我们来这儿的小路上等着，若是陵阳县主来找我，你就把她带进来。"

挽霜不大想留岑鲸和叶锦黛两个人在这儿，可又习惯了听从岑鲸的命令，只能乖乖地回到小路上。

挽霜离开后，岑鲸转向叶锦黛，示意她说明非要见自己的原因。

这中间也没个对话作为过渡，叶锦黛窘迫地张了张嘴："我们要不要先……寒暄几句？"

岑鲸笑道："我怕寒暄完，陵阳就来了。"

"好吧。"叶锦黛舔了舔干燥起皮的嘴唇，斟酌了一下措辞，开口对岑鲸说，"你能不能……能不能替我从狱中救一个人？"说着，她不由自主地红了脸。

这不是她第一次向岑鲸求助，因此她格外不好意思。可她没有别的办法，她哥叶临岸虽然名声在外，可终究是白身，而她又无法去拜托那些系统为她挑选的攻略目标。所以她只能来求岑鲸，可以喊动大反派燕兰庭的岑鲸。

在她求助岑鲸的同时，她的系统还在她脑子里不停地骂她："宿主你也太糊涂了，去找安王或者永宁侯世子不行吗？虽然会欠下人情，但也增加了你跟他们往来的机会，你怎么就不知道利用？！"

叶锦黛听着系统只知道叫她刷攻略目标好感度的声音，硬忍着想哭的冲动，跟岑鲸说："那人名叫柳轩易，是个江湖侠士，前几日因为打伤永宁侯府的三公子被关进了牢里。可他没错，是三公子当街欺辱一个靠卖字赚钱的书生在先，他还想踩折那书生的手指，轩易看不过眼才出手打了他，却不想永宁侯跟官府那边打了招呼，要让他死在牢里……"她一个现代人，哪里遭遇过这样无法无天的事情，越说越是怀念自己原来的世界。

岑鲸："如果真像你说的那样，我一定会帮你。"这事也不算叶锦黛的私事，官府与权贵勾结，罔顾王法草菅人命，她总不能视而不见。

叶锦黛看着柳轩易被抓的时候没哭，被系统怂恿借机去找攻略目标的时候没哭，听到岑鲸答应会帮她，居然没忍住在岑鲸面前哭出了声。

"……怎么哭了？"岑鲸措手不及。

叶锦黛哭得稀里哗啦，嘴里含糊不清，一下说自己也不知道，一下说还好这个世界不止自己一个穿越者，她还跟岑鲸道歉，说自己总是麻烦她，又跟岑鲸哭诉，说自己好想回家……穿越以来压在心底逐渐积累的负面情绪终于在获得同乡的帮助后彻底爆发。那是她无法跟旁人提及的秘密，系统也不能理解她，还好这世上还有一个人，能让她无所顾忌地倾诉。

岑鲸也是听叶锦黛的话才知道，叶锦黛和她一样，都是死后被系统选中，来到这个世界。作为一个喜欢看网文来缓解工作压力的上班族，叶锦黛在最初也有过自己的野心，并自信自己说不定能成为这个世界的"主角"，因为穿书文都是这么写的。后来她明白了，现实和小说不一样，因为在这个世界和她相恋的柳轩易并不是什么皇亲国戚或王公大臣，他甚至不在自己的攻略目标名单上，系统那儿也买不到他的资料卡，无法知道他的命运。可叶锦黛就是喜欢他，她对他的感情是没有任何剧情滤镜的喜欢，是阴差阳错间的怦然心动。然而叶锦黛看不到他们的未来，因为柳轩易不是攻略目标，无论柳轩易多么爱她，都无法帮她摆脱系统。她要是不想被系统绑定一辈子，就只能去攻略那些所谓的目标角色。

哭到最后，叶锦黛慢慢冷静下来，冒出一句："我要是没穿越该多好啊。"如果没穿越，就不用面对这样痛苦的选择。

第八章 月华寺惊变 YUE HUA SI JING BIAN

岑鲸垂下眼，并未对叶锦黛的话发表任何看法。

冷风漫卷，有细小的雪花落在她发间，叶锦黛擦着眼睛，寂静在两人之间蔓延。

直到——

"你怎么跑这儿来了？叫我好找。"陵阳县主带着丫鬟、嬷嬷并侍卫找了过来。

陵阳县主在书院住过一个月，自然认识住在岑鲸隔壁的叶锦黛，她问："你怎么在这儿？怎么还哭了？"

叶锦黛尴尬到无地自容，岑鲸便替她回答道："我约了她在这儿见面。"

"你约她在这儿见面？"陵阳县主反应过来，语气慢慢变得不高兴，"我就说你怎么会答应陪我出门，原来你今天不是专门陪我出来玩的。"说罢转身就要走。

叶锦黛以为陵阳县主会因此厌了岑鲸，有些慌。可不等她为岑鲸说什么，就见陵阳县主又转身回来，拉上岑鲸一块离开。刚哭过的叶锦黛傻愣愣地吸了吸鼻子，心下困惑：陵阳县主到底是什么脾气？

岑鲸任由陵阳县主拉着她，从小路出去。

这时，迎面来了一个小和尚，手里端着托盘，托盘上摆着几本经书和笔墨纸砚。见到陵阳县主等人，小和尚退到一旁，似是要让她们先过。

陵阳县主没把小和尚放在眼里，岑鲸却多看了小和尚几眼。

一般端托盘，拇指以外的四根手指会弯曲，虎口到食指下半部分的位置都会卡在托盘边缘，但那小和尚右手的四根手指乃至大半个手掌都贴在托盘底部，只有食指卡在托盘边缘，简直就像是藏了什么东西在托盘底下，需要用四根手指固定，以免那东西掉落一般。

发现这点的时候，陵阳县主已经拉着岑鲸走到了小和尚面前。小和尚刚一动，岑鲸立马把她拽了回来。

一切都发生在瞬息之间，岑鲸用全身的力气把她拽回来的同时，小和尚丢掉托盘，露出了他藏在托盘下的匕首，朝陵阳县主刺去。岑鲸转身挡在她前，匕首从上至下划开了岑鲸背后扬起的斗篷。

陵阳县主根本来不及反应，就觉得从自己被岑鲸拉着往后倒退一步开始，周围的一切都慢了下来，被丢开的托盘的一角重重磕在地上，那小和尚举起手中的匕首，带着腾腾杀气扑向自己。她睁大了眼睛，然而下一刻，越来越近的利刃被一张熟悉的清冷面孔所取代。她忽然意识到什么，条件反射一般一把拽住岑鲸的前襟，带着岑鲸一块往后倒去。

耳边，裂帛声与丫鬟、嬷嬷们的惊呼声同时响起，跟在她们身后的侍卫长刀出鞘，一拥而上制服了行凶的小和尚。

"县主！"

"姑娘！"

丫鬟、嬷嬷围住了双双跌坐在地的陵阳县主与岑鲸，七手八脚地将两人从地上扶起来。

陵阳县主站起身后第一件事就是双手扳着岑鲸的身子让她转身，要看她背后，好确认她有没有受伤。看到岑鲸背后的斗篷被划破，棉花从破口处冒出来，她腿都软了。

万幸的是，因为岑鲸穿得够多，也因为陵阳县主最后拉着岑鲸一块往后倒，小和尚的匕首虽然划破了岑鲸的斗篷，就连斗篷下的外衣也被划破了一道口子，却并未伤到岑鲸的身体。

"没事……没事没事没事……"确认岑鲸无恙，陵阳县主又把岑鲸的身子转回来，抱住她，以此平息自己心中的恐惧。

岑鲸先是摔了一跤，起身后又被陵阳县主拉着转来转去，转得脑子都晕了，可感受到怀里的陵阳县主还在颤抖，岑鲸还是抬手拍了拍她的后背，以作安抚。

接下来要干吗来着？

岑鲸缓过神来，目光穿过人群，看到被压制住不停挣扎的小和尚。他双膝跪地，脖子被一只大手摁着，弯曲的背脊随着喘气一起一伏。突然，起伏停止，小和尚身体一软，跟摊烂泥似的没了声息——应当是咬破了藏在嘴里的毒药囊，自尽了。

岑鲸："搜一搜，看他身上有没有什么东西。"

侍卫领命搜那小和尚的身。

岑鲸准备带陵阳县主去找间客舍坐下，喝杯热茶压压惊，扭头看到站在人群包围圈外的叶锦黛，见她一脸呆滞地看着那死去的小和尚，便朝她喊了一声："叶姑娘！"

叶锦黛猛然回神，一脸惶恐地看向岑鲸。

岑鲸见她也受了惊吓,就把她一块带去了寺庙的客舍。

寺庙客舍简朴,岑鲸坐在烧水的小火炉旁暖手,陵阳县主和叶锦黛就坐在她身旁。一个喋喋不休地埋怨她,叫她以后莫要拿自己来挡刀;另一个静默不语,还在一遍遍地回想方才看到的小和尚的尸体。

岑鲸的外衣破了道口子,拿斗篷挡一挡就好,斗篷破了却是没办法,便叫一丫鬟带着一侍卫下山,到山脚下的马车上去取备用的斗篷。

不一会儿,壶里的水烧开,挽霜提起水壶沏茶,给她们三人一人沏了一盏。

"谢谢。"叶锦黛喝不惯茶水,但还是接过茶盏,跟挽霜道了声谢。她将茶盏放到一旁的矮桌上,转过头,看见岑鲸捧着茶盏也没喝,而是在暖手。

岑鲸察觉到叶锦黛的视线,问:"怎么了?"

陵阳县主因为岑鲸的询问,也看向了叶锦黛。

叶锦黛被她们两人看着,不自在地清了清嗓子,问岑鲸:"你……你不怕吗?"不说那突如其来的刺杀,就说那倒在地上的死人,但凡是生活在和平国度的现代人,乍一看到都会不适应吧?

岑鲸:"一开始怕,习惯了就不怕了。"

"习惯了?"叶锦黛疑惑,岑鲸虽然比她早穿越过来五年——过完年就是六年——可怎么说也是顶着官宦人家表小姐的身份,养在深闺,不应该习惯看见死人吧?

疑惑间,有身着黑衣的侍卫进屋,对岑鲸行礼:"岑姑娘。"

岑鲸:"如何?"

"让寺庙里的僧人来看过了,他们都说没见过刺客,不是他们寺里的人,倒是刺客身上的僧衣绣了法号,确认是寺里一个小师傅前阵子丢了的衣服。另外,"侍卫呈上托盘,正是小和尚藏匕首的那个,托盘上摆着当时盛放的经书和笔墨纸砚,以及小和尚行刺用的匕首,"刺客身上找不出任何有用的线索,只有这些。"

身后的嬷嬷将托盘接过,递到岑鲸和陵阳县主面前。

托盘和经书等物都掉到过地上,匕首更是刺客握过的,陵阳县主嫌脏不肯碰,还往后躲了躲,生怕扬起的尘土沾她身上。

岑鲸倒是不嫌,她拿起经书翻看,又碰了下被摔坏的笔墨纸砚,最后是那把没有鞘的匕首。匕首的握柄上刻有防滑图样，细看不像花卉，倒像是……岑鲸启唇，吐出一串文字，字音圆润饱满，是其他地方的语言。

陵阳县主听见那串文字，顿时瞪大双眼，也不嫌脏了，一把从岑鲸手中拿过匕首，被岑鲸训了一句："抢什么，也不怕划伤手。"

一旁的叶锦黛满头雾水："什么情况？"

岑鲸接过挽霜递来的湿帕子，擦着手道："匕首上刻着西耀皇族的姓氏。"

叶锦黛脱口而出："你懂西耀语？"说完，她意识到自己这句疑问提得不是时候，生硬地说了句别的，"应该没有人会蠢到拿刻着幕后主使的凶器来行刺吧？"

岑鲸转向陵阳县主，问："听到了吗？"

陵阳县主抿了抿唇，"啪"的一下把匕首丢回托盘里："我当然知道。"

岑鲸轻轻一笑，却很快又敛了笑意。幕后主使虽然不是西耀皇族，却有可能是西耀的贵族，毕竟恭王妃下令禁止阿片流入西耀的举动触犯了不少西耀贵族的利益。

"跟你说月华寺热闹，叫你来月华寺玩的那个人……"

岑鲸正要追究是谁当了内鬼，为西耀来的刺客提供了陵阳县主的行踪，突然外头传来非常尖锐的一声"咻"，然后就是震耳欲聋的炸裂声。

众人愣在原地，最后是叶锦黛开口，迟疑着问："是在放烟花吗？"

岑鲸撑着桌子站起身："应该是信号弹。"

城外虽然清静，却也难说会不会出现什么意外，所以像皇室宗亲的别苑或者大官名下的庄子，又或者寺庙这样的地方，都会存放信号弹，一旦出现意外，燃放信号弹，便可引城外驻军前来。

像是为了验证她的猜测，客舍的门突然被人从外面推开，被吩咐去山脚拿斗篷的丫鬟和侍卫带着一个和尚冲进来，三人形容狼狈，那丫鬟更是连气都快喘不上了，脸色煞白。

"发生什么事了？"陵阳县主跟着岑鲸站起身，问他们。

那侍卫连忙禀报说："回县主，我等刚从山下回来，便有一群山匪包围了寺庙，山匪凶残且数量众多，我们的人恐怕撑不了多久。"

"山匪？"陵阳县主简直不敢相信自己的耳朵。居然有山匪敢来京城外作乱？

"那怎么办?"叶锦黛没这个概念,体会不到陵阳县主的惊诧,就想知道他们怎样才能逃出去。

随侍卫来的和尚说:"各位施主不用慌,月华寺后厨有条地道,可通往寺庙外的树林,你们且随贫僧来。"

"好!"

众人手忙脚乱,没时间收拾,但好歹得把斗篷披上。

嬷嬷拿来那件大红底色、边沿镶着一圈白毛、外头点缀了大堆华丽绣纹与珍珠的斗篷,只是还未给陵阳县主披上,斗篷就被岑鲸给拿走了。她把几乎可以当靶子的红斗篷扔到一边,又将丫鬟从山脚下带回来的那件素色斗篷递过去:"给她披这个。"至于岑鲸自己,则披回了那件被小和尚用匕首划破的斗篷。

一行人离开客舍,跟着带路的和尚直奔后厨,要走过很长的一条走廊,还得穿过正对山门的前庭。前庭旷阔,能看到许多香客被寺里的和尚引着往厨房跑,大抵是佛门慈悲,希望所有人都能从密道逃出去吧。

可惜她们这次来寺庙带的侍卫数量对一个县主来说算太多,但对敢在京城外闹事的山匪而言还是少了。寺庙的山门被人从外面轰然撞开,手持兵刃的山匪冲进寺庙,原本还有序往后厨跑的人一下就乱了,竟开始到处乱窜,寻找地方躲藏。

混乱中,有人撞开了岑鲸拉着陵阳县主和叶锦黛的手,陵阳县主急忙回头去找,看见岑鲸被撞得跌坐在地上。

"阿鲸!"陵阳县主想要回头,却被身旁的丫鬟、嬷嬷们推搡着向前。她急疯了,拼了命地想要回去。她的吞舟哥哥已经死过一次了,她不想让岑鲸再死一次,可身边居然没有一个人听她的话,聋了一样地推着她继续向前。

与此同时,闯进寺庙的山匪一没喊话,二没把寺庙里的香客聚集起来,搜刮他们身上的财物,而是开始到处杀人。

燕兰庭安排来的侍卫绝大多数都死在了方才抵御山匪进寺庙的厮杀中,剩下几个一直跟在岑鲸身边,被人群冲散后,又都折回向岑鲸靠近。可那群山匪像是专门在找衣着不俗的女子,因此马上就有一支箭朝她射了过来。岑鲸堪堪躲过那支箭,被赶来的侍卫扶起继续往后厨的方向跑。途中又是几箭袭来,被侍卫挥刀挡下。接着几个山匪持刀冲向岑鲸,侍卫便与他们缠斗在一处。岑鲸眼看逃跑无望，索性扭头往大殿的方向跑去，免得把山匪引去后厨，被他们发现后厨有密道，给那些已经逃出寺庙的人带去危险。

那群山匪的战力强悍到不像话，不似寻常匪徒，倒像是杀惯了人的边境士兵，轻松把侍卫都解决掉后，马上就追上了岑鲸。这会儿前庭除了山匪和岑鲸，已经没有能站着的活人了。

岑鲸迈开大步往前跑，久违的剧烈运动让她呼吸急促，冰冷的空气针刺一般折磨着她的喉咙与肺。突然，她眼前黑了一下，就一下的工夫，她被地上的尸体绊倒，整个人重重地摔在地上，手掌在粗糙的石板地上擦破了皮。不等岑鲸爬起身，追来的山匪便抓住岑鲸的手臂，非常粗暴地把她从地上拎了起来——真的是"拎"。

对方很高很壮，力气也很大，扯开岑鲸的风帽后，用西耀语说了一句："不是她，没这么年轻。"

这群"山匪"果然是冲着陵阳县主来的。

岑鲸冷静地想着，喘出的气在冰冷的寒风中化作白雾，又顷刻间被吹散。

身形高大的"山匪"举起手中的大刀，准备把岑鲸杀了，再继续去找他们此行的目标。

岑鲸还算平静，正寻思陵阳县主那边若是不出意外，应该已经进入密道，结果耳边突然传来陵阳县主的嘶吼："吞舟哥哥！！！"嘶吼声自然不如往日那般甜美，甚至显出了几分骇人的凄厉。

下一刻，有什么划破了空气，"嗤"的一声，刺破布料与皮肉。

冷风吹来一朵细小的雪花，轻轻地落在了岑鲸的眼睫上。

岑鲸面前的"山匪"还维持着举刀的姿势，然而他手中的刀注定无法落下，因为就在刚才，一柄长横刀穿透了他的胸膛，刺出的刀尖就悬在岑鲸眼前不过一寸的位置。长横刀刀侧开了一条血槽，温热的血从血槽内流出，滴滴答答地落在石板地上。

不能否认，岑鲸看到长横刀的第一反应是白秋姝，随后她又惊觉不对：驻军营离此处有一定路程，即便看到了信号弹，也不可能这么快赶过来，而且秋姝应该没这么大的力气用手把长横刀投掷出长枪的效果。

那会是谁甩出的这一刀？

第八章 月华寺惊变 YUE HUA SI JING BIAN

面前的"山匪"倒下后,岑鲸的疑惑得到了解答——没有了视线阻挡,她看见那被"山匪"撞开的山门外,出现了一支身着铠甲的军队,为首之人骑在马上,一身经由血与火淬炼而成的凛冽煞气,即便隔着冷风,依旧刺得她眼睛疼。

而被刺疼眼睛的,何止岑鲸一人。

岑奕听见陵阳县主的声音时,长横刀已出鞘,他以为自己听岔了,却还是因为那个名字失了力道,叫长横刀的刀刃尽数没入那"山匪"的后背。他"啧"了一声,嫌刀刃没入太多,待会儿拔刀不好拔。可当那"山匪"厚重的身躯往一侧倒下,露出站在"山匪"面前的女子的面容后,岑奕发现自己方才没听错,陵阳县主喊的就是"吞舟哥哥"。

岑奕手下的亲兵越过他冲入寺庙,不费吹灰之力就解决了剩下的"山匪",速度比这群"山匪"冲进来杀人的速度还要快。

岑奕骑在马上,隔着天上飘下的细小雪花,眼一眨不眨地望着那立在尸体旁的女子。突然,他冷笑了一声。岑家那群狗东西总拿和他哥长得相似的人来恶心他不够,现在连陵阳县主也疯了,居然把一个和他哥长得一模一样的女子当成他哥,还为此对着一个女人喊"吞舟哥哥"……简、直、有、病!

岑奕冷笑的同时,岑鲸听到了系统的声音——

"叮!将军岑奕好感值 -75。"

系统瑟瑟发抖:"怎么办宿主,他真的好讨厌你……"光是看到长相相似的岑鲸就讨厌成这样,要知道岑鲸就是岑吞舟本人,那还不得杀之而后快?

岑鲸小声骂了句"闭嘴吧",骂完转开视线,去找陵阳县主。

陵阳县主从她那群丫鬟、嬷嬷手里挣脱,一跑回来就看见岑鲸落在"山匪"手中,悲怒之下一声嘶吼,喊出了岑鲸原来的名字,之后又见岑鲸逃过一劫,她虚脱般跌坐在地,除了泪流满面,再也做不出任何反应——本来应该是这样的。可一看到岑奕翻身下马,似是要朝岑鲸走去,她心里一慌,突然又有了力气,手脚并用地从地上爬起来,跌跌撞撞地朝岑鲸跑去。

岑鲸见她正往自己这儿来,就想过去迎一迎,还未动身,余光看见岑奕不知何时下了马,此刻正一步步走向自己。她僵在原地,看着他走到自己面前,停下脚步的同时俯身握住那把穿透"山匪"胸膛的长横刀,"唰"的一下便把刀从"山匪"的尸体中拔出，高高溅出的血洒了一地。

岑奕拔出刀后并未直接把刀收回刀鞘，而是垂下刀尖，侧身看向岑鲸，一双鹰隼似的眼睛冷冷地望着她，看起来很像是要给岑鲸来上一刀的样子。

"你要做什么？！"跑来的陵阳县主冲到岑鲸面前，护鸡崽似的护着岑鲸。

别人或许不知道，还以为岑奕回到沈家却不肯改姓是惦记着将他养大的义兄岑吞舟，陵阳县主可不一样，那年冬狩，她亲眼看见岑奕把箭瞄准了岑吞舟，所以她知道岑奕就是想要岑吞舟死。她自知不是岑奕的对手，正要出言恫吓，却被身后的岑鲸抓住手臂，并往后拉了拉，示意她不要说话。岑鲸太了解岑奕了，岑奕眼下这态度，肯定是没有认出她，可要让陵阳县主继续说下去，就不一定了。

如岑鲸猜的那般，岑奕没有仅凭陵阳县主那一句"吞舟哥哥"认出她，还嘲弄似的看了眼如临大敌的陵阳县主，拿着那把长横刀转身离去。

陵阳县主这下才是真的泄了劲，要不是岑鲸扶着，她怕是要又一次跌坐到地上去。

岑鲸扶着她绕开满地的尸体，到能遮风的廊下坐着。四周士兵往来搜查"山匪"余孽，却无一人理会她们。还是折回来找人的嬷嬷带着一个丫鬟大声道破了陵阳县主的身份，岑奕手下的人才来问他要怎么安置陵阳县主。岑奕懒得安置，就拨了个人过去，给她当临时护卫。

片刻后，城外驻军营的人也来了。

岑奕带回来的亲兵还是太少，没法围山搜捕，他正要让城外驻军营的人来办这事儿，谁知第一个跑进寺庙的不是他认识的驻军营主将，也不是曹副将，而是一个打扮爽利看着不过十四五岁的小姑娘。那姑娘腰间也别着一把长横刀，一进门就引起了岑奕手下的注意，喝问她是什么人。

"自己人！自己人！"那小姑娘身后跟着的曹副将帮着解释，免得双方打起来。

随后那小姑娘就无视在场兵将，朝陵阳县主跑了去。

众人的视线不由自主地跟着她，看她脚步轻盈，如同一只回巢的雀鸟一般奔向那棵属于自己的大树，正疑惑曹副将为何说这小姑娘是"自己人"，就见那小姑娘忽如饿虎扑食一般，将陵阳县主身旁的丫鬟摁到了地上。那丫鬟抬起手中的匕首就要反击，却被白秋姝一把抓住手腕，用力一扭，生生折断了手骨。匕首掉

落在地，发出铿锵声响。

嬷嬷吓坏了，方才她找不到陵阳县主要折回来，只有这个丫鬟愿意跟着自己涉险，她还觉得这丫鬟忠心，谁知这丫鬟竟然也是个刺客。

白秋姝摁住丫鬟脖子的另一只手一点点收紧，直到听见岑鲸说"留活口"才松了力道，没有真把人掐死。

之后白秋姝就像扔麻袋似的把丫鬟扔到曹副将脚边，又继续像一只轻盈的小鸟一般落回到岑鲸身旁，叽叽喳喳地问岑鲸有没有受伤、冷不冷，要不要自己去给她找壶热水来喝。

可看了刚刚那一幕，谁还不知道，那就是一只披着家雀外衣的……凶兽。

曹副将也是第一次见岑鲸，除了惊叹岑鲸果然和传闻中一样像极了岑吞舟，还觉得白秋姝在岑鲸身边的模样有些眼熟，是在哪儿见过呢……曹副将想不起来了，直到他听岑奕的安排带人围山，他才蓦然想起，当年岑奕在岑吞舟身边，好像也是这样。

曹副将能发现的事情，岑奕自然也能发现。

于是岑鲸又听见了系统的声音——

"叮！将军岑奕好感值-10。"

系统："救命……"

岑鲸像是没听见一般，转头问白秋姝："你们是刚好在附近吗？"无论是虎啸营还是城外驻军营，都来得太快了，不像是从营地赶来的。

白秋姝一脸纠结："我也不知道能不能说。"

岑鲸理解，若事关军机，白秋姝跟她说了便算触犯律法，于是道："那就先不说。不过这次的事情是冲陵阳县主来的，你同他们说一声，让他们去把陵阳县主的温泉庄子围了，或许还能抓到些人。"但就算能抓到，也应该不是什么特别重要或危险的角色，数量也一定不多，不然他们不会特意把陵阳县主引到月华寺才动手。

白秋姝："好！"

她走后不久，叶锦黛和挽霜也从密道摸了回来。叶锦黛好些，挽霜吓得直哭，引得陵阳县主又跟着掉了几滴眼泪。

城外驻军营与虎啸营联手搜山，但因为除了"山匪"余孽，山中还有不少从寺庙里逃出来的香客和僧人，所以搜捕行动一时半会儿没法结束。

天色逐渐暗了下来，陵阳县主想要下山，也不回温泉庄子了，就想回城内，回县主府。正好岑奕和他的亲兵也要回城外，毕竟他们第二天一大早还得入城，进宫觐见。考虑到陵阳县主就是那群刺客的目标，岑奕准备和陵阳县主一道，虽然他们俩都挺不想看到对方的，可各自又都有自己的顾忌，只能忍着厌恶一块下山。

山脚下，她们来时的马车已经不在，"山匪"上山之前杀了在山脚的僧人和看守马车的车夫，马儿受到惊吓，早不知拉着车跑到了何处。

陵阳县主和嬷嬷都不会骑马，正苦恼，就见远处驶来了一辆马车。那车上挂着相府的牌子，从车上下来的正是宰相本人——燕兰庭。

岑奕见到他，似笑非笑地说："燕大人消息灵通啊。"

燕兰庭淡淡地瞥了他一眼："比不上岑将军。"随后便越过岑奕来到了陵阳县主和岑鲸面前，视线落在岑鲸身上，丝毫没有往日的遮掩。

陵阳县主没发现异样，对着燕兰庭毫不客气地道："燕大人来得正好，我们的车没了，可否把你的马车让给我们？"

燕兰庭自然没有拒绝，无论是说话语调还是表情神态都一如往常。可岑鲸就是看出燕兰庭眼下的状态不对劲，不知为何突然有些紧张。

陵阳县主拉着岑鲸一块走到马车旁，燕兰庭一路跟在她们身后。岑奕见了正要嘲弄燕兰庭是不是要跟她们几个女的一起乘坐马车，就发现燕兰庭独独在岑鲸上马车的时候，伸手在她身后护了一下，就像以前每次岑吞舟乘坐马车，他要是在一旁，就一定会护一下那样。

"叮！将军岑奕好感值 -10。"

系统哭得很大声。

可岑鲸却完全顾不上它，满脑子都是怎么看怎么不对劲的燕兰庭：他怎么了？

岑鲸和陵阳县主、叶锦黛、挽霜，以及陵阳县主的嬷嬷都上了车，白秋姝和让出马车的燕兰庭则骑马跟在马车两旁。

陵阳县主这一天受惊吓的次数简直比过去一年都要多，情绪起伏太大，安稳下来难免困乏，就枕着岑鲸的肩膀睡了过去。

岑鲸也想睡，她本就容易疲惫，方才从山上下来，她都怀疑自己只要闭上眼就能昏睡过去，从石阶上滚下来。好不容易一路硬撑着下了山，本以为回城路上能睡一觉，却又碰到燕兰庭表现异常，她无声叹息，又是一阵硬撑，等陵阳县主睡熟，抬手把她的脑袋慢慢往另一边摆弄，让她靠到了叶锦黛肩头。

叶锦黛一脸懵懂地看着她，她便用食指在唇边做了个噤声的手势，让叶锦黛什么都别问。叶锦黛幅度很小地点了点头。

安置好陵阳县主，岑鲸侧身掀起车帷，看见燕兰庭身披大氅骑在马背上，不知道在想什么，神情晦暗，给人感觉似是比冬天的寒风还要冷一些。

察觉到岑鲸的视线，燕兰庭转头看了过来，瞬息就调整好了脸上的表情，眼底的阴霾更是尽数散去，看起来很正常……个鬼！

岑鲸面上露出几分担忧，燕兰庭看了，知道岑鲸已然发现自己的不对劲，装出来的常态顿时如薄冰消融，取而代之的是岑鲸看不懂的压抑与叫人感到不适的阴沉。

直到这一刻，燕兰庭才变得有些像系统们口中所说的大反派，浑身上下都透出危险的气息。可岑鲸并不觉得这有什么奇怪的，燕兰庭能走到今天这一步，势必有他不为人知的一面。问题在于，燕兰庭从来都把这一面藏得很好，不让她瞧见，这次为何会藏不住？是朝中发生什么大事了吗？

岑鲸想问燕兰庭，又觉得眼下的环境不方便细谈，心里不免有些郁闷。以前她有事找燕兰庭，随便打声招呼把人叫到自己府上就成，天晚了留人过夜也算不得什么稀罕事，哪像如今，总要找各种各样的方式来遮掩，好麻烦。

许是困意磨人心志，又或者是岑奕"-95"的好感值拉低了岑鲸的情绪，导致岑鲸那看似耗之不竭的耐心出现了几道裂缝。

就在这时，燕兰庭一只手松开缰绳，掌心向上伸到她面前，指尖就悬在马车的车窗外。

岑鲸不明所以，也想不出燕兰庭是想跟自己要什么，索性伸出一根手指，在燕兰庭指尖点了点，示意他给点儿提示，结果燕兰庭非但没给她提示，还抓住了她的手指。

岑鲸："……"

她实在摸不透眼下的燕兰庭，又困得脑子发晕，心想等迟些再找机会问好了，就晃了晃手，让燕兰庭把自己的手指松开。

燕兰庭没有松手，且还添了几分力道，叫岑鲸想抽都抽不回来。

岑鲸蹙眉，看着燕兰庭的眼中满是警告。

燕兰庭却视而不见，紧紧抓住岑鲸的手指，仿若溺水之人抓住了能令自己活命的浮木。

可不就是浮木吗？确定岑吞舟死而复生为岑鲸后，燕兰庭此生再无他求，只盼岑鲸能好好活着。知道岑鲸想要休息，想要安宁，自己如今的身份与她所求相悖，他便把自己所有的私心和私情都藏在那个岑鲸注定无法打开的木球里送给她，就当是了了自己一直以来的心愿，从此斩断妄念。只要岑鲸顺遂平安，哪怕这一次她找到了自己的意中人，要和那人成亲，携手白头，他都……可以接受。他唯一的念头，只是让岑鲸好好地活着，仅此而已。

结果呢？他在城外驻军营中的人从岑奕手下亲兵口中得知，若非岑奕及时赶到并出手，岑鲸此刻怕是已经死在了那所谓的"山匪"刀下。来的一路上他都在想，如果岑奕没能及时赶到，如果那一刀落下了……如果岑吞舟又一次死了，而他又是在岑吞舟死后才得知消息……燕兰庭越想越出不来，只有见到活生生站在他面前的岑鲸，他才能从压抑的思绪中挣脱片刻。然而等岑鲸上了马车，马车里安静下来，再听不到她的声音，那折磨人的"如果"便卷土重来，将他彻底淹没。

他抓住岑鲸的手，就是在抓一块浮木。唯有那鲜活的容颜和指尖传来的温度，能让他获得一丝喘息，不被假设出来的恐惧所溺毙。

岑鲸哪里知道燕兰庭被吓疯了，她捏了捏燕兰庭的手，见他还不肯放开自己，便寻思着是不是自己手劲太小，又想如果是以前那具身体，何愁掐不青燕兰庭，叫他长长记性，如今……欺负她体弱是吗？

岑鲸面上不显，牙根却是隐隐发痒，她拿出一块帕子，叫挽霜用马车上备来喝的水打湿，又在燕兰庭手上挑了个看着不错的地方，用湿帕子擦擦干净，然后将燕兰庭的手往马车车窗里拉了一截，往自己挑好的位置狠狠一口咬了下去。

这不像是岑鲸会做的举动，更像是岑吞舟，不够有耐心，也不够温柔，但至少大胆，且嚣张。

第八章 月华寺惊变

YUE HUA SI JING BIAN

燕兰庭都给咬蒙了，还是岑鲸撩起眼皮，不悦地看了他一眼，他才猛然回过神来，松开了岑鲸的手指。

手指重获自由，岑鲸也施施然松开牙关，用手背擦嘴，凉凉地问："燕大人醒神了？"

燕兰庭看了眼自己被咬的手，上头除了牙印，还有被咬破皮后渗出的血和岑鲸留下的唾液："……醒了。"

岑鲸："不小心把燕大人的手弄脏了，燕大人自己擦吧。"

燕兰庭自知理亏，又是一声乖巧的应答。

岑鲸看他这样，虽然息了怒火，却也懒得再打起精神去探究他方才表现异常的原因，遂不再说话，直接放下了车帷。

车厢里，陵阳县主靠着叶锦黛睡得正熟，嬷嬷眼观鼻鼻观心，只当自己什么都没看见，什么都没听见，挽霜则目瞪口呆地看着她，唯独叶锦黛双颊微微泛红，嘴角怎么都压不下去，满脸写着：呀，有点儿好嗑！

岑鲸："……"好想告诉她"你嗑到假的了"。

可最终岑鲸还是没有解释，因为她实在太困，眨眼的时候眼睛一闭就没再睁开，入睡速度堪比昏迷。

被放下的车帷随着车身轻轻晃动，此时此刻，燕兰庭虽然看不见岑鲸，听不见岑鲸的声音，但是她的牙印还在他手上，她那一口留下的痛感也还在，轻易抚慰了他心头萦绕不散的不安。握着缰绳的另一只手覆上岑鲸咬出的伤口，他在寒风中吐出一片白色的雾气——咬得好。

二

岑鲸睡了一路，醒来时，马车已经停在县主府的大门前。叶锦黛早已下车回家。岑奕得等明天才能入城，所以今晚要在城外停驻整顿，就没跟着他们进城。

得知不用再看见岑奕，岑鲸暗暗松了口气，只盼日后在京城内，他们俩也能少些交集。

虽然已经到家，陵阳县主却并未着急下马车，她对今日发生的事情心有余悸，便在车上哀求岑鲸到她家陪她住一晚。

岑鲸应允了她的请求，还让挽霜回白府，把今日之事告知舅舅舅母，免得他们明日得知消息，不明就里去月华寺找她。

岑鲸和陵阳县主一块下马车，早已等候在马车外的燕兰庭对陵阳县主视而不见，却在岑鲸下车时抬手在她身侧护了一下。

没有岑奕在场，岑鲸面对燕兰庭的额外关照也不像在城外那样紧张，她一步步走下马凳，对燕兰庭轻声丢下一句："今晚我住县主府。"

燕兰庭眉心微蹙，想劝她回白府，那里比县主府安全，然后就又听到一句："你夜里若是得空，便来见我。"

岑鲸懒得再想什么迂回的法子和燕兰庭私下见一面，直接让对方晚上过来找她。

燕兰庭这才收了劝她回白府的心思："一定来。"

下车站定，岑鲸又扭头问白秋姝要不要和自己一块留下，在县主府住一夜。白秋姝怕岑鲸被针对陵阳县主的刺客误伤，遂一口应下。

众人入府后不久，县主府管事来报，说外头来了一群南衙骁卫，奉燕相之命前来护卫县主府，现已将县主府团团护住，无论是谁进出都需要核实身份。

陵阳县主经历了月华寺一事，觉得眼下的防卫很有必要，并传令府内一千人等，配合骁卫行事。

傍晚吃完饭，岑鲸让陵阳县主跟她府上的下人吩咐一声，给燕兰庭留个后门。

陵阳县主震惊："他大晚上来我这儿做什么？"

岑鲸："我让他来的，晚些借你这儿的书房一用。"

"行吧。"陵阳县主潜意识里还是把岑鲸当成男子，并不觉得岑鲸一个姑娘家夜里私会外男有什么不对，"那你叫他小心些，来的路上可千万别被人看见，不然传出去，别人还以为我饥不择食，连他都不放过。"

饥不择食……岑鲸笑出声："他没那么差吧？"

"看什么方面，他本事是不小，我若有他一半能耐，也不至于连替你报仇都做不到，可要当枕边人……不行不行。"陵阳县主一脸嫌弃，"他长得就不像是知冷知热关心人的样子，在房内也多半无趣得很，得亏他没娶妻，不然多造孽啊。"

这满嘴虎狼之词，岑鲸只庆幸白秋姝到花园散步消食去了，没听见这番话。

晚上，岑鲸和陵阳县主一个屋，白秋姝就睡隔壁。

岑鲸应陵阳县主的要求，等她睡着了才起身穿衣，披上斗篷去书房等燕兰庭。

陵阳县主不爱看书习字，因此她书房里的书基本都是恭郡王和恭王妃留下的。岑鲸在书架上随手找了一本带恭郡王批注的医经，拿到榻桌上翻阅。

榻桌上一盏烛灯、一壶热茶。岑鲸特意叮嘱，让下人把茶水泡得浓些，好提神。然而几杯浓茶入口，依旧抵不住浓浓的睡意向她侵袭而来，入眼的字每一个都能看清，偏偏连起来无法理解是什么意思，眼皮也越来越沉，脑袋跟着往前一点一点的，最后她实在抵不住困意，眼睛一闭，脑袋往前倾去，眼看就要隔着书本磕到榻桌上，一只宽大的手掌及时从侧面伸过来，扶住了她的额头，"啪"的一声轻响。

岑鲸睁开了眼睛。贴在她额上的手有些冷，还带着幽幽的梅香。

梅香？

岑鲸直起身，睡眼蒙眬地顺着那只手看过去，就看见燕兰庭穿着一身低调的暗色衣服，另一只手上还拿着一枝梅花。

岑鲸这会儿还没彻底清醒，燕兰庭把梅花递给她，她也就接了，然后看着在她对面落座并给自己沏茶的燕兰庭，突然说了句："你穿这样走在外头，眼神差点儿的都看不到你人。"一身乌漆抹黑，让她想起在网络上看过的黑猫视频，光线稍微昏暗一点儿就容易被隐身。

"看不到才好。"见岑鲸那杯茶凉了，燕兰庭又重新给她倒了一杯。

岑鲸："怎么说？"

"看不到，便不会叫人发现我进了陵阳县主的府邸。"燕兰庭将茶杯放到岑鲸面前，白皙修长的手指把茶杯衬托出了几分雅致，"我守身如玉三十载，若因为今晚这一趟而毁了清白，未免太冤。"

岑鲸整个人都乐精神了，笑得停都停不下来。

燕兰庭说这话本就是想逗她开心，顺便给她醒醒神，算是今天下午岑鲸咬他一口替他醒神的回礼。

岑鲸笑了半天终于笑够，喝了口茶，问他："花哪儿来的？"

燕兰庭："相府折的，就是你亲手种下的那一棵。"

岑鲸愣住：“哪个相府？”

燕兰庭："我如今住的地方，就是你曾经的府邸。"里头的布局都还保持着岑吞舟在时的模样。

岑鲸："……你也不嫌晦气。"她为相的下场可不怎么好。

燕兰庭垂眸，并未接这话，更没让岑鲸知道，他宁可那座宅子晦气，最好能留有岑吞舟的魂魄，哪怕厉鬼也成。

子不语怪力乱神，他这算是把学问都学到狗肚子里去了。燕兰庭心中自哂，又提起茶壶给岑鲸倒了杯茶，说："每年那棵梅树开了花，你都要折一枝，用瓶子装了放窗边。这几日花开得正好，我想着今夜方便，就给你带来了。"

岑鲸感到不可思议："这么久以前的事，你居然还记得。"

随即她又想起陵阳县主对燕兰庭的评价，但曾把燕兰庭叫"男妈妈"的岑鲸自然知道，燕兰庭绝不是陵阳县主口中那样的人。不会关心人？得了吧，她就没遇见过比燕兰庭更细心体贴的。

两人又闲聊几句，终于进入正题。

燕兰庭告诉岑鲸："今天一大早，城外驻军营的曹副将带人去长坡迎接岑奕，一直等到中午，只等来岑奕的亲兵，说是有一支西耀商队形迹可疑，岑奕带人从边境到这儿，暗中跟了他们一路，一直到五天前，那伙人抵达林州就再没动过。"

"林州……"岑鲸算了算林州到京城的距离，"从林州到京城，快马一天足矣。"

燕兰庭："岑奕也是怕他们冲京城而来，才又叫人往京城递奏报，说是大雪难行，推迟了回京的日子。"

岑鲸："正好推到这天。"

燕兰庭："赶巧了，据说岑奕本来是打算把那伙人交给城外驻军营跟的，谁知他们启程后，那伙人也跟着启程，去了月华山。岑奕得知消息后往月华山赶，赶到时正好看见月华寺放的信号弹。"所以信号弹刚发出去，岑奕就来了，城外驻军营得到消息，紧随其后，"那伙人先是扮作商队，后又扮作山匪，目标便是杀了陵阳县主，若能嫁祸给西耀王，让西耀王与恭王妃离心最好，若是嫁祸不成，也能让恭王妃悲痛欲绝。"

岑鲸："这么快就审出来了？"

燕兰庭看着桌上的茶杯，含糊地说了句："本也不难审。"

都是精挑细选出来的人，怎么可能不难？只是燕兰庭记恨他们置岑鲸于险境，用了许多肮脏残忍的手段，才叫他们松了口。

怕岑鲸细问，他岔开话题，说："他们听命于西耀贵族贡拉查氏。恭王妃寄回来的信上不是说过吗，贡拉查氏主张将耕地都种上阿芙蓉，也是最早一批通过阿芙蓉获利的西耀贵族，但因恭王妃一纸禁令，他们不仅被断了财路，还被恭王妃勒令戒毒，否则就削去他们的爵位。"

于是他们就盯上了恭王妃唯一的女儿陵阳县主。

岑鲸握着茶杯的手指一点点收紧，指节因用力而发白："是我疏忽了。"

早该想到的，西耀贵族必不可能全都乖乖听恭王妃的话，就此收手不碰阿片，可怜月华寺的僧人和香客，还有燕兰庭安排来保护她的护卫，死在了那群亡命徒手中。

燕兰庭："不会让他们就这么白白死了的。"

西耀把手伸到离京城这么近的地方，朝臣们哪怕看不透阿片的危害，也会感到大胤的天威被冒犯。幕后的贡拉查氏，必须为此付出代价！

岑鲸同燕兰庭商议起了后续事宜。因为早就通过燕兰庭重新了解了眼下的朝局，岑鲸能根据燕兰庭的打算替他查漏补缺，偶尔两人意见相左也不会吵起来，容后再议便可，反正这事急不来。

他们聊了许久，眼看岑鲸又开始犯困，燕兰庭便提议改日信中继续聊，虽然写信会比面对面聊效果差很多，但也不能让岑鲸熬一宿。

岑鲸许久没这样过了，感觉像是回到了过去，她一次次与燕兰庭秉烛夜谈，谈够了或是累了，两人也都没什么顾忌，就睡在一张床上。反正岑吞舟是"男"的，两个男的睡一块本就寻常。

燕兰庭起身，准备送岑鲸回寝院。岑鲸晃了晃神，拉住他的衣袖，说："等下，我差点儿忘了，还有事要问你。"

燕兰庭猜到是什么事，便说："太晚了，下回再……"

岑鲸打断他，问："你今天为什么抓着我的手不放？"

榻桌上，一直稳稳燃着的烛火突然晃了一下。

260

岑鲸以为是朝中出了什么事，让燕兰庭心绪不宁，才下意识做出了那些让人无法理解的举动，所以问得干脆。她不知燕兰庭的一切异常皆是由她而起，更不知她眼下的提问在燕兰庭看来，如同将两人的关系高高挂在了悬崖边上，答错一句，他们之间就再也回不到从前。

岑吞舟能容忍陵阳县主的喜欢，因为她没有能力左右岑吞舟的选择，且她一边说着喜欢，一边又能坦然地享受别人给她带来的鱼水之欢，所以陵阳县主口中的"爱慕"并不影响岑吞舟把她当成不懂事的晚辈来照顾。

燕兰庭不一样。他没把握岑鲸能像岑吞舟纵容陵阳县主一样纵容他，若他把自己的爱慕诉之于口，岑鲸对他的信任和依赖很难说会不会在顷刻间土崩瓦解。日后再有什么事，岑鲸要想找他，恐怕会多几分顾虑，严重点儿说不定会为了让他死心，彻底与他断绝往来。

燕兰庭思及这种种可能，满腔的真心话在喉间滚了个来回，斟酌再三，才半真半假地给出回答："我害怕。"

"怕？"岑鲸没想到会是这个答案。

燕兰庭的掌心覆上岑鲸抓住他衣袖的手背，说："我怕你又死了。"

他垂眸望进岑鲸眼底，烛光映照之下，燕兰庭的面容变得有些不太真切。岑鲸愣愣地看着，仿佛回到了那一年上元节醉酒赏月，一回头，撞进燕兰庭温柔的眼，被活生生淹死在里面。她朱唇微启，像是要说什么，又猛地低下头去，用没被燕兰庭握着的那只手捂住了口鼻——

"阿嚏！"

这一声喷嚏来得不是时候，硬生生把岑鲸想说的话给打没了。

岑鲸缓了几息，略有些尴尬地接过燕兰庭递来的手帕，擦了擦手和口鼻。收拾妥当，她又把燕兰庭给自己的手帕团吧团吧攥进手里，朝他比了比，说："这个就不还你了。"

燕兰庭没头没脑地问了句："你的手怎么了？"

"手？"

岑鲸还没反应过来，燕兰庭就握住了岑鲸的手，发现她手掌根的位置，竟擦破了大片皮。他又举起岑鲸的另一只手，发现上面也有一样的擦伤。

岑鲸这才明白燕兰庭指的是什么："在月华寺摔了一跤蹭的，已经上过药了，没什么大碍。"

然而岑鲸自己觉得没什么大碍的伤口，落在燕兰庭眼中却是无比的刺眼。他握着岑鲸的双手，低垂的视线叫她看不清他眼底的情绪。良久，他问："吞舟，我能……"

我能娶你吗？

哪怕不是因为情爱，只为能离你更近一些，能更好地护着你。

只要他把自己的私心藏得够隐秘，岑鲸未必不会考虑答应他。可是以这样的理由骗心上人和自己成亲，未免太卑鄙。且他深知人性的贪婪，若哪日岑鲸遇见了自己喜欢的人，说要同他和离，去跟那人在一起，他不确定自己会做出什么无法挽回的事情。

燕兰庭一忍再忍，最后说出的话语，与他心中所想截然不同："我能在你身边，多安排一些人吗？"

其实他早就该这么做了，然而岑鲸表现得再怎么无害懒散，也是曾当过宰相的人，这样的她，不一定能容忍旁人以"保护"为名，在她身边安插无数双眼睛。

岑鲸不知道自己错过了什么，表示："能啊。不过，"她补充，"我也有不想让人知道的秘密，必要的时候，我需要他们听我的话。"

燕兰庭没有二话："既然是放在你身边的人，自然是听你的。"

岑鲸得了应允，再回头看看自己提的要求，笑了笑，道："你对我也太纵容了。"她如今身份寻常，燕兰庭要做什么她都反抗不了，本不必询问她的意见，可燕兰庭却还是把她当成岑吞舟来尊重。

燕兰庭想也不想就说："比起你当初对我，不过九牛一毛。"

他所言并非信口开河，岑吞舟对他的好，不仅他自己记得，旁人也都看在眼里。时至今日，还有人眼红他能遇上岑吞舟这么一位贵人，而他也非常享受别人在这方面对他的嫉妒，并且希望能像岑吞舟当初对他那样，十倍百倍地对岑鲸好。

第二天，岑鲸睡到中午才醒，醒来后脑子发蒙，想了许久才想起自己昨晚见了燕兰庭，还聊了大半宿，最后他把她送到陵阳县主的寝院外才离开。

岑鲸躺在床上，将昨晚发生的一切又细细回想了一遍，想到燕兰庭说他害怕的时候，她差一点儿就问他"你是不是喜欢我"……要不是那一声喷嚏，她当真就要问出口了。

岑鲸抬起一只手，用手背挡着眼睛，长长地叹出一口气：还好没问。

燕兰庭之后那句"不过九牛一毛"，足以证明他对她如此在意，其实是在报答岑吞舟对他的知遇之恩，是师生情，而非男女情。她那一句"你是不是喜欢我"要问出口，可就真的尴尬了。

岑鲸静静地躺着，满脑子都是昨天晚上发生的事情，要不是床帐外突然传来白秋姝的声音，她恐怕能躺一天。

"阿鲸，你醒了吗？"

岑鲸放下手："醒了。"

白秋姝掀开床帐，探头进来："醒了就赶紧起来吃饭吧。"

岑鲸不太想起，便问："陵阳县主呢？"

白秋姝皱了皱鼻子："她忙着收拾后院呢。"

岑鲸："……说详细些。"

通过白秋姝，岑鲸得知就在半个时辰前，刑部的人来了趟县主府。

月华寺一案如今已交由刑部与大理寺，伪装成山匪的西耀人被关进了刑部大牢，一起被关进去的还有温泉庄子上的人，其中包括那个推荐陵阳县主去月华寺的男宠。那男宠名唤刘梓康，可比西耀人要好审多了，刑部没费多少功夫就从他口中得知，是有人以利相诱，让他引陵阳县主去月华寺。至于对方到底是谁，刘梓康也不知晓，只能确定对方是大胤人。而刘梓康的目的也很简单，就是在陵阳县主死后恢复自由身，再拿着用陵阳县主的命换来的银钱，带着他的意中人远走高飞。

陵阳县主得知此事，肺都快气炸了。这刘梓康是托了人主动在她面前露脸的，被她看上后，还求她帮忙，从青楼赎回了自己的妹妹。陵阳县主还以为此人是个好哥哥，平日里见他傲气，也都宠着他，觉得他是为了救妹妹才沦落至此，可直到刑部的人上门她才知，那所谓的妹妹其实就是他的意中人，且已经怀有六个月的身孕。

陵阳县主才不管这对鸳鸯命苦不苦，放话再不管刘梓康的死活，同意让刑部去把刘梓康原先住过的屋子都搜了一遍。

等刑部的人一走，陵阳县主便把府里的男宠都聚集了起来，开始整顿自家后院。这一整顿，又翻出了不少腌臜事，没个三五天的工夫，恐怕收拾不干净。

刘梓康的事情，岑鲸昨晚就听燕兰庭说了，但因指使刘梓康的幕后黑手不明，她便没有太过留意，还让燕兰庭把这事捅到陵阳县主面前，让她知晓那刘梓康的真面目。万万没想到，燕兰庭居然把这个任务交给了刑部，让刑部借口搜查刘梓康在县主府的住处，当着陵阳县主的面说清了刘梓康的所作所为。很好，很简单粗暴。想来陵阳县主日后也能多长个心眼，别什么脏的臭的都往自己府里捡。

之后岑鲸起床梳洗，吃了午饭，便去跟陵阳县主道别。

陵阳县主也怕岑鲸知晓自己的糗事，没再敢留她，让人备好马车，把她和白秋姝都送回了白府。

岑鲸病愈回京，又正值书院放长假，自然有人邀请她出门，或是登门白府来找她玩儿。大冷天的，岑鲸哪儿都不想去，就约了乔姑娘、安馨月和叶锦黛来她家做客。

乔姑娘和安馨月许久没见她，却不见半点儿生疏，拉着她聊起了近些日子在京城里发生的各种趣闻。岑鲸非常捧场，听得认真又专注。

中途叶锦黛去方便的时候，岑鲸也找了个借口离开，在走廊上拦下了叶锦黛："你让我救的柳轩易……"

叶锦黛："他怎么样了？"

岑鲸："越狱了。"

叶锦黛整个呆住："什么？"

岑鲸："他的身份也是假的。"

叶锦黛彻底失了声。

岑鲸："昨天夜里刚逃的，据说还受了伤，城门戒严他必然逃不出去，城内医馆也都有官府的人暗中盯着，我这儿伤药倒是挺多，都是给秋姝备的，你带些走吧。"

叶锦黛差点儿给岑鲸跪下："谢谢菩萨！"

岑鲸："……"

和叶锦黛相处就这点儿好，能偶尔听到一句充满现代风格的网络用语，感觉就像隔着漫长的岁月回首自己最初的起点，亲切到叫人怀念。

叶锦黛似乎猜到越狱的柳轩易藏在哪儿，从岑鲸这儿拿了药就走了。

岑鲸一个人回到招待乔姑娘和安馨月的茶室，坐下听了一会儿才反应过来，她们在议论岑奕。

乔姑娘："反正我是不想嫁的，那岑将军面相太凶，那日他入城，我隔着大老远看了一眼，气都不敢出，要真嫁了，我怕没几年就要变成哑巴。"

安馨月："瞧你说的，哪有这么夸张？"

乔姑娘："你不怕，你倒是嫁呀。"

安馨月："得了吧，皇后选谁也不会选安家女。"

岑鲸听了许久，终于开口问："皇后要给岑将军指婚？"

乔姑娘："可不是，这几日许多人家都收到了懿旨，说是进宫赏梅，可谁不知道是要替岑将军相看。"

岑鲸虽然不想跟岑奕再产生交集，可心里多少还是有些不满：岑奕想娶谁就娶谁，便是一直不娶也没什么大碍，沈霖音凭什么给他指婚，强迫他娶妻？

而就在第二天，宫里来人传皇后懿旨，让岑鲸于三日后入宫，赴宴赏梅。

大胤沿袭前朝律法，同姓不婚。可岑奕毕竟是沈家人，严格来说他姓沈，而不是姓岑，所以岑鲸无法确定皇后叫她入宫赴宴打的究竟是什么主意。

至于燕兰庭那边……临近年底，除了官府封印，许多事务需要提前部署，还有宫廷年宴等着筹备，且又逢三载一次的考年，各地官员考课等一系列事宜从秋天就已经开始，正月初一当天除了群臣朝会，还得举办考课大典，桩桩件件下来，饶是燕兰庭也抽不开身，只能在后宫和负责审议的门下省多安插几双眼睛，一旦皇后或皇帝想要赐婚岑鲸和岑奕，他便以有违律法为由拦下皇后的懿旨，或封驳皇帝的诏书。

虽然理论上来讲，他这么做是被允许的，岑吞舟为相时也没少仗着自己统领三省驳回皇帝的政令，但看岑吞舟的下场便知，这么做是在打天家的脸，不仅容易被皇帝记恨，还容易遭到弹劾。因此燕兰庭很少干涉皇帝的政令，皇帝偶尔"病

愈"给他和萧卿颜添麻烦,他也极少让门下省驳回皇帝的诏书。唯独这次,就算让君臣之间的矛盾激化,他也决不允许帝后给岑鲸和岑奕赐婚。

燕兰庭安排妥当,便去信岑鲸,叫她放心,只管入宫就是。

岑鲸面对燕兰庭送来的信件,认真考虑过要不要装病不去赴宴,免得招惹麻烦。然而思来想去,她还是登上了入宫的马车。因为她总觉得不去赴宴,会有更麻烦的事情发生。

出发前,杨夫人千叮咛万嘱咐,仿佛她去的不是皇宫,而是龙潭虎穴。

白秋姝不知轻重,看娘亲担心岑鲸,就问要不要自己偷偷跟去,结果被杨夫人训了一顿:"那是皇宫,你以为是自家的府邸吗,任由你说来就来说走就走?!"

白秋姝吓得直往岑鲸背后躲,忙道自己不跟就是。

马车启程穿过大街小巷,最终来到宫门前,负责接引岑鲸的嬷嬷姓溪,是皇后身边的老人。溪嬷嬷初见岑鲸,眼底情绪复杂,有不可思议,也有怀念,但更多的还是叹息:长这么一张脸,也不知是福还是祸。但很快她就掩去眼底的情绪,带岑鲸前往皇后举办赏梅宴的似雪园。

知晓岑鲸出身小门小户,定然不懂宫里的规矩,溪嬷嬷用这一路的时间细心提点,免得岑鲸一个不小心,犯了宫中的忌讳。

岑鲸认真听溪嬷嬷讲,一直到抵达似雪园的入口,溪嬷嬷才停下脚步,让岑鲸自己进去。

岑鲸福身谢过溪嬷嬷,转身踏进全是女子的似雪园。园内除了适龄的姑娘,还有不少带着自家姑娘来的命妇,她孤身一人倒也不觉得害怕,四下张望准备找个僻静的角落坐着,歇一歇脚——进宫就这点不好,连个代步的工具都不能用,只能徒步从宫门口走到这儿。

岑鲸迈步走向角落,突然一个姑娘来同她搭话,问她是谁家的、叫什么名字,听她报上白志远的官职,且仅仅只是白志远的外甥女,那姑娘不免有些后悔,觉得自己不该来搭话,这一搭就搭上个身份不显的,对方若是赖上自己可怎么办好……然而等岑鲸说完自己姓岑,那姑娘又诧异起来。尽人皆知,这场赏梅宴是皇后为娘家弟弟岑将军所办,意为相看,怎么会有同样岑姓的女子在这儿?

那姑娘心中疑惑,忽见长乐侯府的乔姑娘从聚满了人的亭子里出来,轻手轻脚地往岑鲸背后靠近，对上她的视线后，还朝她做了个噤声的手势。

与此同时，似雪园隔壁的小楼上，被一道懿旨宣入宫中的岑奕扫过满园的千金命妇，面露讥讽之色，正要转身离开，却在不经意间看到了那个和他哥长得非常像的姑娘。

他入京后没多久，便听说了这位姑娘的事迹，并得知对方名叫岑鲸。

几乎所有来告诉他岑鲸存在的人，都以为他会对这位岑姑娘表现出极大的好奇和在意。可他偏不。长得再像又如何，终究不是他哥，又凭什么用他哥的脸来获得那些本就不属于她的关注和照顾？

岑奕冷眼看着似雪园里头的岑鲸，发现有人悄悄从背后靠近她。靠近之人拍了拍岑鲸左侧的肩膀，之后又马上躲到了岑鲸右侧，一般这个时候，被拍肩膀的人都该往左侧看，但岑鲸却转身看向了右侧，将从背后靠近她的人抓了个正着。

岑奕微愣，忽然想起自己和岑吞舟也常这样玩。

成年男子当然不可能做出这么幼稚的举动，可他是岑吞舟带大的，忘了是从十几岁开始，他就喜欢在岑吞舟背对他的时候拍岑吞舟一侧的肩膀，然后再躲到另一侧去。岑吞舟内力深厚，一听就能听出他的脚步声，自然不可能上当，所以每次回头都能精准地抓住他。可他就是喜欢这样做，并在岑吞舟回头的时候送上一个大大的笑脸，唤他一声"哥"。

"可有见着喜欢的？"

突如其来的女子声音打断了岑奕的思绪。

沈霖音走到岑奕身旁，顺着他的视线看到了乔姑娘和岑鲸，朱红色的唇角微微勾起，眼底却没什么笑意。

岑奕收回视线，转头问沈霖音："下官若说没有，皇后娘娘是准备随便塞个人给我吗？"

沈霖音面露无奈："阿奕。"

岑奕态度冷硬："娘娘召下官入宫所为何事，不妨直说。"

沈霖音叹气："为你指婚是陛下的意思，你若实在不愿，本宫定会为你想办法。本宫只是希望你明白，我们才是血脉相连的亲人。"

"亲人？"岑奕冷笑，"娘娘，下官唯一的亲人，已经被你们害死了。"

沈霖音也不为"谁害死谁"而争辩，只道："你这样说，叫家里的叔叔伯伯兄弟姐妹们如何自处？"

岑奕嘲道："娘娘大可放心，他们也从未把我当成亲人，还一个个巴不得我死，好腾出沈家家主的位置。可我就是要活着，当年他们利用我捅兄长的心窝子捅得欢快，我便叫他们这辈子都得不到他们想要的东西！"

岑奕身为武将，即便发怒，那也是如一柄煞气十足的钢刀，叫人望而生畏，少有像眼下这般，透着一股子阴恻恻的戾气。这样的岑奕，便是沈霖音也有些扛不住，可她不甘心就这样失去本该站在她身后的助力，挣扎道："即便不是为了沈家，为名、为利、为权，无论你想要什么，只要你愿意帮本宫，本宫一定……"

"你能叫他活过来吗？"岑奕打断沈霖音，给出了一个任何人都无法替他实现的要求。

沈霖音深吸一口气："人死不能复生，但本宫可以帮你报仇……"

"然后被你利用，做你手上的刀？"岑奕扯了扯嘴角，"我脸上写着'傻子'两个字是吧？"他烦了，不欲与沈霖音说下去，转身就要离开。

沈霖音对着他的背影道："阿奕，你是本宫的弟弟！"她一再强调这点，似乎是明白，她与岑奕之间也就只有这点儿情分可讲。

岑奕停下脚步，提醒她："娘娘的堂弟叫沈赴，早在五岁那年便随他自尽的母亲死了，下官叫岑奕，是岑吞舟在外收养的义弟。"

沈霖音："可要不是岑吞舟，你爹娘便不会死！你如今还这般惦记着他，你叫你爹娘如何能瞑目！"

沈霖音的话句句如刀，可岑奕并不争辩，他转身看着沈霖音，问："所以在娘娘看来，我必须恨他，不然便是不孝？"

沈霖音："是。"

岑奕定定地看着沈霖音，突然嗤笑一声，眼底有什么一闪而过："难怪他当初一口咬定，就是他的错。"

沈霖音听不懂这话是什么意思。岑吞舟动手杀了她大伯，大婶婶撞见后悲痛欲绝自尽而亡，留下一个独子被无须偿命且心怀愧疚的岑吞舟偷走收养。多年后沈家人认出岑吞舟的义弟岑奕乃是他们沈家丢失的孩子，岑吞舟因此向岑奕坦白当年之事是自己的错，有什么问题吗？

可岑奕却没再解释，只丢下一句："皇后娘娘也是沈家人，下官方才说过，沈家人越是想要什么，下官便越是不让他们得到，下官绝不食言。"

沈霖音看着岑奕离开，来来回回把岑奕的话语想了一遍又一遍，最终站立不稳，被身后的溪嬷嬷扶住。

怎么会这样……怎么会这样？！她原想着五年时间过去，岑奕也该放下了，有他在，自己放手一搏未必不能成，但原来岑奕放不下，不仅放不下，还因杀父仇人的死而憎恨自家人。为什么？

沈霖音和每一个沈家人一样，都想不明白岑奕的脑回路，她在楼上吹着冷风站了大半日，直到嬷嬷问她何时开宴，她才缓缓回过神来，望着热闹的似雪园，突然笑了起来。

她实在无法说服自己去医治比萧睿还不堪的安王，可除了安王，她似乎再也没有别的什么人可以利用了。燕兰庭、萧卿颜、萧睿……到头来，她一个都扳不倒，既然如此……

沈霖音沉静的眼底轻轻颤着，缓缓漫上一抹不祥的癫狂。

既然如此，就让眼下的局面再乱一些好了。她不好过，大家都别好过！

沈霖音被溪嬷嬷扶着下楼，坐着步辇去了皇帝所在的紫宸殿。

❧ 三 ❧

系统提示音在耳边不断响起，皆是岑奕的好感值波动，不同的是这一次有加有减。

岑鲸意识到岑奕就在某处看着自己，便跟着乔姑娘一块，去了人多热闹的亭子里。果然，一进亭子，耳边的提示音就停了。

岑鲸坐在热闹的人群中，安静地听众人说笑玩闹。

之前主动来跟她打招呼的姑娘偷偷观察她，发现她虽不参与话题，却也不会显得不合群，听到好笑的话也会跟着大家一块笑，如有谁将话头递给她，她也能接上，再轻飘飘地递出去。那姑娘越看越觉得岑鲸气度非凡，想要与她亲近，于

是悄摸和人换了座位，坐到岑鲸身边，与她说起了小话。

乔姑娘回头看见，啧啧叹道："我就知道你在哪儿都能交上朋友，偏你总爱躲秋姝后头，让人看不见你。没见过你这样的，多认识些人不好吗？"

岑鲸笑笑："会累。"

乔姑娘嗔她："懒的你。"

后来众人决定到梅树林中逛逛，岑鲸不想从亭子里出去，就说自己还想再坐一会儿。乔姑娘也说岑鲸身子弱不能吹风，众人便没再强求，结伴出了亭子，留下岑鲸一人在亭子里坐着。

人一散，亭子里一下子冷了起来，岑鲸走到炭盆边坐下，让进来收拾的宫女重新给自己上了一壶热茶。

滚烫的茶水落进杯中，岑鲸捧着茶杯暖手，心里期盼着早点儿开宴吃完早点儿回去。正想着，突然听到脚步声，抬头一看，发现来的居然是位……熟人。

"岑姑娘。"岑吞舟的堂妹岑晗鸢只身走进亭子，也没敢让岑鲸向她行礼，就在岑鲸对面坐下，生硬而又别扭地跟岑鲸展开了话题，"方才远远看见，还以为自己看错了人，没想到真的是你。"

岑鲸非常意外能在这里遇见她，回忆了一下才想起来，岑晗鸢不只卫子衡一个儿子，还有一个小女儿待字闺中，估计也是因此才被皇后叫来宫里赴宴。她浅笑着道："真巧。"

"是……是啊。"岑晗鸢在岑鲸面前尴尬地坐了片刻，好半天才鼓起勇气对岑鲸说，"我有一件事想请岑姑娘帮忙。"

岑鲸放下茶杯："什么事？"

岑晗鸢根本不敢对上岑鲸的视线，就跟当初不敢对上岑吞舟的视线一样，她轻声细语道："想必岑姑娘早已听别人说过，你长得像我娘家一位已故的堂兄，那位堂兄虽不是我母亲所出，却与我母亲……十分亲厚。"岑晗鸢越说越心虚，却还是硬着头皮说了下去，"过些日子便是她老人家的大寿，岑姑娘可愿随我去见见她，让她老人家高兴高兴？"

岑鲸知道岑晗鸢所说的都是假话，岑晗鸢的母亲，也就是岑吞舟的婶婶、如今的岑老夫人，最厌恶的便是岑吞舟。昔年她见岑吞舟比自己的几个儿子都要有出息，生怕岑吞舟夺了她儿子的爵位，把岑吞舟视作眼中钉肉中刺。后来岑吞舟被从族谱上除名，也少不了她在背后推波助澜。叫她大寿之日见到和岑吞舟长相相似的岑鲸，怎么可能高兴？

猜到这背后定有阴谋，岑鲸懒得接招，婉拒了岑晗鸢的请求。她原以为岑晗鸢多少会努力一下，想办法让自己答应，却低估了自己是岑吞舟时给岑晗鸢留下的心理阴影。只见被拒绝的岑晗鸢根本不敢出言勉强，随意找个借口便起身离开了，像是一刻都没办法再和岑鲸面对面待下去。

岑晗鸢离开后，岑鲸又在亭子里坐了许久，一直到中午，宫人来请大家到隔壁小楼的二层开宴。

小楼二层能看到似雪园的梅花，加上满桌宫廷美食，也算是一场精致热闹的宴席。唯一美中不足的，便是皇后因突然有事，无法前来。

众人吃完酒席便离开皇宫，岑鲸在宫门口登上来时的马车，回了白府。

看岑鲸平安归来，杨夫人长长地松了口气。

岑鲸却觉得这事儿还没完，果然下午她就收到了燕兰庭送来的信。

拆开信之前，岑鲸以为信中所写会是皇后或皇帝意图给她和岑奕赐婚。可当看完信件内容，岑鲸呆愣了好半天才回神，心想自己是不是眼花看错，就把信又从头看了一遍。事实证明她没看错，信中说皇帝确实是想赐婚，但不是为岑鲸和岑奕赐婚，而是为岑鲸和燕兰庭赐婚。

岑鲸表面无动于衷，脑子里已经乱成了一锅粥，连喝好几杯茶下肚，稍稍冷静一些，又拿起燕兰庭的信，看第三遍。

皇帝下旨赐婚她与燕兰庭，目的多半是想让燕兰庭与岑奕，还有萧卿颜之间产生矛盾。毕竟岑鲸有一张和岑吞舟长得一模一样的脸，岑鲸嫁给燕兰庭，无论是萧卿颜还是岑奕，都不可能不硌硬。要不只是硌硬那就更好了，不仅能避免岑奕和燕兰庭联手，还能让萧卿颜跟燕兰庭生嫌隙。当然，还有一种情况，那就是燕兰庭抗旨不娶。岑鲸和燕兰庭可不同姓，没有违反律法一说，因此不管是他无法接受皇帝别有用心的赐婚，还是无法接受妻子长得和自己的师长一模一样，都足以让保皇党找到攻讦的借口。总之，这道圣旨对皇帝而言，下了就是赚了。

信件后半部分便是燕兰庭个人的意见。他直言与岑奕本就不合，再差一点儿

也无妨,至于萧卿颜,他们两人利益与共,即便萧卿颜对他不满,一时半会儿也闹不翻,所以重点不在他们,而在于岑鲸愿不愿嫁。

岑鲸放下信件,心跳得有些快。她自认在家人和燕兰庭之间舍弃过燕兰庭,没脸当作什么事都没发生过,反过来去向燕兰庭表明心迹。可送上门的便宜,要她不捡,她实在是……

岑鲸扶额沉思,半晌终于起身铺纸研墨,给燕兰庭回信。

另一边,燕兰庭无心公务,在等岑鲸给他答复。

虽然他在信中说是看岑鲸的意愿,可出于私心,他还是说了许多冠冕堂皇的话,比如自己没什么正当理由让门下省封驳这份诏书,又比如岑鲸若愿意,日后两人私下见面也能方便许多,还说自己本就不打算成婚,岑鲸要是不嫌弃自己,又需要一个婚约替她挡去上门求亲之人,他不介意做岑鲸的挡箭牌。

燕兰庭列尽了岑鲸应下这门亲事的好处,隐晦而又小心地给每一字每一句都赋予了偏向性,然后把信送出,等岑鲸给他判决。

过了不知道多久,回信送到他手上。

岑鲸不愧是燕兰庭在官场上的引路人,说辞与燕兰庭相差无几,也觉得这门亲事可行,因为各种各样的原因、各种各样的便利,说得那叫一个……客观公正。

这俩为官数年,都是一顶一的甩锅能手,一人甩一下,半个字不提自己内心苦苦压抑的私情,半推半就把锅甩给了赐婚的皇帝,甩给了让他们无法好好私下见面说话的世俗规矩,甩给了不断上门向岑鲸提亲的求婚者……都怪这些客观存在的问题,让他们无法拒绝皇帝赐婚。

于是在傍晚宵禁之前,一道赐婚圣旨,就这么石破天惊地传到了白府。

这一道圣旨不仅把白家上下炸得糊里糊涂,更是把那些知道岑鲸就是岑吞舟的人炸得不轻。

第二日,得到消息的陵阳县主火急火燎地跑到白府,正遇上来取庚帖的官人。一般采纳问名,皆是男方请媒人上门。皇帝赐婚,那么这桩婚事的媒人就是皇帝,来取女方庚帖的自然也是宫里的人。

陵阳县主瞧见官人手中那份写了岑鲸姓名与生辰八字的庚帖,眼圈发红,险些扑上去把庚帖夺来撕了,还是早就料到她会来的岑鲸站在廊下远远朝她唤了一声，陵阳县主才没当着这么多人的面失态。

那些宫人眼睁睁看着陵阳县主奔向岑鲸，两人似乎说了什么，向来任性自我的陵阳县主顿时像霜打的茄子一般蔫了下去。随后岑鲸又对那些宫人行了一礼，宫人回礼后，她便拉着陵阳县主离开。陵阳县主虽然乖乖跟着岑鲸走了，却在拐进墙门时微微侧头，杀气十足地剜了他们一眼。

宫人中领头的曲公公是位从潜邸出来的老人，知晓不少旧事，一看便知陵阳县主是把岑姑娘当成了当年那人，感慨一物降一物的同时，也怕陵阳县主杀个回马枪，赶紧带着岑鲸的庚帖离开了白府。

陵阳县主之后便是江袖和云息，这俩找不到合适的理由登门，又怕圣旨一下，岑鲸会受到许多关注，他们贸贸然去找岑鲸会给她添麻烦，只能暗中给岑鲸送信，约她到玉蝶楼见面。

岑鲸如约带着白秋姝到玉蝶楼，掌柜一见她们，连忙起身来迎，带她们往三楼去。可就在一楼通往二楼的楼梯上，他们遇见了被人请来喝酒的岑奕。

系统又开始忙活了，好感值不停地加加减减减减减。

之所以会出现加好感的情况，显然不是因为岑奕对岑鲸有什么好感，而是岑奕明白，岑鲸只是一个长得像岑吞舟的无辜女子，罪不至死，所以每次好感快要逼近负一百的时候，就会出现加好感的情况——那几分好感和岑鲸本身无关，和岑奕的理智有关。

岑鲸被系统提示音吵得脑壳痛，想起系统说过，只要触发三个目标角色的好感度，就可以关闭好感度提示，于是准备回去就把这玩意儿给关了，不然迟早被吵到神经衰弱。

"岑将军。"白秋姝总往城外驻军营跑，没少被曹副将带着接触岑奕和他的亲兵，因此两人不算陌生，遇见了总该打声招呼。

结果岑奕一反常态，理都没理白秋姝，径直下了楼。

白秋姝看看岑奕的背影，又看看岑鲸，一脸纳闷："他怎么不理我？"

岑鲸："大约是有什么烦心事，懒得理人吧。"言下之意，就是说岑奕的无视并非针对白秋姝，而是针对所有人。

白秋姝一听，心里果然舒服些，也没再纠结，跟着掌柜继续往楼上去。

第八章 月华寺惊变 YUE HUA SI JING BIAN

岑鲸走在白秋姝后头，心里庆幸自己当初教得好，让岑奕那样的臭脾气也能学会讲道理，而不是被愤怒和仇恨冲昏头脑，迁怒于一个无辜的女子。虽然她并不无辜。

见到江袖，岑鲸和白秋姝照例不留丫鬟伺候，方便江袖摘了面纱和她们一块吃吃喝喝。闲聊间，三人提到岑鲸与燕兰庭的婚事，碍于白秋姝在场，江袖只能隐晦地跟岑鲸确认，且还确认了好几遍，确定岑鲸并不排斥这桩亲事，悬着的心才算稍稍落下一些。但要全部落下，显然是不可能的，因为江袖怎么想都觉得——

"太委屈你了。"

楼下有卖糖葫芦的小贩路过，白秋姝下楼去买，江袖趁机向岑鲸表达了一下自己的看法。

"委屈？"岑鲸纳罕，"明煦不好吗？"

"燕大人当然好。"燕兰庭当年对岑吞舟的照顾有多细心，江袖也是看在眼里的，但那是作为晚辈，作为婚约者的话……她小声嘟囔："就是年纪大了些。"

岑鲸顺着她的话："那他要是再年轻个十岁就行了？"

江袖全然忘了当初是谁让她和云息知道岑鲸的身份，开始恩将仇报："就算真能年轻十岁，身为宰相，平日里一定很忙，哪儿有时间陪你？"

岑鲸觉得好笑："我又不是成了亲就只会在家中等丈夫垂怜的女子，哪儿会在乎这个？"

江袖："那也不好，位高权重的，万一招惹了谁，牵连你呢？"

岑鲸喝了口茶，点头："有道理。那你说说，整个京城可有谁适合娶我？"

江袖大胆发言："你要愿意，不嫁也是可以的，云记家大业大，又不是养不起你。"

岑鲸应下："好，哪日我要是和明煦和离了，就来找你们养我。"

江袖："这还没成亲呢，不许胡说！"

岑鲸都糊涂了："你到底希望我嫁，还是不希望我嫁？"

江袖这才总结出心里话，对岑鲸道："无论嫁不嫁，只要你好好的，那就是最好的！"

岑鲸笑道："行，知道了。"

一餐饭吃完，白秋姝还得出趟城，就没跟岑鲸一块回家。

半路上，岑鲸算了算，想起还有乌婆婆。她不希望让老人家听到消息再专门跑来找她，忍着倦意，吩咐车夫去了乌婆婆的住处。

休长假期间，书院是不让住人的，但考虑到书院里一些职工上了年纪又无儿女赡养，萧卿颜专门拨出一些钱，让那些人租住在一处，也好有个伴。岑鲸打算这婚要是真能结成，乌婆婆又愿意，以后长假就把乌婆婆接回相府住。书院那边乌婆婆要还想做，就让她有事能忙活，等什么时候觉得力不从心想要歇息，直接回相府养老就成。

马车在一处小巷子口停下，岑鲸带着挽霜走进巷子，问了好几个人，才找到乌婆婆住的小院。

乌婆婆见到岑鲸，又是高兴又是埋怨：高兴她来见自己，埋怨她大冷天的往外跑，也不怕像在书院时着凉生病。

挽霜是第一次见乌婆婆，着实被她犀利刻薄的外貌给吓着了，后来见乌婆婆对岑鲸极好，感受到了反差，才慢慢不再怕她。

乌婆婆想给岑鲸沏茶，还想再去多拿些炭添到炭盆里，被岑鲸拉着拦下，让挽霜去了。挽霜本就是穷苦出身，这些活自然难不倒她。

待挽霜出去后，岑鲸又拉着乌婆婆坐下，把自己跟燕兰庭可能要成亲的事情告诉她。

乌婆婆听完果然很吃惊，说："这也太委屈你了。"

又一次听到"委屈"两个字，岑鲸实在没忍住笑出了声。满京城都叹她攀了高枝，也就她们，一个个都嫌弃燕兰庭，觉得把她嫁给一人之下万人之上的燕相是委屈她了。

岑鲸见乌婆婆是发自内心地在为她担忧，又怕乌婆婆一大把年纪还思虑过重，索性告诉她："说来你可能不信，我原就是女子。"

乌婆婆没听明白，岑鲸便仔仔细细掰碎了解释给她听，告诉她岑吞舟是女子。

乌婆婆听傻了，考虑到岑吞舟那欠欠的脾性，她又说："你莫唬我老婆子。"

岑鲸："没看出来吧？"

乌婆婆："这……真的？"

岑鲸："真的。"

乌婆婆："那你和燕大人……"

"我上辈子就喜欢他，这辈子……"岑鲸不想让乌婆婆心疼，半真半假地骗她，"这辈子也算是如愿以偿了，你瞧，多好。"

岑鲸故意留了一句，只说自己喜欢燕兰庭，没说燕兰庭喜不喜欢自己，还用了"如愿以偿"四个字，也不说是她一个人如愿以偿，还是她和燕兰庭两个人如愿以偿，听着就仿佛她和燕兰庭早就好上了，如今不过是顺水推舟一般。

"好……那就好，那就好啊。"乌婆婆果然被误导，用她那干枯的双手握着岑鲸的手，忆道，"我说当日燕大人为何非要将你的尸骨挪走，原是怕你女子之身被人知晓，也是有心了。"

乌婆婆以为他俩从岑吞舟那会儿开始就两情相悦，那么燕兰庭必然早就知道岑吞舟是女儿身，昔日燕兰庭的奇怪举动也就有了解释。

岑鲸却忽然愣住。乌婆婆不提，她都差点儿忘了，燕兰庭曾以记恨岑家将她从族谱上除名为由，将她的尸骨移进了燕家的祖坟。

原先她不信这个说法，可如果燕兰庭和萧卿颜一样知晓岑吞舟是女子，为了不让人知晓此事才护着她的尸骨不肯交出去，那就不奇怪了。所以，燕兰庭极有可能知道岑吞舟是女子。

知道便知道，这本也没什么，反正岑吞舟作为反派的任务已经完成。问题在于燕兰庭是什么时候知道的，现在还有没有把岑吞舟当成男子来看待？若岑吞舟在他眼里不是男子，岑鲸在他眼中也不是套着女子身躯的男人，那他对她的种种照顾和肢体接触岂不是显得……过于亲昵了？

（上册完）